불꽃처럼

불꽃처럼

초판 1쇄 발행 2024년 12월 1일

지은이 구문꿩
펴낸이 장현수
펴낸곳 메이킹북스
출판등록 제 2019-000010호

디자인 윤목화
편집 윤목화
교정 강인영
마케팅 김소형

주소 서울특별시 구로구 경인로 661, 핀포인트타워 912-914호
전화 02-2135-5086
팩스 02-2135-5087
이메일 making_books@naver.com
홈페이지 www.makingbooks.co.kr

ISBN 979-11-6791-632-7(03810)
값 18,000원

ⓒ 구문꿩 2024 Printed in Korea

잘못된 책은 구입하신 곳에서 바꾸어 드립니다.
이 책의 전부 또는 일부 내용을 재사용하려면 사전에 저작권자와 펴낸곳의 동의를 받아야 합니다.

메이킹북스는 저자님의 소중한 투고 원고를 기다립니다.
출간에 대한 관심이 있으신 분은 making_books@naver.com으로 보내 주세요.

월남전 실화 소설

불꽃처럼

나의 해병대 일기

저자 구문굉

이틀 전 나는 이동이 금지된 밤인데도
미해병대 수륙 양용 차 대원들의 협조로
야영을 하고 있는 전투지로 급히 찾아갔다.
그리고 나는 전임 소대장이 남긴
피 묻은 장비들을 대충 닦아 입고
소대를 지휘했다.
어제도 전투를 하고 하룻밤을 야영했다.
땀에 찌든 전투복과 군화는
그 고달픔을 말해 주는 듯...
아, 불꽃 같았던 해병대 소총 소대장이여!!!

메이킹북스

서문

전쟁은 필요악인가?

제2차 세계 대전의 막바지, 내가 다섯 살이었을 때 나의 아버지께서 내 다리에 군인들이 감는 어린아이용 각반을 감아 주시던 기억과 식구들 모두 사이렌 소리가 나면 뒤뜰의 방공호로 숨어 들어가 몸을 피하던 기억을 나는 아직도 간직하고 있다.

그리고 그로부터 5년이 지난 후 6·25 사변이 났을 때는 내가 초등학교 4학년이었다. 마침 여름 방학을 맞아 시골 할아버지 댁으로 고모를 따라 갔을 때는 그만 낙동강 최후 전선에 막혀 부산에 있는 집으로 되돌아오지 못한 채 암담한 피난민의 신세가 잠시 되었던 경험을 가지고 있다.

또 그뿐이 아니다. 세월이 한참 흐른 1968년에는 내가 해병대 장교로 월남전에 파병이 되어 결국은 생사를 넘나드는 전투를 직접 하는 입장이 되었기 때문에 나는 내 스스로 이미 전쟁과는 깊은 인연이라도 맺고 태어난 것이 아닌가 하는 생각도 해본 적이 있다.

그러나 사실 이러한 전쟁의 경험은 비단 나에게만 적용된 것은 아니며 나와 비슷한 세대에 태어난 많은 사람들이 비록 내용은 다를지라도 거의 모두가 흔히 겪을 수 있었던 얘기라는 데 그 의미를 두고 싶다.

전쟁이란 인간의 생활을 위협하는 것이라기보다는 생존 자체를 위협하기 때문에 그야말로 이 세상에서 영원히 사라져야 할 존재임에는 틀림이 없다.

특히 자기방어를 할 수 없는 노약자와 아이들 그리고 연약한 여자들의 사활을 건 모성애는 인간이 만든 사악함 속에서 생명을 부지하고자 발버둥 치는 인간 본연의 절규를 발견하게 하기 때문에 우리 스스로가 인간으로서의 부끄러움을 느끼게 하는 것도 사실이다.

도살장에 끌려가는 소가 자기의 죽음을 육감으로 알아차리고 눈물을 흘리는 것이나 죽이기에 앞서 우리 속에 가두어진 개들이 사람이 나타나는 것을 보고 혹시나 자기를 구해 줄 주인이 아닌가 하고 쳐다보는 그 애처로운 시선들 속엔 역시 살고자 하는 그들 나름대로의 절규가 담겨 있으리라.

전쟁이란 인간이 인간을 바로 이러한 동물에 진배없이 그 생명과 존엄성을 박탈하고 말살할 뿐 아니라 때로는 동물에게 대하는 그 이하의 행동도 서슴지 않고 자행하기 때문에 평화를 사랑하는 많은 사람들은 어떤 일이 있더라도 모든 것을 초월해 전쟁만은 없어야 한다는 강한 메시지를 보내고 있는 것이며 이 또한 한편으로는 인간으로서의 매우 당연한 권리이며 의무이기도 하다는 생각을 갖게 하는 것이다.

그러나 이 세상에 존재하는 모든 생명체의 생존 논리가 약육강식의 법칙에 의존하고 있기 때문일까?

불행하게도 인류의 역사 역시 인간이 인간에게까지 약육강식의 법칙을 철저히 적용해 가며 살아왔던 것이 사실이고 나아가 전쟁이라는 것은 이미 하늘이 정한 어쩔 수 없는 의미의 숙명적 존재가 아닐까? 하는 생각도 해보게 한다.

나는 20대 젊은 시절 철저히 훈련된 해병대 위관 장교였으며 그리고 월남전에서는 가장 적과의 전투가 치열했던 시기, 약 6개월 동안을 매우 위험하다는 말단 소총 소대장을 했다.

군인은 상관의 명령에 복종해야 하며 목숨을 바쳐 국민의 생명과 재산을 보호해야 한다. 그리고 군인이란 적을 죽이지 않으면 죽는다는 절체절명의 논리에서 출발하기 때문에 전쟁터에서의 군인에게는 명령이 앞설 뿐 휴머니즘이나 양심이라는 잣대는 별로 의미가 없다는 것도 경험했다.

그리고 안타깝게도 전쟁터에서의 휴머니즘은 이미 인간이 인간에게 저지르고 만 잘못에 대한 반성에서부터 흔히 비롯되기 때문이어서 그런지 나의 경우에도 세월이 흐르면 흐를수록 전쟁으로부터 희생되었던 많은 사람들이 더욱 나를 슬프게 만들고 있는지도 모른다.

서로가 이미 인간이기를 거부한 전쟁, 저주받아 마땅한 전쟁 그리고 증오스러운 전쟁이이기도 하지만 나 자신 군인으로서의 임무를 완수하고 그것이 나라를 발전시키는 데 큰 몫을 했다는 엄연한 사실에 대해서는 내 스스로가 후손을 위해 썩은 한 알의 밀알처럼 여겨져 내가 참전을 했다는 사실 자체가 결코 수치스럽거나 후회스럽지는 않다고 생각한다.

그리고 나는 개인적으로 국가와 국가 간의 이해관계는 물론 인종과 종교 그리고 이념 간의 갈등이 이 지구상에 계속 존재하는 한 전쟁은 앞으로도 우리 인류의 영원한 필요악이 될 수밖에 없을 것이라는 데에 의심의 여지가 없다고 본다.

요약컨대 나는 내 나름대로의 고군분투를 담은 이 글이 독자들에게 어떤 메시지로 받아들여지게 될지는 매우 가늠하기 힘든 입장이나 내가 바라는 것은 이국 만리 월남전에 참전했던 나와 내 주위에서 벌어진 리얼한 얘기들을 되도록 꾸밈없이 독자들에게 전달함으로써 나라를 위해 앞장서 싸우는 사람들에 대한 이해를 돕고자 이에 그 뜻을 둔 것이라 하겠다.

목차

서문 · · · · · · · · · · · · · · · 4

Chapter 1. 소총 소대장

전사들의 침묵 · · · · · · · · · · · · 12
부산의 제3부두 · · · · · · · · · · · 21
선상에서 · · · · · · · · · · · · · 24
신참의 광기 · · · · · · · · · · · · 29
시작된 전투 · · · · · · · · · · · · 37
디엔반 군청의 결사대 · · · · · · · · · 43
슬픈 호수 마을 · · · · · · · · · · · 55
어느 소대장의 죽음 · · · · · · · · · · 59
저승의 색깔 · · · · · · · · · · · · 72
아! 비극의 그날 · · · · · · · · · · · 80
해변 휴가와 B-52 폭격 · · · · · · · · 89
중대를 구한 김 중사 · · · · · · · · · · 95
수색 작전과 신풍 · · · · · · · · · · 100
인명은 재천 · · · · · · · · · · · · 109
대용궁 작전의 숨겨진 얘기 · · · · · · · 118
배신의 참회 · · · · · · · · · · · · 143
나의 마지막 전투 · · · · · · · · · · 151
* 불꽃처럼 살다 간 전우 * · · · · · · · 164

Chapter 2. 헌병대 수사과

어느 대원의 자살 · · · · · · · · · · · · · · · · · · · 166

각양각색의 지휘관들 · · · · · · · · · · · · · · · 171

해병대 긴바이 · 180

자폭과 탈영 · 186

말썽꾼들 · 194

본토 영어 그리고 양주와 안주 · · · · · · · · 199

장군의 아들과 살인 사건 · · · · · · · · · · · · · 205

어느 중대장과 C-레이션 · · · · · · · · · · · · · 212

집단 강간 살인은 누가 했나? · · · · · · · · · 216

20만 불은 누가 먹었나? · · · · · · · · · · · · · 222

짧은 인연 · 226

만감의 교차 · 235

Chapter 3. 1966 백령도

장산곶 바라보는 백령 중대 · · · · · · · · · · · 240

의리의 사나이 · 244

고립의 고통 · 247

또 다른 감회 · · · · · · · · · · · · · · · 249

흘러간 물개 사건 · · · · · · · · · · · · · 252

백 해삼 얘기와 독나방 얘기 · · · · · · · · · 256

공돌과 야구 시합 그리고 관창 소주 · · · · · · 261

특명 · · · · · · · · · · · · · · · · · · · 265

추억 속의 사람들 · · · · · · · · · · · · · 275

Chapter 4. 뒤돌아보며

그날은 너무 슬펐다 · · · · · · · · · · · · 278

관측 장교 이 소위 · · · · · · · · · · · · · 286

미 해병대 전우들 · · · · · · · · · · · · · 290

털보 정 중위 · · · · · · · · · · · · · · · 294

전쟁 공포증 · · · · · · · · · · · · · · · 298

자만과 개죽음 · · · · · · · · · · · · · · 302

부식과 위장복 사건 · · · · · · · · · · · · 306

소총 소대 · · · · · · · · · · · · · · · · 310

선배들의 먹거리 · · · · · · · · · · · · · 313

육군 제11 군수 지원 대대와 538번 도로 · · · · · · · · 318

전쟁 그리고 여자 · · · · · · · · · · · · · 322

월남 아가씨 '국이' · · · · · · · · · · · · · · · · · · 326

방어 본능과 사형 집행 · · · · · · · · · · · · · · · 329

해병대의 눈물 · 333

C-레이션의 추억 · · · · · · · · · · · · · · · · · · 335

맥아더 장군은 선배들의 친구입니다 · · · · · · · · · · · 339

영천 따까리 시절 · · · · · · · · · · · · · · · · · 343

두 해병 · 350

월남전의 단상 · · · · · · · · · · · · · · · · · · · 357

38년 만의 만남 · · · · · · · · · · · · · · · · · · 362

Chapter 5. 호이안 전투 60가지 교훈(소단위 게릴라 전투의 지략)

호이안 전투 60가지 교훈(소단위 게릴라 전투의 지략) · · · · 366

후기 · · · · · · · · · · · · · · · · · · · **390**

Chapter 1. 소총 소대장

전사들의 침묵

"돼지는 왜 키우는가?"

해병 학교의 사관 후보생에서 막 소위로 임관을 하고 일주일간의 휴가를 마친 후 다시 3개월간의 기초반 훈련을 시작했을 때 중대장이 우리들에게 던진 질문이었다.

나는 마치 〈웨스트포인트〉라는 미국 영화에 나오는 한 장면에서 갓 입학한 생도에게 상급생이 "귀관! 소의 정의는?" 하고 묻는 질문이 언뜻 떠오르기도 했지만 나는 수면 부족에다 보리밥 먹고 늘 빠따를 맞고 뛰던

사관 후보생 시절이 생각나 임관 뒤의 기초반 교육도 결코 만만하지는 않겠다 싶은 생각이 들었다.

이윽고 중대장은 자문자답을 했다.

"돼지를 키우는 것은 잔칫날 잡아먹기 위해서 키우는 거야!"

갓 임관한 초급 장교들을 매우 비하하는 말이었지만 그러나 우리는 그토록 우리를 비하함으로써 끈질긴 잡초처럼 풋풋하게 잘 자라라는 당부의 말로 여겼다.

세간에서는 흔히들 소대장을 "소모품"이라는 표현 또는 "제일 위험한 직책"이라는 말로 표현을 하지만 그것은 무모했던 옛날 옛적의 전투가 그러했기 때문이고 지금에야 전쟁도 많이 달라져 마치 예전의 일본군 소대장처럼 대원들 앞에 서서 일본도를 쳐들며 적진으로 돌격하는 그런 무모한 전쟁을 하는 것이 아니기 때문에 소모품이라는 말과는 다소 거리가 있는 것으로 알고 있었다.

그러나 다만 수십 명의 생명을 책임지는 바로 그 책임감 때문에 전투 시 동분서주를 하다 미처 자신을 은폐시키지 못한 채 총알이나 포탄에 희생되는 경우와 적에게 지휘자로 노출되어 적으로부터 저격을 당하거나 집중 사격을 당해 희생이 되는 수는 더러 있다고 들었다.

그 후 약 3개월간의 기초반 과정을 수료한 우리는 병과를 정하고 모두가 명령을 받은 임지로 각각 흩어졌고 보병 병과의 초급 장교가 된 나는 처음 도서 부대 백령 중대의 소대장이라는 직책에서부터 실무 생활을 시작했다.

해병대에 입대하기 전까지는 별로 들어 보지도 못했던 백령도였지만 인천에서부터 북한 땅을 바라보며 무려 열 시간 이상이나 배를 타고 도착해야 한다는 그 자체가 우선 나에게 매우 흥미로움을 주었다.

우리를 태운 약 200톤 급의 정기 여객선 은하호는 백령도에 도착하기 전 소청도와 대청도에 잠깐씩 들렀고 그때부터 줄곧 바라보았던 백령도는 마치 흰 옷을 입혀 놓은 듯 온 산이 희게 물들어 있었으나 막상 더욱 가까워져서는 그것이 바로 하얀 메밀꽃이라는 것도 알 수 있었다.

9월의 하순인데도 제법 날씨가 쌀쌀해 본부 중대에서 우리를 맞으러 해안가로 나온 하사관과 병사들 몇 명은 모두 미 해병대가 지급한 두텁고 긴 털 파카를 입고 있었다. 7명의 동기생들은 다음 날 도서 부대 본부에 신고를 마친 후 다시 재분류되었다. 3명은 백령 중대 그리고 2명은 중화기 중대 그리고 나머지 2명은 배편으로 다시 백령도보다는 훨씬 남쪽에 위치한 연평도로 내려가 연평 중대에서 근무를 하게 되었다.

그러나 잠시 세월이 흘러 우리 동기생들이 중위로 진급을 한 후에는 나와 함께 백령 중대에서 근무를 하던 김 중위부터 먼저 사격장 관리 대장으로 명령을 받아 자리를 옮겼고 그 얼마 후에는 내가 도서 부대 인사 장교라는 직책으로 발령이 나 역시 자리를 옮겼다.

나는 발령을 받기 전부터 부대장인 황 대령께서 행정에 밝은 분이라는 말을 들었기 때문에 내심 마음이 편치 못했던 것이 사실이었고 또 부대장께서는 출퇴근을 하지 않으시고 항상 부대 내에서 생활을 하셨기 때문에 나는 늘 정신을 바짝 차리고 있지 않으면 안 되었다.

그러나 내가 인사 장교를 한 지 몇 개월이 지나지 않자 황 대령께서는 포항 상륙 사단으로 전출을 가셨고 후임 부대장으로는 대위 당시 해군에서 해병대로 오셨다는 황 대령보다 더 고참이신 김 대령께서 오셨다.

내가 인사 장교가 된 지 5개월 정도가 되었을 무렵, 나는 처음으로 서울

후암동에 위치한 해병대 사령부에 출장을 갔다.

사령부 행정부에서는 독립 부대나 여단급 이상 단위 부대의 인사 장교들을 모두 불러 해병대 각 부대마다 약간씩 달라 있던 문서 양식과 표현 방법을 하나로 통일시키기 위해 회의를 소집했던 것이다.

결국 나는 2일 간의 회의를 모두 마쳤고 그러던 중 우연히 사령부 소속의 어떤 장교로부터 지금 육군 헌병 학교에 위탁 교육을 보낼 우리 전투 병과의 위관 장교들을 선발하고 있다는 소식을 전해 들어 나는 옳거니 하고는 되든 안 되든 간에 여기에다 머리를 디밀기로 결심을 했다.

운명이라고나 할까? 결국 나는 선배 대위 세 명의 틈에 끼어 유일한 중위로 경북 영천에 있던 육군 헌병학교에 위탁 교육을 가게 되었고 그 3개월 후에는 범죄 수사반의 과정을 수료한 헌병 장교가 되어 있었다.

1968년 1월은 유난히도 추웠고 이른 새벽 캄캄한 해안가의 행군은 강한 동해안의 강풍으로 흩날리는 모래에 뺨을 맞아가며 걸어야만 했다.

포항에 위치한 해병대 제1 상륙사단 예하 '월남전 특수 교육대'에서의 약 3주간에 걸친 엄동설한의 훈련은 앞으로 싸우게 될 열사의 환경과는 너무나 다른 것이라 아이로니컬하게 느껴지지 않을 수 없었다.

1968년 1월 22일 새벽.

우리는 드디어 북을 치고 나팔을 부는 환송식을 마치고 월남의 전쟁터를 향해 포항역을 출발했다.

열차에는 장교용 객실이 한 칸 주어졌지만 인원이라고는 보병 소령 1명, 보병 대위 4명, 포병 대위 1명, 보급 대위 1명 그리고 나를 포함한 소총 소대장 요원인 보병 중위 3명과 보병 소위 6명이 고작이었고 모두를 합해야 16명에 불과한 인원이었다.

그리고 나의 경우는 비록 헌병대 수사과장이라는 직책을 헌병감실로부터 명령을 받았으나 현지의 사정은 그렇지 않다는 것을 이미 들은 바 있었다.

말하자면 내 스스로도 일단은 전투 소대장으로 월남의 전장을 누빌 것이라는 각오는 이미 하고 있었다는 뜻이다.

좀 더 당시 해병대의 위관 장교에 대한 얘기를 하자면 처음에는 사령부에서 경험이 부족한 보병 소위들은 되도록 소대장 요원으로 파월을 시키지 않고 경험 있는 중위나 고참 소위들로 파월을 시켰으나 얼마 못 가 해병대의 초급 장교 수급이 현실적으로 여의치 못했던 탓에 때에 따라서는 4개월 정도 소대장을 한 소위들까지도 파월을 시키지 않으면 안 되는 입장이 되었던 것이다.

그리고 월남의 현지에서는 보병인 경우 선후임에 관계없이 중위나 소위는 선착순으로 소대장을 하지 않으면 안 되는 입장이었고 후방 배치도 선입 선출식으로 먼저 소대장을 한 사람이 먼저 빠졌으나 각 대대의 사정에 따라 4개월간 전투 소대장을 한 사람이 있는가 하면 대체적으로는 6개월 내지 7개월간의 소임으로 전투 소대장을 마쳤다.

또 덧붙여 말을 하자면 중대장을 해야 할 대위들 역시 수적으로 보아 그렇게 여유롭지 못한 형편이었다. 비록 헌병 장교라 할지라도 대위 역시 6개월 또는 그 이상의 전투 중대장을 마쳐야 비로소 헌병대로 원대 복귀를 할 수 있는 형편이었다.

한편 국내에서의 사정은 더욱 어려웠다.

내가 수송선을 타고 월남으로 떠나기 전 포항 제1 상륙 사단에 있는 내 동기생들로부터 들었던 얘기는 마치 코미디 같은 얘기들이었다.

불과 몇 달 전 도서 부대 백령도의 중화기 중대에 있었던 병과가 포병인 내 동기생 권 중위의 말로는 포항 제1 상륙 사단으로 전출이 되어 막상 와 보니 포병 중대 내에는 장교들이 거의 보이지 않더라는 것이다.

이상한 느낌을 가지고 대대장실로 들어가 전입 신고를 했더니 대뜸 대대장이 중대장을 하라는 명령을 내려 처음엔 자기가 혹시 잘못 들은 것이 아닌가 하고 자기 귀를 의심해 보았다는 것이다.

그런 후 그는 하는 수 없이 용기를 내어 자기의 경험과 현재 사정을 이실직고하기로 결심을 했다는 것이다.

"대대장님 저는 포병입니다만 도서 부대에 있었기 때문에 어쩌다 아직 육포(육군 포병 학교)도 다녀오지 못한 데다 지금까지 우리 해병대 주포인 105밀리 포도 본 적이 없고 인치포만 경험이 있을 뿐입니다. 이런 가운데 바로 중대장을 한다는 것은 너무 감당하기가 불가능할 것 같습니다."

그러나 대대장은 더욱 정색을 하고 말했다.

"이봐, 권 중위. 자네는 몰라서 하는 소리야. 그러잖아도 장교들이 모자라던 판에 월남으로 계속 가 버리고 나니 부대 내 위관 장교가 씨가 말랐어!"

순발력이 뛰어난 권 중위는 얼른 생각을 달리하고

"대대장님. 그러시다면 먼저 다른 중대의 훈련에 따라 나가 구경이라도 한번 하고 난 후 중대를 맡겠습니다."라고 사정을 했다는 것이다.

물론 대대장은 조리정연한 권 중위의 요구에 응했고 그 후 권 중위는 매우 우수한 포병 중대장으로서의 역할을 다 했다는 후문이 있었다.

뿐만 아니었다. 어떤 동기생들은 소위 임관 후 기초반 교육을 마치고 보병 소위로 포항 제1 상륙사단으로 첫 배치를 받는데 동기생 네 명이 간 그 중대에는 장교가 아무도 없어 바로 동기생끼리 군번 순서를 잘라 중대장에서부터 소대장까지를 잠시 했었다는 소문이었다.

물론 대대 본부의 지시에 따라 그렇게 했겠지만 그토록 해병대에 위관 장교들이 모자랐던 것은 가난했던 시절의 국방 예산에다 급작스러운 월남전의 수요가 잠시 피크를 이루었기 때문이었다.

바깥 공기와는 다르게 후끈한 열차 안의 난방이 그동안에 얼었던 마음과 육신을 한꺼번에 녹이듯 우리 모두를 나른하게 만들었다.

전쟁터로 향하는 전사들의 객실은 계속 침묵만 흐를 뿐이었고 혹시라도 옆 사람과의 꼭 필요한 대화가 있을 때도 매우 낮은 목소리로 잠시 소곤거릴 뿐 모두가 조용히 있기를 원하고 있었다.

잠시 후 객실의 출입구 쪽에 앉은 한 장교가 어떤 물건을 챙기는지 포장지 뜯는 소리를 내자 나뿐만 아니라 여러 장교들이 나무라듯 눈살을 찌푸리며 그쪽 방향으로 고개를 돌렸다.

그것은 생과 사의 주사위가 던져진 전사들의 신경이 이미 극도로 치달아 있다는 증거였다.

차창 밖으로 눈을 돌려도 아직은 어두워 내가 앉은 반대편의 실내가 거울처럼 반사되어 내 눈에 들어올 뿐이었다.

"만약 내가 불구가 되어 돌아온다면? 아니야, 그렇게 된다면 차라리 죽어서 돌아오는 것이 더 낫겠지."

멀쩡히 살아서 돌아온다는 생각보다는 내 스스로 최악의 경우를 어떻게 이해하고 받아들여야 할지가 큰 고민이었다.

곧 차창 밖으로는 옹크린 산들의 모습과 옹기종기 모인 마을이 시야에 들어오기 시작했다.

어떤 집들은 식구들의 아침밥을 짓는 듯 굴뚝에 진한 연기가 피어오르고 있는 것도 눈에 띄었다.

"아~ 내 조국, 내 나라의 산하의 모습이여! 이것이 내 영혼에 실릴 너의 마지막 모습이 될지도 모를 일이구나."

나는 새삼 왜 예전에는 이토록 마음에 와닿는 내 조국의 풍경들을 예사롭게만 보아 왔던가? 하는 후회스러움이 느껴졌다.

부산항으로 향하는 동안 잠시 열차가 서는 역에서는 으레 환송의 플래카드와 무운을 바라며 잘 다녀오라는 고마운 사람들의 물결이 따랐다.

내가 초등학교 4학년이 되었을 때 6·25 사변이 터졌다.

며칠이 지난 후 나는 아침 등교를 하다가 태극기를 접어 비스듬히 어깨 띠를 한 채 도시락을 들고 전쟁터로 가기 위해 우선 학교로 집합하고 있는 형들의 활기찬 모습을 보고 나는 너무나 부러워했던 적이 있었다.

그리고 같은 동네에서도 많은 형들이 스스로 전쟁터로 나갔다.

그러나 몇 개월이 지나자 잠시 휴가를 다녀갔던 방앗간 준이 형은 영영 돌아오지를 않았고 철공소의 외아들인 철이 형은 한 번도 집에 다녀간 일 없이 전사 통보만 날아왔다.

다리를 약간씩 절름거리는 방앗간 아저씨는 그로부터 말문을 닫다시피 했고 철이 아저씨는 오히려 말소리가 커지고 술을 찾는 일이 잦아졌다고 동네 어른들은 수군거렸다.

그로부터 18년 후 이제 나는 나 스스로가 방앗간 준이 형처럼 그리고 철공소의 철이 형처럼 총을 쥐고 전쟁터로 나가야 하는 입장이 되었다.

열차 속의 내 결심은 평소에도 여러 번 생각했던 대로 "사지를 잃는 불구가 되느니 차라리 죽어서 동네 형들처럼 영원히 모습을 감추는 것이 나을 것이다"라는 비장한 각오를 다시 한번 하고 있었다.

부산의 제3부두

우리를 실은 열차는 부산의 제 3부두에 서서히 들어서고 있었다.

포항에서 출발한 해병대뿐만 아니라 하루 전 청량리에서 출발한 육군 백마 부대 장병들도 함께 승선을 하고 월남으로 가야 했기 때문에 비슷한 시간에 도착하는 부두의 임시 종착역에는 생각보다 많은 인파가 부대와 계급과 이름을 쓴 피켓을 흔들며 속도를 줄인 열차를 따라 함께 움직였다.

나는 초등학교와 중학교를 다닐 때 부산의 영주동에 있는 영선 고개를 넘나들며 걸어서 학교를 곧잘 다녔기 때문에 한때는 부산의 항구들을 내려다보며 자란 것이나 다름없었다.

그래서 나는 6·25 사변이 났을 때도 부산의 제3부두에는 수만 톤급의 외항선들이 항상 군인들과 물자들을 실어 나르느라 분주했던 것을 잘 기억하고 있었다.

뿐만 아니다. 당시 임시 수도로 정해졌던 부산은 불과 20여만 명 정도의 인구가 갑자기 피난민들로 인해 100만여 명으로 불어났기 때문에 도시 전체가 그야말로 인산인해처럼 느껴질 정도였다.

특히 내가 다니던 영선 고갯길은 아침부터 저녁까지 너무 복잡했다.

걸어서 고갯길을 넘는 사람들. 땅바닥 위에 신문지나 시멘트 포대를 깔고 물건을 놓고 앉은 노점상들. 철판 냄비를 걸어 놓고 바닥에서 꿀꿀이죽을 끓여 파는 아줌마들. 나무 의자를 놓고 난장 이발을 해 주는 이발사들. 이 모두가 전에 없던 풍경이었다.

한번은 추석 다음 날 영선 고개에서 내려다보이는 부둣가에 쌓아 놓은 기름 하적장에 화재가 났다. 산더미처럼 쌓아 놓은 드럼통들이 폭발해 하늘 높이 서로 경쟁을 하듯 치솟는 광경은 놀라움을 금치 못하게 했다.

잠시 나는 무심하게 차창 밖을 내려다보다 피켓도 없이 열심히 누구를 찾으려고 애를 쓰고 있는 머리가 파뿌리 같은 할머니 한 분을 보았다.

하얀 치마저고리에 흰 목수건을 두른 할머니의 검은 얼굴에는 세월을 말하듯 굵고 깊은 주름이 잡혀 있었고 누군가를 애타게 한 번이라도 더 보고 떠나보내려 안간힘을 쓰는 모습은 예사롭게 여겨지지 않았다.

식민지 시대를 살아오면서 2차 대전을 맞았던 남편의 징용과 큰아들의 6·25전쟁 그리고 작은아들의 월남전까지 맞게 된 그 아픔을 저 깊은 주름 속에 혹시라도 감추고 있는 것은 아닐까? 하는 생각도 잠시 해 보았다.

사실상 인류의 역사는 힘의 논리로 점철되어 있다.

제아무리 평화를 외쳐도 평화를 외친 역사 속의 민족은 결국 패자가 되었거나 불이익을 당했던 경우가 허다했으며 침략자는 승리자가 되기 일쑤였다. 말하자면 힘의 논리가 어떤 논리보다도 우선한다는 역사의 가르침을 우리는 외면할 수도 없거니와 모스크바에서 출발하여 북경과 뉴델리를 거쳐 파리에 입성할 것이라는 공산주의자들의 호언장담과 모든 노동자들이여 단결하라는 투쟁의 결의를 다짐하는 공산당 선언은 국시를 반공으로 하는 우리로서는 결코 이 세상 어떤 곳에서건 그 존재 자체를 용납할 수 없었다.

나는 증조부께서 자주 하셨다는 말씀이 떠올랐다.

"작은 물고기는 중간 물고기의 먹이요. 중간 물고기는 큰 물고기의 먹이니라"라는 말씀이셨다.

힘없는 백성은 역사 속의 노예로밖에 등장하지 못했던 것이 사실일 바엔 지금 나를 지탱하고 있는 정신이 결코 나약하게 되어서는 안 되겠다고 생각을 하자 잠시 나도 모르는 사이 온몸에 전율이 느껴졌다.

우리는 기차에서 내려 또다시 북을 치고 나팔을 부는 부둣가에서의 환송식을 가진 후 출발을 하기 위해 승선을 했다.

뱃고동을 울리며 떠나는 이별은 언제나 슬프게 느껴진다.

나는 그런 것을 잘 알고 있었기 때문에 오히려 내가 나 자신에게 냉정하기 위해 선상의 갑판 위에서 모두들 군가를 부르며 손을 흔들고 있을 때 얼른 장교 선실로 들어와 버렸다.

이렇게 하여 삼천만의 자랑인 해병대는 자유를 지키기 위해 그리고 국익을 위해 매달 한 번씩 육군과 함께 실려 가고 또 실려 왔던 것이다.

선상에서

상: 좌로부터 1. 주월 사령부 2. 해병대 청룡 부대 3. 맹호 부대 4. 백마 부대
하: 좌로부터 1. 십자성 부대 2. 비둘기 부대 3. 공군 지원단 4. 해군 수송단

우리가 부산항을 떠나기 그 전날 김일성이 보낸 북한의 124군 소수 부대가 청와대를 습격하려다 실패를 했다는 소식을 나는 뒤늦게 어떤 장교로부터 선상에서 전해 들었다. 그러나 모두가 청와대가 무사했다는 것만으로 안도할 뿐 그 어떤 장교도 그 사건에 더 관심을 보이는 장교는 없었다.

나 역시도 그것보다는 전쟁터로 향하고 있는 내 처지와 현지의 피아간 사정에 더욱 근심 어린 생각을 하고 있었기 때문에 우리와는 전연 상관이 없는 일로 묻어 버렸다.

2만 톤급의 수송선 위글 호에 있는 장교들의 선실과 내부의 시설들은 그런대로 만족을 주었다.

특히 장교 식당의 메뉴는 양식으로만 되어 있어 처음에는 매우 이채롭게 느껴졌으나 두 끼니를 먹고 난 다음부터는 생각이 약간씩 달라져 갔다.

장교 식당의 테이블 위에는 우리를 배려하느라 유리병에 담은 된장과 김치가 있었으나 모두가 물기 없이 말라 있어 먹을 수가 없었고 특히 된장은 소금 덩어리 같아 보였다.

한번은 이것이라도 먹고 속을 달래야겠다는 생각으로 식빵에다 그 소금 덩어리 된장을 발라 입에 넣고 있는데 우리 테이블을 주로 서빙을 하던 필리핀계 미국 영감이 그것이 그렇게도 우스웠던지 가지고 오던 음식을 손에 든 채 웃음을 참지 못하고 그만 주저앉아 혼자서 소리를 죽여 가며 웃고 있었다.

그 일이 있은 후 우리는 서로 더욱 친숙한 사이가 되었고 그는 자기 근무가 끝나면 밤마다 오렌지를 큰 봉투에 잔뜩 싸서 들고는 내가 있는 선실로 찾아오곤 했다.

물론 나와 함께 선실을 쓰던 장교들도 많은 얘기들을 그와 함께 나누었고 우리는 그럼으로써 지루한 선상의 시간을 조금이라도 재미있게 보낼 수 있어 매우 다행스러웠다.

하루는 저녁 시간이 가까워 선체 하단에 있는 대원들의 식당으로 순찰차 내려갔다. 모두가 셀프로 열을 지어 배식을 받고 있었고 음식의 내용은 모두가 훌륭하게 느껴졌는데 다만 아이스크림은 장교들처럼 유리컵에 담아 주는 것이 아니라 종이로 만든 네모난 통에 넣은 것을 하나씩 배식판 위에 얹어 주는 것이 특징 있게 보였다.

그런 후 나는 장교 식당으로 돌아와 약간은 늦게 테이블에 앉았는데 웬일인지 장교 식당 안의 분위기가 매우 썰렁해 있음을 느꼈다.

나로부터 좀 떨어진 곳에는 키가 큰 수송관인 미 해군 소령과 덩치 큰 멕시칸 얼굴을 한 식당 책임자가 서서 서로 언성을 높이며 말하고 있는 것이 눈에 들어왔고 소령은 자꾸만 대꾸를 하고 있는 식당 책임자를 죽일 듯이 노려보고 있는 것이 예사롭게 보이지가 않았다.

내용인즉슨 장교들에게 오늘따라 아이스크림을 주문하면 유리잔에 담아 주지 않고 종이 상자에 담은 아이스크림을 그대로 주었던 것이 화근이 된 것이었다.

식당 책임자는 이것도 아이스크림이 아니냐고 자꾸만 대꾸를 했고 소령은 장교 식당은 반드시 유리컵에 담아 와야 하는 것 아니냐는 불호령이었다.

결국 이미 날랐던 종이컵의 아이스크림은 모두 치워지고 다시 주문을 해야 했던 장교들은 유리잔으로 바꾸어 새로 담은 아이스크림을 먹게 되었다.

사실 나는 종이 상자에 담아 주면 나중에 갑판으로 가지고 나가 바람을 쏘이며 먹을 참이었는데 나중에 가만히 생각해 보니 역시 장교의 품위를 지켜준 해군 소령이 고맙게 여겨졌다.

아이스크림 사건이 있은 다음 날 늦은 밤이었다. 후배 장교 한 사람이 내가 있는 방으로 찾아와 배 안에 야식을 먹는 곳을 알아 두었는데 모두들 가지 않겠느냐는 말을 했다.

희망을 했던 5명 정도의 우리 장교들은 그를 따라 미로 같은 배 안을 이리저리 돌아다니다 한참만에야 야식을 먹는 장소를 찾았다.

꽤나 넓은 텅 빈 방 안에는 하얀 보자기를 씌운 테이블을 몇 줄씩 열을 지어 놓고 그 위에는 식빵과 치즈와 햄을 줄줄이 얹어 놓은 것이 보였다.

그리고 맨 앞에는 커피와 차를 담아 둔 큰 스테인리스 물통 두 개와 종이컵을 쌓아둔 것이 보였는데 먹는 사람이라고는 우리밖에 없어 약간은 미안한 느낌도 들었지만 그보다는 치즈가 자그마치 여섯 종류나 되는데다 햄이 다섯 종류나 되어 더욱 놀라웠다.

특히 나와 몇몇 장교들이 쓴맛이 나는 치즈를 먹고는 상한 것이 아닌가 하고 의심을 했는데 내용을 잘 아는 장교가 원래 그런 쓴맛이 나는 치즈가 있다는 말을 해 모두 안심을 하기도 했다.

어느 날은 내가 의무실 앞의 복도를 지나가는데 미 해군 위생병이 함께 진료실에서 나온 해병을 내 옆에 세우더니 나에게 말을 걸었다. 얘긴즉슨 이 해병이 임질에 걸려 계속 치료를 해야 한다는 것이었다. 나는 그 해병에게 "너 포항 역전에 갔었구먼." 하고 농담을 했더니 그 해병은 "네" 하고 부끄러운 듯 작은 소리로 대답을 했다. 그리고 나는 그 미 해군 위생병의 당부에 따라 앞으로 계속 빠지지 않고 치료를 해야 한다고 당부를 하는 한편 위로를 해 주었다.

이미 6박 7일의 항해도 순조로워 도착할 날도 얼마 남지 않았을 때였다. 내가 점심을 먹고 잠시 쉬는 중에 어떤 후배 장교가 내 동기생인 김 중위가 자기보다 더 후배인 장교들에게 섭섭한 일을 잠시 당했다고 귀뜸을 해주어 내가 김 중위가 있는 곳으로 찾아갔다.

그는 매우 침울해하며 얘기를 잘 하지 않으려고 했는데도 결국은 자초지종을 물어 그 내용을 알게 되었다. 나는 즉시 선배 장교인 김 중위에게 모욕적인 언사를 했다는 세 명의 후배 장교들을 내 방으로 불렀다.

모두가 우수 하사관 출신으로 군대 생활로 보나 나이로 보나 바로 대학을 졸업하고 임관을 했던 김 중위보다는 더욱 세련되어 보였지만 그렇다고 선배에게 실언을 한다는 것은 용서가 되지 않는 일이기 때문에 나는 단단히 주의를 주지 않을 수 없었다. 결국 후배 장교들의 의도는 그것이 아니었는데 문제는 듣는 사람들의 오해에 의해 비롯되었다는 해명과 김 중위에 대한 진심 어린 사과에 따라 모든 일이 끝났다.

　내가 함께 전쟁터로 나가는 터에 후배 장교들에게 심하게 주의를 주었던 것은 동기생인 김 중위의 체면을 내가 챙겨주지 않으면 안 되는 입장이었기 때문이었다.

　드디어 순항의 결과로 1월 22일 출항을 했던 수송선 위글 호는 6박 7일의 순항을 마치고 1월 28일 오전 월남의 제2 도시라는 다낭 항구에 정박을 했다.

신참의 광기

1968년 1월 31일, 이날은 구정이었다.

그러나 이미 적들은 구정을 가운데 둔 3일간의 휴전을 위반하고 구정 2일 전부터 대공세를 취하기 시작했다. 막 추라이로부터 호이안으로 이동을 했던 청룡 부대 전투 중대들은 거의가 진지를 구축하지 못한 형편이었고 청룡(해병 2여단) 부대 본부마저도 해변가에 천막을 치고 있는 실정이었다.

또 듣기로는 마악 이동을 한 호이안 지역은 대체로 평지에다 강과 숲이 우거져 있는 반면 여태 치열한 전투를 했던 추라이 지역은 마치 강원도 산악 지대와 비슷한 지형의 전술 지역이라는 것이었다.

말하자면 호이안 지역이 추라이 지역보다 쉽게 생각될 수도 있으나 사실은 월남의 남북을 갈라놓은 17도 선이 추라이 지역보다 호이안 지역에 더 가깝고 월맹의 정규군들까지 침투하여 합세를 하는 통에 전연 다른 개념의 소단위 부대 전투가 있을 수 있다는 것에 대해 청룡 부대 본부의 상급 지휘관들은 모두가 긴장을 하고 있다는 말을 들었다.

1월 28일 다낭 항에 도착한 우리 23제대는 청룡 부대 본부의 준비 부족으로 현지에서의 적응 교육도 그리고 M-16의 사격 훈련도 받지 못한 채 장사병들 모두가 1대대 본부와 붙어 있다시피 한 근무 중대(보급 부대)에서 대기를 하지 않으면 안 되었다.

1월 29일 오전 장교들만 잠시 헬리콥터를 타고 청룡 부대 본부에 신고식을 하러 갔다. 여단장은 부재중이라 참모장이 대신해 신고를 받았고 워낙 모두들 바빠 잠시 작전 참모로부터 전황이 별로 좋지 않다는 말만 들었을 뿐 다른 자세한 내용도 듣지 못한 채 냉큼 헬리콥터를 타고 되돌아올 수밖에 없었다.

우리는 불안함을 지우지 못한 채 근무 중대에서 대기를 하는 중에도 바로 붙어 있다시피 가까이에 있는 포병 대대에서 계속 포를 쏘아 대는 통에 매우 곤혹스러워 했다. 특히 우리 신참들은 포 쏘는 소리가 "콰쾅" 하고 들릴 때마다 시도 때도 없이 몸을 움찔거리지 않을 수 없었고 이것은 마치 딸꾹질을 계속하는 것보다 더 심하게 몸에 반응이 와 밤에는 거의 잠을 잘 수가 없을 정도였다.

그러나 단련이 된 탓인지 근무 중대 고참들은 그 소리에는 아랑곳하지 않고 더러는 코를 골며 잠을 자고 있는 대원도 볼 수 있었다.

다음 날인 1월 30일 정오쯤 근무 중대의 임시 건물 앞 넓은 마당이 갑자기 전투 병력들로 채워지기 시작했다. 대열을 대충 갖추고 정문으로 들어오는 병사들의 모습은 매우 지쳐 있었고 나로서는 몇 대대 몇 중대의 대원들인지조차 도무지 알 수가 없었다.

그래도 나는 혹시나 아는 장교가 있을까 하고 반가운 마음으로 각 소대를 인솔하는 소대장들부터 찾았다.
"형" 하는 소리가 어디서 들렸다.

"아~ 고 중위, 벌써 와 있었구나."

우리는 잠시 서로 끌어안다시피 하며 악수를 나누었다. 그는 먼지를 뒤집어쓴 채 지쳐 있는 모습을 보이며 방금 호이안에서 시가전을 막 마치고 돌아오는 길이라고 했다. 그러나 대열이 움직이고 있었기 때문에 더 이상의 얘기를 나눌 여유가 없었다. 고 중위와 헤어지고 나니 멀리서 누가 손을 흔드는 것이 또 보였다. 평소에도 검은 얼굴이 더욱 검게 보이는 김 중위였다.
철모를 두른 끈에는 압박 붕대가 꽂혀 있는 것이 특이하게 느껴졌고 그와는 거리가 멀어 그저 손을 흔들어 보이는 것으로 인사가 끝이 났다.

(김 중위는 추라이에서 있었던 전투에서 옆구리에 관통상을 입었으나 다행히 살아 또다시 완쾌 후 소대장을 자원했던 불굴의 사나이이며 귀국 후에는 대대장을 마치고 제대를 했다.)

잠시 후에는 뜻밖에도 박 중위를 만났다. 그는 도서 부대 중화기중대의 소대장을 했고 나는 같은 부대 백령 중대의 소대장을 했었는데 나보다는 1기 선임이었으나 내가 생각하기로는 여태껏 이 박 중위보다 더 모범된 해병대 초급 장교를 본 적이 없을 정도로 그는 무엇으로 보나 반듯한 사람이었다.

"구 중위, 너무 반가워요."

"아~ 여기서 서로 만나는군요. 언제 월남에 왔어요?"

"한 2개월 정도 됐나 봐요."

"난 며칠 전에 다낭에 도착했어요."

우리는 서로가 반가워 어쩔 줄을 몰라 했지만 역시 대열이 움직이고 있어 서로 헤어지지 않을 수 없었다.

(그는 다음 날 전투에서 개활지를 건너다 적의 기습으로 그만 전사를 하고 말았다는 소식을 나중에 들었다.)

사실은 어제부터 나는 근무 중대에서 대기를 하고 있던 우리 23제대의 장사병들이나 하사관들이 슬슬 줄어들기 시작하는 것을 느꼈다. 그것은 기회를 보아가며 여단 본부에서 배치 명령을 시작했다는 뜻이었다.

1월 31일, 남은 장교는 16명 중 나를 포함해 세명 밖에는 없었다. C-레이션으로 점심을 막 끝내고 있는 중 옆방의 근무 중대 통신병이 전통을 한 장 가지고 나에게로 다가왔다. 써 놓은 글씨가 너무 복잡하고 잘 알기가 힘들 뿐 아니라 직접 메모를 한 통신병도 받아는 적었지만 그 내용을 잘 몰랐다.

나는 옆방으로 가 직접 무전기를 잡고 청룡 부대 본부의 인사장교에게 물었다. 그랬더니 대충의 인사 발령과 명령의 내용은 이러했다.

"5대대 27중대 소대장으로 명함. 오후 4시 30분경 두 대의 미 해병대 수륙 양용 차와 네 명의 27중대 대원이 근무 중대에 도착할 예정임. 근무 중대에서 C-레이션을 적재한 후 대원들과 수륙 양용 차 두 대를 지휘하여 호이안 외곽 비행장에 배치된 26중대에 일부 보급품을 지원한 후 좌표 000 000에 위치한 27중대로 찾아가 C-레이션을 전달하고 부임할 것."

나는 좀 복잡하다고 느끼기는 했으나 이제야 실감나는 전쟁터에 들어가는구나 하는 생각을 하며 마음의 각오를 단단히 했다. 시간에 맞추어 미 해병대 수륙 양용 차가 근무 중대에 와 닿았다.

나는 수륙 양용 차의 미 해병대 선임 대원에게 앞으로는 내가 너희들을 지휘를 할 것이라는 말을 전하고 27중대에서 온 대원들에게 말을 걸었다. 대원들이 지쳐 있는데다 수륙 양용 차의 소음까지 겹쳐 그런지 아니면 얼굴이 아직도 그을리지 않은 허연 신참이 되어서인지 대원들의 응대가 시원치 않아 나는 화를 벌컥 내었다.

"야, 이 XX들아. 내가 지금 묻고 있잖아! 너희들 방금 호이안 시내를 통과했을 때 시가전이 끝이 났었는지 아닌지 말이야!"

죽일 듯이 말을 하는 나를 보고서야 네명중 겨우 한 대원이 시가전은 이미 끝난 것 같고 그래도 총소리는 수시로 들리더라는 식으로 그것도 어눌하게 대답을 했다.

5대대 27중대는 오늘 오전 호이안 시내를 탈환하기 위해 북쪽 방향으로부터 접근을 시도하다 시가지 외곽에서 적에게 저지를 당하고 있었다.

마침 건물에 은폐해 있는 적을 섬멸하기 위해 1소대 소대장인 강 소위가 지도를 펴놓고 잠시 선임 하사관과 분대장들을 모이게 했는데 이때 그만 적이 쏜 박격포가 그 부근에 몇 발 떨어지는 통에 불행하게도 강 소위는 물론 1소대의 지휘자 전원이 사상을 당하고 말았던 것이다.

나는 출발하기 전 우선 보급 장교인 선중위로부터 사정을 얘기하고 권총 한 정을 빌렸다.

"자살용인데 무슨 소용이 있겠소."
나보다는 선임인 덩치 큰 보급 장교가 넌지시 웃으며 권총을 건넸다.

"이것마저 없으면 자살도 못하지요."

우리는 함께 껄껄 웃으며 작별의 인사를 나누었다.

나는 수륙 양용 차 두 대를 지휘하고 매우 빠른 속도로 호이안 시내를 통과하여 무사히 외곽의 경비행장으로 갔다. 호이안을 통과하는 중에도 나는 대원들과 함께 수륙 양용 차의 상판에 납작 엎드려 사주 경계를 철저히 하지 않으면 안 되었으나 가는 도중 우리를 겨냥해 총알이 날아오거나 하는 일은 마침 없었다.

전투 식량인 C-레이션을 기다리는 26중대 부중대장은 웃음을 온 얼굴에 머금으며 나를 반겼다. 그는 나보다 2기 선임이었으나 대학도 동기에다 백령도 백령 중대에서 내가 소대장을 했을 때 우리 중대 부중대장을 잠시 했던 친구였다.

"야, 구 중위 너 헌병이 여긴 왜 왔어?"

"소대장이 모자라 우선 기고 있으면 나중에 빼 준대. 나 이제 27중대 소대장으로 부임하는 길이야."

"아침에 우리가 27중대하고 잠시 지나쳤는데 그 뒤로 포를 맞아 피해가 컸다는구먼. 너 큰 고생하러 가는구나. 야~ 그리고 너 지금 27중대를 찾아간다는데 앞에 보이는 저 숲을 어떻게 뚫고 갈래? 호이안 시내에서 철수한 적들이 다 저 속에 있을 텐데…."

"그래도 명령이니 가야지."

"너 겁도 없구먼, 또 어두워지고 있잖아. 여기서 쉬고 새벽쯤에나 들어가지 그래."

"괜찮아, 내 걱정은 말고 빨리 작업이나 끝내줘."

작업을 마치자 어둠이 깔리기 시작했다.

미 해병대 대원들도 아예 갈 생각을 하지 않는 것 같았다. 나는 네 명의 미 해병대 기갑병 중 누가 선임이냐고 묻고 선임이라는 그 대원에게 다가가서 목소리를 높였다.

내가 가야 소대를 지휘할 수 있을 뿐만 아니라 이미 어둠이 깔리기는 했지만 그것이 위험하다면 숲속으로 들어갈 때 쌍라이트와 엔진을 튠업해 가면 오히려 대병력이 온 것처럼 여겨 무사히 목적지까지는 갈 수 있을 것이라고 말을 하자 그는 다른 자기 대원들을 힐끔 한번 쳐다보고는 무슨 답을 얻었는지 나를 향해 고개를 끄덕여 보였다.

그들이 처음 27중대를 떠나올 때는 지금 우리가 가고자 하는 길과는 다른 먼 길로 왔었기 때문에 잠시 지도를 펴고 생각해 보는 시간을 가졌다.

나는 이제부터 더욱 절박한 생사의 기로에 서게 되었다는 생각을 하고 보니 차츰 단단한 각오가 나를 감싸는 것 같은 기분이 들었다. 그리고 적들이 우리의 약점을 알고 미리 준비된 공격을 해오지 않는 한 우리는 무사히 27중대까지는 갈 수 있는 것이라고 믿고 있었다.

드디어 출발을 했다.

수륙 양용 차의 쌍 헤드라이트는 그 밝기가 매우 강했다. 계속 튜업을 해가며 숲을 누비며 전진해 가는 두 대의 수륙 양용 차의 굉음 소리가 마치 포효하는 맹수처럼 고요했던 숲속을 매우 요란스럽게 만들었다.

"웡 웡 웡, 웡웡웡웡 웡~" 적들로 하여금 두 대의 수륙 양용 차 속에 많은 대원들을 태우고 무슨 큰 작전이나 하는 것처럼 보이기 위해 더더욱 요란스러움을 떨었다.

거의 30분이나 흘렀을까? 멀리 헤드라이트의 조명에 꿈틀거리는 위장복들이 눈에 들어왔다.

살았구나! 나는 그제야 안도의 마음과 기어이 해냈구나 싶은 기쁜 마음에 들뜰 수 있었고 그보다는 적을 기만해 당당히 그들이 포진해 있을 숲의 한가운데를 뚫고 무사히 나왔다는 데 더욱 뿌듯하고 통쾌한 승리감을 느낄 수 있었다.

시작된 전투

　전령이 수통의 물과 휴지로 강 소위의 장구였던 철모와 방탄조끼 그리고 M-16 소총에 묻어 있던 피를 닦았지만 나는 아직도 피비린내가 진동을 하는 것처럼 느껴졌다.
　특히 소총 구석구석에 흘러들어가 응고된 채 말라붙은 피는 어두운 참호 속이라 어떻게 할 도리가 없었다. 구정을 사이에 두고 3일간의 휴전을 피아간에 해 놓고도 그 첫날부터 대대적인 공세를 취한 적들은 역시 공산주의자들의 속성 그대로를 보여 주었던 것이며 이로 인한 아군들의 피해는 더욱 크지 않을 수 없었다.

급히 아침부터 호이안 작전에 투입되었던 5대대 27중대는 안타깝게도 적과의 조우에서 불행한 일을 맞게 되었고 포탄에 희생된 강 소위와 분대장들은 모두 메드백 헬기(사상자 수송 헬리콥터)를 타고 후송이 되었던 것이며 야밤에 수륙 양용 차를 타고 적들이 포진한 숲을 뚫고 급히 이곳을 찾아온 나는 5대대 27중대 1소대장의 자리를 메우게 되었던 것이다.

지금은 5대대 27중대가 다시 병력을 수습한 뒤 호이안의 외곽 어느 공동묘지에서 참호를 파고 내일의 작전을 위해 밤을 맞고 있는 중이었다.

"철커덕~" 나는 어두운 참호 속에 쭈그리고 앉아 총알이 빈 M-16소총의 노리쇠를 뒤로 당겨보기도 하고 "찰각" 하고 격발도 시켜보면서 전령이 시키는 대로 한 번도 만져 보지 못한 총을 다루고 있었다. 원래 해병대 소대장의 소지 무기는 권총으로 되어 있었으나 이곳의 상황으로는 그렇지 않다는 것을 알게 되었고 막상 M-16이라는 최첨단의 소총을 쥐고 보니 든든한 기분이 이를 데 없이 느껴졌다.

나는 곧 3개 분대장들을 불렀다. 이미 내가 맡은 1소대는 소대장과 3개 분대장 모두를 잃었기 때문에 그 자리는 배속된 두 명의 화기 분대장과 한 명의 선임병으로 채워져 있었다. 서로 얼굴도 잘 보이지 않는 참호 밖 어둠 속에서의 첫 대면이었지만 나는 자신을 가지고 패기 있게 지쳐 있는 분대장들을 안심시키려 애를 썼다.

그리고 나는 청음초의 운용이 궁금해 "각 분대마다 전방으로 최소 50미터 정도까지는 나가야 되는데…."라고 혼잣말처럼 중얼거렸더니 내 말이 떨어지기가 무섭게 한 분대장이 각 분대 청음초들이 모두 전방으로 나가 있긴 하지만 숲이 너무 우거져 20미터 정도의 거리에서 끈으로 청음초의 손이나 발을 묶어 본대에 있는 대원들과 서로 잡아당기면서 신호를 하지 않으면 행방불명이 될 수도 있다고 대답을 해 나는 그 말에 잠시 새로운 현실을 느끼면서 그저 그러냐고만 하고 더 이상 대꾸를 하지 않았다.

무덤으로 들어찬 공동묘지에서 더구나 묘지와 묘지의 옆구리를 깊게 파서 그 좁은 참호 속에 들어앉은 내 처지가 너무나 가련하게 느껴지기도 했지만 내 곁에 쭈그리고 앉아 있다 시간이 되면 서로 임무 교대를 하는 내 전령과 통신병의 노련해 보이는 모습은 많은 걱정을 덜게 했다.

"소대장님 좀 주무시지요."
"아니, 괜찮아."

대답은 그렇게 했지만 교대를 할 때마다 전령과 통신병이 계속 건네는 그 말은 나의 신경을 몹시 거슬렀다. 전쟁이라고는 태어나 처음 해 보는 신참 소대장이 어디 잠이 올 리가 있겠는가?

시간이 흘러 그래도 날이 어슴푸레 밝아 올 때는 내 마음이 푸근해져 가는 것을 느꼈다. 비몽사몽간이었을까?

"탕~타타타타타타탕…" 하는 총소리가 거세게 들려왔다.

솔직히 나는 우리 소대가 어디서 어디까지인지도 확실히 알 수가 없었을 뿐더러 총알이 어느 방향에서 날아오고 있는지도 가늠할 수가 없었다.
화기 소대장을 하는 털보 정 중위가 중대장과 함께 있었는지 우리 소대의 중앙으로 총알이 날아오고 있으니 정면의 분대만 응사를 하라고 내 통신병을 통해 나에게 전달하는 소리가 무전기를 통해 들렸다. 그러더니 곧 중대장이 나를 찾아 다시 한번 털보 정 중위가 했던 말을 그대로 무전기를 통해 직접 지시를 했다. 나는 얼른 참호 바깥으로 뛰어나가 큰 소리로 소대원들에게 이 말을 전해야 했으나 허리를 펼 만하면 총알이 지나가는 소리가 마구 들려 본능적으로 일어섰다 앉았다 하는 동작만을 반복하지 않을 수 없었다.

이윽고 내 동작을 본 전령이 나를 보기가 안타까웠던지 얼른 참호 바깥으로 굴러 나가서는 묘지 뒤에 붙어 "2분대만 응사하고 나머지 분대는 사격 끝!" 하고는 두 손을 입에 모으고 고함을 쳤다.

잠시 후에는 적의 사격이 멎어 우리 2분대의 응사도 끝이 났다. 나는 전령을 한 번 쳐다보고는 마음속으로 "응, 이번에는 네가 내 대신 소대장을 했구나" 하고 고마움을 느꼈으나 내가 먼저 뛰어나가지 못했던 것이 잠시 내 스스로의 부끄러움으로 여겨졌다.

막상 날이 밝으니 어제의 전투에서 부상을 당했던 웬만한 부상병들은 후송조차 가지 못하고 그대로 있다는 사실을 알았다. 중대에 나와 있는 미 해병대 앵그리코맨(항공 함포 유도 통신병)들은 메드벡 헬기(사상자 수송 헬리콥터)를 계속 부르느라 여념이 없었지만 워낙 미 해병대의 피해가 커서 자기들 사상자를 실어 나르기도 손이 모자라 응답조차도 없는 지경이었다.

어떤 대원은 "야! 이 새끼야! 오지도 않는 헬기는 왜 자꾸 불러?" 하고는 앵그리코맨에게 발길질하려 했다. 나는 흥분한 대원을 말린 후 1개 중대에 2명씩이 배치된 미 해병대 앵그리코맨과의 첫 대면을 했다.

이틀 전부터 시작된 적의 구정 공세에 미 해병대도 속수무책으로 당하지 않을 수 없었다는 것이 그들의 설명이었고 나와는 의사소통이 잘 되니 앞으로 대화를 많이 했으면 좋겠다는 자기들의 의중을 전했다.

나는 잠시 후 새벽에 응사를 할 때 왜 총알에 화기 소대장과 중대장이 그렇게 신경을 썼는가를 비로소 알게 되었다. 말하자면 젖줄인 1번 국도를 적에게 점령당하고 보니 모든 보급이 일시에 끊겨 총알은 물론 심지어는 전투 식량인 C-레이션도 바닥이 날 지경이라는 것이었다.

하기야 지금 공중에서 투하되고 있는 아득한 거리에서의 보급 낙하산이 어디에 어떤 부대에 떨어지고 있는지는 몰라도 결국은 미군들이 그 미봉책으로 수송기로 포탄이며 탄약이며 식량들을 낙하산을 이용해 보급을 해 주고 있는 것이 눈으로 보이고 있었다.

C-레이션으로 아침을 끝낸 우리 27중대는 내 예상과는 달리 대대의 명령에 따라 재정비를 위해 중대 진지로 일단 돌아가게 되었다. 전령의 말에 의하면 대부분의 중대들이 막 추라이에서 이동을 했기 때문에 진지들을 미처 구축하지 못했는데 그래도 27중대는 운이 좋아 해변에서 그렇게 멀지 않은 사구의 끝자락에 위치한 5고지를 차지할 수 있었다고 했다.

그리고 그곳은 해변과 평원을 가르고 있는 높다란 사구의 끝이 되어 적의 이동을 관찰하거나 방어를 하기에는 안성맞춤인데 다만 기분 나쁜 것은 미 육군 1개 중대가 전멸을 한 후 버리고 간 진지라는 소문이 나돌아 마음을 언짢게 한다고 했다.

우리는 일열 종대의 대열로 이동을 했으나 개인 간의 거리를 한국에서와는 달리 10보 이상을 띄워서 걸었다. 그것은 지뢰나 부비트랩(속임수를 써서 장치한 폭발물)으로 인한 희생이 많아 불상사가 나더라도 그 피해를 줄여야 했기 때문이었다.

"뒤로 전달, 부비트랩 발견!"

앞서가는 첨병들의 소리가 들리면 다음에 따라가고 있던 분대에서도 다시 "뒤로 전달 부비트랩 발견!" 하고 복창을 해 계속 그런 방법으로 후미까지 전달을 해 나갔다.

나는 눈을 크게 뜨고 부비트랩을 자세히 살펴보았다. 포항에서 교육을 받을 때의 부비트랩과 현지의 것이 어떻게 다른지를 머릿속으로 비교해 보았으나 크게 다를 바가 없는 것 같이 여겨졌다. 그러나 부비트랩은 그 형태가 각양각색으로 속임수가 많아 결코 마음을 놓을 일은 아니라고 생각했다.

8킬로쯤 거리에 떨어져 있는 중대 본부도 이제 절반이나 온 셈이 되었을 무렵이었다.

갑자기 '따 다 당 당 당 당…' 하는 소리와 함께 내 앞에 선 전열이 순식간에 흩어져 없어지는 것을 보았다.

나는 대원들이 붙는 방향으로 뒤늦게나마 뛰어가 그렇게 높지도 않은 언덕에 가슴을 붙이고 무조건 전방을 향해 총을 쏘아댔다. 내가 난생 처음으로 전쟁터에서 적을 향해 총을 쏘아보는 경험이었다.

잠시 후 "사격 끝!" 하는 소리가 들리는가 싶더니 모두들 아무 일도 없었다는 듯이 대열을 갖추고는 다시 걷기 시작했고 나도 그 속에 끼어 터벅터벅 대열을 따라 몸을 움직였다.

이때만 해도 나는 내 스스로가 모진 전쟁의 도가니 속으로 막 빠져들어가고 있다는 사실을 미처 깨닫지 못하고 있었던 것이 사실이었다.

디엔반 군청의 결사대

1968년 1월 30일은 모든 월남인들도 으뜸으로 여기는 구정이었다. 적들은 구정인 1월 30일을 가운데 두고 피아간 3일간의 휴전을 약속했으나 그들은 그것을 위반하고 모든 전선에서 대대적인 공세를 취한 뒤 계속 그 여세를 몰아 좌충우돌 아군의 약점이 조금이라도 보이는 곳이면 가리지 않고 기습과 점령을 감행했다. 뒤에 알게 된 얘기지만 당시 월맹의 정규군 2개 연대는 휴전 중 월남과의 국경선인 17도 선을 몰래 넘어 지방 베트콩들과 합세해 미 해병대의 주둔지인 다낭 지역과 그곳과 멀지 않은 호이안 지역의 우리 청룡 부대를 대대적으로 공격했다. 당시 우리 해병대인 청룡 부대는 마악 추라이에서 호이안으로 이동은 마쳤으나 아직도 완강한 중대 진지는 구축을 하지 못하고 있던 때였다. 결국 적들은 월남의 젖줄인 1번 국도를 장악하는 것은 물론 우리 청룡 부대가 있는 꽝남성의 모든 군청에 대해서도 공격을 가하여 디엔반 군청을 제외한 전 군청을 전부 장악하다시피 했다.

물론 디엔반 군청도 일시적으로나마 월맹군 일개 중대로부터 기습을 당해 새벽 3시부터 5시까지 2시간 동안은 잠시 그들의 세상이 된 적이 있었지만 월맹 정규군들이 그곳에 더 머무르지 못했던 것은 아마도 바로 인접해 버티고 있는 우리 포병 6중대 때문일 것으로 생각되었다.

그리고 원래 군청마다 경비를 하고 있던 월남 정규군과 민병대들은 대부분 구정휴가를 떠났던 터라 불시에 들이닥친 적들의 공격에는 어떻게 할 도리가 없었던 것이 군청마다의 사정이기도 했다.

때마침 디엔반 군청의 미 고문단실에 포병 연락 장교로 나와 있던 내 동기생 최 중위는 캄캄한 밤중에 육박전을 거듭하다 운 좋게도 월남군 보안대 병사들의 도움으로 그들의 비밀 통로를 따라 급히 피할 수 있어 겨우 목숨을 건질 수 있었다.

그러나 미처 휴가를 가지 못했던 월남 정규군과 민병대 대원 그리고 업무 연락으로 파견되어 있던 6명의 미 해병대 대원들은 두말할 것도 없이 거의 전원이 전사를 하고 말았다.

한편 이러한 구정 공세의 여파는 벌써 한 달이 지난 지금도 회복이 되지 못한 채 1번 국도마저 적의 수중에 들어가 있는 실정이라 우리 해병대 청룡 부대가 필요로 한 탄약과 군수 물자도 하는 수 없이 미 해병대의 헬리콥터나 수송기에서 떨어뜨려 주지 않으면 안 되는 입장이 계속 이어지고 있었다.

특히 다낭 항구로부터 월남의 젖줄인 1번 국도를 통해 불과 30여 분이면 도착할 수 있는 거리의 디엔반 군청은 매우 중요한 요새였다.

그리고 이곳은 그 주위에서도 가장 큰 군청 소재지일 뿐 아니라 이곳에서 좌회전을 해야만 538번 도로로 진입을 해 우리 청룡 부대가 있는 곳은 물론 호이안 시로 연결이 될 수 있었기 때문에 누가 보아도 그 중요성이 돋보이는 곳이었다.

그러나 지금은 아쉽게도 이전처럼 아군들이 1번 국도를 되찾기에는 많은 노력이 필요했고 정보에 의하면 오히려 꽝남성 내의 모든 군청 중 유일하게 디엔반 군청만 완전한 점령을 하지 못했기 때문에 차기의 공격 목표는 바로 디엔반 군청이 될 것이라는 소문만 난무하고 있었다.

이러한 분위기에 맞추어 결국 청룡 부대 본부는 디엔반 군청을 사수해야겠다는 결심과 함께 증원 병력을 파견하기로 했고 마침내 그 임무는 내가 맡고 있는 27중대 1소대의 2개 분대로 낙착되었던 것이다.

나는 그동안 매일같이 낮이면 수색 작전에 투입되었고 밤이면 3일에 한 번씩 소대 병력을 이끌고 적진 가까이에 매복을 나가야 했기 때문에 차라리 사투를 벌이는 한이 있더라도 디엔반 군청에 나가 우선 사람 사는 구경이라도 하고 낮 시간만큼은 자유스러워지고 싶었기 때문에 오히려 잘된 것으로 여겼다.

원래 해병대의 1개 보병 중대는 1, 2, 3 세 개의 소총 소대로 이루어져 있고 별도로 LMG(경기관총) 6문을 가진 화기 소대뿐 아니라 60밀리 박격포의 포반과 포병에서 지원을 나온 포병 관측반과 공병 지원반 그리고 해군에서 나온 위생반이 있어 전체의 중대 인원이 180명 정도로 유지가 되고 있었다.

그리고 여기서 잠시 육군과 비교해 보면 육군은 1개 분대가 9명이었으나 해병대는 13명으로 구성이 되어 있었고 월남전 초기까지도 육군은 1개 분대의 자동화기 AR가 1정이었으나 해병대는 3정을 가지고 있었다.

물론 이런 편제는 기본적으로 미 해병대의 편성에 따른 것이며 이것은 해병대가 지상 전투도 하지만 가장 주특기로 하는 작전이 상륙 작전이기 때문에 은폐할 장애물이 없는 해변에서의 전투에서는 그만큼 희생이 많이 따른다는 것을 의미하고 있는 편제라고 이해하면 된다.

결론적으로 해병대의 1개 소대는 소대장, 선임 하사관, 전령, 통신병을 포함한 기본 인원 44명에다 LMG(경기관총) 2문을 가지고 들어오는 화기 소대 인원을 모두 합치면 50명이 훌쩍 넘게 된다.

그리고 여기서 해병대 보병 중대의 전투 시 특징 중 하나는 바로 LMG(경기관총) 6문을 거느린 가장 선임인 화기 소대장은 경기관총 각 2문씩을 중대 내의 1, 2, 3 소대에 배속시킨 후 자신은 중대장을 보좌하는 중대 작전 장교로 그 역할을 하게 되어 있는 것이었다.

디엔반 군청의 북쪽 외곽은 2.5m 정도 높이의 제방이 동서쪽으로 120m 정도의 길이로 펼쳐져 있었고 그 앞에는 7m 정도 너비의 해자가 둑을 따라 있은 다음 그 너머에는 몇 그루의 나무들과 몇 채의 집들만이 보일 정도였다. 그리고 그 집들의 앞은 바로 538번 도로가 우리들이 있는 군청의 외곽 제방과 평행을 달리듯 역시 동서로 뻗어 있었기 때문에 실은 적들이 우리를 근거리에서 공격을 한 후 뒤로 물러나기가 더없이 용이해 보였다.

나는 만약 그와 유사한 전투 상황이 벌어지게 된다면 차후의 추격 공격은 적들이 다소 긴 개활지를 지나야 하기 때문에 포를 유도해 퍼붓는 것이 가장 효과적일 것이라는 생각을 해 보았다.

그러나 한 가지 큰 걱정은 우리가 배치되어 있는 군청의 외곽 문제라기보다는 바로 우리 뒤의 내곽 문제였다. 왜냐하면 제방 위에 참호를 파고 방어망을 구축하고 있는 우리 후방 약 50m 뒤의 평지에는 군청 내곽을 쉽게 들어올 수 없도록 철조망이 겹겹으로 쳐져 있었는데 그것을 따라 줄을 지어 있는 참호 속에는 월남의 민병대가 배치되어 항상 우리 뒤를 바라보고 있었기 때문이었다.

만약 전투가 벌어져 적들과 백병전이라도 붙었다 치면 우리는 위치상 조금이라도 후퇴를 할 수가 없는 입장이었고 또 혹시라도 전투 중 민병대가 지레 겁을 먹고 미리 자신들의 전방을 향해 총을 난사하게 된다면 역시 우리는 민병대로부터도 뒤통수를 얻어맞는 입장이 되기 때문에 자칫 잘못했다간 전후방으로부터 공격을 함께 당할 수 있어 영 마음이 개운치 않았다.

나는 결국 적이 대대적인 공격을 해 올 경우 모두가 방어선에서 산화할 수밖에는 없다는 결론을 내리고 분대장들을 통해 병사들에게 누누이 후퇴는 없다는 말을 강조하지 않을 수 없었고 20여 명의 대원들 역시 하나같은 마음으로 이에 결의를 다지고 있었다.

첫째 날 내가 대원들의 배치를 모두 끝내고 있을 무렵 해병 학교의 내 동기생이며 군청의 고문단실에 배속된 포병연락 장교 최 중위가 포타블 전축과 한국의 대중가요가 실린 LP판을 몇 장 가지고 나를 찾아주었다.

당시 우리 전투 지역의 각 군청에는 고문단실이 있었고 미군들과 우리 해병대 포병 장교 1명이 연락 장교로 항시 근무를 하고 있었다. 이럴 때의 동기생이란 형제보다 더 반가운 존재일 뿐 아니라 더욱이 우리는 임관 후 처음 만났기 때문에 더욱 서로를 반겼다.

"구 중위, 너 여기 온 지 얼마나 되었나?"

"응, 그러고 보니 딱 한 달 하고 며칠이 지났네."
"응. 이곳에 오면 한 달 되었을 때가 제일 집에 가고 싶은 생각이 많이 들지."

나는 이 친구가 마치 내 마음속을 헤집어 본 것처럼 얘기를 하는 것 같아 일부러 크게 맞장구를 치지는 않았다.

"난 한 달 전에 이미 내 제삿날이 지났어. 2월 초였는데 적 1개 중대가 새벽 세 시 반쯤에 기습을 해 이 군청을 모두 휩쓸고 지나갔어. 캄캄한 어둠 속에서 육박전을 할 때 난 이미 죽었던 목숨이나 마찬가지였는데 마침 그 와중에서도 월남 보안대 대원들이 급히 따라오라고 해 자기들이 몰래 파 놓은 비밀 통로로 따라 들어가 겨우 살았던 거야."
"그 얘긴 소문으로 들었어. 그런데 장가도 안 간 놈이 무슨 제사는 제사야. 너나 나나 죽으면 똑같이 몽달 귀신이 되고 마는 거지…."

우리는 내 말에 함께 깔깔거리고는 화제를 바꾸어 가며 한낮의 뜨거움을 잊어 갔다. 이윽고 최 중위는 자기가 가지고 온 모타블 전축을 반반한 땅바닥을 골라 그 위에 놓고 LP판 한 장을 얹었다. 노래가 시작되자 향수에 젖은 내 가슴속 깊이 젖어들고 있는 것은 정훈희가 부르는 '안개'라는 노래였다.

선택의 여지가 없어서일까? 나는 이 세상에서 정훈희가 제일 훌륭한 가수로 느껴졌고 노래로는 안개라는 노래 이상 심금을 울리는 노래는 이 세상에 없다는 생각이 들었다.

첫날밤이 지난 이른 새벽, 우리는 적들이 우리를 향해 쏘는 총소리에 한

동안 응사를 하느라 정신이 없었다. 서로의 사격이 잠시 멎자 나는 또 다음에는 적들이 어떤 행동을 취할까? 하고 매우 긴장된 시간을 보내지 않을 수 없었다.

산발적인 공세로 끝을 낼 것인가? 아니면 이러다 주력 부대가 쳐들어올 것인가? 실로 가늠할 수 없는 불안의 시간이 너무도 길게 느껴졌다.

그러나 새벽에 동이 트는 것은 마치 구세주가 우리 곁으로 다가오는 것이나 다름이 없었다.

야간에 매복을 나가서도 그러했고 야간 전투를 했을 때도 항상 그랬다. 다행이 첫날밤을 무사히 보낸 우리는 그 후에도 밤이면 밤마다 오늘이 바로 적들이 총공격을 하는 D-DAY는 아닐까? 하는 의구심과 그리고 죽음으로 이 자리를 지켜야지 하는 각오를 항상 번갈아가며 생각해 보지 않을 수 없는 밤을 결코 피할 수는 없었다.

6·25 사변 때도 참전을 했던 선임 하사관 방 중사, 칼날 같은 1분대장 추 하사와 그리고 차분히 자기 임무에 충실한 2분대장 홍 하사는 대원들을 지휘하는 데 한 치의 소홀함이 없는 지휘자들이라 서로가 믿고 의지하는 데 아무른 어려움이 따르지 않았다.

모두가 무사히 밤을 지새우고 안도의 한숨 속에서 아침을 먹고 나면 각자 병기를 다시 챙기고 낮잠을 미리 자두는 일 외는 모두가 별로 할 일이 없는 처지였다. 그래도 나는 나름대로 돌아가는 정황을 판단하지 않으면 안 되는 입장이라 매일처럼 우리 연락장교 최 중위와 군청의 월남군 작전장교 뚜이 땀을 만나 서로 정보를 교환하지 않으면 안 되는 입장이었다.

물론 때로는 가까이에 있는 우리 포병 6중대를 잠시 기웃거려 동기생을 만나기도 하고 또 때로는 인원 세 명으로 군청에 파견을 나와 있는 우리 헌병 파견대를 방문해 파견 대장인 최 상사와 식사를 하기도 하고 모기약을 얻어 오기도 했다.

특히 최 상사는 내가 비록 지금은 말단 소총 소대를 지휘하는 보병 소대장을 하고 있지만 언젠가는 헌병대로 원대 복귀를 할 것이라는 것을 알고 있었기 때문에 매우 신경을 많이 써 주었다.

한날은 어떤 보병 중대가 지난밤에 나도 모르는 사이 군청에 붙어 있다시피 한 포병 6중대를 방어하기 위해 야영을 했다는 소식을 듣고 아침을 얼른 먹은 후 혹시라도 아는 장교가 있는가 싶기도 한 데다 거의 같은 바운더리에서 밤새 방어를 하면서 왜 나에게는 알리지 않았는지 따지고 싶기도 해 빠른 걸음으로 포병 6중대로 찾아 가 보았다.

내가 소대장을 두 명이나 만났는데도 모두가 모르는 후배들이라 별로 할 말도 없는데다 병력들이 막 이동을 하려는 참이라 섭섭한 마음으로 돌아서려던 참이었는데 마침 진해 하사관 학교에서 구 대장으로 이름을 떨쳤던 김 중사를 만나 그나마 잠시 서로 얘기를 나눌 수 있었던 것이 다행스럽게 생각되었다.

"교육과 실전을 함께 비교해 보니 그래 어떻소?"

강한 인상을 주는 김 중사는

"역시 훈련을 받을 때 땀을 많이 흘려야 피를 적게 흘린다는 말이 실감이 나는 것 같습니다" 하고는 웃었다.

디엔반 군청의 고문단실에는 아오자이를 입고 늘 출근하는 두 사람의 월남 처녀가 있었다. 키가 약간 작게 보이는 흰 아오자이의 처녀는 여느 월남의 처녀들과는 달리 뽀얀 피부를 가져 마치 불란서 튀기 같은 느낌을 주었고 검은 아오자이 같은 원피스를 입고 다니는 처녀는 키가 늘씬한 데다 역시 서양적인 얼굴 모습을 갖추어 누가 보아도 한눈에 딱 들어오는 미인이었다.

그들은 나와 눈이 마주치면 으레 웃음을 띠며 목례로 인사를 했고 정열이 넘치는 20대 후반의 나는 그 짜릿함을 지울 수가 없었다.

그러던 나는 결국 영어를 능숙하게 잘하는 그 늘씬한 '차우'라는 아가씨와 며칠 사이 마음이 통했고 그도 그 후로는 시간이 나면 자주 내 벙커에까지 찾아오곤 했다.

그러나 아쉽게도 내 벙커는 제방 아래 맨땅에다 모래자루를 쌓아 조그만 출입문만을 하나 낸 직육면체의 좁은 공간이었기 때문에 겨우 기어들어가 잠자리만 할 수 있을 정도였고 더욱이 낮에는 마치 한증막 같아 들어가기조차 힘든 곳이었다.

차우가 나를 찾아올 때면 내 전령은 으레 빈 C-레이션 박스를 접어 벙커 앞 땅바닥에 앉으라고 깔아 놓곤 했다. 그러나 그늘도 없는 땅바닥에 주저앉아야만 했던 우리는 볕이 뜨거워 별로 오래 앉아 있을 수도 없는 처지였다.

나는 내가 학생 시절 읽었던 어느 폴란드 작가의 《벽》이라는 소설이 생각났다. 그 내용은 젊은 두 남녀가 바깥의 어떤 공지에서 서로 포옹을 하며 이 사회는 젊은이들의 뜨거운 애정을 가려줄 벽이 있는 어떤 공간조차도 없다는 내용으로 당시의 절망과 좌절뿐이었던 폴란드의 공산 사회를 고발한 소설이었다.

물론 처지야 다르지마는 불꽃보다 더 뜨거운 열정의 나이에 나와 차우는 더 이상 서로의 접근이 불가능하다는 것을 알고 한없이 서로 안타까워

했던 것 또한 마음 아픈 일이 아닐 수 없었다.

디엔반 군청으로 이동한 지 열흘쯤 지나자 드디어 1번 국도가 뚫렸다. 다낭에서 남쪽으로 내려오다 1번 국도에서 좌회전을 하여 538번 도로를 타고 청룡 부대로 들어가는 미 해병대 포탄 수송 차량들이 줄을 지어 우리 진지 앞으로 지나갔다.

우리는 모두 제방에 올라서 미 해병대 대원들과 서로 고함을 치며 손을 흔들었고 마치 모두가 해방이나 된 듯한 기분을 느꼈을 뿐 아니라 내 자신은 나도 모르는 사이 눈물이 "핑" 도는 것을 느꼈다.

그동안 거의 매일이다시피 밤이면 피아간에 총격전을 했고 어둠이 깔리면 항상 적의 대대적인 공격에 생명을 바칠 각오를 해야만 했던 시간들과 또 날이 밝으면 하룻밤을 무사히 보냈구나 하고 안도의 한숨을 쉬곤 했던 나날들도 우선은 멀리 물러날 것만 같은 생각이 스쳐갔기 때문이었다.

다음 날 아침 중대장으로부터 무전이 왔다. 다낭 지역 미 해병대의 협조 요청이라는 말로 시작을 한 명령의 내용은 그리 어렵지도 쉽지도 않은 임무였다.

즉 내일 아침부터는 다낭과 디엔반 지역 일대의 1번 도로를 정상적으로 개통하나 모든 아군 차량들이 통행할 수 있는 시간은 오전 8시 이전 도로 정찰을 끝낸 후에라야 가능하고 도로 정찰은 다낭에서 출발하는 미 해병대 정찰조와 내가 지휘하는 우리 대원들이 디엔반에서 합류 그런 후 계속 남진하여 약 6km 정도 떨어져 있는 우리 2대대 본부로 향하는 초입의 지점까지 정찰을 하고 돌아오는 내용이었다.

"사전 도로 정찰이라니? 간밤에 적들이 묻은 지뢰나 부비트랩도 있을 수 있고 아군들의 차량이 전연 못 다니는 시각이라 적의 매복 기습도 있을 수 있는데 그래 고작 아홉 명을 데리고 마치 실험실의 모르모트처럼 먼저 길을 다녀 보라는 말이지?" 나는 차마 바깥으로는 불평을 할 수 없었으나 긴장의 연속이 아닐 수 없었다.

다음 날 이른 아침 나는 1개 분대 중 분대장을 포함하여 9명을 차출하고 다낭에서 출발한 미 해병대 대원들과 합류를 하여 도로 정찰에 나섰다. 원래 해병대는 육군의 1개 분대 9명과는 달리 분대장 포함 13명이었으나 내가 중대 본부를 떠날 때 명령에 따라 2개 분대만을 인솔해 나왔고 또 1개 분대의 인원을 분대장 포함 10명씩만 차출해 왔기 때문에 실은 말이 좋아 결사대지 디엔반 군청에 나와 있는 총인원은 소대 선임 하사관과 나까지 모두 합쳐 봐야 22명에 불과했다.

그런데다 또 여기서 1개 분대를 교대로 매일 차출을 해 정찰을 나가자니 10명 중 1명은 자기 분대의 진지를 지켜야 하는 처지라 결국 9명의 분대 인원을 내가 직접 지휘해 미 해병대의 도로 순찰에 합류하는 수밖에는 없었다.

미 해병대 지엠씨 트럭 세대에는 각기 운전병을 제외한 2명씩의 미 해병대 대원들이 운전석 뒤편 화물칸에서 모두 바깥으로 총을 겨누며 타고 있었고 나는 우리의 합류 지점에서부터 우리 병력을 실은 후 도로 정찰의 총지휘자가 되는 것이었다.

총지휘를 하게 된 나는 가운데 차량에 위치해야 했음에도 불구하고 맨 앞의 차량에 승차를 했다. 대신 미 해병대 선임자에게는 두 번째 차량을 타도록 지시하고 마침내 출발을 하게 하자 육중한 지엠씨 트럭은 시속 10km 정도의 속력으로 엉금엉금 앞으로 나아가기 시작했다.

사실 내가 무리하게 선두 차를 탔던 것은 어떤 일이 발생했을 때 내가 즉사를 하지 않는 한 즉각 상황에 대처하는 명령을 우리말과 영어로 내릴 수 있을 뿐 아니라 선두 차의 미 해병대 대원들도 바로 영어로 나와 의사 소통을 해 후미에 있는 대원들에게까지 즉시 대처하게 할 수 있다고 판단을 했기 때문이었다.

그리고 내가 우리 인원을 인솔해 미 해병대와의 합류 지점을 가기 위해 군청을 빠져 나갈 때도 매일 정문과 후문을 번갈아 가며 이용을 했고 도로 정찰을 마치고 들어올 때도 역시 출입문을 바꾸어가며 들락거리는 것은 물론, 미 해병대 트럭을 탈 때나 내릴 때도 그 장소를 일정하게 정하지는 않았다.

즉 하루는 100m 정도 북쪽으로 하루는 100m 정도 남쪽으로 늘 변동을 하도록 지시를 해 혹시라도 사전에 계획적으로 노리고 있을 적들에게 공격의 빌미를 주지 않으려 애를 썼다.

또 정찰을 하면서도 혹시나 저 숲속에 있는 적들의 집중 사격이나 공포의 대상이었던 소련제 로켓의 세례를 받지는 않을까 하는 생각과 불시에 트럭이 지뢰나 부비트랩을 잘못 건드려 가루가 되는 것은 아닐까 하는 생각을 잠시 해 보기도 했던 위험천만한 우리의 임무였지만 그것은 5일 만에 무사히 끝이 났다.

결국 우리는 중대 본부로부터 귀대하라는 명령을 받고 디엔반 군청으로부터 거의 2주일 만에야 27중대의 진지로 되돌아올 수 있었다.

처음 죽음의 결전을 각오하고 떠났던 디엔반 군청의 결사대 임무도 예상과는 달리 한 사람의 희생자도 없이 되돌아올 수 있었고 모든 전황도 차츰 아군들에게 유리해져 이제는 1번 국도도, 디엔반 군청도 마치 평화를 되찾은 듯한 느낌이 들어 한결 마음이 가벼워지고 있었다

슬픈 호수 마을

 사방으로 툭 트인 개활지 한가운데 마치 고립된 섬처럼 제방으로 원을 그리며 자리 잡고 앉은 조그만 마을이 하나 있었다.

 동북쪽의 제방은 바다로부터 바람이 모래를 실어 나르지 못하게 막아 그 높이가 우리 키보다는 몇 배나 높아 보였고 그 반대 방향인 남쪽으로는 차츰 낮아져 전체적으로는 마치 큰 쟁반을 한쪽으로 약간 기울여 놓은 듯해 보였다. 하긴 그 원의 직경이래야 겨우 300미터 남짓할 정도라 더욱 그 속에 숨어 있는 조그만 호수와 마을이 앙증스런 느낌을 주었다.

 그러나 또 한편으로는 멀리서도 많지 않은 아름드리나무들이 촘촘히 들어찬 것이 눈에 들어와 결코 예사롭지는 않은 동네로구나 싶은 생각을 가지기도 했다.

나는 그동안 작전을 나가면서 몇 차례나 그 옆을 지나치긴 했으나 막상 들어가 볼 기회가 없어 늘 아쉬움을 남기곤 했었는데 오늘은 우리 중대가 이 마을을 수색하라는 명령을 받았기 때문에 매우 흥미로운 느낌이 먼저 들었다.

내가 지휘하는 1소대는 정문처럼 제방의 높이가 거의 없는 동쪽을 택해 허리를 낮추면서 소리 없이 매우 조심스럽게 한 발 한 발 이동을 하며 들어갔고 마을은 한낮인데도 인기척이라고는 찾아볼 수 없는 적막감만 감돌고 있는 것을 느꼈다.

남쪽 제방 안으로는 수십 그루나 되는 아름드리나무들이 그늘을 이루었고 바로 그 앞에는 맑은 물을 가득 담은 조그마한 호수가 원을 그리며 평화롭게 자리를 하고 있었다.

인기척을 느낀 호숫가의 오리들은 "꽥~꽥~" 하고 간간히 소리를 내며 자리를 옮겼고 물가를 따라 북쪽 제방을 뒤로한 채 열을 지어 남쪽을 향하고 있는 스무 채 정도의 집들은 큰 파초들에 가려 마치 스스로 모습을 숨기고 있는 듯 보였다.

한 폭의 그림 같은 마을, 너무나 평화스럽게 여겨지는 마을, 그것은 화염으로 얼룩진 전쟁터이긴 하지만 마치 마음의 고향을 찾은 듯한 느낌을 주었다.

한 집을 골라 조심스레 마당에 들어서자 눈앞에 좁은 마루가 시야에 들어왔고 그 마루 벽 위에는 사진틀이 하나 걸려 있는 것이 보였다. 단란한 가족들이 함께 모여 찍은 사진들, 그중에는 군복을 입고 늠름한 모습으로 따로 찍은 우리 또래의 젊은이 사진도 보였다.

나는 6·25 사변 때 내가 잠시 가 있었던 시골의 할아버지 댁이 머리에 떠올랐다. 대청마루에 걸렸던 우리 가족사진들….

낙동강 선전이 한참 불안에 휩싸여 우리는 미처 그것을 챙기지도 못한 채 피난을 떠났었다.

실로 전쟁이란 우리로부터 모든 것을 앗아갔다.

비록 내가 어리긴 했으나 자칫 가족들이 부상을 당하거나 목숨을 잃게 되는 것도 그렇지만 인간으로서의 권리나 존엄성마저 박탈당해 그 비굴함과 비참함을 받아들여야 했을 때는 실로 무엇으로도 표현하기가 어려울 때도 있었다.

이 아담하고 사랑스러운 호수 마을이 제아무리 이상향 같은 면모를 갖추었다 해도 지금은 전쟁의 그늘에서 벗어날 수가 없다. 우리들의 손에는 모두가 살기에 찬 총들이 들려져 있고 언제 어느 때 화염이 뿜어져 나올지도 모를 일이었다.

시간이 조금 지나자 우리 소대원들이 가까스로 집 뒤뜰 토굴 속에서 어떤 노파 한 사람을 찾아내 그 노파의 가슴에 총구를 겨누고는 베트콩들이 어디에 숨어 있느냐고 위협을 해 가며 물었다.

"꽁비약…."

몇 번을 물어도 노파는 모른다는 말만 되풀이하고 두 손을 모아 살려달라는 애원의 모습을 보일 뿐이었다.

나는 이 마을을 조금이라도 다치게 하고 싶지는 않았다.

물론 살고 있던 마을 사람들은 우리가 도착하기 전 이미 서쪽의 이웃 마을로 황급히 피해서 달아난 것을 우리는 알고 있었다.

나는 내가 듣고 겪었던 6·25 사변 때의 그 우울했던 피난 시절이 문득 문득 머리를 스치고 지나갔기 때문에 한참을 제방 아래 그대로 퍼져 앉은 채 아이러니한 우리의 자화상과 내 모습 자체를 돌이켜 잠시 생각하고 있었다.

호수 마을에서 그런 일이 있은 지 3개월 후 이번에는 우리 중대가 다른 곳에서 작전을 마치고 그 앞을 지나치게 되었다. 안을 들여다볼 수 있는 동남쪽 방향으로 지나치기도 했지만 그동안 얼마나 많은 폭격기들이 고폭탄을 쏟아부었는지 낮은 제방은 이미 평지로 변해 버려 바깥에서도 훤히 호수 마을 전체를 들여다볼 수 있게 되어 있었다.
  호수는 이미 간곳없이 뒤집어진 채 진흙만 큰 더미를 만들어 쌓여 있었고 비참하게 파괴된 집들은 쓰레기장을 방불케 하는 한편 그 풋풋하게 서 있던 파초들은 마치 뭉개진 파처럼 땅바닥에 말라붙은 채 이리저리 널브러져 있었다.
  나는 마치 내 마음의 고향을 잃은 듯 물끄러미 호수 마을의 그 참담함을 바라보며 인간이 인간에게 과연 어떤 짓까지를 할 수 있을까? 하는 의문을 다시 한번 품어 보지 않을 수 없었다.

어느 소대장의 죽음

 3월 중순이 되자 1월 말부터 몰아붙이던 적들의 기세가 한풀 꺾여 갔다. 우리는 그 여세를 몰아 한층 작전을 강화해 우리 지역의 적들을 완전 소탕하기에 안간힘을 썼다. 그러나 추라이 지역에서 호이안 지역으로 이동을 한 지 얼마 되지 않아 아직은 현지의 사정에 어두워 그런지 청룡(여단) 본부의 작전 부서나 대대 본부의 작전 부서에서는 항상 수색 지점을 너무 무리하게 많이 잡아 우리뿐만이 아니라 대부분의 중대들이 건성으로 수색을 하고 지나가는 데만도 시간이 모자랄 지경이었다.
 사실 동굴의 입구를 발견하면 우리가 사과탄이라고 부르는 마치 둥근

사과 모양의 최루탄을 그 속에 던져 넣고 "라이! 라이!(나와)"라는 말을 하고는 잠시 기다렸다 그래도 아무 반응이 없을 경우는 수류탄으로 동굴 입구를 폭파시켜야 하는데도 우리는 당초부터 수류탄만 두어 개 집어넣어 터뜨리고는 그만 그것으로 끝을 내지 않을 수 없었다.

물론 그렇다고 해서 수류탄이 안에 있는 사람에게까지 파편이 튀어 다치는 일은 없도록 동굴들이 만들어져 있기 때문에 혹시라도 그 속에 있는 민간인이 다치지 않을까 하는 걱정은 할 필요가 없었다. 만약 최루탄을 터뜨리게 되면 시간도 많이 지체될뿐더러 그 더운 날씨에 방독면도 써야 하고 또 방독면을 쓰게 되면 누가 누군지 분간이 힘들어 지휘도 잘 되지 않았다. 또 가스가 상의 칼라에 묻으면 움직일 때마다 항상 땀에 젖어 있는 목이 쓰리고 따가워 하루 종일 참아야 하는 것도 신경에 매우 거슬렸기 때문에 되도록이면 최루탄을 사용하는 것은 피했다.

이날따라 설상가상으로 중대 수색 작전의 목표 지점들이 너무 많았던 데다 위험이 많이 따르는 지역을 통과해야 했기 때문에 처음부터 첨병 소대가 되었던 우리 소대로서는 매우 신경을 곤두세워 뒤따라오는 중대 본부와 다른 2개 소대를 선도하지 않으면 안 되는 입장이었다.

물론 이동 중 예상하고 있었던 대로 적들로부터 두어 번의 총격을 선두에서 받았지만 우리 첨병 소대는 그때마다 즉시 제압을 했기 때문에 수색 목표 지점을 다 돌고도 거의 시간에 맞추어 본대로 귀대를 할 수 있었고 또 아무도 죽거나 다친 사람이 없었기 때문에 평소 말이 없던 중대장도 보통 때와는 다르게 나를 보고 수고했다는 말로 위로를 해 주어 나는 색다른 느낌을 받았다.

작전을 나갔다 돌아오거나 매복을 나갔다 돌아오면 항상 병력들은 소대별로 집합을 한 뒤 소대장의 명령에 따라 총기 검사부터 한다. 소대장의

"총기 검사!"라는 말과 함께 대원들은 모두 탄창을 뺀 뒤 노리쇠를 후퇴시키고 오른손으로 총구를 하늘로 향해 높이 쳐든 채 잠시 기다렸다가는 연이어 "격발!" 하는 다음 명령과 함께 방아쇠를 당긴다.

"차작" 하는 금속음이 거의 동시에 울리고 모두 빈총이라는 것이 확인되면 바로 대원들은 마치 합창을 하듯 "이상 무"라는 말을 함께 외친 후 다시 구령에 따라 세워총을 한다.

그리고 총기 검사가 끝나면 가끔은 중대장이 노고를 치하하는 말을 할 때가 있지만 대부분은 소대장의 짧은 위로의 말이나 당부 사항을 끝내고 나면 임무는 일단 끝이 나는 것이었다.

그러나 우리 모두가 가장 귀찮게 생각하고 걱정스러워하는 것은 바로 그 다음부터의 일이었으며 그것은 바로 예상되는 적의 야간 기동로에 숨어들어 진을 치고 있다가 가끔은 일전을 해야 하는 야간 매복 작전이었다.

물론 3개 소대가 1개 소대씩 차례로 3일에 한 번씩 번갈아가며 나가야 하는 경우가 대부분이었지만 드물게는 분대 매복도 나가야 하는 경우가 더러는 있었다.

더욱이 이날처럼 주간 작전을 끝낸 후 다시 소대 매복을 나가려고 할 때는 대충 한낮에 절어 있는 땀도 씻어야 하고 저녁도 빨리 먹어야 하는 것은 물론 매복을 나가기 위한 무기들도 다시 챙겨야 하기 때문에 이때부터 소대가 분주해지기 시작하는 것은 당연한 일이면서도 매우 귀찮은 일이 아닐 수 없었다.

"소대장님, 오늘 매복은 우리 소대 차롄데요."

내 방탄조끼를 받아 들면서 전령이 말을 건넸다.

"알고 있어, 분대장들에게 밥 먹고 나갈 준비나 빨리 하라고 해. 오늘따라 너무 어려운 지역을 갔다 왔는데 하필이면 우리 차례라니."

나는 오늘은 좀 쉬었으면 하는 생각이 꿀떡 같았지만 다시 마음을 가다듬으면 또 새롭게 각오가 달라지는 것이 군인이다. 저녁을 끝내기가 바쁘게 소대원들을 모두 집합시켰다는 야간 매복에 나갈 선임 분대장의 보고를 받고 나는 중대장실에 가까운 공터로 가 대원들 앞에 섰다. 약간은 어둑어둑한 데다 나는 왠지 오늘따라 너무 소란스럽다는 것을 느꼈다. 선임 분대장이 대원들을 향해 조용히 하라고 고함을 치는데도 몇몇 대원들이 서로 말다툼을 하고 악을 쓰는 소리가 들렸다.

"야, 조용히 못 해!"

배웅을 나온 소대 선임 하사관이 내 옆에서 목소리를 높이며 대원들을 향해 다시 한번 고함을 쳤다. 선임 하사관의 고함 소리에 잠시 조용한 듯하다 또 후미쯤에서 웅성거리는 소리가 났다. 사방이 어두워지고 있었기 때문에 뒤에 있는 대원들이 누가 누군지 뚜렷이 보이지도 않았다.

"이 개새끼들, 죽으려고 환장을 했나… 왜 출발하기도 전에 싸우고 야단들이야! 지금 소풍 가는 거야?"

드디어 격한 감정의 표현이 내 입으로부터 터져 나오기 시작했고 한번 감정에 불이 붙으면 끄기가 힘든 것이 내 성격이라 이미 시위를 떠난 화살처럼 스스로 주체하기는 불가능한 상태가 되고 말았다.

"야, 이 새끼들아! 여기서 나한테 맞아 죽는 것이 적한테 죽는 것보다 나아, 왜 하필이면 매복을 나가는데 재수 없게 싸우고들 야단이야, 응?"

나는 여태껏 없었던 일이 잠시 벌어진 것에 대해 왠지 이상하고 불안한 감정이 나를 지배하고 있는 것을 느꼈다.

"선임 하사관!"
"네."
"여기 몽둥이 하나 빨리 가져와요."

선임 하사관은 내 기세에 합세를 한듯 어디론지 얼른 몽둥이를 찾으러 간다고 없어졌다.

"모두 무장 풀어, 이 새끼들아! 그리고 분대장은 열외."

평소 성깔을 아는 대원들인지라 죽일 듯 악을 쓰는 나를 말릴 사람은 아무도 없었다. 대원들은 모두 무장을 풀고 그제야 숨소리마저 낮추어 가며 모두 나를 쳐다보는 것 같았다.

"양팔 간격으로 좌우로 나란히!"

대원들은 손을 들었다 놓은 기준병을 중심으로 모두 양팔 간격을 벌리며 다시 열을 맞추었다.

"맨 우측 열부터 일렬로 한 명씩 내 앞으로 나와!"

나는 선임 하사관이 구해 온 나무 몽둥이를 들고 매 맞는 자세로 엉덩이를 약간 빼고 양팔을 앞으로 한 채 차례로 내 앞으로 다가오는 대원들의 엉덩이를 향해 모두 세 대씩을 후려쳤다.

진지에 남아 있을 10여 명이 넘는 대원들을 빼고도 매복 작전에 나갈 대원들이 30여 명이나 되는지라 대원 모두를 혼자 상대하고 나니 땀이 옷에 흠뻑 배는 것이 느껴졌다.

"지금부터 쓸데없이 입을 여는 놈이 있으면 각오해! 내 손에 죽을 줄 알아…."

쥐 죽은 듯 조용한 대원들을 뒤로하고 나는 잠시 출발 보고를 하기 위해 중대장 벙커로 들어갔다.

"출발 준비 끝."

경례를 하는 나를 힐끗 한 번 쳐다본 중대장은 의자에 앉은 채 답례를 하면서 "응, 조심해서 갔다 와" 하는 짧은 말을 하고 잠시 무슨 말을 더 하려는지 머뭇거리는 것 같았으나 나는 아직도 흥분의 열기가 가라앉지 않아 얼른 돌아서 나와 버렸다.

(나중에 간접적으로 들은 얘기지만 중대장은 낮에 작전이 너무 고되었고 특히 내가 첨병 소대장을 했기 때문에 낮에 중대를 지키고 있었던 포

소대장인 장 중위를 나 대신 1소대를 지휘해 매복을 나가도록 하려고 마음을 먹었는데 내가 생각보다 일찍 준비를 하고 들어와 중대장에게 보고를 하는 통에 그만 마음을 바꾸었다는 말을 들었다. 그리고 중대에는 포소대장이라는 직책은 없으며 다만 하사관이 반장을 하는 포반이 있지만 소대장을 마친 장교가 귀국을 얼마 남기지 않고 있을 경우 부득이 쉬게 하기 위한 방법의 하나로 포반을 맡도록 함과 동시에 우리는 그 직책의 장교를 포소대장이라 편의상 불렀던 것이다.)

 야간 매복은 적에게 들키지 않고 목적지까지 무사히 진입하는 것이 관건이었다. 수통의 물이 꽉 채워지지 않아 기동을 할 때 출렁이는 소리가 들려도 안 되고 야전삽이 꽉 조여 있지 않아 철걱거리는 소리가 들려도 안 되는 법이었다.
 내가 대원들에게 기합을 준 것도 혹시라도 진입 시 집중력을 잃고 대원들의 정신이 해이해질까 싶어서였다.
 전해 들은 얘기지만 시끄러운 소리가 나는 것은 한국군이라는 말이 있었기 때문에 나는 특히 야간 기동 시에는 더욱 신경을 곤두세우지 않을 수 없었고 실제로도 야간 매복 시 가장 위험한 것은 사실상 진입을 할 때와 매복 후 철수를 할 때였다.
 만약 우리가 진입을 하고 있을 때 적들이 미리 길목을 지켰다가 기습을 하게 되면 그야말로 캄캄한 밤중 지형지물도 잘 보이지 않는 곳에서의 대처 방법이라는 것은 매우 한정적일 수밖에 없는 것이며 또 철수할 때는 살금살금 뒤를 따라와 조준 사격을 하고는 달아나 버리기 때문에 당하고 마는 수밖에 별 도리가 없는 것이었다.
 그러나 목적지에 무사히 진입을 한 뒤 막상 각자가 개인호를 파고 전투

태세를 갖추고 나면 어떤 상황이 벌어져도 용감히 싸울 수가 있었기 때문에 그때부터는 마음이 한결 놓이는 것이었다.

저녁 일곱 시가 꽤 지난 시각이었다.
우리는 한참 소리를 죽여 가며 얼마 남지 않은 목표 지점을 향해 살금살금 진입을 하고 있을 때였다. 느닷없이 하늘에서 조명탄이 터지는 소리와 함께 환한 불빛이 그렇게도 멀지 않은 곳에서 주위를 밝게 비치고 있는 것에 대해 우리 모두가 의아해하지 않을 수 없었다. 조명탄의 방향으로 보아 처음부터 바로 우리 27중대가 있는 곳과 거의 비슷한 지점이라는 것을 짐작은 하고 있었으나 곧 헬리콥터 소리가 뒤이어 들리는 것으로 보고서야 우리는 십중팔구 우리 중대에 무슨 일이 벌어진 것으로 추측을 하게 되었다.
그러나 나는 적진이나 다름없는 곳에서 소리를 내어 물어볼 수가 없는 입장이었기 때문에 과연 우리 중대에 무슨 일이 벌어졌을까? 하는 궁금증에 줄곧 여러 가지 상상만을 해 보지 않을 수 없었다.
먼저 포병 대대의 위치가 지금 우리가 있는 위치와 그렇게 멀지 않은데도 우리 27중대를 향해 아무런 포 사격을 해주는 소리가 들리지 않는 것으로 보아 적의 어떤 큰 기습 공격을 받은 것은 아닐 것이라는 판단을 할 수가 있었고 중대 본부로부터도 병력을 철수하라는 별다른 지시가 없었을 뿐 아니라 중대 본부의 당직병으로부터는 수시로 "브라보! 브라보! 여기는 찰리, 이상 없으면 두 번을 불어라 오버"라는 보통 때와 같은 목소리로 우리의 이상 유무를 가끔씩 물어 오고 있는 것으로 보아 나는 필시 적의 산발적 총격에 부상자가 생겼거나 중대 내의 어떤 폭발 사고가 일어난 것이 아닌가 하는 추측을 해 보았다.

우리는 내일 새벽 매복을 철수할 때까지 중대 본부에서 지시하는 말을 무전기를 통해 들을 수는 있어도 교전이 없는 한 소리를 내어 말을 할 수는 없는 입장이었기 때문에 더욱 답답함이 더해지고 있었다.

이날 밤 매복을 하는 동안 피아간의 교전은 없었다. 날이 약간 밝아 올 즈음 나는 통신병에게 어제 저녁 중대에 무슨 일이 있었는지 물어보라는 지시를 했다. 잠시 후 통신병이 자신도 의아한 듯 나를 쳐다보며 "장 중위님이 돌아가셨답니다."라고 보고를 해 나는 언뜻 이해가 가지 않았다.

"야, 그게 무슨 말이야? 매복은 우리가 나왔는데 중대에서 무슨 일이 있었기에 장 중위가 죽어?"

"아마 어제 저녁 대대 본부에서 테스트 파이어(화력 시험 사격)를 할 때 그 유탄에 맞았다는 것 같습니다."

통신병의 목소리가 매우 낮은 반면 내 목소리는 점점 더 커져갔다.

"말도 안 돼. 대대 본부에서 27중대가 어딘데 그리고 미리 대대에서 테스트 파이어 한다는 연락도 안 했단 말이야?"

화난 내 목소리에 통신병은 아무 말이 없었다.

"야, 통신기 이리 내!"

갑자기 가빠지는 숨을 참으며 내가 직접 중대 본부의 통신병에게 물어보아도 자기가 직접 상황을 보거나 들을 수 있는 기회가 없어 더 이상은 모르겠다는 식의 대답만 해 나는 결국 중대로 귀대를 한 후 자세한 내막을 더 알아보기로 했다.

더욱이 장 중위는 내 동기생이며 채 두 달도 안 있으면 귀국을 하게 될 입장이 아닌가?

간밤에 적과의 아무런 상황은 없었지만 항상 매복이 끝나는 새벽녘이면 밤새 맞은 이슬에 옷이 눅눅해져 피곤함을 느끼게 했다.

뿐만 아니라 모기에 물려 가며 거의 뜬눈으로 지새야 했던 탓에 몸도 마음도 모두가 기진한 상태지만 언제나 밝아 오는 새벽은 살았다는 안도감과 함께 새로운 생기를 불어 넣어 주었다.

오늘은 맨 마지막으로 철수하는 분대에서 2명을 차출해 소대가 매복하던 장소로부터 빠져나오면서 낙오를 잠시 시켜 놓을 계략이었다. 적들은 우리가 안도감에 들떠 철수를 할 때면 우리의 후미에 살짝 따라 붙어 가끔 총질을 가하는 수가 있었기 때문이었다.

소대가 천천히 움직여 맨 마지막 분대의 꼬리가 매복을 했던 장소로부터 150m쯤 왔을 때였다. 우리 소대원이 쏜 유탄이 터지는 소리와 M-16을 연발로 사격하는 소리가 요란하게 들리는가 하면 순간 철수하던 마지막 분대가 급히 뒤돌아 공격 태세로 흩어지는 것이 보였다.

우리가 남겨둔 두 대원이 예상했던 대로 우리 뒤를 밟던 두 명의 적을 발견하고 즉시 유타 발사기와 소총으로 먼저 쏘았는데도 그들은 잽싸게 숲속으로 도망을 치고 말았다는 것이다.

나는 더 이상의 사격이나 추격은 하지 말라는 지시를 내리고 이제는 편한 마음으로 대열을 지휘해 숲속을 빠져 나올 수 있었다. 중대 진지의 정문이 가까워지면 5고지의 가파른 오르막이 시작되고 모두가 사구로 된 모래땅이라 발이 빠져 걷기가 약간은 힘이 들게 된다. 경사진 정문을 들어서니 먼저 피 묻은 압박 붕대들이 긴 꼬리를 하며 이리저리 어지럽게 흩어져 있는 것이 눈에 들어오고 약간 더 떨어진 언덕바지에는 흰 머리카락이 가득한 중대 선임 하사관 조 상사가 혼자 우뚝 서서 우리가 들어오는 모습을 지켜보고 있는 것이 눈에 들어 왔다.

조 상사는 나와 눈이 마주치자 나에게 경례를 다른 때보다 더 정중하게 한 후 "장 중위님이 어제 저녁 돌아가셨습니다." 하고는 침통한 표정을 지었다. 나는 답례를 하자마자 "얘긴 들었소, 근데 이게 뭐야? 애들 불러 붕대를 좀 치워야지!"라며 소리를 질렀다.

나도 모르게 신경질적으로 변해 버린 내 감정을 내 스스로 억제하기가 힘이 들었다. 조 상사의 명령에 따라 주위에서 얼른 모인 대원들이 주섬주섬 모으고 있는 피 묻은 압박 붕대들을 나는 힐끗 쳐다보며 잠시 장 중위의 얼굴을 떠올린 후 계속 대원들을 인솔하고 중대장의 벙커 앞으로 갔다.

항상 그렇듯이 대원들로 하여금 총기 검사를 마치게 한 다음 나는 귀대보고를 하기 위해 중대장의 벙커 안으로 들어갔다. 말이 없어 꼭 해야 할 말도 잘 안 하는 통에 대대 본부로부터 궁지에 몰리는 경우가 많은 중대장이라 이번에도 장 중위가 어제 저녁 대대에서 쏜 도비탄에 죽었다는 짤막한 얘기 외는 더 이상 설명이 없었다.

나도 지금은 물어볼 때가 아니라는 생각을 하면서 바깥으로 나와 즉시 대원들을 해산시킨 후 내 벙커로 돌아왔다. 차츰 시간이 지나면서 나는 다른 소대장들이나 현장에 직접 있었던 대원들로부터 그 내용들을 직접 듣게 되었고 그 결과 나름대로 충분히 상황을 정리해 볼 수가 있었다.

어제 저녁 7시 20분은 대대 본부에서 전 대원이 외곽 경계선에 붙어 외부의 가상 적을 향해 소화기들을 집중해 시사를 해보는 테스트 파이어의 시간이었다.

　물론 대대 본부에서 27중대로 미리 연락을 했던 것은 사실이었으나 대대 본부에서는 바깥이 너무 깜깜해지기 시작하자 약속 시간인 7시 20분을 10분 앞당겨 7시 10분에 임의대로 사격을 시작해 버렸던 것이 가장 큰 문제가 되었고 다음으로는 대대 본부에서 느끼는 27중대의 위치가 전면에서 보면 40도 정도의 급경사에다 숲이 시야를 가리고 있어 완전히 산 하나를 넘어야 27중대의 진지가 있는 것처럼 여겨져 이로 인한 안이한 생각이 더욱 화를 자초하게 되었던 것이다.

　그러나 사실은 27중대 2소대에서 나무가 빽빽하게 들어차지 않고 드문드문한 고지의 낮은 편으로 대대 본부를 자세히 내려다보면 직선거리로 200여 미터의 거리에 대대 본부의 외곽 벙커가 보여 실제로는 서로가 별로 멀지 않게 자리를 잡고 있구나 싶은 생각이 들 정도로 가까운 곳에 있었는데도 이러한 내용을 아는 사람이 거의 없었던 것이고 또 중앙 부분은 아까 말한 동쪽 부분의 고지가 낮은 일부와는 달리 40도 정도의 급경사로 사구로 된 산이 막고 있는 데다 숲이 우거져 아무리 전방을 향해 총을 쏜다 하더라도 산 하나를 넘어야 하는 27중대에 총알이 넘어가리라고는 역시 아무도 판단을 못했던 것이 사실이었다.

　결국 당일 임의로 10분을 앞당긴 대대 본부에서는 마음 놓고 발사 명령을 내렸고 발사된 총알들은 사구로 형성된 산의 모래를 튕기며 굴절되거나 아니면 나무를 스친 후 많은 도비탄을 만들어 27중대로 넘어가게 했던 것이다.

　말하자면 거리가 생각보다 가까웠다는 것도 원인이지만 물속으로 총을 쏘면 총알이 굴절되며 튕겨져 다시 앞으로 나가는 것처럼 같은 속성으로 5대대에서 쏜 총알들이 모래나 나무를 맞고 튕겨져 27중대가 있는 5고지의 일부 지역으로 충분히 넘어갈 수 있다는 사실을 예측했던 사람이 아무도 없었던 것이 화근이 되었던 것이다.

장 중위는 마침 그때 바깥으로 나와 자기 벙커에 몸을 기대고 도비탄이 날아오는 반대 방향으로 몸을 돌린 채 고국에서 온 편지를 읽고 있었다.

이윽고 총소리에 주위가 소란하다는 것을 느낀 장 중위는 얼른 피하지 못하고 총소리가 나는 자신의 등 뒤쪽을 힐끗 쳐다보았는데 바로 그때 그만 힘없이 날아온 도비탄에 관자놀이 부근을 맞았고 총알처럼 힘 있게 치고 나가지 못한 도비탄은 순간 장 중위의 머릿속을 파고들어 결국 그는 그 아까운 청춘을 잃어버리고 말았던 것이다.

이 일을 두고 처음에는 소대장 모두가 모여 예정 시간을 일방적으로 통보도 없이 10분을 앞당긴 대대 본부의 작전 부서 장교들에 대해 그 책임을 강력히 묻지 않으면 안 된다는 주장을 폈으나 솔직히 내가 매복을 나가기 전 나 자신부터도 우리 중대장이나 중대 본부 누구로부터도 오늘 저녁 테스트 파이어가 있을 것이라는 전달을 받지 못했던 사실이 있었기 때문에 이번 사고는 결국 우리 중대 본부의 직무 태만과 대대 작전 부서의 협조 부재 및 오판으로 인한 것으로 여기고 우리들은 한 걸음 더 물러서지 않을 수 없었다.

저승의 색깔

　귀동냥으로 얻어들었던 내용이지만 사이공에 있는 주월 한국군사령부의 통계에 따르면 아군의 80% 정도의 사상자가 적의 직접적인 공격보다는 지뢰나 부비트랩에 의해 발생한다고 했다.
　만약 우리가 적의 입장이 되어 생각을 해 보더라도 매우 교활한 방법을 총동원해 대항을 하지 않는다면 많은 병력과 뛰어난 화력을 가진 아군을 상대하기란 거의 불가능하다고 여겼을 것이다.
　우리 중대에서는 내가 부임하기 바로 전에만 두 건의 부비트랩과 지뢰에 의한 희생자가 있었다고 했다.

맨 먼저는 해군에서 파견 나온 위생병이 수색 작전에 따라 나섰다가 종일 허리를 굽히고 한 걸음 한 걸음씩 긴장을 하며 이동을 해야 하는 것이 무척 힘들었던지 마침 어떤 동네 어귀쯤에서 나뭇가지 하나가 꺾여 길섶에 늘어진 채 닿아 있는 것을 보고 앞사람을 잠시 벗어나 마치 높이뛰기 선수나 되는 것처럼 펄쩍 그 가지를 뛰어넘다 그만 부비트랩이 폭발하여 돌이킬 수 없는 통한의 부상을 당하고 말았다는 것이다.

그리고 부상을 당했던 그 위생병의 "내 다리! 내 다리!" 하며 질러대던 그 절규의 소리가 바로 한 순간의 실수가 어떠한지를 대원들로 하여금 절실히 느끼게 했었다고 한다.

특히 적들이 자기네 동네 사람들이 잘 다니는 길에 부비트랩이나 지뢰를 매설할 때는 반드시 자기들끼리만 알아보는 표시를 했는데 예를 들면 나뭇가지를 꺾어 놓거나 천을 묶어 놓거나 아니면 돌로 표시를 해놓는 방법 등을 많이 썼던 것이다.

그리고 나중의 일은 중대가 중대 작전을 나가면 진지에 남아 있는 병력들은 마치 아내가 안살림을 하듯 온갖 궂은일들을 다 해야 했는데 예를 들어 부중대장의 지휘 아래 진입 도로나 진지를 보수해야 할 때가 있는가 하면 물을 길어 모든 대원들이 부족함이 없도록 해야 하는 것은 물론 탄약과 보급품의 수납과 청구도 완벽하게 처리를 해야 하는 그런 일들이었다.

하루는 중대가 작전을 나간 동안 진지에 남아 있던 중대원 세 명이 중대에서 남쪽으로 100여 미터 아래에 있는 우물로 식수를 뜨러 갔는데 대원 세 명 중 한 명이 밤사이 베트콩이 묻어 놓고 간 우물가의 발목 지뢰를 그만 밟아 "땅~" 하는 소리가 순간적으로 지나갔다고 한다.

원래 발목 지뢰가 폭발하는 소리는 그렇게 크지를 않으며 날카로운 칼처럼 생긴 반원 모양의 쇳 조각이 순간적으로 쥐덫처럼 후려치기 때문에 대부분 발목만이 잘리게 되어 있었던 것이다.

워낙 순간적이라 발목 지뢰를 밟았던 대원은 자기 몸을 기우뚱 하면서도 "응? 내 발이 이상한데…."라는 말을 했는데 옆에 있던 선임 대원이 얼른 알아차리고 지뢰를 밟았던 대원을 부축하고는

"야! 아무것도 아니야, 우선 누워 봐!"

하고 땅 위에 급히 눕힌 후 자기의 상의를 벗어 얼굴을 가린 다음 뒤처리를 했다는 것이다. 또 좀 더 큰 피해는 O대대 A중대에서 일어났던 기막힌 얘기였다.

베트콩들이 O대대 A 중대를 지나 깊숙이 있었던 X중대를 먼저 공격하기 위해 호시탐탐 노리고 있었는데 X중대는 만약 적들이 자기들을 공격해 오려면 반드시 A중대 앞을 거쳐야 했으므로 항상 마음을 놓고 있었던 모양이었다.

삼국지에서도 "장계취계"라는 계략이 있듯이 베트콩들도 그 내용을 알고는 마음을 놓고 있을 바로 이러한 X중대를 먼저 노렸다.

야음을 틈타 베트콩들은 우선 A중대가 자기들의 퇴로를 차단하지 못하도록 A중대의 앞마당이나 다름없는 전방 도로에 지뢰를 잔뜩 묻어 놓은 후 조용히 A중대 앞을 통과한 후 바로 X중대를 기습했던 것이다.

위치상 자기들의 전초 지점에 있는 A중대를 믿고 설마 했던 X중대로서는 당황한 가운데 전투를 했기 때문에 많은 손실을 보지 않을 수 없었고 전투가 붙었다는 소식을 들은 A중대는 결국 자기 중대 앞으로 후퇴할 베트콩들을 섬멸하기 위해 급히 진지로부터 뛰쳐나오다 그만 여러 중대원들이 미리 베트콩이 묻은 지뢰에 부상을 당하고 말았던 얘기다.

1968년 3월 초순의 어느 날 내가 저승에 갔다 온 경우도 역시 우리 중대의 앞마당에서 일어났던 일이었으며 야간 매복의 지점에 대해 좀 더 자세히 얘기를 하자면 거의 대부분의 경우 그것은 대대 작전 부서나 특별한 경우 청룡 부대(여단) 작전 부서의 정보나 지시에 따라 정해졌다.

특히 중대장의 동의도 없이 일방적으로 정해질 때의 야간 매복 장소는 어떤 때는 아예 적과의 동침을 하라는 명령과 같았고 어떤 때는 밤새 적들에게 쉽게 우리를 공격하러 오라고 하는 것이나 마찬가지일 경우도 흔하게 있었다.

물론 이럴 때는 여러모로 적정을 제일 잘 알고 있는 소대장의 입장으로서는 모두의 목숨을 아끼기 위해서라도 단호한 결단을 내리지 않을 수 없었고 역시 그럴 때의 요령은 임의로 매복 지점을 약간 변경하여 적들로부터 좀 더 안전하고 대응하기 쉬운 곳으로 정하는 것이 다반사였다.

말하자면 항상 답답했던 것은 전투의 경험이 없는 것은 물론 한 번도 위험 지역이 어딘지 나와 보지도 않았던 상급 부서의 장교들이 지도와 일반적인 정보만 가지고 점을 찍어 정한 야간의 매복 지점이 어떻게 효율적일 수가 있겠는가? 하는 것이었다.

그리고 앞서 말한 A중대의 경우도 그리고 내가 당한 우리 27중대의 경우도 모두 우리 자신들의 앞마당을 적들이 항상 노리고 있다는 사실은 망각한 채 그저 적을 잡으러 간다는 개념만을 앞세우다 결국 적에게 당하고 말았던 경우라고 한다면 아마 적합한 표현이 될지도 모른다.

이날의 우리 대대 작전은 전과도 피해도 별로 없는 가운데 끝이 났다. 그러나 우리는 광활한 지역에 흩어진 적들의 분포지 중 그 일부와 평소 적 공병 중대(월맹 정규군인지 베트콩들인지는 미확인) 본부가 자리했다는 지역을 다시 한번 파악할 수 있었기 때문에 모두가 보람이 있었던 작전으로 만족을 했다.

　우리가 막 작전을 마치고 1대대 작전 지역인 538번 도로로 나왔을 때는 대대장까지 지프차를 타고 직접 나와 있는 것을 목격할 수 있었고 웬일인지 우리 중대 진지까지 타고 갈 트럭까지 대기를 시켜 놓아 어안이 벙벙하기도 했다.

　그러나 나는 트럭 대신 10여 명의 대원들과 함께 미 해병대 수륙 양용 차로 이동을 하기로 하고 먼저 트럭들을 보낸 뒤 천천히 출발을 했다.

　27중대의 진지는 538번 도로에서 1대대 본부를 지나고 포병 대대를 지나고 그리고 근무 중대와 공병 중대를 지나 말라붙은 강을 가로질러 시멘트와 모래로 만든 청룡 도로의 끝자락에 거의 다다라 청룡 부대 본부로 향하지 않고 곧장 직진하여 경사진 5고지를 향해 올라가면 바로 그 정상에 있었다.

　수륙 양용 차는 원래 청룡 도로에 올라설 수가 없었다.

　임시로 만든 길이라 그 육중한 쇳덩어리의 체인이 지나가면 연약한 도로가 모두 망가지기 때문이었다. 우리는 청룡 도로를 약간 벗어난 길을 따라 먼지를 내뿜으며 달렸다. 대대장의 지프차가 뒤따라오다 이제 막 우리 옆을 앞질러 지나가는 것이 보여 나는 수륙 양용 차의 덩그런 상판 위에 앉아 경례를 했다.

　대대장도 웃음을 지어 보이면서 답례를 하는 것이 보였고 잠깐 사이 지프차는 그 뒷모습을 점점 멀리해 가는 것도 보였다.

　어느덧 내가 탄 수륙 양용 차는 고지가 막 시작되기 전의 광경이 눈에 똑똑히 들어오는 곳까지 왔다.

　고지의 아래쪽에는 마른 강물이 아직도 마치 개울물처럼 흐르고 있는 곳이 있어 오늘도 인접한 부대에서 온 몇 대의 트럭들이 세차를 하고 있는 모습도 눈에 띄었다.

내가 탄 수륙 양용 차가 막 트럭들이 세차를 하는 장소를 지나 이제 가파른 사구로 올라가기 위해 힘을 쓰는가 싶었을 때였다.

"콰~ㅇ" 하는 고막을 찢는 듯한 굉음과 함께 나는 바로 이것이구나 싶은 촌각의 느낌과 동시에 다시 한번 어디에 부딪히는 충격을 느끼면서 그 뒤로는 잠시 내용이 없었다.

나는 매우 좁은 한증막 같은 어느 공간에 갇혀 있었다.

아무리 둘러보아도 내 주위는 온통 누른색이었다.

그러면서도 매우 밝아 보이는 누른색의 세상….

저승은 이런 색깔이구나….

그러나 둘러싸인 누른 벽 외는 왜 아무것도 살아 존재하는 것이 없을까?

저승이라는 곳은 내가 격리된 채 이렇게 기다려야만 하는 곳인가? 시간이 잠시 흘렀다.

누른색의 공간에 안개가 걷히듯 약간의 틈새가 생기는 것을 느낄 수 있었다.

그 틈새가 점점 더 벌어지기 시작했다.

아~ 틈새 사이로 드러나는 키 큰 나무들….

저것은 내가 보던 나무들과 너무 닮았는데….

아! 저것은 우리 27중대에서 바라보던 키 큰 나무들의 모습이 아닌가?

내가 저승에서 다시 세상으로 돌아왔나?

"소대장님~ 소대장님~"

대원들이 부르는 소리 같은데? 작전에 따라 나가지 않고 고지를 지키던 대원들이 작전을 마치고 돌아오는 우리를 맞이하기 위해 정문 앞에 나왔다가 내가 탄 수륙 양용 차가 대전차 지뢰의 폭발로 화염과 모래 먼지에 둘러싸이는 광경을 멀리서 보고 있었던 것이다.

나는 어렴풋한 정신을 차츰 가다듬으며 소리가 나는 곳으로 눈을 돌렸다. 우리 소대 선임 하사관과 대원들은 마치 브레이크 없는 자동차처럼 있는 힘을 다해 급히 내가 있는 곳으로 뛰어 내려오고 있었으나 나에게는 그 모습이 마치 걸레 조각들이 펄럭이며 나를 향해 다가오고 있는 것처럼 느껴졌다.

나는 잠시 수륙 양용 차 위의 내 주위를 돌아보았다. 내 바로 옆의 통신병과 내 앞의 전령 외는 아무도 보이지 않았다.

머리가 기관총에 부딪쳤는지 쓰고 있던 철모가 거의 벗겨진 채 코피를 흘리며 하늘을 향해 누워 있는 내 통신병은 깨어날 기미가 없고 전령은 부스스 몸을 추스르며 나를 향해 살아 있다는 표현을 희미한 눈빛으로 전했다.

나는 그제야 지뢰에 의해 변을 당했다는 것을 알아차리고 이번에는 계속 소대장님을 외치며 다가오고 있는 대원들을 향해 있는 힘을 다해 겨우 팔을 저으며 실낱같은 소리를 질렀다.

"오지 마! 오지 마! 지뢰! 지뢰!"

그때서야 나를 향해 달려오던 대원들이 얼른 알아차렸는지 수륙 양용 차로부터 좀 떨어진 곳에서 모두 발길을 멈추고 서는 것이 보였다.

나는 더 대원들을 수륙 양용 차로부터 떨어지게 하고 간신히 모래 바닥으로 뛰어내렸지만 순간 또 이번에는 대인 지뢰가 혹시라도 내 발밑에서 폭발하는 것은 아닌가 하고 잠시 신경을 곤두세우기도 했지만 그런 일은 없어 그나마 안도의 숨을 쉴 수가 있었다.

나를 부축하는 선임 하사관의 눈에는 어느덧 눈물이 흐르고 있었으나 나마저 대원들이 보고 있는 앞에서 눈물을 보이기는 싫어 나는 애써 더 이상의 시선을 그에게 두지 않았다.

수륙 양용 차 위에 보이지 않았던 대원들은 모두 지뢰의 폭풍에 날아가 땅바닥에 떨어졌고 나와 통신병과 전령은 뛰어 올랐다가 제자리에 다시 떨어지면서 2차의 충격을 받았던 모양이었다.

그러나 상판 바깥으로 두 다리를 걸쳐놓고 발을 달랑거리던 미 해병대 앵그리코맨은 한쪽 눈을 잃었고 내 전령은 고막이 터졌다. 물론 나도 고막에 심한 충혈이 있어 목이나 허리에 부상을 입었던 대원들과 함께 각자가 며칠간씩 청룡 부대 본부의 의무대에 신세를 지지 않을 수 없었다.

결국 이 역시 집 앞마당의 참변이었고 만약 대전차 지뢰의 폭발이 모래 바닥이 아니고 단단한 땅바닥이었더라면 2차 폭발과 함께 수륙 양용 차 자체가 조각이 나는 것은 물론 탑승을 했던 우리 모두가 누렇던 황천에서 영원히 머무르고 말았을지도 모를 일이었다.

이번 일로 게릴라전이란 사병에서부터 장군까지 모두가 머리를 맞대고 지혜를 짜내야 하는 전쟁이라는 것을 다시 한번 절감케 했으나 내가 소대장을 하는 동안 대부분의 작전은 소대장들이나 중대장들의 의견보다는 상부의 도상 작전이 더욱 힘을 발휘했던 것은 두말할 필요도 없었다.

아! 비극의 그날

1968년 5월 초순에 있었던 일이다.

원래는 청룡 부대(여단) 본부에서 전투 중대로 하여금 그 수고의 대가로 일주일간씩 아리널이라고 하여 다낭 북쪽 차이나 비치에서 해변 휴양을 하도록 계획을 세워 놓고 있었다. 그러나 유독 27중대는 그 차례가 늦어지고 있어 대원들은 이미 다녀온 다른 중대들에 대한 상대적인 박탈감을 느끼고 있어 그 불만이 이만저만이 아니었다.

물론 작전 지역에서 1개 전투 중대를 일주일간씩이나 뺀다는 것이 상부의 입장으로서도 매우 중대한 결심이 따르지 않으면 안 된다는 것을 이해는 하고 있었지만 27중대의 입장에서는 죽도록 자신의 작전은 물론, 벌써 2개월이 가깝도록 다른 대대나 중대의 작전에까지도 마치 펑크를 때우듯 끼어들도록 했기 때문에 더욱 불만이 컸다.

한편 호이안 지역으로 이동을 한 후 27중대로 배치되어 온 나와 다른 대원들은 먼저 온 고참들을 보고 "야! 이곳에 오기 전에 바탄강(추라이 지역에 있는 반도)에서 야자나 따먹고 얼마나 잘 놀았으면 그래 이 지경이야? 놀았던 놈 따로 있고 여기 와서 생고생만 하는 놈 따로 있네…."라는 불평을 자주 했다.

실제로 5대대는 전 부대가 작년 7월 포항에서 추라이 지역으로 바로 이동을 했던 정예 대대였으나 그 당시는 전연 전투지에서의 경험이 없었던 터라 작전상 그 적응 기간을 몇 개월 동안 두지 않을 수 없었고 이에 대해 다른 대대가 5대대를 생각할 때는 이곳 호이안 지역에 오기 전 추라이 지역에서는 아예 쉬고 있었던 대대로 여길 정도였다.

그러던 어느 날 오후 드디어 우리 27중대에 휴양의 명령이 떨어졌다. 다낭의 시원한 북쪽 해변, 총알도 날아오지 않고 지뢰도 없는 모래밭에서 맘껏 뒹굴며 놀게 될 그 기분은 상상만 해도 날아갈 것 같은 느낌이었다.

명령이 떨어지기가 무섭게 우리는 한밤중까지 먼저 휴가 기간 동안 비다시피 하게 될 중대 진지의 방어 대책을 의논하고 또 가져가야 할 짐 챙기기에 여념이 없었다.

물론 중대를 지키고 남아 있어야 할 소수의 대원들에게는 미안한 생각도 들었지만 자발적으로 남겠다는 대원들도 더러는 있었고 특히 제대로 인해 다른 전우들보다 귀국이 빨라진 대원들의 양보에 의해 별로 문제 되는 것은 없었다.

당일 아침. 오전 8시 30분까지 온다던 수송대 트럭이 약속 시간보다 15분이 더 지났는데도 영 나타날 기미가 없어 매우 초조한 마음이 들던 가운데 그 내용을 알아보았다.

공교롭게도 세 대의 트럭이 시간에 맞추어 오다가 그중 두 대가 길에서 고장을 일으키는 통에 나머지 한 대도 수리를 돕기 위해 합류를 하고 모두 함께 애를 쓰고 있는 중이라고 했다.

때마침 두 대씩이나 길 위에서 고장이라니?

이거 영 무엇인가 잘 맞아 떨어지지 않는다는 예감이 스치더니 아니다 다를까? 화기 소대장이 급히 짐을 풀고 곧 전투 준비를 한 뒤 출동을 해야 한다고 돌아다니며 외쳐 어안이 벙벙했다.

나는 잠시 후 슬며시 화가 났다. 나 같으면 중대장이 직접 소대장들을 불러 놓고 들떠 있는 중대의 분위기를 일단 가라앉히기 위해서라도 직접 위로의 말과 출동을 해야 하는 자초지종의 얘기라도 한마디 한 후 명령을 내려야 하는 것이 아닌가 싶어서였다.

그러나 나는 곧 중대장인들 우리와 다를 바가 무엇이 있겠는가 싶기도 하고 책임으로 보아도 소대장들보다는 더 큰 책임을 지고 있어 오히려 더 괴롭겠다는 생각이 들어 측은한 마음이 들었다.

더욱 자세한 내용도 내가 동분서주 짐을 빨리 풀라고 외치는 화기 소대장에게 급히 물어서 알게 된 사실이지만 이른 아침부터 미 해병대 아메리칼 사단이 1번 국도의 동쪽에서 작전을 하면서 우리 5대대 00중대로 하여금 퇴각하는 월맹 정규군들을 소탕하기 위한 블로킹(차단 작전)을 하도록 요청을 해 와 급히 출동을 했는데 바로 몇십 분 전 블로킹을 하던 00중대가 그만 밀려오는 월맹 정규군들을 공격하다 오히려 역습을 당해 숲속에서 빠져나오지 못하고 있다는 것이었다.

"이럴 때는 특공 중대를 헬리콥터로 빨리 투입시켜야 하는 것 아니야?"

"좌우지간 우리 중대는 복도 지지리 없어."
"아니야, 중대장이 대대장한테 너무 찍혔어."
"고생은 할 대로 다 하고 맨날 찬밥 신세야."

대원들은 잠시 불평들이 많았지만 곧 분대별로 묶었던 큰 짐 덩어리를 풀기 시작했고 첨병 소대를 서게 된 1소대장인 나는 미 해병대의 수륙 양용 차 두 대를 앞세워 보전 협동으로 재빨리 출발할 준비를 했다. 문제가 생긴 그 지역은 우리 중대가 예전에도 들락거린 적이 있어 지리에는 어느 정도 익숙한 곳이었으나 사실 그 부근은 적의 1개 공병 중대가 위치한 곳이라 한번은 우리 중대가 긴장을 늦추고 있다가 매우 난처했던 경험도 했던 곳이었다.

우리는 수륙 양용 차가 급히 움직이자 평소보다는 더욱 빠른 걸음으로 그 뒤를 따랐다. 물론 중대 병력이 수륙 양용 차 안에 승차를 한다면 더욱 빨리 갈 수도 있겠지만 바다나 강이 아니고 육상으로 가야 했기 때문에 병력이 들어가야 하는 밀폐된 공간의 열기가 그것을 허락하지 않았다.

그러나 우리는 지뢰나 부비트랩을 막기 위한 수단으로 수륙 양용 차를 앞장세우지 않을 수 없었다. 그리고 평소의 기동으로는 걸어서 대략 우리 중대로부터 60분 정도가 걸리는 곳이었으나 이런 빠른 걸음으로라면 10분 정도는 단축시킬 수 있을 것으로 여겨졌다.

50분쯤 후 드디어 00중대 대원들이 숲으로부터 빠져나와 있는 모습들이 시야에 들어오고 있었다.

그러나 그들은 전투를 하다 나온 대원들이 아니고 00중대 본부에서 사태를 수습하기 위해 급히 나와 부상자들을 처리하느라 숲속으로 들락거리는 대원들 같았다.

나는 일단 숲이 전개되는 입구에 우리 소대원들을 횡대로 세우고 수륙 양용 차는 중앙에 전진 배치를 시키는 한편 다소 V자형을 거꾸로 둔 쐐기 모양의 형태로 우리가 그 후미를 펼쳐 따라 들어가겠다는 보고를 중대장에게 했다. 중대장은 그러라는 대답을 했고 나는 나대로 그 이전에 직접 0중대 대원들로부터 자세한 상황을 일단은 들어야겠다는 생각으로 나에게 얘기를 해줄 만한 0중대 대원들을 잠시 살피고 있었다.

그런데 그 잠깐 사이 갑자기 우리 소대 첨병분대 앞에서 내 명령을 기다리고 있던 미 해병대 수륙 양용 차 두 대가 왈칵 앞으로 이동하고 있는 소리와 모습이 눈에 띄었다.

나는 무슨 일인가 하고 쳐다보았더니 수륙 양용 차 옆에는 내가 모르는 00중대 소속인 듯한 러닝셔츠 바람의 한 장교가 수륙 양용 차들을 빨리 앞으로 전진해 나가라는 손짓을 계속하고 있는 것이 보였다.

나는 기가 막혔다. 그곳으로 돌진하면 물이 많은 논바닥에 처박아 수륙 양용 차가 앞으로는 물론 뒤로도 빠져나오기가 힘든 곳이라는 것을 나는 두 차례나 경험을 해 보았기 때문에 누구보다 잘 알고 있어서였다. 거리는 좀 멀었지만

"그곳은 앞으로 가면 진흙탕인데 빠져요! 지휘자는 나요!"

하고는 큰 소리로 그 러닝셔츠 장교에게 뜻을 전하려 했으나 미처 큰 소리로 외친 말이 끝나기가 무섭게 한 대의 수륙 양용 차가 벌써 물이 흥건한 논바닥에 처박혔는지 체인이 헛도는 소리가 크게 들렸다.

나는 아무리 다급해도 그렇지 00중대에서는 우리들에게 상황을 자세히 알려주면 그것으로 충분한 것이고 그 다음의 행동은 어디까지나 27중대

의 중대장에게 맡기는 것이 당연했으나 처음부터 첨병 소대를 이 모양으로 해 놨으니 자연히 시간만 지체하는 꼴이 된 것은 물론 나로서는 김이 팍 새어 마치 예봉의 열기가 식는 느낌을 받았다.

나는 즉시 잠시 벌어졌던 상황을 중대장에게 보고하고 수륙 양용 차 없이 진격하는 방법을 모색한 후 다시 보고하겠다는 말을 남기고 앞을 쳐다보았는데 이번에는 그 러닝셔츠 장교가 없어진 대신 00중대 진지에 남아 있다 뛰어나온 듯한 내 동기생인 이 중위가 나를 향해 급히 오는 것이 보였다.

그리고 나는 이 중위가 왜 빨리 숲으로 들어가지 않느냐는 짜증스런 소리를 내게 다가오며 큰 소리로 하는 것을 들었다.

나도 나름대로는 중대장에게 수륙 양용 차는 포기하고 이제 2열 종대로 들어가겠다는 보고도 해야 하는 처지가 되었고 또 아무리 다급한 처지라 하더라도 나는 어디까지나 우리 중대장의 명령에 따라야 하는 입장이지 이 중위나 00중대 장교들의 지시를 따라야 하는 입장은 아니었다.

우리 소대를 2열종대로 다시 서게 한 다음 나는 이 중위에게 00중대 대원 몇 명을 앞세워 블로킹을 하는 장소 부근까지 우리를 인도해 달라는 부탁을 하고 나로부터 멀찌감치 중대 대열의 한가운데에 위치한 중대장에게 다시 그 내용을 보고했다.

결국 우리 소대의 첨병 분대가 00중대 대원들의 뒤를 따랐고 긴 중대의 대열이 차츰 움직이기 시작했는데 긴장을 해 들어갔던 대열의 선두가 겨우 숲을 향해 20여 미터쯤 들어갔을 때였는데 그만 '꽝~' 하는 소리와 함께 적이 쏜 로켓 한 발이 대열의 맨 앞줄에서 폭발을 했다.

불행하게도 앞장을 섰던 00중대 대원 두 명이 모두 쓰러지는 것이 보였고 뒤따르던 우리 소대는 멈칫하며 모두가 제자리에 웅크려 잠시 앉았다가 급히 그쪽을 피해 우회 진입로를 찾아 무작정 숲속으로 전진을 하지 않을 수 없었다. 그런데 불과 100여 미터 정도 진입을 했을 때 중대장으로부터 무전이 왔다.

내용은 제자리에서 경계를 하되 별도의 지시가 있을 때까지는 더 이상 진입을 하지 말고 대기를 하라는 것이었다.

사실상 상황은 이미 끝이 난 후며 00중대 대원들은 전투가 벌어졌던 장소에서 거의 모두가 빠져 나오고 있는 중이었다.

용감하기로 소문난 00중대장 방 대위도 팔에 총을 맞아 하얀 붕대를 칭칭 감고는 얼굴을 찌푸린 채 숲을 빠져나가기 위해 우리 앞을 지나가는 것을 보게 되었다.

물론 내가 인사를 했으나 그는 아무 반응도 없이 그저 찡그린 얼굴 표정으로 힐끗 한번 나를 쳐다보고는 그대로 지나 나갔다. 그러나 다음부터 시야에 들어오고 있는 광경은 차마 무어라 말할 수 없는 참혹한 것이었다. 적을 발견하고 뒤쫓다 머리에 총을 맞았다는 소대장과 그리고 많은 소대원들이 이미 시신이 된 채 들것에 실리거나 대원들의 손에 끌려 줄줄이 이어 나오는 비통한 광경이 눈앞에 벌어지고 있었던 것이었다.

한 대원이 전사하면 세 사람의 대원이 전사자를 위해 붙어야 했다.

두 사람은 시신을 들어야 하고 한 사람은 장비를 모두 챙겨 그 옆에서 경계를 하며 따라야 했기 때문이었다.

"아~ 오늘은 하늘도 무심한 날이구나!"

이미 상황도 끝이 난 뒤라 우리는 비참하게 죽어간 전우들의 영혼에 비통한 마음을 억누르며 정중히 묵례를 하는 수밖에는 어쩔 도리가 없었다.

우리가 나중에서야 풍문으로 들었던 내용이지만 그렇게 00중대가 허무하게 적들에게 당했던 것은 갑작스런 적들의 공격에 모두가 반사적으로 바싹 마른 사질토 위에 엎드려 응사를 하게 되었는데 어쩐 일인지 대부분의 총에서 총알이 나가지 않았다는 것이다.

그 당시만 해도 초기에 나왔던 M-16 소총의 약실이 너무 예민해 머리카락 하나만 끼어도 총알이 나가지 않는 수가 있다는 말과 함께 항상 약실의 뚜껑을 닫고 다니라는 말들을 자주 들었던 적이 있었다.

그러나 뚜껑을 닫고 다녔다 해도 사격을 했을 때는 첫 발에 바로 약실 뚜껑이 열려 버리기 때문에 땅에 엎드려 계속 사격을 하자면 그 미세한 흙먼지를 어떻게 수습할 여유나 도리는 없는 것이었다.

그리고 블로킹을 했던 바로 그 숲은 대나무가 매우 많은 지역이었다.

우리도 경험을 했던 적이 있지만 한국에서 가져간 2차 대전 때의 ANPRC-10 무전기로는 대나무 숲속에서의 통화가 거의 불가능했기 때문에 중대장이 무전기를 통해 지휘를 할 수 있는 어떤 입장도 될 수 없었던 것이 또한 불운을 가져 왔던 것이라 했다.

물론 이로써 00중대의 비극도 27중대의 휴양도 영영 끝이 나고 말았지만 우리 청룡 부대의 모든 전투 부대는 이를 계기로 미 해병대에 의해 M-16 소총의 구형 약실을 말썽 없는 신형 약실로 즉시 교체했고 먼저 포병들에게만 지급되고 있었던 ANPRC-25 FM 신형 무전기도 모든 보병 중대에 급히 지원해 주기 시작했다.

불운했던 5대대 00중대.

나는 지금 그때를 상기하며 다시 한번 그 당시 희생당했던 모든 전우들에게 고개 숙여 명복을 빈다.

● 2013년 초였다. 이상하게도 당시 5대대 00중대의 화기 소대장이었던 내 동기생은 대체로 총알이 나가지 않은 것도 무전기가 불통이었던 것도 아니었다고 했다. 그리고 어느 한 대원도 자신의 전투 수기에서 총알이 나가지 않았다는 말은 없었다.

2013년 5월 나는 우연히 육군의 한 월남전 초기 참전 용사가 쓴 회고록을 보았다. 자기 중대에서 C-레이션으로 식사를 하고 있던 중 갑자기 상급 부대에서 온 선임들이 카메라를 들고 먹고 있던 음식을 모두 쓰레기통에 던지라는 명령을 하고는 그 장면을 담아 갔다는 것이다. 이것은 참전 당시부터 한국군은 김치 등 한국의 전투 식량을 먹어야 한다는 끈질긴 주장을 더욱 현실화시키려던 미국 당국을 상대로 한 하나의 트릭이었다.

한편 해병대 청룡 부대는 육군과는 달리 지역 방어가 아니고 사실상 적을 추적 섬멸을 해야 하는 전투 부대라 6·25 당시 쓰던 ANPRC-10 무전기의 고물 상자나 너무 예민한 초기의 M-16 소총의 약실이 사실상 염려스러웠던 것이다.
즉 5대대 00중대의 좌초는 이러한 것을 모두 신형으로 얻어내기 위해 꾸민 것은 전연 아니었지만 그 좌초의 결과를 가지고 크게 과장을 해 미군으로부터 ANPRC-25 신형 무전기를 얻어내고 또 M-16의 신형 약실로도 바로 대체를 할 수 있었던 것은 사실이다.

해변 휴가와 B-52 폭격

1968년 5월 중순 무렵이었다.

이번에는 구정 공세 때처럼 결사 항전을 위해 떠났던 그런 방어 임무가 아니라 청룡 부대(여단) 본부의 북쪽 끝 외곽 지역의 방어를 위해 임시로 떠나는 비교적 안전한 소대 파견 방어 임무였다.

청룡 부대 본부는 동쪽으로는 남지나해를 끼고 서쪽으로는 강을 따라 남북으로 길게 뻗은 제방의 사이에 위치했다.

그리고는 남북으로 된 그 경계의 끝은 다시 인공으로 제방을 쌓아 북쪽으로는 정문을 세우고 남쪽으로는 막아 놓았기 때문에 적으로부터 방어를 하기에는 안성맞춤이었다. 그러나 그 지역의 폭이 너무 넓고 길었기 때문에 청룡 부대 본부에서도 특공 중대에만 의지하여 경비를 하도록 하는 것은 너무 무리라 여겨 한동안은 사정을 보아가며 비교적 가까운 거리에 있는 5대대의 1개 중대나 아니면 다른 중대의 소대들을 차출하여 주로 북쪽의 제방 끝자락에 배치를 하곤 했다.

결국 3월경 내가 소대장을 하는 우리 27중대 1소대는 북쪽 약 300m 정도의 제방 끝자락을 맡도록 파견 명령을 받았고 우리 모두는 변화 없는 중대 수색 작전이나 야간 소대 매복보다는 차라리 이러한 파견 근무가 더욱 여유롭게 느껴져 대략 열흘 정도의 파견 근무임에도 불구하고 모두가 기쁨을 감추지 못했다.

그러나 나는 우리와는 대조적으로 중대 진지에 남아 매일 쉴 새 없는 작전에 투입되면서도 이틀에 한 번씩은 매복에 나가지 않으면 안 되는 2소대와 3소대에 다소 미안한 생각이 들기도 했지만 구정 공세를 당했을 때 디엔반 군청으로 우리 소대원 21명을 이끌고 내가 결사대로 나갔던 일을 생각하면 그에 대한 보상이 아닌가? 싶은 생각이 들었다.

물론 우리도 예기치 않게 불시에 적의 공격을 받지 않는다는 어떤 보장도 없었지마는 우선 생각하기에는 그렇게 여겨졌던 것이다.

하기야 얼마 전 우리 중대 진지에서 억울하게 죽은 장 중위가 만약 사고가 났던 그날 밤 내 대신 차라리 위험하지만 매복이라도 나갔었더라면 오히려 생명을 건졌을지도 모를 일이라고 생각을 하면 사실 어떤 곳에 있든지 간에 죽고 사는 것은 오로지 운명에 맡기는 수밖에는 없는 일이라 생각되기도 했다.

파견을 나간 지 며칠 후 중대 본부로부터 지시가 왔다.

내일 오전 10시부터 오후 3시까지 다섯 시간 동안 지난번 취소되었던

1주일간의 해변 휴가를 대신하여 중대원 모두 청룡 부대 본부의 해변에서 해수욕을 할 예정이라는 것이었다.

"제에미 X헐 놈들 하려면 하고 말려면 마는 거지, 다른 중대들은 일주일 동안 해변 휴가를 그것도 차이나 비치에서 다 찾아 먹었는데 그래 우리 중대는 겨우 다섯 시간 동안 그것도 바로 코앞의 해변에서 해수욕을 한다고?"
"아니야, 해변으로 가는 도중 또 출동 명령이 떨어질 건데 뭐."

대원들은 한편으로는 좋아하면서도 한편으로는 지난 일들을 돌이키며 푸념들을 했다.
다음 날 아침 시간에 맞추어 소대원들을 인솔하고 지정된 해변에 이르니 벌써 해변에는 청룡 부대 본부의 몇몇 장교들이 서투른 솜씨로 수상 스키를 타느라 수색대의 보트에 줄을 길게 매달고는 물보라를 일으켜 가며 놀고 있는 모습이 보였다.
차츰 거리가 좁혀지자 처음 5대대가 파월이 되었을 때 우리 27중대를 지휘했던 첫 중대장이 보였다. S 대위는 내가 27중대로 배치되기 전 이미 27중대를 떠났던 사람이지만 내가 후보생 교육을 받았을 때의 우리 중대장을 했던 분이었다.
내가 생각하기에 그는 그야말로 누가 보아도 훌륭한 해병대 장교였고 더욱이 해군 사관 학교를 졸업한 후 초등 군사반은 미 해병대에서 마친 엘리트 중의 엘리트 장교였다. 그리고 그는 월남에 와 중대장을 하던 중 이미 미국 은성 무공 훈장도 받았던 터라 여러 사람들의 부러움과 촉망을 한 몸에 받고 있었는데 그만 몇몇 대원들의 예기치 못한 포로 강간 사건으로 인해 안타깝게도 조기 귀국을 당해야 할 입장이 되고 말았던 것이다.

거의 모든 27중대 장병들은 물 밖에 잠시 나온 예전의 중대장 S 대위에게 다가가 인사를 했고 그런 후 대열은 다시 우리가 머물 수 있게 미리 천막을 쳐 놓은 장소를 향해 좀 더 남쪽 방향으로 이동했다.

미 해병 앵그리코맨 피터는 미국의 동북쪽 끝 메인 주에 고향을 둔 촌놈이었지만 그 스타일과 인물이 빼어나고 매너가 좋아 특히 나와는 매우 친숙하게 지내는 사이였다.

그는 언제 준비를 했는지 에어 매트(공기 침대)에 바람을 넣어 와서는 중대를 떠나 있는 내가 수고를 많이 한다면서 내 앞에다 가져다 놓았다. 나는 고맙다고 하면서 네 누나에게 프러포즈를 하겠노라는 농담을 하고는 서로가 웃었다. 그는 언젠가 비키니 수영복을 입고 숲이 우거진 강가에서 찍은 자기 누나의 사진을 내게 보여준 적이 있었는데 자기처럼 마르진 않았으나 무척 매력이 넘쳐 보이는 처녀 같이 보였던 적이 있었다.

나는 공기 침대를 타고 한참을 놀고 있었는데 조금 떨어진 곳에서 청룡부대 본부의 하사관 세 명이 나에게 다가와 인사를 하고는 자기들이 수류탄으로 고기를 잡으려고 하는데 자리를 잠시 피해 줄 수 없느냐고 양해를 구해 와 나는 마침 구경거리가 생겼다는 생각으로 그러라고 하고는 나도 여러 대원들 틈에서 구경꾼이 되었다.

내가 생각하기로는 수류탄을 던져 봤자 이런 얕은 해변에 무슨 고기가 있을까 하는 생각을 하며 그 광경을 지켜보고 섰는데 수류탄이 터져 물기둥이 서자 배를 허옇게 드러내며 수많은 생선들이 기절을 한 채 물 위로 떠올라 그야말로 신기한 생각이 들었다.

하긴 몇 개월 전 내가 우리 소대를 지휘하여 이곳 주민들을 모두 피난길에 오르게 했던 적이 있었기 때문에 나는 바로 이곳이 어촌이었다는 사실을 알고 있었다.

그러나 지금은 어선도 집도 모두가 사라진 채 오로지 주인 없는 이방인들만 모여 부산을 떨고 있다는 생각을 하니 내가 어릴 때 겪었던 6·25 사변의 상흔들이 잠시 주마등처럼 머리를 스쳐 지나갔다.

나는 물 밖에서 시간을 보내다 수류탄으로 고기를 잡던 하사관들이 가고 없자 다시 물속으로 들어갔다.

잔잔한 바다 위에 띄워 놓은 공기 침대에 배를 깔고 그 뜨거운 뙤약볕을 등허리에 받으며 잠시 어린 시절 부산의 송도 해수욕장을 떠올려 보기도 했다. 친구와 함께 보트의 노를 저으면 물살을 빠르게 가르며 앞으로 나아가는 속도와 노를 젓느라 힘을 쓸 때마다 불끈불끈 솟아오르는 근육들은 많은 주위 사람들의 눈길을 모으기에 충분했고 우리는 그것을 은근히 자랑으로 여기며 더욱 신이 났었던 어린 시절이 그리웠다.

잠시 후에는 갈증을 느껴 물 밖으로 나왔다. 작전을 나가 수통의 물을 세 개나 비웠는데도 갈증이 나 포탄이 떨어져 생긴 물웅덩이의 물도 마다 않고 약을 타 마시던 기억을 하며 수통의 물을 마악 마시고 있을 때였다.

갑자기 멀리서 '쿠~웅 쿵 쿵 쿵 쿵…' 하는 소리가 계속해서 들리고 있었다. 나는 얼른 남서쪽의 먼 곳으로 눈을 돌렸다.

내 추측으로는 20km쯤 떨어진 먼 지역에서 포탄을 싣고 대열을 지어 이동하던 아군의 긴 차량 행렬이 앞에서부터 차례대로 폭발을 계속하고 있는 것 같이 보였다. 그 이유는 흙먼지가 일렬을 지어 차례대로 하늘을 향해 계속 치솟고 있었기 때문이었다.

무슨 이런 변이 있을까? 포탄을 실은 차량의 행렬이라면 미 해병대 차량들 밖에는 없었기 때문이었다.

나는 무척 마음이 불안해짐을 느끼면서 아직도 끝나지 않은 그 폭발의 광경을 계속 지켜보고만 있었다.

채 30분쯤이나 지났을까?

하늘을 뒤덮었던 흙먼지가 마치 소나기를 몰고 오는 먹구름처럼 바람을 타고 우리가 있는 해안으로 빠른 속도로 몰려들었다. 그리고 얼마 되지 않아 하늘에서 작열하던 태양은 간 곳이 없어지고 오로지 칠흑 같은 어둠만이 우리의 주위를 뒤덮고 있었다.

물속에 있던 대원들은 모두 추위를 느껴 물 밖으로 나왔고 우리는 이제 더 이상의 해수욕도 할 수가 없는 이상한 처지가 되고 말았다.

결국 우리 27중대는 1주일간의 해변 휴양이 다섯 시간짜리 해수욕으로 바뀌었고 그나마 그것도 알 수 없는 이유로 해서 세 시간짜리 해수욕으로 끝이 난 것에 대해 한 번 더 실망을 하지 않을 수 없었다.

나중에 들었던 얘기로는 이날 미국이 실전에서는 한 번도 사용해 보지 못했던 B-52 폭격을 우리 청룡 부대 작전 지역의 남쪽에 붙은 베리어 반도라는 곳에 처음으로 퍼부어 실험을 해 보았다는 것이었다.

사전 월남 정부의 승인을 받고 필리핀의 클라크 공군 기지로부터 출격한 B-52폭격기들이 그야말로 베리아 반도를 초토화를 시켰던 것은 말할 것도 없었고 그 효과의 확인을 위해 미 해병대만이 직접 들어갈 수 있었다는 사실도 전해 들었는데 폭격 지점의 반경 4km 내에는 아군의 진지가 없어야 한다는 조건이었는데도 4km 반경 바깥에 있는 우리 청룡 부대의 어떤 벙커 하나가 무너져 대원 한 명이 깔려 죽었다는 확인할 수 없는 말이 나돌기도 했다.

물론 당시로는 미확인 소문에 불과했지만 B-52라는 폭격기는 GMC 150대분의 폭탄을 실을 수 있고 양 날개 길이가 끝에서 끝까지 150미터나 되며 워낙 고공에서 폭탄 투하를 하기 때문에 실제 폭격하는 비행기가 보이지 않는 수가 많다는 다소 과장된 얘기들을 많이들 하고 있었다.

중대를 구한 김 중사

역시 5월 중순쯤이었다.

대대 본부로부터 계속 대기를 하라는 지시만 있어 잘 하면 오늘 하루쯤 은 쉬게 되는가 보다 하고 있던 참이었는데 갑자기 대대 본부에서 중대장 과 소대장들에게 내려진 지시가 바로 5대대 본부가 있는 북동쪽 방향의 사구 꼭대기를 쳐다보라는 것이었다.

나는 우리 1소대 쪽에서는 잘 볼 수 없었으므로 2소대 쪽으로 가 다른 소대장들과 함께 다소 먼 거리에 있는 대대 쪽 방향을 쳐다보았다.

우습게도 베트콩으로 보이는 한 녀석이 긴 장총에 대검을 꽂고는 마치

버킹검의 의장대나 되는 것처럼 총을 멘 채 왔다 갔다 하고 있는 것이 보였다.

더구나 그 총 끝의 대검은 뒤돌아설 때마다 햇빛을 받아 번쩍 번쩍하고 있어 꽤 재미있는 구경거리로 보였다.

사실 5대대장의 입장으로서는 다른 곳도 아닌 5대대 본부의 코앞에서 벌어지고 있는 일이라 이것을 가만히 두고 볼 입장도 아니었다.

이윽고 이를 참지 못한 대대장은 그 녀석을 생포를 하든지 공격을 하든지 간에 다시는 그런 일이 없도록 27중대가 출동을 해 처리를 하라는 명령을 내렸다.

"아니 대대 본부는 손이 없나? 무기가 없나? 또 포병 대대 지원을 못 받나? 아니면 106밀리 직사포 산탄이 없나? 만만한 것이 홍어 X이라더니 씨팔 저 한 놈을 잡으려고 그래 중대를 출동시켜?"

"아니야 뻔하잖아! 우리를 유인하기 위해 저러고 있다는 게…. 조심하지 않으면 무엇인가는 있을 거야."

"대대 본부 모두가 겁이 난 거지 뭐, 그래서 까불면 중대 병력이 곧 달려온다는 것을 보여주기 위해 우리를 출동하라고 하는 거야."

출동 명령을 받은 소대장들은 제각각 불평부터 한마디씩 했다.

대대 본부로 가려면 직선거리로는 갈 수가 없었기 때문에 우리가 있는 5고지를 얼마큼 돌아 내려와야만 비로소 대대 본부로 갈 수 있었기 때문에 우리는 약 1킬로미터 남짓한 모래땅을 빠른 걸음으로 힘들게 이동을 하지 않으면 안 되었다.

나는 출동을 하면서도 그 옛날 왜구들의 얘기가 생각났다.

왜구들은 아군의 병력과 대치를 할 때면 곧잘 결전에 앞서 약을 올리느라 한 녀석이 앞으로 나와 엉덩이를 까고 흔들어 댔다는데 한 번은 이를 본 이성계가 그 백발백중의 활 솜씨로 엉덩이를 흔드는 놈의 똥꼬에다 명중을 시켜 왜구들의 사기를 매우 떨어뜨렸다는 전설적인 얘기였다.
　첨병 소대로 대원들을 인솔하고 갔던 나는 바로 대원 두 명을 차출해 66밀리 휴대용 로켓포를 들고 되도록이면 그 녀석 가까이 바짝 접근을 후 발사를 하라고 시켰다.
　그러나 불행히도 그 녀석이 있는 사구의 꼭대기와 우리 대대 본부 사이에는 나무가 별로 없었기 때문에 위에서 내려다보고 있는 녀석 모르게 접근을 한다는 것은 거의 불가능했기 때문에 접근을 하던 우리 두 대원은 이 녀석이 알아차리고 도망을 치려는 찰나에 먼 거리에서 그만 발사를 하지 않을 수 없었고 거의 동시에 발사된 두 발의 로켓은 그로 인해 모두 빗나가고 말았다.
　우리 소대는 다시 사구의 꼭대기로 먼저 올라갔다.
　한 녀석이 도망을 친 데다 사구 위에는 아무것도 보이는 것이 없었기 때문에 나는 철모를 깔고 앉아 숨을 고르면서 아래를 내려다보았다.
　우리가 올라선 산맥 같은 사구의 서쪽으로는 우리 중대와는 이미 악연을 맺은 큰 마을의 웅크린 모습과 강줄기가 말라 만들어진 호수가 내려다보였고 반대쪽의 서쪽은 잔잔하고 짙푸른 남지나해의 모습이 시야에 들어와 두 경치가 너무나 대조적으로 느껴졌다.
　그러나 그것도 잠깐이었다. 맨 후미에서 올라 왔던 소대가 우리 소대를 앞으로 훨씬 더 전진해 공간을 확보해 달라고 소리를 쳐 다시 자리를 옮기지 않을 수 없었다.
　땀에 젖은 얼굴과 군복이 시원한 바람에 말라 가는 느낌도 별로 나쁘지는 않다고 생각을 하고 있었을 때 이번에는 바로 우리 후미의 2소대에서 시끄럽게 고함을 치고 웅성거리는 소리가 들려 왔다.

나는 귀찮다는 듯 웅성거리는 쪽으로 눈을 돌렸더니 내가 있는 1소대와 후미 3소대의 한가운데 있던 2소대의 중앙에서 대원들이 무엇을 발견했는지 양쪽 방향으로 모두가 급히 떠밀듯 흩어지고 있는 것이 보였다.

영문을 모르는 나도 철모와 총을 챙기고는 얼른 더 앞으로 몸을 피하지 않을 수 없었다.

우리 27중대 2소대의 선임 하사관인 김 중사는 깡마른 체격에 검고 긴 얼굴을 가진 말 없는 울산 사나이였다.

나는 아까도 그가 혼자서 그 아슬아슬한 모래 절벽 아래를 내려다보며 절벽 가장자리를 걸으며 무엇을 찾는지 왔다 갔다 하는 것을 보았는데 그가 그 후 미끄러져 절벽 아래로 떨어진 사실은 미처 알지 못하고 있었다.

알고 보니 그는 발을 헛디뎌 흘러내리는 모래와 함께 그만 낭떠러지 아래로 순식간에 미끄러진 모양이었고 순간 그는 물에 빠지면 지푸라기라도 잡는 것처럼 오른손은 키 작은 소나무 한 그루를 잡고 왼손으로는 몸을 가누기 위해 모래 속 깊은 곳으로 무작정 집어넣었다.

하늘이 우리를 도와서 그랬을까? 김 중사는 그 속에서 예기치 않게 전선 가닥들이 손에 잡히는 것을 느꼈다.

얼른 그는 전선이 폭약으로 연결되었다는 것을 알아차리고는 모두들 피신하라는 고함을 친 다음 다른 대원들의 도움을 받아 대검으로 전선을 재빠르게 잘라 버렸는데 어쩌면 한순간 베트콩들이 우리를 유인해 놓고 우리가 모르는 사이 그들이 발파기를 누르는 것과 김 중사가 전선을 자르는 것의 시간 싸움을 하고 있었는지도 모를 일이었다.

전선을 절단한 뒤 대원들이 전선을 따라가 땅을 파 보았다.

그곳에는 엄청난 화약이 묻혀 있었던 것이 발견되었고 우리 공병 대원이 그것을 폭파를 시켜 처리했을 때는 그 위력이 얼마나 대단했던지 혀를 내두를 지경이었다.

그런 줄도 모르고 그 폭약 위에 철모를 깔고 앉아 많은 중대원들이 노닥거리고 있었으니 그야말로 인명은 재천이 아닐 수 없었다.

적의 계획된 유인과 대대 본부의 미련한 판단으로 떼죽음을 당할 뻔했던 27중대 대원들은 그래도 김 중사의 덕분으로 모두가 목숨을 부지한 채 힘없이 터벅터벅 모랫길을 걸어 다시 중대 진지로 돌아왔다.

수색 작전과 신풍

　5대대 본부는 동쪽으로는 남지나해를 바라보고 반대 방향인 서쪽으로는 남북으로 뻗은 큰 사구를 기대고 있었다.
　해발 4m 정도 높이의 사구는 워낙 잘 발달되고 오랜 세월을 지나 마치 산맥처럼 족히 2km 정도는 해안선을 끼고 남북을 향해 달린 것 같았고 사구의 꼭대기에 올라가 동쪽의 수평선을 바라보면 매우 정적으로 느껴지는 반면 서쪽의 지평선은 그 사이에 들어찬 오밀조밀한 마을이며 숲이며 강줄기가 매우 역동적으로 보여 퍽 대조적인 모습이었다.
　1968년 5월이 막 끝나갈 무렵 대대 본부로부터 여느 때와 같이 새로운 작전 명령이 하달되었다. 그 내용은 대대 본부가 뒤로 기대고 있는 사구 넘어 큰 마을(우리가 지은 별명)을 철저히 수색하라는 명령이었다.

큰 마을은 5대대 본부의 사구 반대편 쪽을 역시 기대듯 자리 잡은 전형적인 농촌 마을이었는데 바로 눈앞에 농토와 강을 둔 규모가 조금은 있어 보이는 그런 마을이었다.

그러나 동네의 남쪽은 북쪽의 계속되는 평지와는 달리 긴 사구가 끝나면서 매듭을 짓듯 해발 5미터의 고지가 서쪽으로 돌아 막아버렸기 때문에 자연히 마을의 끝은 이 5고지의 바로 하단부가 되지 않을 수 없었다.

한편 우리 27중대는 바로 이 5고지의 상단부를 차지해 진지를 구축하고 있었기 때문에 바로 코앞의 큰 마을이나 더 먼 평원의 정경을 한눈에 볼 수 있어 전략적으로 매우 안전하면서도 유리한 입장에 있었다.

그리고 27중대는 서쪽의 청룡 도로를 향하면서는 정문을 두고 남쪽의 청룡 부대 본부를 향해서는 조그마한 후문을 두고 있었는데 당초 소대를 배치시키면서 하필이면 우리 1소대가 북쪽의 큰 마을과 경계하는 곳을 맡아 비록 얕은 사구의 절벽이 가로막고는 있어도 매우 기분이 거슬리는 방향으로 진을 치고 있는 셈이었다.

지난 2월에만 하더라도 야밤이면 으레 몇 차례씩 우리 1소대를 향해 산발적인 총질을 하는가 하면 가끔은 잘 알아들을 수도 없는 매우 서툰 한국말로 "여러분, 왜 미국의 앞잡이가 되어 여기까지 왔습니까?" 하고는 마이크를 통해 심리전을 폈었기 때문에 항상 경계의 마음을 늦출 수가 없었다.

물론 적들이 총을 쏘거나 방송을 하게 되면 우리는 나름대로 방향을 감지하여 일시에 박격포와 소총으로 소리 나는 곳을 향해 집중적으로 사격을 하곤 했다.

그리고 작전상 여러 정황을 가정해 본다면 청룡 부대 본부나 5대대 본부에서는 그 큰 마을에 적들이 계속 은거하고 있는 한 매우 걱정스러운 입장이 아닐 수 없었다.

만약 5대대 본부가 불시에 공격을 받아 뚫리게 되면 해변으로 별로 큰 거리를 두고 있지 않은 청룡 부대 본부로서는 자연히 무사하기가 힘들기 때문이었다. 물론 청룡 부대 본부와 5대대 사이에 우리 27중대가 있다고는 하지만 27중대가 있는 5고지는 해변으로부터 한참을 들어와 있었기 때문에 적들이 재빠르게 5대대 본부를 치고 거침없이 청룡 부대 본부를 공격한 다음 계속 해변을 따라 남진을 해 달아난다면 그 지역 또한 적들이 은거하고 있는 곳이기 때문에 적으로서는 매우 효과적인 공격을 할 수 있다고 여길 수 있었기 때문이었다.

내가 생각하기에도 적들은 호시탐탐 이러한 가능성을 엿보기 위해서라도 쉽게 큰 마을을 포기할 것 같지는 않았고 그래서인지 육로나 강수로를 따라 가끔씩은 야간 이동을 하고 있는 것이 우리 매복조에 의해 감지되기도 했다.

27중대가 큰 마을로 접근해 들어가는 길은 5대대 본부까지 이동을 한 뒤 사구를 바로 넘어가는 길과 27중대의 서쪽 정문에서부터 대략 300m 정도 아래로 내려가다 강물이 건기 철이라 더 이상 흐르지 못하고 멎어버린 그 끝자락을 타고 북쪽을 향해 들어가는 두 가지 길이 있었다.

그리고 그 당시 우리가 가지고 다니던 5만 분의 1 작전 지도는 매우 황당할 때가 많은 엉터리 지도에 불과할 정도로 강이나 하천의 표시가 전혀 맞지 않았다. 물론 월남 당국에서 배포한 지도였지만 분명히 지도상으로는 강이나 하천이 있어야 하는데도 막상 그 위치에 가 보면 아무런 물기조차 보이지 않는 수가 허다했던 것이다.

그러나 고참들의 말에 따르면 그것은 우기 철에 작성된 지도라 특히 건기 철에는 지도상의 강을 찾으면 말라 없어졌거나 흐르다 물이 갇혀 호수처럼 되어 있는 수가 많기 때문에 이러한 것을 잘 참작해야 한다고 했다.

27중대는 남북으로 뻗은 강변을 따라 우선 큰 마을로 들어갔다.

후미에 섰던 우리 1소대가 막 마을 어귀로 들어갔을 때 갑자기 전방의 첨병 소대 쪽에서 웅성거리는 소리가 뒤에까지 들리는가 싶더니 베트콩으로 보이는 남자 두 명이 멀찌감치서 급히 배를 타고 강을 건너 달아나는 것을 우리 저격병이 저격용 소총으로 쏘아대는 소리가 들려왔다.

나중에 더 자세히 들은 얘기로는 그중 한 명이 한쪽 다리를 끌면서 숲속으로 사라지는 것으로 볼 때 분명 총상을 입은 것은 장담할 수 있으나 더 이상은 알 수 없다고 했다.

며칠 전 우리 중대는 미 해병대로부터 저격용 소총 다섯 정을 인수했다. 조준경이 달린 그 소총들은 총신이 긴 사냥총과 다를 바가 없었는데 마침 오늘 그것을 가지고 나오자 첫 실사를 해 볼 수 있는 기회가 생겼던 것이다.

잠시 후 우리는 강변에 있는 세 척의 보트도 모두 파손시켜 물속에 가라앉혔다. 우리가 차츰 집들이 밀집되어 있는 동네로 들어가자 이번에는 비위를 매우 거슬리게 하는 찌든 담배 냄새가 역겹게 퍼져 나왔다.

이 지역 일대는 담배 농사를 많이 지어 그 잎담배를 집 안에 엮어 걸어 놓는 것이 하나의 풍경이기도 했지만 그 냄새가 매우 짙은 것으로 보아 바로 얼마 전까지도 누가 이곳에서 담배를 피우다 사라졌다는 증거가 되었다.

그러나 월남의 시골 사람들은 남녀노소는 물론 특히 채 열 살도 되지 않은 어린아이까지 잎담배를 말아 피우는 것을 보아 왔기 때문에 우리처럼 그것만으로 성인의 남자가 얼마 전 이곳에 있었다는 판단을 내릴 수는 없

Chapter 1. 소총 소대장

었다.

　우리 중대원 모두가 남쪽 끝에서부터 샅샅이 동네를 수색하고 북쪽 끝에 다다랐을 때는 이미 정오가 되고 있었다.

　그 큰 마을의 북쪽 끝은 키 큰 나무가 별로 없었는데 길을 하나 사이에 두고 약간 떨어진 북쪽에서부터는 다시 숲이 전개되는 것으로 보아 지도를 보지 않고도 쉽게 마을의 북쪽 경계라는 것을 알 수가 있었다. 그리고 그 이상의 북쪽에 또 다른 마을이 얼마나 멀리 떨어져 있는지 정확히는 알 수 없었지만 분명한 것은 미 해병대와 자매결연을 맺고 있는 나병 환자 촌이 존재하고 있다는 사실만은 이미 들어서 모두가 알고 있었다.

　우리는 C-레이션으로 점심을 때우고 잠시 쉰 다음 남쪽 방향으로 되돌아 나오면서 다시 수색을 시작했다. 이번에는 아침과는 달리 내가 지휘하는 1소대가 첨병 소대가 되었고 되돌아 나오는 길도 아침에 수색을 하면서 올라갔던 길과는 달리했다.

　사실은 아군이 수색을 하고 있을 경우 베트콩들은 물론, 동네 사람들 대부분이 땅속 깊은 동굴 속에서 숨을 죽이고 있다는 사실을 잘 알고 있었지만 우리로서는 동굴 속을 샅샅이 뒤져가며 적을 사살하거나 투항을 시킬 수 있는 입장은 아니었다.

　왜소한 체격으로 좁은 굴을 들락거리는 베트콩을 잡기 위해 거추장스런 무장을 한 채 그 속으로 겨우 한 사람이 애를 쓰면서 기어들어가야 하는 것도 문제지만 그 좁은 공간에서 역으로 공격을 당한다면 아무리 바깥에 병력이 많아도 지원해 줄 방법이 없는 것이 더욱 문제였던 것이다. 그렇기 때문에 불도저로 땅속을 깊이 파헤쳐 가며 작전을 하지 않는 한 어쩔 도리가 없는 데다 늘 대대 작전 부서에서 지시하는 수색의 목표 지점들이 너무 많기 때문에 어떤 때는 대충대충 목표 지점을 둘러보고는 행군을 하다시피 해야만 어둠이 깔리기 전 제시간에 진지로 돌아올 수 있었던 실정이었다.

물론 야간매복 작전이나 월맹 정규군들과의 대규모 전투와는 다른 내용이지만 우리가 수색 중 베트콩을 사살하거나 포로로 잡을 수 있는 방법은 서로 이동을 하다 피할 수 없이 조우하게 되었을 때나 아니면 우리가 마을을 벗어나는 것처럼 이동을 하다 갑자기 뒤돌아서 기습을 했을 경우 경계를 소홀히 했던 베트콩들이 가끔씩은 걸려드는 것이 고작이었다.

그리고 수색 중 우리가 동굴의 입구를 발견하게 되는 경우는 시간 절약을 위해서라도 거의 공식처럼 된 절차에 따라 처리하는 수밖에 없었다.

사과탄이라는 별명의 최루탄을 먼저 굴속에 넣어 터뜨리고는 "라이! 라이!" 하고 모두 나오라는 소리를 지르고 잠시 시간을 기다린 후 아무 인기척이 없을 경우 수류탄을 집어넣어 몇 차례 폭발을 시키는 것이 마지막 마무리였다.

그러나 이런 절차 중에서도 최루탄을 쓰지 않으면 더욱 번거롭지 않고 시간을 절약할 수 있었기 때문에 나중에는 꾀가 생겨 대부분의 경우 수류탄을 동굴 속에 집어넣는 것만으로 끝을 냈다.

어느덧 오후 시간이 꽤 지나 얼마큼 우리 중대 진지가 있는 방향으로 되돌아왔을 때 줄곧 첨병 소대로 중대를 선도하고 있는 우리 소대에 중대장이 무전으로 지시를 내렸다.

아침에 진입했던 길로 계속 가는 것보다는 지도상으로 볼 때 동남쪽 방향을 택하면 비록 높은 사구의 측면을 넘어가야 하는 경우가 생기더라도 거리로는 많이 단축될 수 있으니 첨병 소대는 그 길을 터서 중대가 이동할 수 있도록 하라는 것이었다.

마침 내 옆으로 온 화기 소대장 정 중위와 함께 지도를 펴들고 보아도 그 길을 택하면 역시 우리 중대까지의 거리가 매우 단축이 될 것 같아 쾌히 최선을 다해 길을 뚫겠다는 응답을 했다.

그런 후 나는 항상 믿음직스럽고 과묵한 2분대장 홍 하사를 불러 2분대 후미에 내가 따를 것이니 먼저 앞에 보이는 개활지를 건너 동남쪽 경사진 사구로 일단은 넘어가라는 지시를 했다.

나는 개활지 바로 정면 120m쯤의 전방에 산맥 같은 사구에서 우리 전방으로 돌출되어 나온 듯한 작은 사구 하나가 마치 동산처럼 버티고 있는 것이 마음에 걸려 다른 소대들은 우리 소대가 개활지를 건너기 전까지 엄호 준비를 하고 있었으면 좋겠다고 중대장에게 협조를 구했다. 즉시 2소대와 3소대는 개활지를 향해 횡대로 나무들 사이에 위치를 하고 나는 홍 하사가 이끄는 2분대를 따라 일렬로 서서 한 걸음 한 걸음 개활지를 건너기 위해 앞으로 나아갔다.

불과 얼마 가지도 않았는데 "뒤로 전달 지뢰 발견!" 하는 소리가 전달되었다. 나는 으레 있는 일로 생각하고 내 역시 평상시 작전 때처럼

"뒤로 전달 지뢰 발견!"

하고는 뒤로 돌아보며 뒤따라오는 대원들에게 내가 직접 주의를 환기시켰다.

분대의 맨 앞에서 총에다 착검을 하고 한 발 한 발 조심스럽게 전진을 하던 홍 하사가 또 "뒤로 전달 부비트랩 발견!" 하고 외치고는 더 이상 움직이지를 않았다.

홍 하사는 무엇인가 이상하다는 느낌을 받았던 모양이었고 나는 얼른 느낌이 좋지 않아 "모두 제자리!" 하고 이미 개활지에 들어선 모든 대원들

에게 움직이지 못하도록 명령을 했다.

그리고 잠시 전방을 바라보자 멀리 두 시 방향으로부터 처음에는 잔잔한 모양을 갖추던 회오리바람이 점점 커져 가며 흙먼지를 공중으로 빨아올리며 우리 쪽으로 이동하고 있는 것이 보였다.

여태 이 지역에서는 한 번도 보지 못했던 갑작스런 회오리바람인 데다 그 규모나 강도가 그리 크지는 않아 매우 신기해 보이기까지 했다.

우리는 그 회오리바람이 정지해 앉아 있는 우리 앞을 지나갈 때도 지뢰에 신경이 쓰여 시야를 놓치지 않으려고 인상을 찌푸려가며 애를 썼다.

회오리바람이 차츰 멀어지기 시작하자

"소대장님, 여기 좀 보십시오. 지뢰 지댑니다!"

맨 선두의 홍 하사가 총에다 착검을 시키고 그 대검의 끝으로 여기저기를 가리키면서 20m쯤 뒤에 있는 나를 향해 고개를 빼면서 염려스러운 목소리를 냈다.

적들이 지뢰를 묻고 그 위에 하얀 비닐을 얹고는 다시 흙으로 덮어 두었던 것이 때마침 불어온 회오리바람에 그 끝자락들을 모두 하얗게 드러내고 있었던 것이다.

나는 마치 바둑을 깔아둔 듯한 느낌을 받자 나도 모르게 전율을 느꼈다.

그러나 이럴 때일수록 내 스스로가 차분해야 대원들이 동요하지 않는다는 것을 알고 내 앞의 첨병 분대 대원들과 내 뒤의 대원들을 향해 오로지 앞으로 갈 때 밟았던 발자국들만 밟고 모두 천천히 나오라고 일렀다.

결국 우리는 한 발 한 발에 모든 정신을 집중시키면서 무사히 그곳을 빠져나왔다.

만약 회오리바람이 불지 않고 중대 모두가 지뢰 지대에 들어가는 한편 앞에 보이는 동산 위에 숨어 있던 적이 우리들에게 불시에 사격을 가했다고 한다면 과연 우리는 어떻게 되었을까?

그리고 왜 우리를 구하듯 때를 맞추어 회오리바람이 불어 주었을까?

인명은 재천인가? 기적이란 절체절명의 순간에만 주로 일어나는 것인가?

우리는 철수하는 방향을 처음 진입했던 길로 바꾼 다음 터벅터벅 중대 진지를 향해 무사히 걸어 나왔고 나는 지금도 그때 그 회오리바람을 우리 27중대 대원 모두를 구한 신풍으로 여기고 있다.

인명은 재천

(제1화) 27중대 공병 김 해병 얘기

1968년 6월로 접어든 지 얼마 되지 않아서였다.

우리 해병대 청룡 부대의 전술 지역이 월남에서도 중부 지역에 속해 남부보다는 덜 덥다는 말을 듣긴 했어도 건기 철의 막바지가 가까운 이때는 우리가 있는 이 지역도 보통 섭씨 35도를 오르내리는 열사의 기후였다.

이날도 내가 소속한 우리 27중대는 여느 때나 다름없이 아침부터 해질 무렵까지 대대 본부의 명령에 따라 수색과 정찰을 마치고 중대 진지로 무사히 돌아왔다.

　물론 수색 정찰 중 한 두 번의 적들과의 조우는 으레 있는 것이지만 그로 인해 대원들 중 누가 전사를 하거나 다치거나 하는 일은 매우 드물었다.

　다만 문제는 적들이 설치한 지뢰나 부비트랩에 희생되는 수가 잦아 오히려 총으로 우리를 노리는 적보다 더 조심을 해야 하는 형편이었다.

　몸만 씻고 미처 저녁도 들기 전 중대장실로부터 중대 장교들 모두 상황실로 빨리 집합을 하라는 전갈이 왔다.

　덩치도 작지만 말수가 너무 적은 중대장은 대대 본부로부터 우리 중대로 하달된 작전 명령을 다시 소대장들을 불러 하달했다. 그리고 그 내용은 이러했다.

◀ 내일 오전 08시 30분 1번 국도와 3번 국도가 접하는 지점. 좌표 000 000 에서 미 해병대 공병대와 합류할 것. 이미 폐쇄된 3번 국도의 5km 지점 좌표 000 000에 위치한 교량 아래 미 해병대 아메리칼 사단 소속의 탱크 한 대가 어제 작전 중 좌초되어 그대로 방치되어 있음. 특히 탱크를 견인하는 탱크를 동반할 것이며 이것은 매우 중요한 장비니 정찰 및 호위 임무에 최선을 다할 것 ▶

　다음 날 아침 27중대 병력 중 120여 명의 대원들은 다섯 대의 지프차 한 대와 세대의 트럭에 분승한 후 청룡도로와 538번 도로를 지나 다음 1번 국도를 따라 북상을 잠시 하다 3번 도로가 접하는 합류 장소로 갔다.

　그곳에는 이미 13명의 미 해병대 공병 소속 대원들과 우람하게 생긴 탱크를 건질 수 있는 견인 탱크 한 대가 이미 우리를 기다리고 있었다.

　한때는 이 부근에 청룡 부대 제1대대 3중대가 주둔을 해 우리가 작전차 지나칠 때면 서로 손을 흔들며 반가움을 나누기도 했는데 지금은 작전상 그 위치가 적절치 못하다 하여 다른 곳으로 이동을 해 너무 썰렁하고 섭섭한 느낌이 들었다.

이날은 내가 지휘하는 우리 1소대가 첨병 소대가 되었기 때문에 나는 더더욱 긴장을 하지 않으면 안 되었다.

폐쇄된 지 오래인 3번 도로는 비포장도로였고 폭은 겨우 2차선에 불과했지만 무성하게 자란 잡초 바닥은 단단하고 깔끔한 돌들과 흙으로 잘 다져 놓은 것 같아 보였다.

나는 잠시 생각했다. 비록 지금은 폐허 속의 도로가 되었지만 필시 한때는 차와 사람들의 소리로 들끓는 생기 넘치는 삶의 터전이었으리라.

길 양옆으로는 좁은 길섶을 두고 있었고 그 길섶과 도로를 따라 나무들이 줄지어 서 있었기 때문에 그러한 분위기가 우리의 경계심을 더욱 자극하고 있었다.

맨 앞에는 미 해병대 공병들이 지휘자 외 무려 12명이나 귀에다 지뢰탐지기의 리시버를 꽂은 채 천천히 전진을 하고 그 뒤는 미 해병대 아메리칼 사단의 견인 탱크가 따랐다. 물론 견인 탱크 상단에는 전방의 적을 감시하고 공격할 수 있는 무기가 장착되어 있었다.

우리 중대는 견인 탱크의 좌우로 병력을 갈라 길게 대열을 짓고 길 바깥의 숲을 경계하며 선두 미 해병대 공병들의 바로 뒤에 선 첨병들에 의해 천천히 전진이 유도되고 있었다.

결국 우리는 목적지가 5km 정도밖에는 되지 않았지만 좌초된 탱크가 있다는 파괴된 교량을 볼 수 있는 데까지 오는 데 무려 세 시간이나 허비를 해야 했고 중대장은 12시가 아직은 멀었는데도 미 해병대 공병 책임자와 의논을 한 뒤 먼저 제자리에서 점심 식사부터 잠시 하라는 지시를 내렸다.

한편 우리 소대는 운이 나빠 그런지 맞은편에 있는 다른 소대처럼 도로가가 넓고 그 뒤로는 소나무가 그늘을 드리우고 있는 그런 곳이 아니라 말라비틀어진 키 낮은 대나무들만 빽빽이 차 있는 곳에다 그늘도 시원치 않은 대나무 숲으로 들어가 식사를 해야만 했다.

건기철의 바싹 마른 대나무 가시들은 마치 흉기와 같았다. 매우 주의를 하지 않으면 옷과 살이 찢기는 일이 잦을 뿐 아니라 차고 있는 정글 칼로도 잘 베어지지 않았다.

내 전령과 내 통신병은 대나무를 헤집고 들어가 발로 밟고 칼질을 해 겨우겨우 내가 앉아 C-레이션을 먹을 수 있을 정도의 앉을 장소를 만들었다.

그러나 잎이 마를 대로 마른 데다 키 낮은 대나무 숲이라 완전한 그늘이 없어 나는 뙤약볕을 그대로 쪼여가며 철모를 깔고 앉은 채 전령이 따주는 C-레이션 깡통의 음식을 몇 숟갈 입에 넣고 있었다.

"꽝~!!!!!!" 난데없는 폭발음이 바로 옆에서 귀를 찢는 듯 울리더니 곧 하늘로 치솟은 엄청난 흙가루들이 대나무 가지를 스쳐 내려오면서 "쏴르르" 하는 소리를 냈다.

우선 나는 먹던 깡통을 손으로 가리고는 잠시 긴장을 했으나 즉시 총소리가 나지 않는 것으로 보아 적들과의 교전은 아니라는 것을 얼른 알아차렸다.

내심 나는 누가 대전차 지뢰에 당했구나 싶은 생각을 했다.

잠시 후 흙가루를 피하느라 숙이고 있던 고개를 들어 주위를 살펴보았더니 이곳저곳의 대나무 가지에는 벌써 불에 탄 작은 천 조각들이 사뿐히 걸린 채 마치 전사자의 혼령처럼 미풍에 나풀거리고 있는 것이 눈에 들어왔다.

우리는 나중에서야 자초지종을 알게 되었지만 현장을 처음부터 지켜보고 있었던 우리 중대 관측장교 이 소위로부터 들었던 그 비극의 진행은 매우 운명적인 요소가 다분했다.

우리 1소대원 모두가 점심을 먹을 장소가 못마땅해 이리저리 헤매는 동안 어떤 한미 해병대 공병이 내가 위치했던 전면 도로의 정중앙에서 지뢰 탐지기에 잡히는 어떤 의심되는 물체를 발견했었다는 것이다.

그는 먼저 담뱃갑을 의심나는 곳 위에다 얹어 표시를 하고 다른 한 명의 동료로부터 지원을 받아가며 송곳처럼 생긴 도구로 혹시 지뢰일지도 모른다는 생각으로 뇌관이 부착되지 않는 부분을 찔렀다. 원래 지뢰는 뇌관이 상단 중앙에 붙어 있기 때문에 45도 각도로 옆으로 찔러 확인 작업을 한 후 조심스럽게 파내는 것이 순서였다.

그러나 적들은 불발탄 화약들을 모아 수제로 대전차 지뢰를 주로 만들며 45도로 찔러 확인 작업을 한다는 사실도 알고 있기 때문에 미리 45도 각도에다 뇌관을 여러 개 붙여 놓는다는 것이다.

대전차 지뢰의 폭발이 있기 전 우리 반대편에 있던 다른 소대 병력들은 풀숲 안쪽에서 이미 산개해 점심을 먹기 시작했던 터였고 이때 마침 그 광경을 약간 먼 거리에서 보고 있던 포병 관측 장교 이 소위는 자기 옆에서 아직 점심을 먹지 않고 앉아 있는 우리 중대 공병 김 해병을 발견하고는

"야! 너도 가서 도와줘야지."
하고 말을 했더니 갑자기 그 김 해병이 주저앉은 채로
"엉~엉~"
하고 소리를 내어 울기 시작하더라는 것이다. 이 소위는 하도 기가 막혀

"야! 도와주라고 했는데 울기는 사내 녀석이 왜 울고 앉아 있어!"

하고 꾸중을 했더니 김 해병은 더욱 소리를 더 크게 내며 울음을 멈추지 않더라는 것이다.

그러자 순간 미 해병대 공병이 뇌관을 잘못 건드려 그만 "꽝~!" 하고 엄청난 대전차 지뢰가 폭발을 하고 말았다는 것이다.

곧 이 중위는 김 해병에게 다가가 끌어안다시피 하고는

"야! 너 정말 잘 안 갔다. 그래 네가 명당 집 자손이다."

하고는 위로와 함께 안도의 한숨을 쉬었다는 것이다.

김 해병은 우리 중대에 파견 나온 공병이었는데 평소 매우 씩씩한 모습이 인상적이었고 한양공대 2학년 재학 중 해병대에 입대했던 모범적인 데가 많은 사병이었다.

그 당시 김 해병의 솔직한 말은 이 소위의 지시에 따라 작업을 하던 미 해병대 공병 쪽으로 가 도움을 주려고 일어서려는데 아무리 애를 써도 다리에 힘이 없어 일어서지를 못해 명령은 들어야겠고 몸은 움직일 수가 없어 자기도 모르게 자꾸 울음만 나오더라는 것이다.

그 후로 우리는 김 해병을 명당 집 자손이라 불렀다.

물론 자손들로 하여금 발복을 하게 한다는 명당이 존재하는지 안 하는지는 알 수 없는 일이지만 김 해병의 일은 실로 과학으로도 풀기가 어려울 것 같은 생각이 든다.

그리고 다른 한 가지 불행했던 일은 폭발이 너무 강해 그 부근 풀숲 가까이에서 마침 점심을 먹고 있던 다른 소대원 두 명이 숲속으로 날아가 죽어 있는 것을 한참 후 인원 점검을 할 때서야 비로소 발견할 수 있었던 것이다.

우리 반대편의 편안하고 쉬기 좋은 풀숲과 소나무들 대신 우리 소대는 몸을 그늘에 가릴 수도 없고 편히 앉아 점심을 먹을 수도 없었던 대나무 숲에 있었지만 오히려 아무런 피해가 없었기 때문에 소대원들은 "역시 인명은 재천"이라는 말을 해 가며 서로가 수군거렸다.

(제2화) 포병 연락 장교들 얘기

이것은 포병 연락 장교들로부터 전해 들었던 얘기며 내가 월남에 파월되기 전 추라이 지역에서 일어났었던 실화다.

원래 우리 포병 장교들은 각 군청마다 연락 장교의 임무를 띠고 소위 고문단실이라는 곳에 파견 근무를 나갔다.

물론 그곳에는 미군들이 주류를 이루었지만 군청 자체는 월남의 정규군들이 장악해 보통은 소령들이 군수의 직책을 수행하는가 하면 자체 방어는 정규군의 지휘 아래 민병대가 주로 맡고 있는 것이 군청마다의 공통된 특징이었다.

1967년 8월 추라이 지역에 있는 빈손군의 군수는 청룡 부대에서 파견나온 포병 연락 장교 L 중위로 인해 무척 골머리를 앓고 있었다.

걸핏하면 자기 부하들을 불러 세우고는 인사를 안 한다고 심하게 구타를 하는 통에 더 이상의 인내를 감내하기가 매우 힘들었던 모양이었다.

참다못한 군수는 마침내 청룡 부대(여단) 본부에 항의를 하게 되었고 결국 이 일은 포병대대장의 몫이 되고 말았는데 화가 난 포병대대장은 즉시 L 중위를 전출시키는 한편 이번에는 S 대위를 빈손 군청의 연락 장교로 인사 명령을 내리지 않을 수 없었다.

그러나 바로 이 S 중위는 또 누구 못지않게 터프한 데가 많은 사람이라 부임 도중 미군이 자기에게 인사를 안 했다고 주먹으로 얼마나 때렸던지 그만 임지에 도착하기도 전에 먼저 미군 헌병대에 구속이 되는 수난을 겪어야만 했다.

포병대대장은 그만 엎친 데 덮친 격이 되어 말할 수 없는 고충을 겪어야 했고 그렇다고 연락 장교의 공석을 그대로 둘 수는 없어 이번에는 또 다른 장교인 P 대위를 즉시 보내지 않을 수 없었다.

그로부터 얼마 되지 않은 9월경. 적들은 빈손 군청을 불시에 공격을 해 점령을 했고 이로 인해 그 당시 아군은 거의 살아남은 사람이 없을 정도의 불행을 맞았다.

뒤늦게 발령을 받았던 P 대위도 이때 안타까운 최후를 맞지 않을 수 없었는데 그 후 이 일은 못내 포병 장교들의 가슴을 아프게 했다.

처음 문제를 일으켰던 L 중위는 내 동기생이며 세월이 흐른 후 결국 훌륭한 장군이 되어 예편을 했는데 지금도 이 일을 두고 곰곰 생각해 보면 실로 세상사를 "새옹지마"라고 해야 할지? 아니면 L 중위와 S 중위를 두고 "명당 집 자손"이라고 불러야 할지? 실로 망설여지는 대목이 아닐 수 없다.

끝으로 빈손 군청에서 연락 장교의 임무를 수행하시다 안타깝게 전사하신 P 선배님의 명복을 다시 한번 빈다.

(제3화) 내 가슴을 향한 스나이핑

3월 중순쯤이었다. 개활지를 지나는 5대대 27중대의 병력은 미 해병대의 수륙 양용 차 두 대를 앞세우고 천천히 수색 정찰을 하고 있었다. 엄격히 얘길 하자면 그 지역은 우리 5대대 지역이 아니고 1대대의 지역이었고 우리 중대가 지원을 나갔었기 때문에 당연히 여러 가지가 설게 느껴졌다.

나는 맨 앞의 수륙 양용 차에 올라 선도를 하고 있었는데 내가 탄 수륙 양용 차 상판 위에는 내 전령과 소대 무전병은 물론 의사 전달을 위해 미 해병대 앵그리코 무전병 둘까지 나를 에워싸듯 안테나를 세우고 있어 덩치 큰 내가 더욱 드러나고 있었던 것이다. 200여 미터 남짓한 우측 개활지의 끝에는 나무들과 집들이 보였고 나는 별로 좋지 않은 느낌이 들었다.

나는 만약 스나이퍼가 내 왼쪽 심장을 겨눈다면 거리가 좀 있기 때문에 총은 약간 오른쪽으로 먹는 수가 있어 내 왼쪽에 바짝 붙어 있는 앵그리코맨의 오른팔에 맞지나 않을까 하는 생각을 잠시하면서 사방을 둘러보았다.

"타당" 그사이 총성이 울리고 그와 동시에 총을 맞은 내 왼편 앵그리코맨의 오른팔이 왠지 번쩍 하늘로 향해 치켜세워지는 것이 느껴졌다. 물론 뒤를 따르던 소대원들이 집중 사격을 가하며 마을을 점령했으나 이미 스나이퍼가 도주를 해 별 소득은 없었지만 나는 책에서만 읽었던 텔레파시라는 것이 바로 이런 신통한 것이구나 하고 새삼 놀라워했다.

대용궁 작전의 숨겨진 얘기

 1968년 6월 11일에 감행한 우리 청룡 부대의 용궁 작전은 늘 해 오던 중대 단위의 작전과는 다른 대공격 작전이었으며 적의 대대적인 은거지인 디엔반 빈수안 지역을 단시일에 초토화시킨 매우 특징적이며 효과적인 작전이었다.
 그러나 나는 그 성과를 지금에 와 다시 자축을 하자는 것이 아니며 오히려 그 뒤안길에서 전개되었던 마치 코미디 같은 한 편의 진실을 얘기하려는 것이 의도라면 의도라 하겠다.
 물론 그 당시 나의 위치가 제 5대대 27중대 1소대장이었기 때문에 중위에 불과한 내 계급이나 소총 소대장인 내 직책을 다른 사람들이 어떻게 이해할지는 모르겠으나 당시 나는 그 어떤 장교들 못지않게 이미 적의 구정 공세를 시작으로 연속된 5개월간의 전투들을 주로 이 지역에서 직접 치렀기 때문에 또 나는 이 작전의 바로 첫 공격에서 여단장은 물론 2명의 대대장과 7명의 중대장 그리고 19명의 소대장들과 800여 명의 대원들이 직접 지켜보는 가운데 본의 아니게 최일선에서 공격을 했던 두 명의 소대장 중 한 사람이었기 때문에 오히려 어떤 직책의 사람들보다 더 적나라하게 용궁 작전의 사실을 그대로 전달하는 데 무리가 없을 것으로 생각해 묻혀 있던 용궁 작전의 그 일부분을 얘기하려 하는 것이다.

그리고 앞으로의 얘기들은 아래의 순서에 따라 구분을 하여 전개하려 하며 이 사실을 얘기하는 나의 의도가 결코 우리 스스로를 폄하하자는 뜻이 아님을 강조하는 동시에 다만 승리의 뒤안길에 묻혀 있던 하나의 진실을 전하려 할 따름이며 판단이나 비판은 독자들 각자에게 맡기는 것임을 미리 말해 둔다.

작전의 개념과 평소의 적정

용궁 작전이 있기 전 5월의 어느 날 저녁이었다.

막 내가 소대를 이끌고 우리 근무 중대의 동북방 숲속으로 야간 매복을 위해 살금살금 진입을 하고 있었을 때였다.

약 1.5킬로미터 전방쯤 바로 우리가 매복을 할 예정지 부근에서 "쏴아~ 쏴아~ 쏴아~" 하는 매우 짧고도 긴 소리와 함께 짙은 오렌지 불빛이 세 차례나 연이어 하늘로 치솟는 것을 목격했다.

나는 즉시 적들이 바로 다낭 비행장을 향해 발사하는 소련제 122밀리 장거리 로켓으로 판단했으나 소리 없이 이동을 해야 하는 우리로서는 그 상황을 중대 본부로 전달할 수 없었고 다른 아군의 여러 부대들이 흩어져 있는 곳이라 필경 우리가 아니라도 그 장면을 목격한 부대에서 상부에 보고를 했으리라 믿고 우리는 그대로 진입에만 몰두를 했던 적이 있었다.

그리고 사실은 나도 말로만 들었지 야간에 엄청난 오렌지 불꽃을 토하는 122밀리 장거리 로켓포의 발사 장면을 보는 것은 이번이 처음이었다.

월남 제2의 항구 도시 다낭은 미 해병대의 전방 주력 부대를 위한 모든 지원 부대는 물론, 미군의 전투 비행단이 있었기 때문에 특히 전투 비행장에 대한 적들의 로켓포 공격은 매우 치명적이었다.

로켓이 발사된 이 지역 일대를 좀 더 얘기하자면 적들의 구정 공세가 있었던 직후 지난 2월쯤에도 우리 27중대가 적의 일개 공병 중대가 있다는 중심부로 바로 겁 없이 수륙 양용 차를 앞세우고 들어갔다가 마치 두부를 칼로 잘라 놓은 듯한 적들의 교통호를 보고 깜짝 놀랐던 일이 있었고 급기야는 수륙 양용 차의 체인이 지뢰에 끊어지는 통에 야음이 오기 전 수리를 마치고 얼른 그곳으로부터 빠져 나오느라 매우 당황했던 적이 있었다.

더구나 징을 울려대던 적들의 갑작스런 기척은 순간적으로나마 우리를 심리적으로 매우 위축시켰고 또 내가 지휘하는 1소대가 첨병 소대가 되어 개활지를 먼저 건넜을 때는 불시에 적의 공격을 받아 논바닥에 노출된 채 완강한 반격으로 숲속의 적들을 제압했던 아슬아슬한 경우도 있었다.

그리고 몇 개월 후에는 0대대의 0중대가 그 동북쪽 언저리에서 미 해병대 작전에 보조를 맞추기 위해 블로킹(차단 작전)을 나갔다가 의외의 기습을 받아 중대 병력 중 거의 일개 소대 병력이 적들로부터 낭패를 당한 적이 있었다.

중대장이 총상을 당하고 소대장도 한 명이 전사를 했던 전투였으나 문제는 우리의 용감성이 결여되었던 결과는 결코 아니었고 그것은 대나무 숲에서의 무전기(당시는 2차 대전 때의 C-10을 사용) 불통과 갑작스런 공격에 포복 반격을 하다 그 예민했던 M-16소총의 약실에 모래 먼지가 끼는 통에 그만 총알이 나가지 않아 생겼던 불운의 일이기도 했다.

결국 당시 내가 아는 용궁 작전의 개념은 이러한 청룡 부대와의 악연을 철저히 응징함은 물론 그 지역의 지방 베트콩과 17도선을 넘어 남하해 자리를 잡고 있는 월맹 정규군 1개 연대 그리고 1개 특수 대대의 전력을 약화시킴은 물론 다낭 비행장을 표적으로 하는 로켓포의 발사를 저지시키는 한 일환으로써 우리 주변 지역에 철조망을 가설해 계속 로켓포의 유효 사정거리를 적들에게 주지 않겠다는 것이 미 해병대와 한국 해병대의 야심 찬 기대였다.

작전이 시작되던 날 우리는 아침 일찍 공격선으로 집결하기 위해 도보로 중대 진지를 떠났다. 미 해병대 수륙 양용 차 두 대를 앞세우고 터벅터벅 따라가는 우리는 그날의 공격 작전이 크게는 걱정되지 않았다.

"지금 우리가 참가하러 가는 작전이 용궁 작전이랍니다."

행군을 하면서 어눌한 발음으로 나에게 얘기를 하는 포병 관측 장교 이 소위의 말이 나는 귀에 거슬렸다.

"X펄 무슨 놈의 작전 이름이 그렇게도 많노. 물론 청룡 부대니까 모두가 용자 돌림이겠지. 그래 포병들은 역시 똑똑하니까 아는 것도 많구먼…."
"또 왜 그러십니까?"
"작전 이름 따위가 죽고 사는 데 무슨 소용이 있겠나. 그래서 귀에 거슬린다 이 말이야."

　사실 나는 이때만 해도 지난번 작전과는 어떤 특징이나 차이가 있는지 상부로부터 공식적으로 들었던 바가 없었기 때문에 이번 작전에 대한 자세한 내용은 모르고 있었다.
　다만 적의 본거지를 소탕하러 가는 데 의아스럽게도 보병 7개 중대의 많은 병력이 동원된다는 것이 내가 아는 것 전부였다.
　하기야 맨날 하는 작전이 그 작전이고 보면 이름을 바꾼들 무슨 의미가 있으며 병력이 많고 적은들 무슨 특별한 것이 있겠는가 싶은 것이 말단 소총 소대장들의 생각을 지배하고 있었는지도 몰랐다.
　그러나 한편 나의 내심으로는 5대대 3개 중대와 0대대 3개 중대 그리고 특공 중대까지 모두 7개 중대의 병력이 공격선에 집결을 하게 되어 있었기 때문에 이만하면 적들도 아무리 방어를 굳건히 하고 있다 해도 별로 문제가 되지는 않을 것으로 쉽게 생각이 되었는가 하면 또 다른 한편으로는 그래도 월맹 정규군들과 지방 베트콩들이 뭉친 대병력들의 결사 항쟁이라 그렇게 호락호락하지는 않을 것이 아닌가 하는 걱정이 사실은 마음 한구석에 깔려 있었기 때문에 나도 모르게 총탄이 난무하는 장면이 떠오르곤 하여 되도록이면 걱정을 지우려 애를 쓰지 않을 수 없었다.

　나는 공격선이 있을 먼 하늘을 바라보며 왠지 이상한 생각이 잠시 들어 내 옆에서 계속 걷고 있는 관측 장교 이 소위에게 말을 붙였다.
　"이 소위, 어떻게 포사격하는 소리가 영 안 들리는 것 같아. 이 중요한 작전에 말이야."
　"아까 이미 했는데요 뭐, 못 들었습니까?"

이 소위는 나를 힐끗 쳐다보며 되묻고 있었다.

"괜히 엉뚱한데 쏘는 포 소리를 듣고는…. 그래 작전지가 코앞인데 내가 못 들을 정도면 쏘지 않은 것이지 뭐. 가재는 게 편이라더니 원."

나는 그러고도 기분이 풀리지 않아 한마디를 더 덧붙였다.

"야. 이럴 때는 좀 많이 퍼부어야 하는 것 아냐? 아님 여단이나 대대에서 미 해병대 팬텀기 불러 에러스트라이크를 많이 해 주든가."

나는 사실 매우 불만스러웠다. 그래도 명색이 적이 완강히 버티고 있는 지역을 소탕하는 대작전이라면 충분한 포격과 폭격으로 미리 불바다를 만들어 놓아야 보병들의 희생이 적을 것이 아니냐는 생각이었다.

"야, 얼마든지 공짜로 주는 포탄인데 그래 아껴서 가져갈래? 포병들은 전부 기합들이 빠졌어!"
"하, 그런 말 마십시오. 짜빈동 전투도 우리 포병들이 결국은 적을 다 잡은 것인데…. 기합이 빠지면 그렇게 되었겠습니까?"
"또 그 소리구먼… 야, 그건 보병이 죽도록 고생해서 몰아 놓은 거 포병들이 이삭 주운 거지 뭐."

이 말에 이 소위는 기가 찼는지 껄껄껄 웃었다.

"짜빈동 전투 때 관측 장교 K 중위님이 구 중위님 친구라면서요?"

"응, 말만 들었어. 나보다 먼저 임관했다는데 해병대 와서 한 번도 만난 적도 없어. 아마 내가 해병대에 온 것도 모를 거야."

"우리 포병에 K 대위님하고도 친구신데 좀 더 일찍 해병대로 왔으면 적어도 지금 소대장은 안 하고 있을 거 아닙니까?"

이 소위와 나는 고향이 같아 평소에도 별로 허물이 없는 얘기들을 가끔씩 나누었는데 나는 오늘따라 묵묵히 걷는 것보다는 서로 말을 주고받으며 걷는 것이 더 좋겠다 싶은 생각이 들었다.

"응, 남의 염장을 지르는구먼. 그래 원래 내 인생이 완행 인생이라 그런 걸 어쩔래?"

"구 중위님도 어지간하십니다. 중대 내 서열이 중대장님 다음이신데 소대장으로 전투를 하러 나가니…."

"이게 다 의리라는 것이지 뭐. 또 전투를 안 해 본 신임 중대장에다 신임 소대장한테 대원들의 목숨을 맡긴다?"

"대단하십니다. 지난번 대전차 지뢰 폭발 때도 중대에서는 구 중위님이 모두 귀국을 하시는 것으로 알았는데…."

"사실 이번 작전은 우리 중대장이 나한테 명령을 해서 나가는 것이 아니고 마지막 부탁을 했기 때문에 나가는 거야."

"서열로는 부중대장님이신데 사실 이럴 때는 방석(진지)이나 지켜야 하는 건데…."

바라보이는 전방에는 미 해병대 팬텀기 두 대가 폭격을 잠시 하는 것이 보였으나 그것도 우리가 작전을 할 지역으로부터는 멀리 벗어난 것 같아 미 해병대의 또 다른 작전이 벌어지고 있는 것처럼 보였다.

몇 개월 전 우리 5대대 단독으로 이 지역에서 대대 작전을 했을 때는 우리 포병 대대의 포 지원은 물론 미 해병대 팬텀기들의 에어스트라이크와 전투함의 함포 사격까지 모두 동원해 공격을 했던 일이 있어 내가 더욱 지원 사격에 대해 불만을 느끼고 있는지도 몰랐다.

뒤에 알았던 내용이지만 이번 용궁 작전의 대상 지역은 대략 디엔반 군청을 기점으로 북동쪽으로 가는 1번 국도의 4킬로 정도의 지점과 디엔반 군청에서 동남쪽으로 뻗은 538번 도로의 3킬로 정도의 지점을 끝으로 L자를 만들고 그 끝과 끝을 이어서 그 가운데 들어오는 지역의 모든 적들을 쓸어버리는 것으로 이해되었고 사실상 이곳은 적들이 평소 장악하다시피 하여 준동하고 있는 지역일 뿐 아니라 바로 이 지역에서 주로 다낭을 향해 로켓이 발사되기 때문에 그 중요성으로서는 피아간에 서로가 양보하기 힘든 지역이 되어 있었다.

그리고 우리 해병대나 미 해병대가 그들을 뿌리 뽑기 힘든 것은 적들이 우리 청룡 부대에 밀리면 캄보디아의 국경까지 이어질 수 있는 1번 국도의 북동쪽으로 넘어가고 미 해병대에 밀리면 1번 국도의 동남쪽으로 넘어 들어와 우리 5대대와 1대대 지역으로 산발적으로 숨든지 아니면 더 이동을 해 여러 갈래로 수로가 잘 발달된 호이안시 외곽으로 도주를 할 수 있었기 때문이었다.

더욱이 동북쪽 해안 가까운 곳에는 미 해병대와 자매결연을 맺은 나병환자촌이 있어 특히 베트콩들이 숨을 수 있는 성역의 역할을 했고 또 적들은 그곳으로부터 행동반경을 더 넓혀 해안가 5대대 본부와 큰 사구를 남북으로 하나 두고 경계를 하고 있는 큰 마을까지 들락거리기 때문에 사구의 끝자락인 5고지에 자리를 한 내가 소속된 5대대 27중대에서는 더욱 긴장을 늦출 수가 없었던 것이다.

잠시 후 관측 장교 이 소위는 중대장이 찾는다는 연락을 받고 내 옆을 냉큼 떠나 버렸기 때문에 나는 섭섭하면서도 좀 더 작전에 대한 생각을 하게 되었다.

적들이 자신들의 심장부나 다름없는 곳을 쉽게 내 줄 것인가?

평소 적들은 마치 그 심장부에서 피가 뻗어 나가듯이 야간이면 이동을 해 538번 도로를 공격하는가 하면 우리 근무 중대도 25중대도 27중대도 심지어는 청룡 부대(여단) 본부까지도 집적이거나 공격을 해온 전력이 있지 않았던가?

내가 자꾸만 불안해지고 있는 것은 대대장 이상 최고 지휘관까지의 분위기가 혹시라도 해병대의 7개 중대가 일시에 밀어붙이는 작전에 누가 감히 맞서랴? 하는 자만의 심리가 혹시나 깔려 있는 것은 아닌가? 하는 것이었다.

왜냐하면 그것은 우선 우리 포병 대대의 지원 포사격과 미 해병대의 공중 폭격이 너무 소홀하게 처리했다는 사실이 내 마음속에서 계속 지워지지 않고 있었기 때문이었다.

결론적으로 나는 적정에 대한 최근의 어떤 정보도 가질 수 있는 입장은 아니었으나 그동안 이 지역에서의 작전을 통해 얻었던 내 경험으로는 비록 적들의 심장부이기는 하나 우리들의 대대적인 공세에는 쉽게 무너지거나 은밀히 도주를 할 것이라는 매우 안이하고도 아전인수 격인 생각을 하고 있었는가 하면 다른 한편으로는 결과야 아는 것이지만 미리 아군의 포사격이나 공중 지원이 너무 미흡해 완강한 적의 저항에 결코 안심할 일은 아니라는 다소의 걱정스러운 면도 함께 가지고 있었다.

1차 공격의 실패

숲과 숲 사이 약 300미터가량 되는 개활지를 하나 사이에 두고 동남쪽에는 각각 4열종대로 선 우리 청룡 부대의 7개 중대가 횡대로 펼쳐져 있었고 서북쪽 방향으로는 적들이 숲과 개활지를 갈라놓은 2미터가 약간 넘는 높이의 제방 뒤에 숨어 자신들의 외곽 방어선으로 삼았다.

그리고 그 제방의 길이도 만만치는 않아 좌측 끝 모래가 드러나 보이는 제방까지 모두 합쳐보면 약 250미터 정도는 되어 보였다.

한편 우리는 특공 중대만 두 대의 미 육군에서 파견된 탱크를 앞세우고 다른 모든 중대는 두 대씩의 미 해병대 수륙 양용 차를 앞세웠기 때문에 수륙 양용 차의 수는 모두 열두 대가 되었다.

그러나 맨 좌측에 위치했던 특공 중대는 제방이 끝나는 부분으로 진격해 들어가야 했으므로 제방 너머의 깊숙한 곳까지 계속 탱크를 진입시킬 수 있었으나 다른 모든 중대는 적이 버티고 있는 제방의 높이 때문에 그 앞까지만 수륙 양용 차를 이용할 수밖에 없는 입장이었다.

H-아워가 가까워지자 탱크와 수륙 양용 차 모두 합해 열네 대의 기갑 차들이 우리 앞에 횡대로 널어서 그 위용을 자랑하듯 요란한 소리로 엔진을 튠업해 가며 분주하게 그 모습을 드러내 보이는 것은 과히 장관이라 하지 않을 수 없었다.

그러나 하필이면 내가 승차해 지휘할 수륙 양용 차 위에는 원래 있어야 할 경기관총 대신 바로 쓰지도 못할 106밀리 직사포와 포탄이 실려 있어 나를 매우 짜증스럽게 만들었다.

더욱이 날씨가 워낙 뜨거워 포탄 케이스에서는 이미 콜타르가 끈적끈적하게 녹아내리고 있었기 때문에 혹시라도 적의 로켓이나 실탄이 잘못 맞아 함께 자폭하는 꼴이나 되지나 않을까 하는 염려가 앞서기도 했다.

그러나 그 육중한 106밀리포를 지금으로서는 내려놓을 시간이 없어 그대로 싣고 기동하지 않을 수 없었고 이것은 후에 공격을 하는 동안에도 가끔씩 나를 걱정스럽게 만들었던 것이 사실이다.

H-아워(공격 개시 시간)는 09시 00분이었다.

우리 27중대의 우측에는 25중대가 맨 끝으로 있었고 27중대의 좌측으로부터는 26중대와 0대대의 3개 중대가 차례로 있었으며 맨 좌측에는 특공 중대가 전열을 가다듬고 있었다.

솔직히 나는 맨 우측 25중대 수륙 양용 차 두 대가 H-아워(공격 개시 시간)도 되기 전인데도 우렁찬 굉음을 내면서 먼저 앞으로 갔다 뒤로 물러났다 마치 맹수가 먹이를 보고 달려들 듯한 모습을 취하고 있어 역시 이 지역에서 몇 달 전 적에게 당했던 복수를 하기 위해 무척 칼을 갈고 있구나 싶은 인상을 받았다.

오전 09시 00분. 일제 공격의 신호가 떨어졌다.

우리 27중대의 우측 수륙 양용 차에는 1소대장인 내가 전령과 통신병 그리고 7명의 대원들과 함께 상단에 탑승을 했고 내 좌측은 항상 차분한 2소대장인 김 소위가 우리 1소대와 같은 형태로 승차를 하고 있었다.

그리고 부임한 지 얼마 되지 않은 우리 27중대장은 3소대의 선두에 자리를 잡고 내가 탑승한 수륙 양용 차의 후미를 따라 소대장들을 통제하며 전진을 할 참이었다.

공격 신호와 함께 우리 27중대의 수륙 양용 차 두 대는 뒤에서 병력들이 따라올 수 있도록 천천히 출발을 시작했고 차츰 속도를 높여 나가려던 참에 나는 우리 중대의 좌측과 우측의 다른 중대들을 힐끗 쳐다보았다.

그러나 어떻게 된 영문인지 의외로 나와 2소대장 김 소위의 수륙 양용 차만 처음 횡대로 섰던 7개 중대 대열에서 벗어나 앞으로 전진하고 있었고 나머지 모든 중대의 수륙 양용차와 탱크는 그대로 공격선에서 더 앞으로 전진하지 않고 있는 것을 발견했다.

마치 맹수가 포효를 하듯 튠업을 해가며 횡대의 모든 탱크와 수륙 양용차는 앞으로 나가는가 싶으면 뒤로 물러서고 뒤로 물러섰는가 싶으면 앞으로 나갈 듯한 모습만 취하지 막상 공격선으로부터 계속 전진을 하고 있는 수륙 양용 차는 우리밖에 없었다.

나는 무엇인가는 잘못된 것이라 생각하고 얼른 내가 탄 수륙 양용 차의 기갑병에게 즉시 후진해 뒤로 물러서라는 명령을 하는 한편 중대장에게 보고를 했다.

"중대장님. 공격 시간인데도 모두 전진하지 않는데요? 어떻게 된 겁니까? 우리만 전진하고 있어 잠시 뒤로 빼고 있습니다."

"구 중위, 아니야, 그래도 우리는 전진을 해야지! 우리가 계속 가면 다른 중대도 뒤따라올 거야."

순간 나는 어리석은 판단이라는 느낌도 들었으나 어디까지나 명령이었기 때문에 "네, 알겠습니다." 하고는 미 해병대 기갑병에게 다시 전진을 하라는 명령을 내렸다.

막상 100미터쯤 전진을 하다 보니 아직도 7개 중대 중 오로지 우리 27중대만 전진을 하고 있다는 사실을 다시 깨닫게 되었고 내 좌측에서 나보다 조금 더 앞으로 전진을 했던 2소대의 수륙 양용 차는 이미 적의 집중 사격을 받다가 잠시 후에는 로켓포를 맞았는지 흰 연기가 수륙 양용 차의 상단을 둘러싸고 있는 것이 보였다.

나는 위에 탔던 대원들의 꼿꼿했던 머리가 모두 아래로 구부려져 잠시 꼼짝도 않는 것을 보는 순간 드디어 필사의 전투가 시작되었구나 싶은 생각으로 빠져 들었다.

2소대의 수륙 양용 차가 로켓을 맞고 잠시 멈추어 서 있을 때도 우리는 계속 앞으로 전진을 하고 있었기 때문에 이번에는 우리 앞쪽으로부터 내가 있는 수륙 양용 차 위로 집중 사격이 가해지고 있었다.

처음에는 뷰~옹 하던 꼬리가 긴 총알의 지나치는 소리가 이제는 순식간에 "뽕. 뽕 뽕" 하는 매우 짧은 소리로 내 귓전을 지나고 있어 이미 많은 총알들이 나를 향하고 있는 것을 알아차렸다.

"조금만 더… 조금만 더… 수륙 양용 차가 제방과 더욱 가까운 거리에 가면 재빨리 하차를 해 일단 제방에 몸을 숨길 수가 있을 텐데…" 하고 생각을 했을 때였다.

"아이쿠~" 하는 소리가 내 옆에서 들려 얼른 돌아보니 내 전령인 윤 해병이 배를 움켜쥐며 고꾸라져 있었다.

"소대장님, 맞은 것 같습니다."

나는 항상 믿음직스러웠던 윤 해병의 가련한 목소리가 어쩐지 기분에 거슬렸다. 아마 위기에 처한 소대원 모두를 지휘해야 하는 절체절명의 순간이라 잠시 그런 생각이 들었던 모양이었다.

이미 적의 외곽 방어선인 제방이 20미터도 채 남지 않은 것 같아 나는 응사에 열중하던 대원들과 수륙 양용 차의 뒤를 따르던 대원들을 보며 얼른 제방으로 이동해 바짝 몸을 붙이라고 명령을 했다.

윤 해병도 수륙 양용 차에 남지 않고 나를 따라 뛰어내려 나는 의심스러운 눈초리로 그를 바라보았다.

함께 제방에다 몸을 붙인 윤 해병은 총알이 배를 덮고 있는 방탄조끼의 아랫부분과 겉옷을 비스듬히 치고 지나가 상처는 모면했다는 말을 하고는 아직도 허리를 바로 펴지 못한 채 숨을 크게 쉬어 보였다.

먼저 제방에 몸을 붙인 나는 즉시 수신호로 수륙 양용 차는 물론, 뒤에서 우리를 뒤따르던 3소대 병력과 그 속의 중대 본부 병력을 모두 되돌아가게 하고 로켓을 맞고 제방으로부터 조금 멀리서 엉거주춤하고 서 있었던 2소대 수륙 양용 차로 눈을 돌렸다.

뒤늦게 우리 옆자리로 붙기 위해 필사적으로 뛰어오는 2소대 대원들은 적들이 쏘는 집중 사격에 더러는 총을 맞아 뒹굴고 더러는 제방으로 뛰어와 몸을 숨기기도 하는 것이 너무나 적나라하게 보여 잠시 스스로 쾌감이 오는 것을 느꼈다.

물론 순간적인 느낌이었지만 나는 내가 왜 이런 이상한 쾌감을 이런 순간에 느끼고 있을까? 하는 의문을 마음속에 남겨 두지 않을 수 없었다.

후일 이것은 나라는 존재 자체가 남과는 달리 절체절명의 순간을 이미 벗어났다는 상대적인 만족감에서 비롯되었거나 아니면 인간 본연의 심성에 존재하는 선 이외의 악이라는 그늘진 어떤 심리로부터 오는 것이 아닐까 하는 생각을 해 본 적이 있다.

나는 다시 정신을 가다듬었다.

제방에 이미 붙은 1소대와 2소대 대원들은 제방 너머로 계속 수류탄을 던져 넣고 있었다.

그러나 무슨 이유에서인지 아직도 우리 27중대의 2개 소대 외 아무 중대도 전진을 하지 않는 것이 보여 지금은 제방에 몸을 붙인 우리 소대를 어떻게 도로 무사히 당초의 공격선까지 물러나게 하느냐 하는 것이 문제로 여겨졌다.

나는 이런 와중에서도 여유를 가지기 위해 담배를 한 대 피워 물었다.

파월되어 온 지 얼마 안 되는 1분대장 김 하사가 내가 담배를 피우고 있는 것을 보자 너무나 유유자적하게 보였는지 아니면 기가 차서 그런지 먼저 입을 열었다.

"소대장님! 제방을 넘어 얼른 공격을 해야 하는 것 아닙니까?"
"뭐, 공격? 우린 지금 고립되어 있어!"

나는 무모한 그의 판단이 객기처럼 들렸다.

"가만있어! 잠시 뒤 내가 신호를 하면 모두 출발했던 쪽으로 죽어라 후퇴하는 거야."
"그러면 빨리 나가야죠."
"야, 무조건 후퇴하면 뒤통수 맞아 죽어! 잠시만 기다려."

나는 담배를 몇 모금 더 빨아 당긴 후 꽁초를 집어 던지고는 그제야

"야, 모두 들어! 하나, 둘, 셋 하면 수류탄을 모두 제방 안으로 던져! 그리고 50m 전방 가로로 막고 있는 논두렁까지 뛰어 일단 몸을 숨기고 또 하나, 둘, 셋 하면 다음 논두렁까지 뛰고 그것을 반복해 철수한다."

내 말이 떨어지자 수류탄을 남기고 있던 대원들은 즉시 수류탄의 핀을 뽑았다. 내가 "하나, 둘, 셋!" 하고 소리를 쳤다.

우리는 수류탄을 던지자마자 뛰기 시작했다. 실로 모두가 사활을 건 줄 달음이었다.

이미 폐허가 되고 바싹 말라 있는 50미터쯤의 횡대 간격으로 있는 논두렁은 우리가 몸을 숨기기에는 너무 낮았으나 그래도 한결 없는 것보다는 나은 은폐물이 되어 주었다.

다시 "하나, 둘, 셋!" 귓전으로 비켜가는 총알 소리는 으레 들어야만 하는 소리 같았다.

드디어 모두가 적의 집중 사격을 점점 멀리하며 무사히 아군들이 대기하고 있는 공격 출발선까지 빠져 나올 수 있었다.

우리는 모두가 드러누워 일어설 수 없을 정도로 가쁜 숨을 몰아쉬어야 했고 더위에 숨이 차다 못해 입에다 거품을 물고 의식이 가물거리고 있는 대원들도 더러 있었다.

통신병이 중대장의 무전을 받으라고 아직 숨이 가빠 누워서 일어나지도 못하고 있는 나에게 수신기를 가져다주었다. 나는 손으로 드러누운 채 수신기를 받아 팽개치고는 다시 하늘을 쳐다보며 한참을 숨 고르기에 열중했다.

숨을 고르고 일어난 나는 바로 중대장이 있는 곳으로 찾아갔다.

중대장은 상기된 얼굴을 하고 대대장과 무전기를 통해 매우 흥분된 어조로 긴 통화를 하고 있었다.

그래도 내가 지휘하는 1소대는 모두가 무사했으나 2소대에서는 부상자가 여섯 명이나 생겼다.

어리석게도 다른 중대들은 진격을 하지도 않았는데 1소대장인 나와 2

소대장인 김 소위에게만 먼저 들어가라고 명령을 했던 것이 우리 중대장으로서는 못내 후회스러웠던 모양이었고 그보다는 공격 시간이 되었는데도 명령을 어기고 움직이지 않았던 다른 중대장들이 몹시 원망스러웠던 모양이었다.

나는 내대로 화가 풀리지 않아 무전을 끝낸 중대장에게 큰 소리로 불평을 했다.

"이게 있을 수 있는 일입니까? 저 XXX들은 오늘 우리 중대가 싸우다 피 보는 거 구경 나온 XX들입니까?"

중대장은 차츰 흥분해 가는 내 목소리에 덩달아 더 흥분을 하며

"대대장한테 이러면 우리 중대는 즉시 철수하겠다고 했어. 나쁜 자식들…."

평소 과묵하던 중대장의 폭발된 흥분과 성난 얼굴이 오히려 나를 진정시키고 있었다. 그리고 여섯 명의 부상자를 낸 2소대장 김 소위는 중대장 앞에 와서도 아무 말이 없었다.

잠시 후 헬리콥터를 타고 처음부터 작전을 내려다보고 있었던 여단장(청룡 부대장)이 대대장들에게 불호령을 내렸다.

"야, 이 자식들아. 해병대 역사에 이런 건 없어! 니들이 해병대야? 30분 후 5대대 27중대만 빼고 모두 다시 공격한다. 두고 볼 거야!"

나는 그 당시 대대장으로부터 중대장에게 흘러나온 얘기를 직접 전해 들었던 것 중 일부만을 표현하는 것이지만 여단장의 성격으로 보아 우리의 상상을 초월할 정도의 꾸중이 대대장들에게 있었던 것으로 알고 있었다. 그리고 너무나 지은 죄가 컸던 대대장들은 또 죽일 듯이 중대장들을 다그쳤을 게 보거나 듣지 않아도 뻔했다.

그러나 내 마음 한편으로는 여단장이(청룡 부대장) 헬기를 타고 공중을 선회하면서 우리가 공격을 하는 것을 내려다보는 것보다 오히려 헬기를 치우고 미 해병대의 에어 스트라이크나 우리 포병 대대로부터의 지원 사격을 해 주는 것이 아군의 희생도 줄이고 공격을 더 도와주는 것이 아니었을까 하는 생각도 했다. 그러나 한편으로는 내 스스로도 명색이 7개 중대가 함께하는 우리 해병대가 마음만 먹으면 무엇인들 못하랴 하는 생각이 앞서 헬리콥터를 띄워 내려다보고 있던 여단장이 이해되기도 했다.

이제 우리는 나무 그늘 아래서 우리 5대대 27중대를 제외한 6개 중대가 횡대로 펼쳐 두 대의 탱크와 열대의 수륙 양용 차를 앞세우고 완강한 적의 방어선을 뚫는 실전을 구경하는 관람자가 된 셈이었다.

나는 막상 공격의 대열을 다시 가다듬고 있는 다른 중대원들의 모습에서 매우 측은함을 느끼는 동시에 한편으로는 살기가 등등한 모습도 새삼 발견할 수 있었다.

소설에서나 읽을 수 있었던 살기라는 것이 생사를 건 일전을 앞두고 풍겨 나오는 저러한 것이로구나…. 그리고 그 숱한 전투를 할 때마다 나로부터도 저러한 살기를 다른 사람들이 느낄 수가 있었겠구나 싶은 생각이 들었다.

한번은 작전을 마친 후 어느 대원이 어느 순간에 내가 너무 무서워 보였다고 해 웃고 말았던 적이 있었는데 인간은 누구나 절체절명의 순간에 접어들면 자신도 모르는 사이 그렇게 되는구나 싶었던 적이 있었다.

드디어 또다시 공격 신호가 떨어졌다.

이번에는 열 대의 수륙 양용 차와 두 대의 탱크가 마치 경쟁이라도 하듯 순식간에 앞으로 돌진해 제방에 코를 박다시피 했고 수륙 양용 차의 상단에서 제방을 뛰어넘는 해병들과 제방 앞에 다른 대원을 엎드리게 한 후 등을 밟고 뛰어넘어 들어가는 해병들의 기세는 과히 해병대다운 장관이라 하지 않을 수 없었다.

특히 특공중대가 공격하는 맨 좌측 제방의 끝머리는 모래가 약간 언덕을 이루고 있었는데 모두가 벌떼처럼 넘어 들어가던 중 한 대원이 적탄을 맞았는지 총을 쥔 손을 힘없이 뒤로 내팽개치며 경사진 언덕 아래로 쓰러져 구르는 모습은 바로 영화의 한 장면 같아 보였다.

이제 개활지에는 병력을 이동시킨 수륙 양용 차만 우리 쪽으로 되돌아 오고 있을 뿐 모든 공격 부대가 제방 안으로 넘어 들어가 그 넓은 개활지가 썰렁해 보이기까지 했다.

"아~ 이렇게 쉽게 끝이 나는 것을…."

우리는 그동안 흥분했던 기분을 모두 털어 버릴 수가 있었다.

그러나 채 10여 분쯤이나 지났을까? 나는 내 눈을 의심해야 할 안타까운 장면이 멀리서 벌어지고 있는 것을 볼 수 있었다. 제방을 넘어 들어갔던 모든 대원들이 마치 벌떼처럼 도로 제방을 넘어 필사의 후퇴를 하고 있는 것이 아닌가.

나는 적의 완강한 내곽 방어로부터의 역공에 견디지 못해 도로 후퇴하는 것이라 추측을 했다. 특히 맨 좌측의 특공 중대 쪽에서는 함께 들어갔던 두 대의 탱크 중 한 대가 빠져 나오지 않았다.

뒤늦게 빠져 나오게 된 탱크의 지휘자는 동두천에서도 근무를 했던 적이 있다는 뚱뚱하고 덩치가 크며 화를 잘 내는 흑인 육군 상사였는데 그 후 소문에는 이 전투에서 실명을 했다고 들었다.

결국 이렇게 하여 쉽게 생각했던 1차 공격은 실패로 끝이 났고 우리 27중대는 명령에 따라 다음 날 공격을 위해 중대의 임시 진지를 지금의 공격선으로부터 약 1km 정도의 동북쪽 방향으로 옮겼다.

2차 공격의 중단과 3차 공격

우리 27중대가 다시 자리 옮겨 야영을 하게 된 곳은 방어를 하기에는 별로 좋아 보이지 않았다.

지형지물도 방어하기에는 별로 적합하지 못한 것 같았고 특히 우리를 가려줄 키 큰 나무들이 별로 없는 데다 자꾸만 음기가 느껴져 왠지 불안하고 꺼림칙했다.

7개 중대 중 특공 중대는 여단 본부의 외곽을 방어해야 하기 때문에 늦어도 5시 전에는 원대 복귀를 하도록 되어 있었고 특공 중대를 제외한 다른 6개 중대들은 그 일대에 모두 널려 있다시피 포진을 하고 있어 우리 중대만이 특별히 지정된 지역에 대해 무어라 얘기할 수 있는 입장은 아니었다.

전령과 통신병이 나와 함께 소대 본부를 이곳으로 할까 저곳으로 할까 하고 잠시 망설이고 있는 사이 갑자기 '꽝!' 하는 소리가 불과 30여 미터의 전방쯤에서 들려왔다. 그리고 잠시 후에는 왁자지껄한 대원들의 소리가 나는가 싶더니 "소대장님! 부비트랩이 터졌습니다!" 하고는 어떤 대원이 내 앞으로 뛰어오며 보고를 했다.

나는 폭발음의 크기로 보아 많은 소대원이 죽거나 다쳤으리라고는 생각하지 않았지만 그 결과에 대해서는 매우 염려스러웠다.

현장으로 가 부비트랩에 부상을 입고 주저앉은 채 위생병을 기다리고 있는 두 대원을 보니 다행히 모두 팔과 손에만 파편으로 다친 경상자들이었다.

아마 왕고참인 쌍둥이 해병이 키 낮은 소나무에다 은밀하게 매달아 놓은 수류탄 부비트랩을 잘못 건드려 옆에 있던 대원까지 부상을 당하게 했던 모양이었다.

물론 경상이라 대대 의무대에서 치료를 받을 수도 있었지만 두 소대원 모두 구정 공세 때부터 5개월 동안이나 치열한 전투를 하느라 너무 고생이 많았기 때문에 나는 즉시 중대장에게 약간은 과장된 보고를 하고는 미 해병대 앵그리코맨에게 메드백(사상자 수송) 헬리콥터를 불러 달라고 요청하여 다낭의 미군 병원으로 후송을 시켜 버렸다.

내가 5대대 27중대 1소대장으로 오기 직전 그러니까 약 6개월 전인 지난 1월 30일경 구정 공세가 처음 시작되어 27중대가 호이안의 시가전에 투입되었을 때 불행히도 외곽의 어느 지역에서 우리 1소대는 소대장 이하 3개 분대장과 몇몇 대원들이 모두 죽거나 부상을 당했던 끔찍한 전투 피해가 있었다.

그러나 내가 소대장으로 부임한 이후 약 6개월 동안은 그렇게 많은 작전과 전투를 하고 다녔어도 유일하게 우리 소대만은 아직 죽거나 다친 사람이 한 사람도 생기지 않았었는데 이제 다시 부상자가 생기다니 혹시라도 무슨 새로운 조짐은 아닌가 하고 나는 매우 착잡한 심정이 되었다.

어제의 작전이 피곤해 일찍 잠에 빠져서인지 다음 날은 이른 아침에 잠을 깼다. 아직은 해가 뜨기 전이라 시원하기는 했으나 그보다는 오늘의 작전 명령이 어떻게 떨어질지가 더 큰 걱정이었다.

만약 어제의 공격에서 성공을 했더라면 지금쯤은 걱정할 것도 없이 얼마나 마음이 편할까? 나는 더욱 앞으로의 일이 험난하게만 느껴져 신경이 더욱 날카로워지는 것은 물론 우리 중대를 제외한 모두가 원망스럽기까지 했다.

27중대에서의 장교 서열은 내가 중대장 다음이었다. 이미 소대장 요원의 위관 장교들이 모두 채워져 내가 중대를 지키는 부중대장으로 작전에 직접 나가지 않아도 되는 입장이었으나 이 작전 지역을 누구보다 내가 많이 알고 또 신임 중대장이 심적으로 나를 의지하고 있다는 것을 알고 있는 나로서는 이번이 내 일생의 마지막 작전이라는 의미와 물론 보기만 했지만 진해에서부터 팔각모와 작업복을 입으면 해병대에서 제일 멋지다고 내 나름대로 여겼던 분을 중대장으로 맞은 순수한 그 의리로 여기까지 온 것이다.

드디어 명령이 떨어졌다.

적의 교두보인 제방을 무산시키기 위해 이번에는 우회를 하여 제방이 끝나는 북동쪽으로부터 진입을 하되 바로 적의 심장부인 내곽을 목표로 공격을 한다는 것이었다.

선두는 0대대 00중대에서 맡기로 하고 우리 27중대는 그 뒤를 따라 바로 진입을 하기로 했다.

물론 우리 뒤에는 25중대와 26중대가 따랐지만 특공 중대는 따로 다른 명령을 받았는지 아니면 너무 후미에 있어서 그런지는 몰라도 통 그 위치를 알 수가 없었다.

그런데 선두에 선 중대들의 진입이 예상 외로 잘 움직이지 않고 있어 진입보다는 정지한 상태에서 사주 경계를 해야 하는 시간이 더 많았다.

잠시 후 0대대의 00중대에서 지뢰와 부비트랩에 희생자가 생기기 시작했다는 전달이 왔다.

이미 적들은 우리가 우회를 할 것이라는 작전에 대비를 한 탓인지 마치 농사를 지은 듯이 지뢰밭을 만들어 놓아 접근이 그렇게 용이하지가 않다는 것이었다.

얼마 후에는 선두 중대에서 11명의 희생자가 생겼다는 더 구체적인 소문이 들렸다.

급기야 대대 본부에서는 오늘의 2차 공격은 포기하고 내일 다시 정면 돌파의 3차 공격을 할 것이라는 전달을 해 왔다.

하루를 더 야영하고 1차 공격이 있은 지 3일째 되던 날.

7개 중대는 다시 1차 공격 때와 같이 미 해병대의 탱크 두 대와 수륙 양용 차 열두 대를 앞세운 보전 협동의 공격 작전에 들어갔다.

나는 1차 공격 때와는 달리 이번에는 의리만 앞세우다 우리 소대가 고립되거나 죽어라 후퇴를 해야 할 일이 없을 것이라 믿었기 때문에 매우 자신감이 앞서고 있었다.

그리고 대형은 1차 공격 때와 다름이 없었으나 전과는 다르게 H-아워가 되기 무섭게 적의 저항도 아랑곳없이 마치 중대끼리 서로 경쟁이나 하듯 7개 중대 모두가 앞을 다투어 돌진을 했다.

3시간이 채 걸리기도 전에 그 넓은 지역이 7개 중대에 의해 완전히 포위가 된 것은 물론, 급기야 지하 진지로 숨어들었던 적들은 항복을 하거나 야음을 틈타 탈출을 기도할 수밖에 없는 입장이 되고 말았다.

그리고 장기 포위망은 청룡 부대 본부를 방어하기 위해 철수를 해야 하는 특공 중대를 뺀 6개 중대에 의해 이루어졌다. 밤이면 도주로를 찾기 위해 지하 동굴에 숨어 있던 적들이 이곳저곳으로 사격을 가해 왔고 적들의 근거리 공격을 위해 만든 조악한 마다리 포도 몇 차례 우리 중대로 날아들었다.

다음 날 오후 청룡 부대(여단) 본부는 즉시 계획된 작전에 따라 미 해군 해안 시설 대대의 대형 불도저 10대와 미 해병 공병대의 불도저 2대를 우리가 포위하고 있는 지역으로 투입했다.

불도저는 모두 우리 대원들이 호위를 하면서 작업을 했고 그 순서는 우선 나무부터 쓰러뜨린 후 결국은 땅속의 두더지를 잡아내듯 차례차례 거미줄 같이 뻗어 있는 동굴을 모조리 파헤치며 끝까지 대항하는 적들을 발견해 사살했다. 그리고 적들은 가끔 불도저의 삽날에 찍혀 나오기도 했으나 손에 총이나 수류탄을 쥔 채 결코 항복을 하는 수는 없었다.

안타깝게도 마지막 날에 전투 중 10여 명의 아군 사상자가 생겼던 것은 사실이다. 그러나 우리는 불도저를 이용해 이에 대한 앙갚음을 하듯 완강히 구축된 적의 지하 탄약고는 물론 의료 시설까지 철저히 초토화를 시켰고 계속 포위망을 좁혀갔던 0대대와 5대대는 약 2주 동안에 걸쳐 100여 명에 가까운 적을 사살하고 많은 개인 화기와 공용 화기를 노획하는 한편 122밀리 로켓포의 기지까지 분쇄할 수 있어 드디어 용궁 작전에 의한 승리의 자축을 할 수 있었다.

물론 우여곡절은 있었지만 이로써 용궁 작전은 당당한 해병대 전투사의 한 페이지를 장식하게 되었고 그 결과 내가 소속된 5대대 27중대는 해안가에서 얼마 떨어지지 않은 5고지의 진지를 25중대에 인계한 후 적들이 은거했던 바로 그 지역에 우뚝 새로운 중대 진지를 구축하여 적들이 다낭 비행장을 향해 늘 상 공격하던 로켓포로부터 미군들이 해방이 될 수 있는 기초를 다듬어 주었다.

● 나중에야 이해할 수 있었던 1차 공격 당시 H-아워의 해프닝은 열두 대의 수륙 양용 차와 두 대의 탱크 중 처음 맨 앞으로 불쑥 전진했던 0대대 0중대의 수륙 양용 차 한 대가 이상을 일으켜 미 해병대 기갑병이 먼저 전진을 했다가 잠시 공격선 가까이로 후진을 시켰는데 이것을 본 바로 옆의 소대 수륙 양용 차도 무슨 일인가? 하고 어리둥절한 데다 보조도 맞추어야 하기 때문에 따라서 후진을 했다는 것이다.

그것을 본 다른 소대도 그리고 또 다른 중대들도 혹시 공격 명령이 바뀐 것은 아닌가? 하고 의심을 해 27중대를 제외한 모든 중대가 그만 처음의 공격선으로 후진을 했다는 것이다.

그리고 잠시 후 후진했던 중대들이 계속 공격 명령이 유효하다는 사실을 깨달았을 때는 이미 27중대 2개 소대는 적의 외곽 방어선에서 집중 공격을 당해 곤경에 처해 있었고 다른 모든 중대들은 우리가 바로 후진해 오기만을 기다렸다는 것이다.

대승을 거둔 용궁 작전에만 이런 뒤안길의 얘기가 있는 것이 아니라 전쟁터에서의 해프닝은 얼마든지 어디서든지 있을 수 있다는 사실을 독자들은 이해해 주기 바란다.

배신의 참회

"설마가 사람 잡는다"는 우리 속담처럼 특히 전쟁터에서의 방심은 자신은 물론 주위 사람들에게까지도 결정적인 피해를 줄 수 있다.

1968년 7월 초순 내가 소속된 5대대 27중대는 대대 본부 근처의 5고지를 25중대에 인계하고 용궁 작전으로 대승을 거두었던 바로 그 바운더리에 아름드리 교목 한 그루가 서 있는 곳으로 이동했다.

처음 중대장과 내가 함께 중대 진지를 정할 때는 큰 고목이 우리의 위치를 너무 쉽게 노출시킬 것 같아 그곳을 피하고 싶었지만 용궁 작전 때 평지의 나무들을 워낙 멀리까지 불도저로 많이 밀어 사계 청소를 철저히 해 놓은 데다 고목의 높이로 보아 어차피 관망대 구실도 할 수 있을 뿐 아니라 그 아래로는 중대원 모두가 쓸 수 있는 자연 샘물이 흐르고 있어 결국 그 고목을 중대 진지의 내곽 한쪽에다 포함시키기로 했던 것이다.

미 해병대는 처음 우리 해병대와 함께 계획했던 바와 같이 적들이 다낭 전투 비행장을 향해 쏘는 소련제 장거리 로켓의 사정거리를 주지 않기 위해 먼저 우리로 하여금 용궁 작전을 통해 매우 넓은 지역을 장악하게 했고 2차적으로는 비록 방대한 지역이지만 적이 쉽게 접근할 수 없도록 자기들 스스로가 철조망을 구축하기로 했던 것이다.

그리고 그 철조망의 출발은 남서쪽 우리 청룡 부대 근무 중대(보급 중대)의 외곽에서부터 시작하여 끝은 아마 정확히는 몰라도 우리 27중대를 지나 북서쪽의 1번 국도를 넘어가는 것 같았는데 출발점인 우리 근무 중대로부터 1번 국도까지만 해도 직선거리로 어림잡아 7km 정도는 되지 않나 싶었다.

드디어 미 해병대 공병중대는 작업이 시작된 지 며칠 안 되어 우리 27중대 진지 근처까지 접근을 해 철조망 작업을 하게 되었고 그러다 보니 자연히 우리 중대 한쪽은 그들의 임시 본부가 되지 않을 수 없었다.

나는 직책이 당시 우습게도 27중대의 부중대장 겸 화기 소대장을 겸임하고 있었고 곧 27중대를 떠나는 입장에다 대대를 통해 결국은 헌병대로 돌아갈 처지가 되어 있어 "이젠 살았구나." 싶은 안도감에서 체중도 어느 정도는 불어나고 있는 형편이었다.

고3 때부터 마냥 177센티에 73킬로그램이었던 몸무게가 저울이 없어 달아보지는 못했지만 대충 3킬로그램 정도는 불어난 기분이었고 저녁을 먹고 어두워져 남이 보지 않을 때 혼자 새도복싱을 해 보면 숨도 쉽게 차고 몸이 둔해져 있다는 것이 당장 느껴졌다.

또 나는 미 해병대에서 조립식 통나무집 한 채를 헬리콥터로 날라다 주어 고목과 멀지 않은 곳에 자리를 잡고 그 지붕은 물론 창문을 제외한 모든 외벽에다 샌드백(모래자루)을 쌓아 적의 로켓이나 포탄이 떨어져 파편이 날아와도 어느 정도는 안전할 수 있도록 했다.

그러나 한낮의 통나무집은 항상 더웠다. 그 내부는 내 간이 침대와 간이 테이블 그리고 한 명의 전령이 쓸 수 있는 또 하나의 침대를 충분히 놓을 수 있었고 나머지 공간은 중대원들이 먹을 C-레이션을 쌓아 보관했다.

본부를 잠시 우리 중대 진지로 한미 해병 공병대 대원들은 일을 매우 서둘렀고 철조망 구축에 동원된 50여 명의 대원들은 보기가 안쓰러울 정도로 하루에 할당된 작업량이 많아 보였다.

그리고 그들의 식사는 보급 차량이 끼니때마다 다낭으로부터 실어 날랐는데 한 끼의 식사가 겨우 희고 조그마한 플라스틱 쟁반에 담은 것이 고작이었고 내가 보기에도 중노동을 하는 그들에게는 그 양이 너무 적어 보였다.

한번은 자세히 들여다보니 감자를 이겨 놓은 매시트 약간, 식빵 두 조각, 과일 약간 그리고 손가락 크기의 소시지 두 조각이 전부였다.

그래서인지 어떤 대원들은 어두운 밤이 되면 내 벙커에서 멀지 않은 우리 쓰레기장을 뒤져 어쩌다 우리 대원들이 먹지 않고 버린 C-레이션 깡통을 찾아내면 그것을 슬쩍 가져가곤 했다.

나는 6·25 사변 당시 우리 아이들이 미군들에게 초콜릿이나 추잉검을 달라고 조르던 일과 가난한 사람들이 미군 쓰레기장을 뒤지던 그때를 생각하며 그야말로 인생역전까지는 아니더라도 격세지감을 느끼지 않을 수 없었다.

"배고프면 항우장사가 없다더니…."

나는 어느 한동안이겠지만 과다한 작업과 배고픔에 시달리는 그들을 보고 매우 애처로운 생각이 들었으나 결코 우리가 관여할 일이 아니라 그저 못 본 체하는 수밖에 없었다.

이제 철조망이 우리 중대를 지나 대략 100여 미터 거리를 지나갔다.

지금부터는 우리가 그들이 매일 작업할 방향으로 미리 야간 매복을 해주지 않으면 위험에 처할 수가 있었다.

적들이라고 마냥 우리가 하는 대로 보고만 있지는 않을 것이며 특히 앞으로 작업이 이루어질 지역은 갈수록 더 야밤을 틈타 지뢰를 매설하거나 철조망을 훼손할 우려가 다분하다는 것쯤은 쉽게 예측할 수 있었다.

그리고 처음부터 우리가 관망대로 쓰고 있던 고목은 차츰 가지가 무성해지면서 관측의 어려움이 있었고 또 필요한 장비의 운반이나 설치가 어려워 결국은 대대 본부를 통해 미 해병대로부터 매우 우람하고 높은 기성품 같은 나무 관망대 하나를 얻어 대형 헬리콥터로 날라 놓았다.

그리고 먼저 깔아 놓은 유선 레이더와 뒤에 들어온 무선 레이더도 모두 관망대 위에 설치해 운영을 했다.

한때는 밤마다 움직이는 물체들이 레이더에 많이 포착돼 박격포로 집중 사격을 한 후 새벽에 확인을 하면 그럴 때마다 기대하던 적의 시체는 없고 집에서 탈출한 집돼지들만 널브러져 있어 매우 실망을 하기도 했다.

그러나 여러 정황으로 본 우리 중대의 판단은 분명 용궁 작전 이후 우리 진지의 서북쪽 지역이 야밤에는 월남 민간인들이나 적들의 이동 통로가 되고 있다는 것을 확신할 수 있었고 이때부터 우리 중대는 멀지 않은 곳에 소대 규모의 야간 매복을 나가기 시작했다.

이러한 일로 대대 본부에서 우리 중대의 매복에 대해 더욱 각별한 신경을 쓰고 있던 어느 날이었다.

오후 늦게 예상치 못했던 5대대 00중대가 작전을 마치고 우리 중대에서 하룻밤을 묵고 내일 아침 다시 작전을 나가야 한다며 찾아 들어왔다.

웬만한 중대의 진지라면 2개 중대가 몰려 있기에는 너무 협소한 처지겠지만 그 당시 새로 진지를 잡았던 우리 27중대는 워낙 크게 잡았을 뿐 아니라 물까지 풍부해 2개 중대에다 미 공병대 50여 명을 모두 수용해도 크게 어려움이 따르지 않는 그런 방석(진지)이었다.

갑자기 찾아온 00중대원들의 모습은 내가 보기에 낮에 매우 힘든 작전을 했던 것처럼 여겨졌다. 대원들은 기진해 있었고 00중대장의 눈에는 핏발마저 서 있어 평소에 내가 기억하고 있던 그런 중대장의 모습은 전연 아니었다.

그리고 잠시 후에는 대대 본부의 전통(전언 통신문)이 한 장 우리 중대 본부로 날아왔다. 내가 먼저 받아 보니 무슨 이유에서인지 미 해병대 공병대의 작업 현장에 대한 야간 소대 매복을 우리 중대의 1개 소대 대신 방금 작전을 하고 우리 중대로 들어온 00중대의 1개 소대가 하도록 한다는 내용이었다.

나는 우리 중대 중대장에게 일단 보고를 하면서 다시 직접 대대 본부에 확인을 해보는 것이 좋겠다는 제의를 했다.

중대장은 내가 보는 앞에서 곧 확인을 다시 해 보더니 00중대가 우리 대신 야간 소대 매복을 내보내는 것이 맞다며 오늘 하루는 차례가 되는 우리 해당 소대를 진지 방어만 하도록 하라는 지시와 함께 00중대장에게는 그 전통문을 보여주고 우리 중대 대신 00중대의 1개 소대가 야간 매복을 나가야 한다는 것을 내가 직접 전달하고 오라는 지시를 했다.

나는 즉시 00중대장이 임시로 쓰고 있는 벙커로 찾아가 미안한 마음으로 그 내용을 전달했다.

그는 이미 알고 있다는 대답을 짧게 하고는 자기 벙커에 집합해 있던 자기 중대 장교들을 보고는 엉뚱하게도 매우 신경질적인 말투로 "오늘 매복은 나갈 필요 없어!" 하고 내뱉듯 말을 했다.

나는 잠시 기가 막혀 우리 중대 부근의 현재 상황을 설명해 드리는 것이 좋겠구나 싶은 생각도 들었지만 이미 제정신이 나간 것처럼 느껴지는 00중대장으로부터 혹시라도 무슨 봉변을 당할까 싶어 더 이상의 말은 하지 않고 그대로 돌아서 나와 버렸다.

그러나 다른 한편으로는 차라리 00중대장과 우리 중대장이 서로 친한 동기생들인지라 일단 이 사실을 우리 중대장에게 보고하여 우리 중대장으로 하여금 지금의 상황에서 매복은 나가지 않으면 안 된다는 것을 설득하도록 하면 어떨까 하는 생각을 하고 다시 우리 중대장에게 돌아와 자초지종을 얘기했다.

신중히 생각을 해 보던 우리 중대장은 이윽고 미소만 띠고 시원한 대답은 피하는 것 같아 나도 따라 빙긋이 웃기만 하고 더 이상의 말은 하지 않았다.

결국 결과는 00중대장이 야간 소대 매복을 보내지 않는 것으로 굳어졌고 나는 하는 수 없이 이에 대비해 우리 중대의 60밀리 포반에다 야간 요란 사격을 평소보다 훨씬 더 많이 하라는 지시만을 내렸을 뿐 이 사실을 대대장께 직접 보고하기도 차마 고자질을 하는 것 같아 그만 두었다.

다음 날 아침. 내가 들었던 얘기로는 우리 중대장이 미 해병대 공병 장교 중 한 사람에게 매복을 나갔어야 할 00중대가 매복을 나가지 않았다는 말은 차마 할 수 없어 특히 지뢰와 부비트랩을 조심하라는 말을 했다지만 나는 새벽부터 작업을 서두르는 미 해병대 공병 대원들을 그냥 두고 볼 수가 없어 그들이 한초(일본 말에서 유래된 작업반장)라고 부르는 중위 두 사람을 모두 보자고 해 어젯밤 우리 해병대의 야간 매복은 다른 정보에 의해 지금 너희들이 작업할 구역으로부터 다소 벗어난 곳에서 했기 때문에 너희들은 반드시 작업을 하기 전 먼저 그 주위의 지뢰나 부비트랩을 샅샅이 조사를 해야 할 것이라는 말을 강조했다.

물론 공병들이라 그 솜씨가 달랐다.

잠시 후 그들이 작업장에서 발견한 지뢰와 부비트랩을 하나하나 폭발시켜 제거해 나갈 때마다 나는 그 소리가 마치 내 양심에 와 닿는 것 같았다.

나는 만약 00중대가 야간에 매복을 나가지 않았던 것을 그대로 남의 집 불구경하듯 우리 중대장이나 내가 아무 사후 조치를 취하지 않고 그대로 두었더라면 과연 지금쯤 미 해병대 공병 대원들이 어떻게 되었을까? 하는 생각을 얼핏 해 보고는 그만 그 생각을 지워버렸다.

물론 사정이야 다 있겠지만 내가 전투 중 배신을 당하는 것처럼 여겨졌던 때가 벌써 세 번이나 있었다.

처음은 6개월 전쯤 구정 공세가 밀어닥쳤을 때 내가 첨병 소대를 지휘하면서 개활지를 건널 때였다.

분명히 후미 소대에게 우리 소대가 좁은 논두렁을 타고 개활지를 건너다 적의 공격을 받게 되면 엄호 사격을 해달라는 부탁을 하고 개활지를 건넜는데 막상 우리 소대가 공격을 받게 되자 엄호 사격은커녕 후미 소대들과 중대 본부 모두 뒤로 물러나 버리고 말았던 일이 있었다.

물론 숲속에 몸을 숨긴 적들이 엄호 사격부터 할 수 없도록 총의 주사 방향을 앞선 우리 소대보다 후미에 있는 소대들에게 더 집중을 시킨 탓도 있지만 어떤 경우라도 약속은 약속이기 때문에 불시에 있을 잠재적인 문제까지도 미리 생각을 하고 약속을 했어야 했다는 것이 나의 주장이었다.

또 그 다음에 배신을 느꼈던 일은 알다시피 역시 용궁 작전 때의 어처구니없었던 그 일과 지금의 바로 이 매복의 일이다.

물론 00중대장에게 어떤 변명의 여지가 존재하는지는 모를 일이지만 엄격히 얘기하자면 무책임한 00중대 중대장의 행동은 대대장의 명령을 어긴 명령 불복종죄가 적용될 뿐 아니라 서로 목숨을 의지하는 동맹군에 대한 배신이었던 것이다.

전투지에서는 부하들을 편하게 해주는 지휘관도 부하들을 고되게 하는 지휘관도 모두 의미가 없는 것이다.

말하자면 그런 잣대로 지휘관을 평가하는 것이 아니라 임무를 다하면서도 되도록 부하를 죽거나 다치지 않게 하는 지휘관이 진정하고 유능한 지휘관인 것이다.

나의 마지막 전투

　1968년 6월 하순에는 중대장, 대대장, 여단장하며 이미 여러 지휘관들이 바뀌어 있었던 것은 물론, 나 자신도 불과 6개월 정도가 채 지나지 않았는데 5대대 내의 장교들 중에는 고참이라는 소리를 듣고 있었다.
　그만큼 내가 빨리 고참이 되었던 것은 5대대가 다른 대대와는 달리 포항에 이미 정예 대대로 있다가 1967년 8월경 뒤늦게 대대 전체가 파월이 되었기 때문에 월남에서의 1년이라는 근무 기간에 맞춘다면 대대 병력 모두를 또 한꺼번에 귀국을 시켜야 하는 모순이 생기기 때문에 그런 문제를 감당하기 위해 사병일 경우는 제대가 임박하고 귀국을 원하는 경우에 한

해 우선 지난 4월부터 귀국길에 오르게 했고 또 전체 인원수가 적은 장교들은 이미 8개월 정도 전투 중대에서 고생을 했기 때문에 모두 청룡 부대 본부로 전출을 시켜 버렸기 때문이었다.

그리고 직속 지휘관들의 이동을 좀 더 구체적으로 얘기하면 청룡 부대장(여단장)도 바뀐 지 얼마 되지 않았지만 5대대장도 2개월 전에 부임을 했고 우리 27중대장도 불과 1개월 반 전에 새로 부임을 한 상태였다.

특히 우리 27중대장 남 대위라는 분은 내가 진해에서 후보생으로 훈련을 받고 있을 당시 신병 훈련소에서 중대장을 하고 있었기 때문에 훈련장에서 몇 차례 볼 기회가 있어 이미 얼굴이 익어 있었다. 180센티가 넘을 정도의 큰 키에 해병대 작업복을 입고 팔각모를 쓴 그 맵시가 너무나 멋이 있어 남의 이목을 집중시키기에 충분했고 로프를 두 팔로만 이용해 높은 곳까지 올라가는 모양새는 더욱 일품이었다.

또 그는 해군 사관학교 출신으로 미 해병대에서 O.B.C(장교 기초반) 코스의 훈련까지 받은 소위 유학파 장교였기 때문에 영어의 구사가 능통해 미 해병대 앵그리코맨(항공, 함포 유도 통신병)이나 수륙 양용 차의 기갑병들을 지휘하는 데도 아무 문제가 없는 실력파 장교였다.

7월로 접어든 지 채 일주일도 되지 않았던 날 또다시 대작전의 명령이 떨어졌다. 무려 1개 중대만 빠진 마이너스 2개 대대가 투입되는 작전이었는데 주력 부대는 5대대 3개 중대가 되고 합류는 3대대의 2개 중대로 한다는 내용이었다.

그리고 적의 소탕 지역은 5대대 본부가 남지나해를 바라보며 뒤를 기대고 있는 큰 사구 너머의 바로 큰 마을을 포함한 말굽처럼 생긴 호수 주변이었다.

지금은 25중대에게 물려주었지만 우리 27중대가 바로 지금 작전의 대상이 된 큰 마을과 경계를 하고 있었을 때는 그곳과의 악연이 여러 가지로 많았다.

지난 1월. 27중대가 추라이 지역에서 호이안 지역으로 막 이동해 큰 마을과 경계한 5고지에 진지를 정했을 때는 미 육군 1개 중대가 적의 공격으로 전멸을 하고 간 자리라는 소문이 파다했던 데다 밤이면 자주 적들이 경계를 접하고 있는 우리 1소대를 향해 총을 쏘아대든지 아니면 알아들을 수도 없는 한국말로 방송을 시끄럽게 해댔기 때문에 그럴 때마다 마음이 편치 못 했던 것이 사실이었던 지역이다.

또 그러던 어느 날, 5대대 본부가 바로 그 큰 마을 베트콩들의 꼬임에 빠져 우리 27중대를 출동시키는 통에 적이 미리 설치한 폭탄 무더기에서 멋모르고 중대 전체가 쉬다 모두 몰살을 당할 뻔했던 적도 있었고 역시 같은 마을 베트콩들이 우리 27중대의 정문 부근에 대전차 지뢰를 매설해 내가 탔던 수륙 양용 차가 공중으로 떠서 내려앉았고 그 통에 나와 여러 대원들이 모두 황천으로 갈 뻔했던 적도 있었다.

그뿐 아니었다. 큰 마을에서 수색을 마치고 시간을 아끼기 위해 새로운 길을 뚫고 철수를 하다 첨병을 섰던 우리 소대가 그만 적이 매설한 지뢰밭으로 잠시 진입해 전율을 느끼며 매우 당황했던 일도 있었다.

물론 회오리바람을 만나는 행운으로 지뢰를 덮었던 하얀 비닐들이 드러나 사전에 겨우 위험을 피할 수는 있었지만 우리는 이러한 여러 사건들을 두고 결코 악연이라 생각하지 않을 수 없었다.

결국은 인내의 한계에 다다르게 된 청룡 부대 본부에서는 이제는 더 이상 참을 수 없다는 결연한 의지를 보이는 한편 우리 5대대에서도 이참에

이 일대를 싹쓸이하여 완전한 평정을 하지 않으면 안 된다는 비장한 결심을 가지지 않을 수 없었다.

그리고 우리 27중대는 이 지역 내의 적들이 주로 월맹 정규군들이라기보다는 지방 베트콩으로 판단되는 소수 병력이라는 것을 평소 감지했었고 요즘은 심심찮게 이 부근에 위치한 우리 근무(보급) 중대를 향해 로켓을 쏘고 달아나는 일이 잦아진 것은 물론, 한 바운더리에 위치한 육군 제11 군수 지원 대대까지도 위협을 하고 있어 더더욱 우리의 결심이 그러했던 것이다.

당시 화기 소대장 겸 부중대장을 하고 있는 내 위치는 사실 관례적으로도 현지 사정으로도 이러한 작전에 직접 참가하는 경우는 이미 지난 처지였다.

또 소대장 요원의 초급 장교가 바닥이 날 지경에 이른 해병대 사령부에서는 예전과는 달리 많은 초급 장교들을 급히 양산해 파월을 시키고 있었고 우리 중대만 하더라도 소대장 요원들이 너무 많이 배치되어 원래는 있지도 않은 부소대장이라는 직책까지도 생겨 있었기 때문이었다.

불과 몇 개월 전만 하더라도 치열한 전투를 하다 청룡 부대 내의 소대장 한 명이 전사를 했다는 소식이 퍼지게 되면 한 달에 한 번 있는 소대장의 후방 교체가 이번에는 내 차례라고 학수고대하던 소대장은 "야, 이 새끼 죽긴 왜 죽어!" 하고 제일 비통해했던 것도 사실이었다.

물론 전우의 죽음도 애석했지만 자신의 소대장 자리를 교대하기 위해 한국으로부터 오고 있는 소대장 요원이 우선은 교체 순번이 된 자기보다는 결번된 소대에 먼저 배치가 되어야 했기 때문에 소대장을 면할 기회를 한 번 놓치고 나면 생사가 불분명한 전투를 한 달씩 더 해야 했기 때문이었다.

이제는 초급 장교들의 수가 남아 돌아가는 판국에 굳이 곧 후방으로 빠질 날만을 기다리고 있는 내가 작전에 나간다는 것도 그렇지만 지난번 용궁 작전을 할 때도 내가 워낙 그 지리에 익숙해 있었기 때문에 신임 중대장과 중대원 전체를 도와준다는 입장에서 나가지 않아도 될 전투에 맨 앞장을 서다 죽을 뻔을 했던 것인데 또 작전을 나가게 된다는 것은 너무 무리하고 사리에도 맞지 않다는 생각을 했다.

그러나 우리 중대장은 꼭 한 번만 더 내가 자기와 함께 작전에 참가해 주었으면 하는 바람을 가지고 있으면서도 우회적인 표현만 했지 미안해서인지 말을 아끼고 있었다.

D-day가 임박했던 어느 날 저녁, 내 벙커 바깥으로 누가 왔다 갔다 하는 그림자가 창을 통해 보였다. 나는 바로 중대장이라는 것을 알고 혹시라도 내 벙커로 들어오기를 기다렸으나 중대장은 결국 들어오지 않고 되돌아갔다.

왠지 미안하기도 했지만 결국 나는 곰곰이 생각을 해본 끝에 이제는 작전에 나가더라도 총알이 난무하는 공격에 앞장설 일도 없을 뿐더러 중대장도 중대장이지만 우리 27중대 대원들을 염려해서라도 이번 한 번을 마지막으로 작전에 나서기로 마음을 고쳐먹고 다음 날 아침 도로 내가 중대장 벙커를 찾아갔다.

만면에 미소를 머금고 나를 반기는 중대장과 나는 결국 다시 한번 크게 의기투합을 했고 우리는 우선 지도를 펴 놓고 작전이 있을 지역에 대한 과거의 내 경험들을 예를 들어 소상히 중대장에게 설명하는 한편 우리가 작전상 반드시 선점해야 할 지점과 이에 수반되는 잠재 문제들을 덧붙여 설명했다.

큰 마을과 그 서쪽에 붙은 호수 그리고 호수의 서쪽에 다시 시작되는 숲은 그리 깊은 지역이 아니며 500미터 정도 지나면 모래땅으로 된 개활지가 전개되는 곳이었다.

나는 적들은 우리가 유도할 포병 대대의 포탄 세례 때문에 우리를 피해 그 개활지를 선택하지는 않을 공산이 크다고 생각했고 대신 적들은 오로지 숲이 계속 전개되고 있는 북쪽 즉 자기들이 성역으로 여기는 나병 환자촌으로 기를 쓰고 이동을 할 것이라는 예측을 했다.

왜냐하면 나병 환자촌은 미 해병대와 자매결연을 맺고 있었기 때문에 우리가 전투를 벌일 수 있는 곳이 아니라는 것을 그들이 더 잘 알고 있었기 때문이었다.

드디어 작전이 시작되던 날 작전 영역의 호수 동쪽은 5대대 25중대가, 호수가 끝나는 남쪽 언저리는 5대대 26중대가 그리고 호수건너 서쪽에는 3대대의 0중대가 또 3대대의 나머지 중대는 연이어 그 서북쪽에 자리를 잡기로 했고 우리 27중대는 내가 예상하는 바로 북쪽 지역에 매복을 하기로 결정이 났다.

막상 이러한 결론이 나고 보니 이제부터는 처음 내가 중대장에게 북쪽 나병 환자촌으로 통하는 길목이어야 전과를 올릴 수 있다고 장담을 했던 주장이 시험대에 오르게 되었고 한편으로는 너무 큰소리를 친 것 같아 약간은 후회스럽기도 했다.

이미 밤은 깊어가고 북쪽 지역을 지키게 된 우리 27중대는 고참인 김 소위가 지휘하는 2소대를 중앙에다 배치하고 좌우측의 다른 2개 소대보다는 약 50미터 전방으로 더 나가 있게 하는 한편 중대 지휘소가 있는 배후에도 측면의 1소대에서 2개 분대를 뒤로 당겨 소대장과 함께 배치시켰다.

20시경 호수의 동쪽 지역에서부터 먼저 적들의 저항이 시작되었다. 우리 쪽에서 보면 호수 건너에 있는 25중대가 적으로부터 처음 공격을 받았던 것은 박격포에 의한 것이었고 그것은 공교롭게도 미 해병대로부터 지원 나온 탱크 옆에 떨어져 대원 두 명만이 경상을 입을 정도로 끝이 났다.

그러나 25중대에서 응사하는 총알과 케리버 30 경기관총의 예광탄과 총알들은 고스란히 약간 마주 본 듯한 우리 27중대의 전면으로 날아 오고 있었다. 나는 혹시라도 우리의 위치가 탄로 날지도 몰라 소대장들에게 모두가 참호 속에 머리를 박고 일체 응사를 하지 않도록 명령을 내렸다.

산발적이던 총소리는 불과 2분이 채 안 되어 멎었다.

나는 중대장과 함께 불빛이 새지 않게 손을 가리고 바람의 방향을 보아 가며 연신 줄담배를 피워댔다.

"틀림없이 또 이곳저곳을 집적여 볼 겁니다. 이놈들이 나갈 구멍을 찾느라 노크를 해 보는 거나 마찬가지로 생각하시면 됩니다."

중대장을 안심시키느라 나는 되도록 자신 있게 말을 했다.

"그리고 소대장들에게 당부를 했습니다만 적들이 바싹 우리 앞으로 다가오기 전에는 사격은 물론 절대 소리도 내서는 안 된다고 주의를 주었습니다."

중대장은 담배를 입에 문 채 나를 힐끗 한 번 쳐다보고는 빙그레 웃음을 지어 보였다.

"타다다다당…."

30분도 채 지나지 않아 이번에는 25중대의 남쪽 지역인 26중대 쪽에서 먼저 총소리가 나는가 싶더니 다음은 3대대가 막고 있는 서쪽 방향으로부터도 총알들이 날고 '쾅~' 하는 포탄이 터지는 소리까지 들리기 시작했다.

"이놈들이 또 도주로를 찾느라 분산 공격을 해보는 것 같습니다. 우리 쪽이 조용하면 차츰 모여 이곳으로 오겠지요."
"오려면 빨리 와야지…."

중대장은 소리를 낮추며 또다시 미소를 지어 보였다.
몇 분 후에는 또다시 총소리가 멎고 적막 같은 시간이 흐르기 시작했다. 중대장과 내가 주저앉아 있는 곳은 수려한 숲속에 매우 큰 정원을 가진 별장 같은 집이었다.
그러나 지금은 한때의 영화도 간 곳 없이 잔해만이 쌓인 폐허 위에 낯선 이 방의 객들만이 모여 지루한 결전의 시간을 기다리고 있는 풍경을 연출하고 있었다.
내가 처음 신참 소대장으로 소대원들을 이끌고 야간 매복을 나갔을 때는 떠 있는 둥근 달을 볼 때마다 "지금쯤 한국에서도 전쟁터로 자식을 보낸 수많은 부모들이 저 달을 쳐다보며 자식들의 무사 귀향을 빌고 있겠지." 하는 생각을 자주 해 본 적이 있었다.
또 어떤 때는 내가 "전생에 그렇게도 죄를 많이 지었던가?"라는 자학적인 생각을 해보기도 하고 여자들과 술을 마시며 즐겁게 놀고 있을 친구들도 떠올려 보기도 하며 절실한 소외감에 한탄스러움까지 느낄 때가 있었고 또 나는 "대를 위해 소가 희생되어야 한다는 말은 절대로 함부로 하지 말아야지." 하는 다짐도 해 보며 계속 모기에게 뜯기는 길고도 먼 밤을 지새운 때가 있었다. 그러나 이제 이날만 새면 나는 영원히 최일선에서의 전투는 끝이 난다.

이런저런 생각을 떠올렸던 나는 다시 중대장과 소곤거려 가며 서로 시간 가는 줄을 몰랐다. 그러나 언제나 그렇듯이 점점 그렇게도 잘 가던 시간이 새벽 한 시가 넘어 두 시가 가까워지면 그때부터는 항상 시간이 더 디게 가는 것처럼 느껴지는 것이 내 경험이다.

그토록 지루하던 시간도 이제 새벽 3시가 가까워 왔다.

중대장도 나도 실망스러운 마음을 지울 수 없는 것은 모두가 마찬가지였다.

"중대장님, 이제 눈을 좀 붙이시지요."

나는 그 자리에 조금 더 있기로 하고 중대장은 약간 떨어져 있던 통신병과 함께 미리 전령이 준비해 놓은 좀 더 낮고 쉴 수 있는 곳을 찾아 발걸음을 옮기면서 말을 던졌다.

"좋은 소식이 있어야 할 텐데… 구 중위도 잠시 눈을 좀 붙이지 그래."
"네, 아직은 괜찮습니다."

간단한 대답이었으나 나의 입장은 바로 이 자리에서 잠시 나도 모르게 졸 수는 있어도 잠을 잘 수는 없는 처지라는 것을 잘 알고 있었다.

오늘따라 숲에 가려서인지 달도 보이지 않았다.

야간 매복을 할 때는 달이 없는 것이 효과적이지만 그래도 한밤중 전쟁터에서 보는 달은 사람의 마음을 그렇게도 푸근하게 만들 수가 없었다.

나는 오감이 모두 곤두서는 밤이 아닌데도 지난 3월경 0대대 0중대

0소대 대원들이 대낮에 정찰을 나가다 대대 본부가 불과 1킬로미터 정도 거리밖에 안 되는 전방 도로에서 기습을 받아 거의 1개 분대 가량의 대원들이 적에게 확인 사살까지 당했다는 치욕적인 일을 떠올렸다.

물론 0대대 본부에서 그곳을 쳐다보면 도로가 1킬로 쯤 빤히 거의 직선 거리로 뻗어 나간 것이 보인다. 그리고 그 이상의 도로는 울창한 숲이 가린 데다 휘어져 있어 막상 그 이면에서는 무슨 일이 벌어지고 있는지를 쉽게는 알 수 없는 처지였다.

그러나 그 치욕적인 비극은 항상 얼추 같은 시간에 같은 병력으로 같은 길을 택해 대책도 없이 걸어서 정찰을 다녔던 것이 화근이라면 화근이었기 때문에 직접 지휘를 했던 소대장은 물론, 중대장과 대대 본부의 모든 장교들까지 전 청룡 부대 장사병들의 원망을 사지 않을 수 없었던 일이 생각났다.

전쟁이란 죽이지 않으면 죽는다.

어떤 경우 한 치의 오류도 잠시의 실수도 허락하지 않는 것이 전쟁이고 보면 지금의 이 순간에도 너무 내가 여유를 부려서는 안 된다는 생각을 잠시 하면서 혹시라도 우리 후미를 적들의 구원 병력이 불시에 치고 들어오지나 않을까 싶은 생각에 통신병을 불러 다시 한번 후미의 이상 유무를 점검하도록 했다.

병력을 다소 적게 배치한 후미지마는 아직은 아무 이상이 없다는 보고를 받은 후 나는 나도 모르는 사이 잠시 졸았던 모양이었다.

"쾅, 쾅, 쾅, 따다다다다다다다다…."

계속해서 폭음과 총을 난사하는 소리에 놀란 나는 순간적으로 몸을 낮추면서 정신을 가다듬었다.

그리고 즉시 10여 미터 아래쪽에 자리를 하고 있는 중대장에게 내려갔다. 분명 폭음과 집중 사격의 총소리가 중앙의 2소대 매복 지점으로부터 들리고 있었기 때문에 무엇이 걸려도 걸렸구나 싶은 생각도 순간 들었지만 그것보다는 중대 전체가 이미 전투 상황에 돌입했다는 사실이 더 중요한 문제가 되었기 때문에 매우 흥분이 되었다.

중대장은 이미 상황이 일어난 2소대장으로부터 아마 이동하던 적일 것 같다는 간단한 보고만 듣고 즉시 1소대장과 3소대장을 각각 무전으로 불러 적이 전방에 확인되기 전까지는 누구든지 사격하는 일이 없도록 하라는 지시를 한 다음 현재의 상황을 대대장에게 직접 보고했다.

그러나 계속되었던 집중 사격의 총소리도 사실은 채 1분이 지나지 않아 조용해졌고 모든 상황은 이미 끝이 난 것으로 판단되었다.

2소대의 김 소위는 경험이 많은 고참 소대장이라 이미 소대 전방에다 인계철선으로 조명탄을 설치해 놓고 그 조명탄 위에는 다시 수류탄을 장치해 놓았던 것이다.

일단 적이 이동을 하다 인계철선을 건드려 조명탄이 터지면 누구나 순간적으로 밝은 불빛에 놀라 몸을 엎드리게 되고 이 순간 신호탄 위의 수류탄은 벌써 열을 받아 자연히 폭발하게 되며 또한 대원들은 이때를 놓치지 않고 수천 개의 쇠 파편이 흩어지는 크레모어의 스위치를 누르는 동시에 소총수들은 일제 사격을 가하게 되므로 적들이 여기에 걸리면 아무도 살아남지 못하는 것은 물론 시신마저 분간하기가 힘들게 되는 것이다.

중대장과 나는 이미 상황은 끝이 났다고 보았지만 너무 앞이 캄캄하고 나무들이 시야를 가리고 있었기 때문에 과연 적들인지 아니면 재수 없게도 돌아다니는 동물들인지를 아직은 장담하기가 이르다고 생각했다.

2소대장의 보고로는 십중팔구 적들일 것이라는 말을 했지만 중대장은 날이 밝기 전에는 절대로 확인을 하느라 다가가서 살피는 일이 없도록 엄한 명령을 내렸다.

나와 중대장은 처음 우리가 담소를 하던 자리에 또다시 모여 서로가 경쟁이나 하듯 계속 줄담배를 피우며 날이 밝기만을 기다렸다.

사실 두 사람 모두 그 결과에 대한 기대가 컸었던 것도 사실이지만 그보다는 처음 우리가 계획하고 예상했던 대로 일이 크게 흐트러짐 없이 착착 진행된 것에 대해 더 흥분을 하지 않을 수 없었다.

날이 겨우 밝을까 말까 했는데도 대원들은 현장으로 접근해 사살된 적들을 확인하고 무기들을 수습해 와 2소대장이 직접 중대장에게 보고를 했다.

나는 마치 남의 집 잔치에 온 손님처럼 2소대장과 중대장 그리고 중대장과 대대장 사이의 일에서는 멀찌감치 스스로 빠져 있었다.

그리고 중대장이 대대장에게 보고를 하는 그 모습과 목소리는 너무나 당당하고 멋있게 느껴졌고 그럴수록 나는 따라서 으쓱한 기분이 들어 그야말로 대리 만족을 실컷 하고 있었던 것이다.

20여 명의 적을 사살하고 많은 소총은 물론 소련제 로켓포 1문과 박격포 1문도 그 속에 들어 있었다.

그리고 뜻하지 않았던 공로는 공포의 소련제 로켓 발사기였으며 이것은 여태 주월 한국군은 물론 미군들도 노획하지 못했던 야간투시경이 장착된 신형 V-2 로켓의 발사기였던 것이다.

그리고 나는 곧 몇 개월 전 우리 근무중대의 벙커 창구로 야간에 쏜 적의 로켓이 어떻게 좁은 공간으로 정확히 들어와 폭발을 했을까? 했던 의문을 풀 수 있었다.

나는 나의 이 마지막 피날레의 전투를 끝으로 채 한 달이 지나지 않아 그동안 정들었던 정예의 청룡 부대 제 5대대 27중대를 약 6개월 반 만에 떠나게 되고 대대 본부의 지상 레이더 팀장이라는 새로운 자리에서 임무를 부여받게 되나 역시 채 한 달이 못 되어 비로소 파월 당시의 보직이었던 헌병대 수사과장 직책을 찾아 전투 대대를 떠나게 된다.

◆ 불꽃처럼 살다 간 전우 ◆

전우여!
그대 지금 비록 구천에서 떠도는 영혼이라 할지라도
그대는 영원한 대한민국의 영웅이라오.

이국 만 리 숲속. 어느 골짜기
한 줌의 흙이 되어 밤마다 이슬에 젖는다 해도
당신은 영광된 조국을 위해 떠났던 것이라오.

전우여!
그러나 나는 지금도 슬퍼하지 않을 수 없다오.
그리운 내 조국, 내 땅, 내 산하를 두고 떠나던 날
차창 밖 풍경을 보며 새삼 조국의 정다움을 깨달았던 우리
그리고 서로가 헤어져야 했던 운명.

전우여!
지금도 나는 칠흑의 어둠 속 남십자성을 보면
그리고 고요한 밤중 낙엽 밟는 소리를 들으면
홀연히 당신이 떠오를 때가 있다오.

전우여!
그대 다시 한번 내 앞에 다가와 주오.

나는 당신의 영혼 앞에 숙연히 머리 숙여

못다 한 우리들만의 얘기를 전하고 싶다오.

2005년 가을 어느 날 구문킹

Chapter 2. 헌병대 수사과

어느 대원의 자살

　나는 그동안 약 6개월의 전투 소대장과 1개월의 지상 레이더 팀장의 임무를 모두 5대대에서 마쳤다.
　그런 후 나는 청룡 부대 헌병대 수사과장으로 원대 복귀를 했고 부임을 한 지 며칠 안 되어 내가 처음으로 접했던 사건이 바로 이 전투 중대 소총 소대원의 자살 사건이었다.
　1968년 9월의 어느 이른 아침이었다.
　수사과 대원이 곤히 잠들어 있는 나를 깨웠다.
　방금 어느 보안 부대원으로부터 신고가 들어왔는데 보안 부대에서 청룡 부대 본부로 가는 길목 약 200m 거리의 해안가 어느 지점에 사병 한 명이 자신의 총으로 가슴을 쏘았는지 철모를 깔고 앉은 채로 M-16 소총의 총구에 몸을 붙인 채 그대로 앉아 있는 모습을 발견했다는 것이었다.

나는 즉시 수사 계장과 대원 한 명을 대동하고 신고자와 함께 해안을 따라 그 현장으로 도보로 출동을 했다.

이미 죽어 있는 사병은 새벽안개가 자욱한 해변의 모래 끝자락 그러니까 풀숲이 육지를 향해 막 시작되는 지점에서 바다를 향해 얌전히 철모를 깔고 고개를 떨군 채 앉아 있었고 모래땅에 박힌 M-16의 개머리판과 왼쪽 가슴을 지탱해 주고 있는 총구는 그의 자세를 흐트러지지 않게 해주고 있었다.

그리고 스스로 심장을 향해 방아쇠를 당겼는지 그 후 코로부터 흘러내린 피는 밤새 해변의 찬 공기에 응고되어 마치 딸기 쨈으로 만든 고무줄처럼 코에서부터 모래 바닥까지 두 줄로 이어져 그대로 정지해 있는 것이 눈에 들어왔다.

나는 혹시라도 철모 아래 어떤 폭발물이 장치되어 있을지도 모르는 상황이라 우선 주위 사람들에게 로프를 가져오라는 지시를 하고 또 한편으로는 사진을 여러 각도에서 찍게 했다.

잠시 후 로프를 가지고 온 우리 대원은 시신에다 그것을 걸었고 주위 모든 사람들은 멀리 떨어져 잠시 구경꾼이 되었다. 그러나 멀리서 로프를 당겨 시신을 누여도 결국 폭발물을 장치한 흔적은 없어 마음을 놓을 수 있었다.

그런 다음 나는 먼저 소지품 검사를 철저히 하게 하고 소속 부대가 어딘지부터 급히 확인을 해 보도록 지시했다. 그것은 사인은 둘째치더라도 헌병대장을 통해 먼저 여단장(청룡 부대장)께 즉시 보고를 드려야 했기 때문이었다.

　그리고 먼저 자살인지? 타살인지? 제1의 현장인지, 제2의 현장인지를 판단해야 했으나 우선은 여러 정황으로 보아 제1의 현장에서 스스로 자살을 한 것이 분명해 보였다. 그러나 이런 경우 하나의 약식 절차로나마 부검은 하지 않을 수 없었다.

　내가 전투 소대장을 하고 있었을 때 소문으로 들었던 얘기로 우리 청룡부대가 추라이에 주둔하고 있었던 시절, 우리 해병들 중에도 미 해병들이 소지한 마리화나를 호기심으로 잠깐 얻어 피운 경우가 있었다고 들었다.

　경험삼아 피워 본 해병의 말은 정신이 몽롱했을 때 애인의 사진이나 핀업 걸의 얼굴을 뚫어지게 바라보고 있으면 실제 사진의 인물이 자신의 옆으로 와 정을 나누기도 한다고 했다.

　물론 전하는 말에다 워낙 뻥이 센 해병들이 있어 어디까지가 사실이고 어디까지가 거짓인지는 몰라도 내가 이 얘기를 상기하는 것은 혹시라도 자살의 동기가 다른 어떤 곳에서도 발견되지 않았을 경우 어떤 약물에서도 올 수 있다고 추리를 해 볼 수 있었기 때문이었다.

　의무대로 옮긴 시신은 후일 유명한 법조인이 된 당시 검찰관 서 중위의 지휘로 이루어졌다. 그리고 그 결과는 자신이 자신의 심장으로 쏜 단 한 발의 M-16 소총에 의해 죽음을 초래했던 것으로 판명되었다.

　그러나 수사과에서 해야 할 다음의 더 큰 문제는 그 해병의 자살 동기였고 또 왜 전방 부대 소속의 대원이 여단 본부 해변에서 자살을 하게 되었는가 하는 문제였다.

　수사과에서는 그가 소속된 대대에 나가 있는 수사관을 통해 자살을 한 해병의 현지 소지품을 헌병대로 가져오는 것은 물론 그가 소속된 중대와 소대로부터 평소 그와 가까웠던 전우들을 찾아 그에 대한 모든 것을 알아낸 후 보고하도록 했다.

결국 이로부터 샅샅이 살핀 수사관들의 결론은 매우 빠르고 명료하게 났다. 그 해병은 0대대 0중대 0소대 소총수였고 파월된 지는 5개월 정도가 되었다.

그는 당초 부모를 일찍 여의고 당숙의 집에서 자란 사연이 많은 인생을 살았다. 거기다 부주의에서 그랬던 것일까? 그는 포항으로부터 월남으로 출발할 즈음 성병에 감염되었고 이곳에 와서는 한시도 쉴 날이 없었던 전투와 사역에 치료 한 번 제대로 받을 틈이 없어 본의 아니게 그것을 방치하고 있었던 것이다.

그의 낙서장에는 많은 자신의 신세에 대한 비관의 글이 적혀 있었고 그의 당숙으로부터 온 편지들은 돈을 보내라는 독촉이 어김없이 편지마다 여러 구절이 남아 있었다.

그는 그 전날 비로소 전방으로부터 나와 의무대에서 치료를 받았다. 그러나 치료 후 그는 귀대를 하지 않고 대신 해변에서 먼 남지나해를 바라보며 필시 가슴속 깊이 심한 좌절감과 고민을 하다 생을 마감했을 것으로 여겨졌다.

나는 전투에 여념이 없어 차마 치료를 자주 할 수 없었던 그 처지를 누구보다 잘 아는 입장이었지만 그토록 죽음에 이를 정도의 개인의 신상에 무관심했던 0중대 중대장과 소대장에 대해 심한 질책을 했다.

물론 내가 만들어 낸 것이지만 먼저 중대장에게는 담당 수사관을 통해 우리 해병대가 여기 자살하러 온 것은 아니지 않느냐는 말을 전하는 한편 다음에도 이와 유사한 일이 거듭될 때는 그 책임을 반드시 묻겠다는 강력한 헌병 대장의 경고가 있다는 말을 전하도록 했다.

그리고 소대장에게는 내가 직접 무전을 통해 "이봐! 어찌 그런 일이 있을 수 있어. 아무리 바빠도 신상 파악은 제대로 해야지. 전투만 하는 게 소대장이 아니잖아" 하고는 질책을 했다.

당시 파월되는 해병대 장병들은 흔히 전쟁터로 나가야 한다는 분위기로 포항에서 특수 훈련을 받기 직전 또는 직후에 사창가를 찾는 일이 흔했다.

한번은 우리가 부산에서 수송선을 타고 월남으로 이동 중에도 배안에서 어떤 대원이 심한 임질을 앓고 있다는 미 해군 위생병의 보고를 내가 직접 받았던 일이 있었다.

특히 나와 함께 파월된 전 장병들은 우선 1년 치 봉급을 모두 포항에서 미리 수령을 하고 떠났고 전투 수당은 월남 현지에서 매월 받았다.

아마 참을성이 없었던 해병들 중에는 포항에서 출발을 하기 전 수중에 돈이 있어 더욱 그랬던 것 같기도 했다.

씁쓸한 이 사건을 마무리하면서 나는 전쟁터에 나가 있을 때나 가기 직전에도 여자를 함부로 밝히면 반드시 사고가 나더라는 6·25의 전쟁을 직접 경험했던 친척 어른의 주의가 다시 한번 머리에 떠오르는 한편 나 자신 비위가 그렇게 약한 편이 아닌데도 그 사건이 있은 후로는 딸기 쨈만 보면 그 현장에 응고되어 있던 고무줄처럼 늘어진 피가 자꾸만 머리에 떠올라 매우 오랜 세월 동안 딸기 쨈을 회피하기 시작했던 것이다.

각양각색의 지휘관들

　전투 대대의 대대장은 계급으로 보나 위치로 보나 전투 부대의 꽃일 뿐만 아니라 많은 부하를 거느리는 대대의 최고 책임자다.

　그러나 실은 최종 결심을 해야 하는 대대장을 보좌하는 참모들의 조언과 역할은 더욱 중요했다.

　어떤 대대장은 전쟁을 해 본 적이 없는 참모들의 말에만 의존해 최일선에서 싸우는 장병들이 느끼기에도 매우 답답한 작전 명령만을 계속 하달하고 있는가 하면 어떤 대대장은 전투와 관련되는 한 직접 사소한 일까지 챙겨가며 효율적인 아이디어로 운용을 했고 또 어떤 대대장은 유창한 영어로 평소 우리가 생각지도 못했던 화력 지원까지 미 해병대로부터 직접 지원을 받아가며 작전을 펴기도 했다.

우리 중대가 6월에 시작했던 용궁 작전 이후 새로운 요새를 만들어 이동을 한 뒤로는 우리 대대뿐 아니라 다른 대대의 작전이 벌어질 때도 우리 방석(중대 진지)에 전방 지휘소를 설치하는 수가 종종 있었다.

이미 부중대장 직책을 수행해야 하는 나로서는 대대장들과 참모들을 배려하느라 자연히 접촉이 잦지 않을 수 없는 입장이 되었다.

한번은 어떤 대대장이 자기 통신참모에게 장비가 부족한 가운데 통신 운용의 묘안을 지시하는 것을 옆에서 듣고는 과연 대대장이 다르구나 싶은 생각이 들어 통신 장교가 자리를 떠나자마자 "대대장님은 통신 장교도 아닌데 통신 운용을 그렇게 잘 아시는데 무슨 비결이라도 있는 겁니까?" 하고 물었더니 대대장은 "참모에게만 의지하지 않고 여러 가지로 고민을 해보는 거지." 하고는 껄껄 웃었다.

또 어떤 대대장은 대대 작전을 할 때마다 너무 요란스러울 정도로 항공 폭격을 많이 해 그 비결을 물었더니

"에어스트라이크(공중 폭격)는 미 해병대 팬텀기들이 다른 지역에 폭격을 나갔다 모두 폭탄을 소진하지 않고 돌아오는 수가 있어. 나는 그것을 지나가면서 모두 우리 작전 지역에 떨어뜨려 달라고 미리 교섭을 해 놓는 거지. 그래야 또 아군의 피해를 줄일 수도 있고…"라는 대답을 했다.

나는 대대 본부마다 미 해병대 항공대위가 앵그리코맨(항공, 함포 지원 통신병)의 책임자로 나와 있는 것을 떠올리면서 역시 그 친구들을 구슬리면 무엇이 나와도 나오는구나… 하는 생각을 했던 적이 있었다.

1968년 10월 어느 날이었다.

전방의 0대대 0중대에서 한밤중 적들과의 교전이 벌어졌는데 결국 전사자는 없었으나 아군 세 명이 중경상을 입었다는 보고가 0대대에 나가 있는 담당 수사관으로부터 들어왔다.

그러나 나는 그 내용에 미심쩍은 구석이 많아 담당 수사관에게 0중대 포반을 잘 점검해 보라는 지시와 함께 특히 박격포탄의 장약 관리가 지난 우기 철에 어떻게 이루어졌고 지금의 관리 상태는 어떤지를 철저히 점검을 해보라는 말을 덧붙였다.

다음 날 오후, 나는 지난밤 교전이 벌어졌었다는 0대대 대대장이 직접 나에게 전화를 걸어 왔다는 대원의 말을 듣고 수화기를 들었다.

나는 이미 담당 수사관이 0대대 0중대 포반 대원들을 조사해 사고에 대한 이실직고를 얻어낸 내용을 보고받았기 때문에 0대대장의 전화를 직접 받기가 매우 껄끄럽게 생각되었다.

말하자면 내가 예상했던 대로 당일 밤에 있었던 작전은 0중대의 가짜 시나리오에 의한 접전 보고였던 것이다.

그 내용의 실상은 지난 우기 철에 장약 관리가 소홀해 일부 소량의 장약에 습기가 차 있는 줄도 모르고 본의 아니게 박격포로 야간 요란 사격을 하다 그만 낙오 탄이 생겨 아군의 청음초들을 다치게 했던 것이었다.

그러나 0중대 중대장은 이 사실을 그대로 대대를 통해 청룡 부대(여단) 본부로 보고한다는 것이 매우 난처한 일이라 고심 끝에 대대장을 설득해 함께 시나리오를 만들고 마치 적과의 교전 상황인 것처럼 꾸며 청룡 부대 본부 작전 부서까지 밤새 법석을 떨게 한 후 자체 요란 사격에 의해 부상을 입었던 대원들을 마치 적과의 교전에서 부상을 입은 것처럼 처리를 했던 것이다.

"네, 구 중위입니다."

"나 0대대장이오. 지난 일 때문에 전화를 했는데…."

나는 최일선 전투 대대의 대대장이 이제 겨우 중위인 나에게 혹시나 비굴스러운 모습을 보일까 내 스스로가 걱정스러워 먼저 요점을 빨리 말해 버렸다.

"대대장님 수고 많으십니다. 내용은 잘 알고 있고 저도 전투 중대에서 소대장을 해보았기 때문에 이해를 합니다만, 일단 상황이 벌어지면 참모님들은 물론 여단장님께서도 주무시다 일어나 상황실에서 꼬박 밤을 새우신다는 것도 아시죠? 아직 헌병대장께 보고도 안 한 사건이라 제가 없었던 것으로 하겠습니다만…. 이후 이런 일이 또 있을 경우는 보고를 안 할 수 없다는 것을 이해해 주십시오."
"아~ 구 중위 정말 고맙소. 내 우리 대대 피엑스 장을 내일 보내겠소."
"아닙니다. 보내지 마십시오."
"그럼 전화 끊소."
"수고하십시오."

나는 내 처리가 옳은 것인지 아닌지를 떠나 최일선 대대장을 위해 내가 해 줄 수 있는 일이 있었다는 것에 대해 스스로 만족했다.
물론 헌병대장에게 보고도 하지 않은 사실이 무례하기도 했지만 목숨을 걸고 말단 소총 소대장을 했던 내가 아니라면 최일선 대대장이나 중대장들의 애환을 누가 알아주랴 싶은 생각이 나를 지배하고 있었기 때문이었다.
다음 날 아침, 마치 풀 먹인 옷이 이슬에 젖은 듯 후줄근한 모습의 상사 한 사람이 수사과 사무실 앞으로 어슬렁거리며 들어오는 것을 보았다.

원래 헌병대는 상사들이 많았기 때문에 또 친구를 찾아온 어떤 사람인가? 하고 별로 신경을 쓰지 않았는데 그 상사는 먼저 나를 보고 정중히 경례를 한 뒤 내 책상머리에 다가와 허리를 약간 굽힌 채 공손하게 귓속말처럼 말을 건넸다.

"0대대 대대장님께서 보내서 왔는데요." 나는 그때서야 0대대장이 어제 전화를 끊기 전에 했던 말이 머리에 떠올랐다.
상사는 내가 무슨 대꾸를 하기도 전에

"과장님, 맥주를 하실 겁니까? 아니면…."

나는 예상치 못했던 분위기로 끌고 가려는 상사가 마치 장사꾼처럼 느껴져 매우 불쾌한 느낌을 받았다.

"내가 어제 대대장님께 얘기를 드렸는데 무슨… 그만 돌아가고… 앞으로는 그런 일이 없도록 하라는 말만 전하시오!"

내가 벌컥 화를 내는 바람에 상사는 어쩔 줄을 몰라 하다 얼른 경례를 하고는 총총한 걸음으로 내 방을 나갔다.
물론 대대에서 관리하는 맥주를 얻어 시장에 내다 팔게 되면 2배 정도는 넉넉히 받을 수 있고 절간(채를 썰어 말린) 오징어의 경우는 4배 정도가 남는다. 또 여단 본부 피엑스의 양주도 얻어서 팔면 꽤 남는 장사가 된다.
그리고 술은 박스로 거래를 하지만 맥주나 절간 오징어는 거래 단위를 팰릿으로 하기 때문에 개수나 포장으로 따지자면 엄청 많은 분량이라는 것을 나도 잘 알고 있었다.

그러나 내가 되도록이면 중대장이나 대대장들을 배려하고자 했던 것은 앞서도 잠시 언급을 했지만 그만큼 전투 부대의 지휘관이 되면 나름대로의 고민을 가지고 악전고투를 하지 않으면 안 된다는 것과 또 그것을 누구 못지않게 내가 소대장을 하면서 직접 보아 왔기 때문에 지휘관들에게는 되도록 기회는 줄지언정 어떤 부담도 주어서는 안 된다는 내 나름대로 철칙이 있었기 때문이었다.

또 그로부터 한 달 뒤쯤에 있었던 일이다.

침대에 누워 어영부영 잠을 청하던 나는 자정이 지났는데도 전화벨이 울리고 있어 매우 짜증스러우면서도 불안한 마음이 들어 얼른 수화기를 들었다.

"네, 구 중위입니다."
"응. 아직 안 자고 있었구먼, 나 0대대장이야."
"네, 주무시지도 않고 웬일이십니까?"

나는 부드러운 그의 말투에도 긴장을 풀지 못했다.

"아, 이 사람아, 상황이 언제 있을지 모르는데 한밤중이라고 잘 수가 있나?"

웃음을 띠고 하는 그의 말투에 나는 이제야 겨우 마음을 놓을 수 있었다.
"네, 그렇지요. 수고 많으십니다. 대대장님"
"실은 미안하네. 이 밤중에 전화를 해서. 내가 전화를 한 건 말이야 내일, 참 오늘이 되었구먼… 점심을 우리 대대에서 나와 함께할 수 있겠나 싶어 물어보는 거야."

"네, 특별한 일은 아직 없습니다. 출발 전에 전화를 드리고 열한 시 반쯤 들어가겠습니다."

"응, 알았어. 그럼 그때 봐."

"네, 수고하십시오."

아닌 밤중에 홍두깨라더니 웬일인가 싶기도 했지만 느낌이 별로 나쁘지는 않아 이유도 묻지 않고 쾌히 승낙을 해 버렸던 것이다.

O대대장은 누구 못지않게 작전 능력이 매우 뛰어난 분이라 평소 내가 개인적으로 매우 존경하는 대대장이었다.

그리고 그분은 나를 볼 적마다 명당 집 자손이라고 농을 곧잘 했다. 물론 그 당시는 아직 그분이 월남에 오기 전의 일이었지만 내가 소대장을 하고 있었을 때였는데 한번은 수륙 양용 차 위에 덩그렇게 앉아 작전 중 개활지를 지나다 200m 전방쯤에 있는 숲과 가옥이 있는 동네를 보고

"분명히 저곳에는 스나이퍼(저격병)가 나를 노리고 있을 것 같은데…"

하고 옆 사람에게 말을 건넸다.

왜냐하면 오른쪽에는 내 통신병의 안테나가 서 있고 왼편으로는 미 해병대 앵그리코맨의 무전기까지 안테나가 드러나 있었기 때문에 누가 보아도 그 가운데를 차지하고 있는 덩치 큰 내가 중대장처럼 보이는 것이 당연할 것 같이 생각되었기 때문이었다.

그리고 만약 스나이퍼가 내 왼쪽의 심장을 향해 총을 쏜다면 거리가 만만찮아 총은 원래 약간은 오른쪽으로 방향을 먹는 법이라 그렇다면 그 오

차로 내 왼쪽 옆에 붙어 있다시피 한 앵그리코맨의 오른쪽 팔에 맞지 않겠는가? 라는 생각을 잠시 하고 사방을 한번 둘러보고 있을 때였다.

갑자기 "타당!" 하는 총소리와 함께 내 옆에 있던 앵그리코맨의 오른팔이 공중으로 "획~" 치켜져 올라가는 것이 보였다.

총알이 벌써 팔을 관통했던 것이다.

순간 수륙 양용 차 위에 타고 있던 나와 대원들은 잠시 엎드려 적정을 살핀 후 곧 뛰어내려 뒤따라오던 대원들과 함께 숲속에 있는 가옥들을 향해 집중 사격을 가하며 돌진해 들어갔으나 역시 스나이퍼가 재빨리 달아난 후라 아무 소용이 없었던 적이 있었다.

후일 그 소문뿐만 아니라 나에 대한 여러 가지 떠돌던 얘기들을 들었던 0대대장은 그때부터 나를 볼라치면 으레 대전차 지뢰가 터져도 살아남았고 스나이핑에도 살아남은 사람이니 그게 바로 명당 집 자손이 아니고 무엇이겠느냐는 농담을 가끔씩 했다.

다음 날 0대대 식당에서 점심을 얻어먹은 나는 대대장을 따라 자기 방으로 자리를 옮겼다. 그리 크지 않은 방 안에 에어컨이 있긴 했어도 방 안에 미리 준비된 와인을 먹어서인지 얼굴에 흐르는 땀을 자주 닦아야만 했다.

이런저런 얘기를 하던 대대장은 잠시 후 본론으로 들어갔다. 다낭에서 맥주나 술은 얼마든지 미군들로부터 얻어 낼 테니 그 다음의 처리를 내가 책임지고 원만하게 처리해 줄 수 있겠느냐는 질문이었다.

나는 빙그레 웃기만 하고 대답을 하지 않았다.

미 해병대 CID 대원인 헤스란 놈의 패거리들이 우리 청룡 부대를 담당하고 있다는 사실은 우리 헌병대에서조차 아는 사람이 거의 없었다.

나는 이 녀석의 얼굴이 잠시 떠올랐고 또 이 녀석들은 사진이나 무비카메라로 현장을 아예 찍고 돌아다녔기 때문에 만약 이 녀석들에게 걸리는 날에는 나중의 감당이 거의 불가능했다.

그리고 내가 다낭에서 처음 헤스란 놈을 만났을 때도 그러한 사진들을 잔뜩 보여주면서 일일이 설명을 해준 적이 있었기 때문에 더더욱 난처했다.

대대장은 내가 가타부타의 대답을 하지 않은 채 계속 미소만 짓고 있자 다음에는 나를 나무라듯 "야~ 너는 갖다주어도 아예 못 먹을 사람이야…" 하고는 넌지시 약을 올렸다.

그러나 결국 우리 두 사람은 "생각을 한번 잘해 봐"라는 말과 "네, 알겠습니다."라는 짧은 말로 만남의 마무리를 했고 그 후 나는 이것을 아예 없었던 일로 묻어 버리지 않을 수 없었다.

그 후 나는 0대대 대대장과 한 번도 서로 통화를 하거나 대면을 할 수 있는 기회를 가지지는 못했으나 40여 년이 지난 지금도 그분에 대한 존경심은 결코 변함이 없다.

해병대 긴바이

　어느 중대나 마찬가지로 한 달 정도라도 방어에만 열중하거나 야간 매복에만 열중하다 막상 피아간에 총알이 난무하는 교전에 임하게 되면 마치 운전면허를 딴 지 얼마 안 된 사람이 며칠 쉰 다음 다시 운전대를 잡을 때의 기분처럼 매우 어색하고 설게 여겨지는 느낌이 온다.
　청룡 부대(여단)의 정예라는 독립된 00중대는 1968년 1월 추라이에서 호이안으로 이동한 직후 구정 공세가 펼쳐진 그 와중에서 3대대 00중대가 적들로부터 좌초되었을 때 헬기로 출동하여 바로 그들을 구했던 그때를 제외하고는 줄곧 청룡(여단) 부대 본부의 외곽 방어를 하기에 급급하지 않을 수 없었다.

　그것은 구정 휴전을 틈타 많은 월맹 정규군과 지방 베트콩들이 우리 해병대 지역에 산재되어 우리와 접전을 하고 있었기 때문에 청룡 부대(여단) 본부에서는 항상 마음을 놓을 수 없어 정예 중대인 OO중대로 하여금 계속 청룡 부대 본부의 외곽 방어만을 주로 하도록 임무를 준 것은 당연한 일이었다.

　그러나 몇 개월이 흐른 뒤에는 평정도 어느 정도 되어 가는 터라 정예인 OO중대도 대대급 작전일 경우는 가끔 보충 병력으로 참가를 하기 시작했는데 그래도 다른 중대들과는 달리 작전을 하다가도 어느 정도 오후가 되면 청룡 부대 본부의 야간 방어를 위해 먼저 철수를 하지 않으면 안 되는 것이 그들의 입장이었다.

　그러다보니 정예라는 OO중대는 본의 아니게 자체의 전투력이 떨어지게 되었던 것은 물론 대대 작전이 있을 때도 참가하는 데만 의미를 두었을 뿐 실질적인 전과를 거둘 방법은 없는 처지가 되었다.

　그러나 상부의 기대는 야속하게도 전연 그러한 처지를 아랑곳하지 않고 있어 계속 전과가 없는 중대장으로서는 항상 고민을 하지 않을 수 없는 처지가 되어 있었다.

　개미도 여왕개미를 위해 목숨을 아끼지 않는 병정개미가 있듯이 OO중대에도 중대장을 위해서라면 어떤 수단과 방법을 동원해서라도 고민을 풀어주는 부하가 있었던 모양이었다.

　1968년 11월의 어느 날. 청룡 본부 담당의 수사관으로부터 올라온 수사 보고서의 내용에는 말도 안 되는 소리가 적혀 있었다.

　말하자면 청룡 부대 본부의 노획품 창고에 정예 OO중대가 적을 사살하고 노획했다는 M16 노획 소총 한 정의 총 번이 알고 보니 바로 OO중대 자신들의 총이라고 했다.

물론 베트콩들도 미군들로부터 노획한 M-16소총을 소지하는 경우가 많았지만 어떻게 자기 총을 가지고 노획품이라고 상부에 보고를 하고 노획품 창고에 보관이 되도록 했는가 하는 것이 문제였고 거기다 더 아연했던 것은 연이어 담당 수사관이 보내온 보고에 의하면 정예 00중대의 그 노획한 총과 연계된 전투 내용이 전연 이해되지도 맞지도 않는다는 것이었다.

나는 내심 해당 중대에서 어떤 일이 일어났는가 하는 것을 대략은 짐작할 수 있어 청룡 부대 본부의 외곽에 있는 특공 중대장 ○ 대위를 즉시 불렀다.

○ 대위는 자기 동기생 중 가장 빨리 중대장을 나간 사람이며 내가 후보생 시절 발목을 다쳐 의무실에 누워 있었을 때도 잠시 위문을 왔던 일이 있었고 내가 임관 후 기초반 교육을 받았을 때는 우리 소대장을 했던 사람일 뿐 아니라 원래는 내 친구들의 친구였기 때문에 내가 해병대에 입대하기 전부터 우리는 서로가 아는 사이였다.

늠름한 몸매에 새까만 얼굴을 하고 권총을 찬 채 뚜벅뚜벅 헌병대 수사과로 걸어 들어오는 ○ 대위가 내 눈에 띄었다.

"수고가 많으시군."

문으로 들어선 그에게 내가 앉은 채 먼저 인사를 하자

"응. 바쁘지?"
하는 말만 하고는 편하게 의자에 앉으라는 내 손짓도 아랑곳없이 그저 서서 서성거리기만 했다.

"우선 앉아서 땀이나 좀 닦으시지."

미소를 지으며 내가 던지는 말에는 그는 별로 관심이 없는 것 같은 표정이었다.

"야, 이거 어떻게 하지? 어떻게 해?"

안절부절못하고 있는 그에게 내가 정확하게 알고 있다는 사실을 먼저 알려 주어야겠다는 생각으로 나는 언성을 약간 높였다.

"이봐라 중대장. 내가 받은 보고로는 중대 중대원이 다낭에 나가 미군의 총을 슬쩍 긴바이(남의 것을 훔친다는 해병대의 비어)한 모양인데 그래 그걸 자기 총과 구별을 못 해 긴바이한 미군 총은 자기가 갖고 자기 총은 노획한 총이라고 보고를 해? 명색이 그 이름을 자랑하는 00중대의 체면이 말이 아니잖아. 또 전과 보고도 잘 맞지 않고 말이야."

○ 대위는 서성거리다 잠시 앉았던 의자에서 다시 벌떡 일어나더니 또 내 앞을 서성거렸다.

"야, 이거 어떻게 하지? 그래 어떻게 해?"
나는 아무래도 되도록이면 빨리 분위기를 바꾸어 주지 않으면 안 되겠다는 생각이 들어 이번에는 좀 더 목소리를 높이면서 단호하게 대답을 해

주었다.

"야, 정신 차리고 좀 가만히 앉아 있어. 내가 어떻게 해 볼게. 아직 헌병 대장한테도 보고 안 했어."

물론 나는 소총 소대장의 애환을 이미 경험했던 사람이지만 지금 내 앞의 O 대위는 소총 중대장으로서의 애환을 경험하고 있는 사람이었다.
만약 내 스스로가 최일선의 전투를 해 보지 못한 사람이라면 법에 따라 혹은 규정에 따라 처리를 해 버리면 그뿐이겠지만 사투를 벌리는 사람들에게는 곧잘 말 못할 사연이 존재한다는 사실을 잘 아는 나로서는 내 스스로의 판단이 옳건 옳지 않건 간에 사건으로는 처리를 하지 않기로 이미 결심을 하고 있었던 것이다.
나는 O 대위가 보는 앞에서 노획품 창고를 담당하는 수사관과 통화를 했다.

"아, 하 중사! 노획품 사건은 불문에 부치고 00중대에서 직접 누가 올 테니까 미군 총과 00중대 총을 서로 바꾸어 주도록 창고에 얘기를 잘 하고 노획품 대장의 총 번호도 수정하도록 해줘."

전화를 끊고 나자 O 대위는 그제야 마음이 놓이는지 "야! 고맙다" 하고는 내 앞에 자기 손을 불쑥 내밀었다.
"중대장이나 잘 마쳐, 그래도 너거 동기생 중에서는 O 대위가 선두 주자 아이가" 하고는 악수를 나누며 위로를 해 주었다.
나는 들어올 때의 모습과는 달리 씩씩하게 걸어 나가는 O 대위의 뒷모습을 바라보며 보통 때와는 또 다른 믿음직스러움을 느꼈다.

자폭과 탈영

자폭

헌병대는 헌병 대대로 할 일이 적은 것이 아니었다.

한번은 청룡(여단) 부대 본부에 나와 있는 미 해병대 중위와 서로 대화를 나누다 병과가 무엇이냐고 물어 헌병대에서 근무를 하고 있다는 말을 했더니 눈을 크게 뜨면서 "Easy job"이라는 말을 서슴없이 했다.

물론 임무야 생명을 앞세우고 전투에 여념이 없는 전방 소총 소대에 비할 바가 못 되었지만 그래도 각자 나름대로의 일이 따로 있는 법이라 마냥 한가롭거나 쉬울 수만은 없었다.

 10월 어느 날 오전, 나는 케네디 형 헌병 백차의 빨간 회전등이 용접을 해도 백차의 앞 유리문 상단 끝이 가늘고 약해 자꾸 떨어진다는 보안과 최 중사의 보고를 받고 그런 현상을 확인하기 위해 내 집무실에서 지프차들이 있는 바깥으로 나갔다.

 나는 그동안 예사로 보아왔던 빨간 회전등이 정상적인 적색등이 아니고 헬리콥터의 적색등을 어디서 구했는지 달고 있다는 것을 알고는 저렇게 무거운 적색등을 그 좁고 약한 유리문의 상단에 용접을 해 그나마 달고 다닌 것이 용하다는 생각을 했다.

 "벌써 여러 번 용접을 했는데도 워낙 크고 무거워 그 힘을 견디지 못하고 자꾸 떨어집니다. 무슨 방법이 있었으면 좋겠습니다. 또 용접 후에는 페인트도 매번 다시 칠을 해야 하니 말입니다."

 덩치가 거구처럼 보이는 최 중사의 말에 속으로는 내가 이런 것도 처리를 직접 해야 하나 싶은 생각도 들었지만 한편으로는 오죽하면 나한테 이런 것까지 물어보겠나 싶어 얼른 떠오르는 나 자신의 생각을 전했다.

 "최 중사. 용접을 해도 중량을 지탱하는 곳이 밑에 좁고 한정된 부분밖에 없는데 출렁거리면 더욱 떨어지기 십상이지. 그러지 말고 철판으로 적색등에 딱 맞는 원통을 먼저 만들어 지프차 윈도우 상단 양쪽으로 용접을 해 붙이고 적색등은 그 속에다 살짝 집어넣고 그런 다음 처음처럼 적색등 하단도 용접을 해 버리면 벌써 세 곳에서 잡아주게 되어 전보다 더 고정이 되지 않을까?"

가만히 생각을 해 보던 최 중사는 어떤 필이 통했는지 갑자기 "그럼 다녀오겠습니다." 하고는 경례를 한 뒤 훌쩍 떠나버렸다.

그는 보나마나 청룡 부대 근무 중대 뒤에 있는 육군 십자성 부대 수송부로 달려가 또 신세를 질 것이 뻔해 보였다.

나는 최 중사와 그런 일을 끝내고 내 자리로 다시 돌아와 아직 끝내지 못한 매월 헌병대에서 각 대대를 평가하는 평가 보고서 작성에 몰두했다.

사실 이것은 헌병대에서 매월 하는 각 대대들에 대한 고가이기 때문에 바로 대대장들에게 영향을 미칠 수 있는 것이었다. 그렇기 때문에 나는 할 때마다 조심스러워 더욱 신경을 쓰지 않으면 안 되었다.

솔직히 내 생각으로는 이런 평가는 헌병 대장이 직접 하는 것이 좋을 듯싶었으나 헌병 대장으로서는 대대장들이 전투 지휘를 어떻게 하고 있으며 전투 대원들은 그 지역의 특수성에 따라 어떤 행태로 전투와 복무규율을 지키고 있는지 전연 현장에 대한 경험이 없는지라 장돌뱅이처럼 남의 대대 전투 지역까지 넘나들어가며 전투를 했던 나에게 이런 것을 맡기기에는 안성맞춤이라고 생각을 했는지도 몰랐다.

이럴 즈음 나는 난데없이 내 전면의 수사과 문 앞에서 '꽝~' 하는 폭음 소리와 동시에 내 등 뒤에서는 누가 내 어깨를 잡고 뒤로 확 잡아채는 힘을 느꼈다.

순간 나는 적이 우리를 겨냥한 로켓포가 내가 있는 사무실 바로 앞에 떨어진 것으로 알았고 나는 얼른 사무실 뒷문을 계단도 밟지 않은 채 뛰어넘어 벙커 속으로 몸을 날렸는데 막상 골인을 하고 보니 내 옆에 서 있던 백 상사의 동작이 어찌나 빨랐던지 그의 히프가 내 얼굴보다 먼저 와 있었다.

그러나 곧 돌아서며 나를 바라보는 백 상사의 표정은 갑자기 예사롭지가 않다는 것을 느꼈다. 그는 마치 겁먹은 아이처럼 목에서 번져 나오는 피를 손바닥으로 닦아 나에게 보이면서 연신 울먹이는 소리로 "과장님~ 과장님~" 하고는 어쩔 줄을 몰라 했다.

직접 전투를 해본 경험도 없는 데다 일주일 후면 1년의 근무를 모두 무사히 마치고 귀국선을 탈 사람이라 이해가 가기도 했지만 철철 흐르는 피도 아님을 알았던 나로서는 잠시 한 편의 코미디 같은 느낌이 들어 웃음을 웃으며 목을 감싸고 있던 그의 손을 치우게 했다.

목을 드려다 본 나는 역시 추측했던 대로 몇 개의 파편이 피부를 할퀴면서 지나갔을 뿐 깊이 박힌 것이 아니라는 것을 알아차리고는

"아무것도 아닌 거 가지고 뭘 야단이야. 안 죽어!"

하고 큰소리를 쳤더니 그도 그제야 마음이 다소 놓이는 것 같아 보였다. 그러나 막상 백 상사에게 빼앗겼던 정신을 돌이키고 나니 이제는 내 목이 쓰라리고 있음을 느낄 수 있었고 손바닥으로 따가운 곳을 쓸었더니 역시 내 목에서도 피가 손바닥에 묻어 나오고 있었다.

내가 다시 마음을 가다듬고 바깥을 살피려 했을 때는 이미 반대편의 보안과 쪽에서 "수사과!" "수사과!" 하고 대원들이 외치고 있는 소리가 들려오고 있었다.

내 사무실의 반대 방향에 있는 보안과 근무대에서는 내가 있는 수사과 쪽의 혼란을 바라보기가 용이했던지 벌써 로켓이 떨어진 것이 아니고 다른 상황이 벌어진 것을 알고는 방송을 하듯 우리 쪽을 보고 "수사과!" "수사과!" 하고는 큰 소리로 계속 외치고 있었던 것이다.

사건의 내용은 전방에 있는 어느 대대장이 그곳 담당 헌병대 수사관에게 평소 제정신이 아닐 정도로 수류탄을 쥐고 말썽을 피우던 한 대원을 헌병대로 압송해 사법적으로 처리를 해 달라는 부탁을 했는데 연행 책임을 맡았던 수사관이 사전에 해야 했던 몸수색을 소홀히 했던 것이 그만 큰 문제를 일으키고 말았던 것이다.

즉 문제의 대원은 그가 헌병대로 연행될 때 자기 아랫배에다 수류탄 하나를 숨겼고 이 사실에 대해 아무도 눈치를 채지 못했던 것이 화근이 되었던 것이다.

막상 헌병대 수사과의 출입 문턱을 눈앞에 두자 그는 순간 무슨 마음이 들었던지 수갑을 찬 채로 자기 아랫배 쪽에 감추어 두었던 수류탄의 핀을 뽑아 버렸던 것이다. 물론 문제의 대원이야 목숨을 바로 잃었지마는 그래도 연행을 하던 수사관은 아무데도 다친 곳이 없어 천만 다행이었다.

나는 지난 7개월 동안 치열한 전투를 하면서도 죽거나 다치지 않고 살아남았는데 이제 와서 헌병대에서 임무 수행을 하다 목숨을 잃거나 부상을 당하는 일이 있게 된다면 그것이야말로 너무 억울한 것이 아닌가 싶은 생각을 종종 했다.

탈영

청룡 부대 중사 한 명이 다낭으로 외출을 나간 후 2주일간이나 행방불명이라는 신고가 여단 본부 00부서로부터 헌병대 수사과로 들어왔다.

나는 즉시 다낭 헌병 파견대에 모든 수단을 동원해 찾아보라는 지시는 했지만 영 안심이 되지 않았다.

만약 포로가 되었다면? 혹시 끝까지 생사 확인이 되지 않는다면?

그것은 사실상 개인에게도 큰 불행일 뿐 아니라 해병대의 명예에 관한 문제라 더욱 마음이 심란했다.

혹시나 한국으로부터 기술자로 와 있는 민간인으로 행세를 하며 다니고 있는 것은 아닐까? 하는 생각까지도 해 보았고 아마 그렇게 된다면 그야말로 찾아내기가 거의 불가능할지도 모를 일이었다.

사실상 청룡 부대의 한국 민간인에 대한 보호 의무는 비록 직접적으로는 이루어질 수가 없었지만 간접적으로는 월남의 경찰이나 미군들로부터 요청이 있을 때에 한하여 가끔씩 협조를 해주는 경우가 있었다.

내 집무실 안에는 누가 언제 만든 것인지는 몰라도 '다낭 지역 한국인 실태'라는 브리핑 차트가 하나 걸려 있었다. 그러나 그 내용에는 자세한 지역별 한국의 민간인 숫자나 세부적인 분포 사항은 없었다.

다만 전체적으로 대체적인 추산된 숫자로만 되어 있었을 뿐 아니라 그것마저도 언제 현재라는 날짜를 발견할 수 없었다.

그러다 보니 내 자신도 브리핑 차트에 적어 놓은 그대로 대충 호이안 지역과 다낭 지역 그리고 다낭 북쪽 17도선이 가까운 후예 지역까지로 해서 대략 5천여 명의 한국인 근로자들이 퍼져 있다는 것 외는 아무것도 아는 것이 없었다.

다행히도 며칠 후 다낭 헌병 파견대로부터 들어온 보고로는 아직 체포는 못 했으나 미군 사병들을 상대로 무슨 거래를 하고 다닌다는 정보가 있다는 것이었다.

소속이 청룡(여단) 본부의 지원 부서라 어쩌면 생명이 위험한 엉뚱한 짓은 안 할 것으로 실낱같은 추측은 했지만 아예 생각지도 못했던 거래를 한다는 말을 듣고는 나도 모르게 웃음이 나왔다.

결국 며칠 후 수사관들은 다낭의 한 한국 음식점에서 그를 붙잡아 헌병대 본부로 압송을 했고 수사관들은 그 거래의 내막을 듣게 되었는데 그야말로 듣고 있던 사람들 모두가 기가 차지 않을 수 없었다.

내가 누구로부터 들었던 다른 얘기지만 호이안 시절 이전, 추라이에 청룡 부대가 주둔을 하고 있었을 당시였다고 한다.
어떤 청룡 부대 하사관이 미 해병대 천막에 TV를 보러 자주 다녔다.
하루는 미 해병대 대원들이 바깥에서 자기들끼리 야구공으로 캐치볼을 하고 있는 동안 그 하사관은 혼자서 TV에서 방영되는 서부 활극 프로를 보면서 자기 권총으로 총을 쏘는 흉내를 내곤 했는데 결국은 그만 오발로 TV를 박살내고 말았다.
총소리와 소음에 놀란 미 해병 대원들이 무슨 일인가 하고 우루루 천막 안으로 몰려오자 그 하사관은 "마이 핸드 건. 와시 와시. 미스. 빵빵" 즉 권총을 닦다가 오발을 했다는 변명의 표현을 그렇게 했다는 우스갯소리도 있지만 이번 일은 그보다 더한 경우였다.
즉 행방불명 중사의 말에 따르면 영어를 거의 알지는 못하지만 땅바닥에 꼬챙이로 그림을 그려 가며 손짓 발짓으로 의사 전달을 하게 되면 안 통하는 것이 거의 없다고 능청스럽게 얘기를 했기 때문이었다.
그리고 거래의 내용은 한국군은 살 수 있으나 미군들은 구매가 금지된 술을 피엑스에서 일단 사서 술을 못 마셔 안달인 미군들을 상대로 약간 비싼 값으로 되팔아 차액을 챙겼다는 것이며 내가 생각을 해도 만약 계속 그렇게만 할 수 있으면 수지맞는 장사임에는 틀림이 없어 보였다.

"이봐요. 아래 대원들에게 부끄럽지도 않소?" 하고 수사관이 행방불명 중사에게 큰 소리로 야단을 쳤더니 그래도 잘못한 줄은 아는지 고개를 숙인 채 죄송하다는 말을 연발했다.

   결국 나는 무사히 돌아온 것만으로도 다행스러운 마음이 들었던 데다 특별히 헌병대장의 지시도 있고 하여 다시 한번 그런 일이 있을 경우는 어떤 일이 있더라도 사법 처리를 하겠다는 말을 단단히 하고는 다음 날 귀대 조치를 했다.

말썽꾼들

　청룡 부대(여단) 본부의 바운더리가 워낙 커서 특공 중대만으로 그 큰 외곽 지역을 지키기에는 불안할 때가 많았다.
　지난 3월 쯤 내가 소총 소대장을 하고 있었을 때도 직접 1개 소대를 이끌고 서쪽 끝의 일부를 약 10여 일간 파견을 나와 지켜 주던 일이 있었기 때문에 나 자신 여단 외곽의 지형과 대체적인 방어 상황은 어느 정도 알고 있는 편이었다.
　하루는 어둠이 깔리기 시작한 저녁 7시가 가까운 시각이었는데 청룡 부대 본부 외곽 방어 진지 쪽에서 심상치 않은 산발적인 총소리가 들리고 있다는 보고가 본부 담당 수사관으로부터 들어왔다. 나는 그에게 현장에 직접 가 좀 더 상세한 내용을 알아보고 즉시 보고하라는 지시를 하는 한편 바로 보안과 헌병들을 완전 무장시켜 출동할 준비를 했다.

헌병대에 근무하는 장교는 소령인 헌병대장과 중위인 나밖에 없었다. 자연히 나는 수사과장의 직책인데도 보안과장까지 겸직을 하지 않으면 안 되는 입장인데다 또한 나를 빼고는 장사병 모두가 직접 전투를 해본 경험이 없는 사람들이고 보니 의당 위험한 일이 있을 때는 내 스스로가 앞장을 서지 않으면 안 되는 입장이었으므로 헌병대에서의 내 임무가 그리 쉬운 것은 결코 아니었다.

출동 준비를 하는 동안 다시 담당 수사관으로부터 들어온 보고에 의하면 원래 배치되어 있는 특공 중대 외 여단 외곽의 일부에 00중대가 임시로 들어와 배치를 붙었는데 00중대의 두 하사관이 술이 만취되어 낮에 작전을 나가서도 작전은 아랑곳없이 총을 마음대로 난사를 했는가 하면 지금 배치를 붙은 곳에 돌아와서도 소대장에게 행패를 부리는 것은 물론 총을 아무 곳에나 마구 난사를 하고 있어 매우 당혹스러운 일이 벌어지고 있다는 내용이었다.

순간 나는 분명히 여기는 오합지졸의 군대도 아니고 해병대가 있는 곳인데 어떻게 이런 일이 있을 수 있을까? 싶은 생각에다 전우들과 함께 죽음의 계곡을 넘나들었던 나 자신의 지난 일들이 모두 물거품이 된 듯한 상실감마저 들어 마치 피가 거꾸로 치솟는 배신감마저 들었다.

물론 이럴 때의 솔직한 내 심정은 총알이 오가는 곳으로 출동을 한다는 것 자체가 매우 껄끄러운 일이기도 했지만 그보다는 나의 책무라는 현실에다 두 말썽꾼들의 해병대에 대한 배신이 내 스스로의 동물적 반사 작용을 일으키게 했던 것이다.

나는 곧 무장 헌병들을 실은 두 대의 백차 중 선두 차의 앞자리를 차지하고 출동했다.

그리고 먼저 말썽꾼들로부터 심리적인 효과를 노려야겠다는 생각으로 두 대의 백차 모두 요란한 사이렌 소리와 함께 헬리콥터에서 떼어 붙인 엄청나게 밝은 적색 비상등을 계속 번쩍여 가며 현장이 가까운 제방 아래까지 바싹 들이대도록 했다.

이미 현장의 아래 편 길가에는 구경을 하는 여단 본부의 여러 대원들과 헌병대 수사과와 보안대 요원들이 웅성거리며 무리를 지어 있었는데 마침 그 속에 섞여 있던 어떤 중위 한 사람이 불쑥 내 앞으로 다가와 경례를 하고는 방금 현장에서 내려온 사고가 난 중대의 부중대장이라고 자기소개를 했다.

나는 우선 이런 사고가 난 OO 중대의 장교들을 내심 못마땅하게 생각하고 있던 중 마침 그를 만나게 되었던 터라 약간은 신경질적으로 대했다.

"야, 귀관이 부중대장이야? 해병대에서 어떻게 이런 일이 있을 수 있어!"
"네, 죄송합니다. 그런데 지금 말썽을 피운 두 하사관들은 평소 저와 가까웠고 또 저의 말을 잘 듣는 편입니다. 어느 정도는 달래다 왔습니다만 다시 한번 올라가 설득을 해 보겠습니다."

계급은 같은 중위였지만 그는 후배 장교로 여전히 내 앞에서 기합이 든 자세를 취하고 있어 매우 믿음직스럽게 느껴졌다.

나는 부중대장이 있어 다소 안심은 되었으나 아직도 현장에서는 다른 대원들이 인질처럼 자유롭지 못한데다 상대가 모두 총을 아무 곳에나 난사를 하는 판국이라 우선 그들을 다시 설득하러 가는 그에게도 더욱 정신을 가다듬게 해야겠다는 생각이 문득 들어 말의 강도를 높였다.

"이봐. 우선은 부중대장이 책임을 져! 가서 설득이 안 되면 죽든지 살든지 해야 돼. 정신 바짝 차리고 최선을 다해!"
"네, 알겠습니다."

대답을 하고 뒤돌아서 뚜벅뚜벅 어둠 속으로 사라지는 부중대장의 뒷모습이 잠시 안쓰럽게 느껴지기도 했으나 나는 나대로 설득이 실패했을 때를 준비하지 않을 수 없는 입장이었다.

만약 난동을 부리는 두 사람만 있다면 생명에 개의치 않고 이미 배치시킨 헌병들로 하여금 바로 집중 사격을 가해 겁을 주고 제압을 하는 것이 별로 문제가 되지 않는다고 판단을 했으나 우선 다른 대원들이 위태로운 지경에 있어 일단은 부중대장이 올 때까지는 초조한 시간을 보내지 않을 수 없었다.

그러나 30분도 채 지나지 않았을 때였다.

누군가 "나온다!" 하는 소리를 질러 웅성거리던 사람 모두가 어두운 숲을 향해 시선을 돌렸다.

문제의 두 말썽꾼들은 부중대장에게 설득을 당했는지 총을 모두 뒤따라오는 부중대장에게 맡기고 적색 비상등이 계속 돌아가고 있는 백차 앞으로 모자도 군화도 벗어 버린 채 뚜벅뚜벅 고개를 숙이고 내려오고 있는 것이 보였다.

나는 그들이 가까이 오자 내심 감정이 폭발할 것처럼 마음이 울컥했으나 많은 해병들이 보는 앞에서 그렇게 할 수는 없었다.

우리는 부중대장과 그들을 따로 태우고 모두 헌병대로 철수했다.

헌병대로 오자 나는 직접 두 하사관들 앞에 나섰다.

그 이유는 바로 얼마 전까지만 해도 내 스스로가 생과 사를 넘나들었던 전투 소대장을 했기 때문에 더욱 분노가 컸었는지도 모를 일이었다.

"뭐? 작전을 나가 술을 먹고 만취가 돼? 또 돌아와서는 전우들을 구타하고 인질로 잡아 총을 난사하고 행패를 부렸다고? 이건 해병대 역사에 없었던 일이야. 도대체 너희들은 아군이냐, 적군이냐."

무릎을 꿇은 채 두 말썽꾼들은 고개를 숙인 채 눈물만 계속 흘릴 뿐 아무 말이 없었다.

이 일은 후일 크게 문제되어 소대장은 물론 중대장과 대대장까지도 여단 본부로부터 힐책을 받았던 사건이 되었다.

구속을 시킨 뒤 알았던 사실이지만 두 말썽꾼들은 원래 험난한 훈련을 받는 수색대 출신인 데다 모두 고아나 다름없는 환경에서 자란 불우한 젊은이들이었다.

그리고 구치소에 있는 동안 나나 헌병대 대원들이나 간에 그들과는 매우 친하게 정을 서로 주며 지냈고 우연찮게 두 사람 모두 제도사를 능가할 정도로 차트를 잘 그리는 솜씨를 가지고 있어 우리와 함께 있는 동안 헌병대의 모든 차트를 다시 정리해 주는 등 무척 도움되는 일을 많이 해준 것으로 기억한다.

본토 영어 그리고 양주와 안주

본토 영어

그때만 해도 한국에서는 거의 모두가 미국 상품에 대한 견식이 별로 없을 때였다.

하루는 우리 지역의 월남군 헌병대장과 보안대장을 초대하는 만찬회가 우리 헌병대에서 열렸다.

나는 사전에 옷매무새도 고치고 그래도 샤워 후에는 무엇을 발라야겠다는 생각이 들어 전령에게 로션이 떨어졌는데 가진 것이 있으면 좀 달라고 했다.

"과장님 이것 괜찮습니다." 하고 내놓는 것을 얼핏 보니 자세히는 모르겠지만 병에 붙은 천연색 여자 그림이 그럴싸하게 보이고 또 영어로 써 놓은 미제 피엑스 물건이라 매우 좋을 것으로 여겨 약간은 미끈거리는 감이 없지는 않았으나 대충 얼굴에다 바르고는 손님들을 맞았다.

한참 만찬을 하다 보니 술이 들어가 몸에 열기가 더해지는 것은 물론 처음에도 약간은 그런 느낌이 있었지만 이번부터는 어쩐지 내 손수건을 쥔 손이 얼굴을 닦느라 너무 바빠지고 있었다.

"얼굴에 흐르는 땀이 왜 이렇게 미끈거리는 거지? 아마 새로 나온 미제 로션을 발라 그럴 거야."

나는 내 나름대로 좋은 쪽으로만 생각을 하고 있었다.

행사가 끝나자 방으로 돌아온 나는 아무래도 의심스러운 데가 있어 전령에게 아침에 내게 준 로션을 다시 가져오라고 했다.

그러고는 자세히 병을 들여다보았더니 "shampoo"라는 글자가 눈에 들어왔다.

이게 뭐지? 로션의 이름인가? 나는 그때까지만 해도 듣도 보도 못한 단어가 궁금해 얼른 영어 사전을 펴서 찾아보았더니 뭐? 머리를 감을 때 쓰는 세제라나…?

그리고 또 다른 얘기는 27중대에서 내가 처음 전투 소대장을 했을 때 대원들이 보급품을 나누는 것을 보고 매우 흥미롭게 여긴 일들이다.

"야, 장교 담배는 이곳에 모아!"라는 말이 들려 잠시 고개를 돌려 보았더니 윈스톤과 살렘 담배를 장교 담배라고 골라내고 있는 것이 보였다.

나는 왜 윈스톤과 살렘 담배가 장교 담배가 되었는지는 몰라도 내 경우는 그로 인해 자주 대원들이 피우는 카멜이나 럭키스트라이크 담배로 서로 바꾸어 피우는 경우가 많이 생겼다.

하루는 내 전령이 내가 럭키스트라이크 담배를 좋아하는 것을 보고 염려가 되었던지 넌지시 운을 떼었다.

빨갛고 동그란 담배의 겉표지가 마치 과녁 같아 보이기 때문에 모두가 피우기를 꺼려하는 데다 물론 믿을 수는 없지만 어떤 소문으로는 미군들이 전멸을 했는데 시체를 치우다 보니 호주머니 안에 모두 럭키스트라이크 담배가 들어 있더라는 얘기였다.

나는 그런 미신에 연연하다 보면 전쟁도 못하게 된다는 말을 하면서도 그 후로 작전에 나갈 때 몇 번은 다른 담배로 바꾸어 나간 적이 있었다.

또 나는 대원들이 C-레이션으로 식사를 할 때 '꿀꿀이!'라고 하는 말이 들려 잠시 무슨 말인가 하고 쳐다보았다.

많은 대원들이 영어로 써 놓은 것만 보고는 그 내용물을 알기 힘들었던지 깡통을 흔들어 보고 나름대로의 이름을 지어 놓고 있었던 것이다.

"야, 꿀꿀이가 뭐야?"

하고 물었더니 삶은 콩과 토마토 주스를 넣은 것이 마치 꿀꿀이죽 같을 뿐만 아니라 흔들어 보면 꿀렁이는 소리가 그와 비슷하게 나기 때문에 그 이름을 꿀꿀이로 지었다고 했다.

그리고 영어를 잘 모르는 신참일 경우는 그 깡통의 내용물들을 크기나 무게로 알아내거나 흔들어 보고 알아내는 데까지 약간의 시간은 걸린다고 했다.

사실은 모든 언어가 그렇지만 습관적으로 쓰지 않으면 특히 외국어는 잘 기억에 남지 않는다. 나 자신도 처음 미 해병대 대원들을 만나 실수 끝에 한 가지씩 더 배우게 되는 예가 있었다.

내가 미 해병대 보급 장교에게 방탄조끼를 하나 구해 달라고 하는 말을 해야겠는데 방탄조끼를 영어로 알 수가 없어 "jacket against bullet."이라는 말을 했더니 "oh! flak jacket!" 하고는 금세 알아들었다.

그리고 또 수륙 양용 차를 타고 지휘를 하는데 저쪽 숲으로 가자는 뜻으로 "go to the forest."라는 말로 손짓을 하자 잠시 머뭇거리다 "oh! trees." 하고는 바로 알아차렸다. 말하자면 엄청난 숲이 아니면 trees로 모두 통하는 것이었다.

또 한번은 미 해병대 대원들이 스리쿼터 차를 청룡 부대 본부에 잠시 세워 두었는데 차가 없어졌다는 신고를 해 일단은 진술서를 육하원칙에 따라 써 달라고 말을 하게 되었는데 진술서는 알겠는데 육하원칙을 영어로 알 수가 없어 "who. what. when…" 하고 내가 운을 떼자 그들이 먼저 끝까지 말을 하고는 "5W 1H"라고 했다. 듣고 보니 육하원칙 중 W은 다섯 개고 H는 한 개였다.

사실은 발음도 문제가 되는 수가 많았다.

말을 빨리 하다 보면 그네들은 KMC(한국 해병대)를 케이. 엠. 씨라고 친절하게 발음을 안 해 주는 수가 더러 있었다.

말하자면 킴씨라는 발음으로 얼른 지나가고 말았다. 처음에는 어떤 김씨 성을 가진 우리 해병대 친구를 말하나 보다 싶었는데 그것이 아니었다.

그렇다면 우리 김치를 얘기하는 것도 아니고 또 우리 한국 사람들을 통틀어 별칭으로 그렇게 표현을 하는 것도 아닐 테고…. 지금 생각하면 매우 우스운 얘기로 들리지만 책으로만 알고 영어를 습관적으로 써 본 적이 없는 나로서는 당황스럽지 않을 수 없었던 적도 있었다.

아무튼 꿩 잡는 것이 매라는 말이 있듯이 비록 시쳇말로 본토 영어는 아니라 하더라도 어떤 방법으로든지 급할 때는 서로 통하는 것이 제일이라는 것은 두말할 필요가 없었다.

양주와 안주

그 당시에는 조니 워커 스카치 위스키 정도를 알면 촌놈은 면하고 그중에서도 블랙라벨과 레드라벨 정도를 알면 꽤나 유식한 사람으로 인식을 할 때였다.

막상 월남을 와 보니 조니 워커 양주쯤이야 얼마든지 구할 수가 있고 또 싼 피엑스 가격으로 살 수가 있어 전투 부대의 분위기와는 달리 후방 부대에서는 마음만 먹으면 조니 워커 블랙라벨까지도 흔하게 즐길 수 있었다.

내가 전투 소대장을 할 때는 중대 내에 맥주가 보급되었다.

물론 개인적으로 양주를 구해 마시려면 얼마든지 가능한 일이지만 매일처럼 수색 정찰을 나가야 하고 사흘이 멀다 하고 야간 매복을 나가야 하는 전투 대원들로서는 술을 마신다는 것이 아예 생각 밖의 일이었다.

나중에는 나도 그랬지만 대원들이 맥주마저 양을 줄이는 대신 음료수를 더 많이 달라고 요청을 했다.

그러나 후방 부서는 약간 달랐다.

헌병대에서는 조니 워커를 마실 경우 군용 냉동 닭고기를 보급 부대로부터 얻어와 물론 삶아서도 안주를 했지만 그것을 생선회처럼 썰어 초고추장 대신 타바스코 핫소스로 버무려서는 마치 소고기 육회나 되는 것처럼 날로 먹었다.

처음 파병이 되어서는 그 독한 조니 워커를 한낮 뜨거운 열기 속에서 한국에서 소주 마시듯 서로 권커니 자커니 했다가 큰 낭패를 보았다는 소문이 파다했기 때문에 우리는 저녁 늦게 어느 정도 서늘해지면 야참으로 한상 벌여 마시는 수가 가끔 있었다.

그런데 다낭을 나가 미군 피엑스를 가 보면 매우 진풍경을 발견할 수 있었다. 남루한 전투복을 입고 총을 옆에다 둔 채 땅바닥에 앉아 있는 미 해병대 대원들의 모양새는 틀림없이 최일선의 소총수들이 잠시 외출을 나와 누구를 기다리고 있는 듯이 보였다.

그들은 누구를 왜 기다리고 있을까?

그들은 바로 한국 해병대 대원들이 지나가기를 기다리는 수가 많았다.

원래 미군들은 자기들의 피엑스라 해도 술은 사지 못 하게 규정되어 있었는 데 반해 우리는 그들과는 달리 술을 사는 데 어떤 제한도 받지 않았기 때문에 그들은 한국 해병대 대원이 혹시라도 나타나면 술을 사 달라는 부탁을 하기 위해 그렇게 기다리는 수가 많았던 것이다.

장군의 아들과 살인 사건

 월남전의 호이안 시절 우리 해병대 제2 여단 청룡 부대의 보급 시스템은 다소 복잡한 가운데 이루어지고 있었다.
 즉 청룡 부대에 보급되는 보급품들은 월남 정부와 한국 정부 그리고 미 해병대 3rd MAF(Marine Amphibious Force 미 제3 상륙군)에서 품목에 따라 각각 다르게 지원을 하고 있었기 때문이었다.
 즉 월남 정부는 쌀을, 한국에서는 K-레이션과 맥주, 절간 오징어, 된장, 고추장, 피복 등을 그리고 3rd MAF에서는 다른 모든 먹거리와 차량, 통신 및 공병 자재와 총포 화약 등 일체의 전투 장비들을 책임졌다.

그렇기 때문에 해병대 청룡 부대의 차량들과 십자성 부대의 차량들은 매우 바쁘게 538번 도로와 다낭으로 바로 통하는 1번 국도를 들락거리지 않으면 안 되었고 또 어떤 경우에는 해당 부대들의 대원들이 다낭에 아예 파견을 나가 있기도 했다.

비를 물동이로 퍼붓다시피 하던 우기 철이 겨우 끝이 난 10월의 어느 날이었다. 청룡 부대의 다낭 헌병 파견대로부터 청룡 헌병대 수사과로 살인 사건이 났다는 전통이 하나 날아왔다.

내용을 보니 가해자는 바로 육군 제11 군수지원 대대의 하사관이며 피해자는 미 해병대의 초소 근무자였다.

나는 순간 아찔한 느낌을 받았다. 왜냐하면 군 형법상 초병에 관한 법은 매우 엄중했기 때문이었다.

좀 더 상세한 내용은 육군 하사가 미 해병대 초소 근무자와 통행의 문제로 승강이를 하던 중에 화를 못 참아 자신의 권총에 실탄을 장전한 후 가슴 높이 정도로 열어 놓은 초소의 창문턱에 나와 있는 송판 바닥을 권총으로 치는 통에 그만 총알이 발사되어 초소 안의 초병이 즉사를 하고 말았던 것이다.

결국 우리 수사과는 이것을 미필적 고의에 의한 살인으로 판단을 하게 되었고 반면 육군 범죄 수사단 호이안 파견대에서는 단순 오발로 사건을 축소시켜 사이공에 있는 주월사(주한 월남 한국군 사령부)로 보고를 하려 했다.

그러나 현지의 같은 지역에서 발생한 한 가지 사건이 육군과 해병대가 각각 다르다는 것은 있을 수도 없었고 만약 다르다 하더라도 사건을 축소시키려는 육군보다는 사건과 이해관계가 없는 우리 해병대의 보고가 더욱 신뢰를 가질 수밖에 없다는 것은 육군 범죄 수사대가 더 잘 알고 있었다.

그리고 당시 우리 헌병대에는 어떤 사정이 있어 그랬는지는 잘 기억이 나지 않으나 아무튼 그 결재는 사건 다음 날 육군 범죄 수사대의 의견에 개의치 않고 헌병대장이 아닌 내가 직접 참모장을 경유 여단장까지 뵙고 구두 설명을 드린 후 결재를 받았다.

육군 제11 군수지원 대대와 육군 범죄 수사단 파견대는 사실상 무엇을 보나 악어와 악어새의 관계가 아닐 수 없었다.

더욱이 군수 지원대대장인 육군 W 중령은 귀국도 얼마 남지 않았고 귀국 후는 대령 진급을 해야 할 사람이었다.

만약 이 난제를 육군범죄수사대 파견 대장인 C 준위가 우리 청룡 부대 수사과를 설득하여 풀지 못한다면 그야말로 그는 W 중령에 대해 체면이 말이 아니게 될 판국이었다.

키가 작고 나이가 많이 들어 보이는 돋보기 C 준위가 헌병대로 들어와 차를 멈추고 모래 바닥을 터벅터벅 걸어 내가 있는 수사과로 오는 것이 보였다.

먼저 전화로 나에게 애걸하는 것을 이미 여단장님 결재까지 받았다는 말과 이제는 우리의 소견을 전연 바꿀 수도 없다는 말을 단호하게 말을 했는데도 나를 만나러 오는 길이었다.

수사과로 들어온 C 준위는 나를 보자 거수경례만 할 뿐 마치 벙어리처럼 입을 다물고는 의자에 앉은 채 계속 자기 앞만 물끄러미 바라보고 있었다.

말하자면 한 번만 봐 달라는 일종의 무언의 시위였다. 나는 속으로 "역시 준위라는 계급은 보나 마나 능구렁이가 따로 없구나." 싶은 생각이 들었다.

이윽고 내가 입을 먼저 열었다.

"전화로 얘기했듯이 이미 결재가 난 사건을 다시 어떻게 한다는 것은 있을 수 없기 때문에 섭섭하더라도 할 수 없는 일이 되고 말았어요."
"과장님. 다른 건 몰라도 주월 사령부에 보고하는 것은 우리와 좀 비슷하게라도 맞추어 주시면 안 되겠습니까?"
"그건 안 되지요. 어떻게 내가 우리 여단장님을 속인다는 말입니까?"

나는 약간은 어눌하기도 하고 허스키 소리를 하는 C 준위의 통사정을 계속 딱 잘라 거절했다.

물론 그가 군수 지원 대대장 W 중령의 심부름으로 왔다는 사실도 알고 있었지만 결국은 거절을 당하고 터벅터벅 모래 땅 위를 밟으며 되돌아가는 그의 뒷모습이 어떤 면에서는 미안하기도 하고 또 어떤 면에서는 처량하게 보이기도 했다.

시간이 얼마나 지났을까? 예상을 하고 있었던 대로 이번에는 W 중령이 직접 나에게 전화를 걸어 왔다.

물론 귀찮은 생각이 들어 두어 번이나 전령을 시켜 순찰을 나갔다는 말로 변명을 했으나 이번에는 더 거짓말을 하기도 마음에 부담이 되어 전화를 받지 않을 수 없었다.

"전화 바꾸었습니다."
"과장, 나 어떻게 좀 도와줄 수 없겠소?"
키는 작지만 검고 당차게 생긴 사람의 목소리가 평소와는 달리 마치 힘없는 모깃소리처럼 들렸다. 나는 차마 박절하게 거절의 뜻을 바로 전하지 못 하고 한번 생각을 해보겠다는 정도의 말만 하고는 전화를 끊었다.

육군의 W 중령. 그는 육군 W 장군의 아들이었다.

물론 6·25 동란 시절 헌병 총사령관을 하면서 정치 문제로 잠시 국민의 이목을 집중시키고 정치 군인이라는 비판을 받은 분이기는 했지만 그것을 떠나 우리 대한민국의 국군을 창설하는 데 이바지했던 원로 중의 한 사람이었다는 것은 부정할 수 없는 사실이다.

그리고 개인적인 생각을 해서는 안 되는 일이겠지만 W 중령 역시 한때는 헌병 장교였다는 것을 내가 알고 있었고 또 내 역시 육군 헌병 학교에서 교육을 받았던 사람이라는 것도 나를 고민하게 만들었다.

나는 다음 날 더 늦기 전 새로운 결심을 하지 않을 수 없었고 결국 만난 적도 본 적도 없는 국군의 원로인 W 장군을 한 번 더 떠올리지 않을 수 없었다.

아침을 먹은 후 나는 직접 전화로 W 중령에게 육군 범죄 수사대 C 준위를 우리 수사과로 보내 달라는 말을 전했다. 얼른 눈치를 차린 원 중령은 미리 고맙다는 말을 진심 어린 목소리로 나에게 전했다.

우리 수사계장 김 중사는 C 준위가 들고 온 주월 사령부 보고서가 너무 터무니없이 작성되었다고 이만저만 불평이 아니었다.

"이러나저러나 봐주기는 마찬가지인데 그대로 해줍시다."

무슨 문제가 생기더라도 책임은 어디까지나 내가 질 것이라는 각오가 이미 서 있는 나로서는 흔들릴 수가 없었.

마침내 해병대와 육군이 사이공의 주월 사령부로 보내는 살인 사건의 보고서는 허위로 서로 조율된 가운데 작성되었고 결국은 그것으로 모든 것이 마무리되었다.

저녁때쯤 W 중령이 내게 직접 전화를 걸어 왔다.

"구 중위, 귀국도 얼마 남지 않았는데 기다릴 테니 꼭 한 번 오시오."

W 중령은 간곡한 어투로 내게 당부를 하다시피 했다.

이미 헌병대장과 참모장 그리고 여단장까지 결재된 내용을 아예 바꾼 후 허위로 주월 사령부로 사건을 보고한 것이 내가 저지른 일인데 곰곰 생각해 보면 내가 보아준 행위 그 자체가 실은 사건이라면 큰 사건이 아닐 수 없었다.

그리고 그런 일이 있은 후 나는 혹시라도 W 중령이 자기에게 어떤 대가를 바라고 한 일처럼 여기지는 않을까 하는 마음이 앞서 그 후로는 원 중령의 제11 군수지원 대대 근처에는 얼씬도 하지 않았다.

한 달 후 지프차를 타고 청룡 도로를 서로 마주 보고 지나치다 내가 인사를 하자 W 중령이 얼마큼 지나갔던 차를 세우는 것이 백미러로 보였다. 나도 즉시 차를 세우고 기다렸더니 후진을 해 다가와서는

"구 중위, 왜 한 번 안 와요? 귀국도 곧 해야 할 텐데."

마치 나무라듯 얘기하는 그의 말투가 더없이 다정함을 느끼게 했다.

그리고 그는 무엇인가는 나에게 꼭 보답을 해주어야겠다는 진심이 서려 있는 것처럼 느껴졌다.

"네, 한번 가겠습니다!"

짤막하고 큰 목소리를 남긴 채 나는 얼른 다시 차를 몰았다.
 계속 운전대를 잡고 운전을 하면서도 나는 나의 초심에 흔들림이 없음을 깨닫고 저절로 터져 나오는 웃음을 크게 혼자서 웃어 보았다.

"나는 당신 아버지를 생각하고 큰일을 저질렀지 알량한 당신 부대의 그 물건들이 탐이 나 그랬던 것은 결코 아니오. 만약 이 일로 내가 당신에게 신세를 진다면 내 모든 뜻이 물거품이 되는 거야.
 하기야 내 동기생들이 나를 쪼다 구라고 부르는 것을 당신은 알 리가 없지."

운전대를 잡고 질주하던 나는 뻥 뚫린 청룡 도로가 그 어느 때보다 더 시원히 뚫려 있음을 새삼 느끼며 속도를 더해 갔다.

어느 중대장과 C-레이션

1968년 10월 중순의 어느 날이었다.

헌병대 수사과로 어떤 젊고 건장한 대위 한 사람이 들어와 내 앞에 섰다. 키도 크고 체격이 좋은 사람인데다 인물까지 미남이었다.

나는 이 사람이 바로 C-레이션 문제로 호출된 0중대 중대장이라는 것을 얼른 알아차리고 내 앞의 의자에 자리를 권했다.

"앉으시죠." 중대장은 어떤 생각을 했는지 권하는 자리에 앉지도 않고 그냥 내 앞에 서 있기만 했다. 나는 다시 한번 "앉으시죠." 하고 자리를 권하자 그때서야 마지못한 듯 내 책상 앞의 의자에 앉았다.

청룡 부대에는 대위가 그렇게 많지 않았기 때문에 누구라고 이름을 대거나 당사자의 약력을 누가 조금만 언급을 해도 대충은 알 만한 사람들이었는데 0중대장에 대해서는 전연 보거나 들었던 적이 없던 사람이라 내가 생각하기에는 매우 일찍 중대장으로 나온 신참 대위가 아닌가 하는 추측을 해 보았다.

물론 애초부터 내가 이 C-레이션의 문제를 사건으로 다룰 마음이 있었다면 자세한 인적 사항부터 묻게 되므로 추측을 할 필요도 없었겠지만 내 나름대로는 일단 주의만 환기시키고 중대장의 사기에 영향을 미치지 않도록 해야겠다는 목표가 서 있었기 때문에 신상에 관한 문제는 의도적으로 묻지 않았던 것이다.

나는 약간은 불안해하고 있는 0중대장이 안쓰럽게 보였다.

"적의 전투 식량이 되고 있기 때문에 일체 C-레이션이 외부로 반출되는 것을 금하라고 상부로부터 공문을 수차례 보낸 것으로 알고 있는데, 그런 지시받으셨죠?" 나는 정중하게 말문을 열었다.

"네."

중대장은 이미 더 할 말이 없다는 듯 짧고 희미한 말로 대꾸를 했다.

"물론 작전을 나가지 않으면 쌀하고 K-레이션으로 대원들이 식사를 하기 때문에 진지 방어를 많이 했던 0중대 입장에서는 C-레이션이 많이 비축되고 있는 걸로 압니다만 지금은 이전과는 달라 대민 사업에도 C-레이션 반출은 금지하고 있지 않습니까?"

우리는 미군들로부터 쌀을 먹든 무엇을 먹든 전투 식량인 C-레이션은 꼬박꼬박 여유 있게 지원을 받았기 때문에 월남 정부로부터 지원받는 쌀과 한국으로부터 오는 K-레이션을 함께 먹으면 저절로 C-레이션은 비축이 되는 실정이었다.

그러나 대부분의 중대는 늘 작전에 부대끼기 때문에 비축이 될 여유도 없었지만 유독 이 0중대만은 당시의 형편으로는 덩그런 고지에 사방이 적들이라 한때는 보급도 헬리콥터로 날랐고 특별한 경우가 아니면 진지의 방어에만 몰두할 수밖에 없어 C-레이션이 여유롭지 않을 수 없었다.

그러던 중 0중대에서는 게릴라전의 교범에도 나와 있듯이 나름대로 가까운 거리의 마을에 민심을 수습하기 위해 대민 사업을 하게 되었고 이를 계기로 C-레이션의 일부가 반출되게 되었는데 어찌된 영문인지 나중에는 그것을 거래한다는 소문이 파다해 결국 그 정보가 헌병대 수사과에까지 들어오게 되었던 것이다.

나는 일단은 원론적인 얘기를 하지 않으면 안 된다는 생각으로 구구절절 아는 얘기들을 늘어놓았고 그러는 동안 중대장은 어떤 생각을 하고 있었는지 묵묵히 시선을 딴 데 두고 가만히 듣고만 있었다.

한편으로 내가 생각할 때는 0중대 중대장은 최 일선의 지휘관이며 적어도 160여 명이나 되는 부하들의 목숨을 책임져야 하고 또 중대장이 되기까지의 국가가 지불한 비용을 생각해도 함부로 해서는 안 되는 사람이었다.

물론 상부의 명령을 위반해서 문제의 와중에 있는 사람이긴 해도 나는 가혹하고 눈물어리는 말단 전투 소대장을 누구 못지않게 많이 해 보았기 때문에 최일선의 중대장을 하고 있는 0중대장에 대해서는 연민의 정을 느끼지 않을 수 없었다.

나는 결국 0중대장에게 더욱 힘을 실어주는 데 일조하기로 하고 모든 일을 당연히 없었던 일로 처리를 해주었던 것은 두말할 나위가 없었다.

며칠 뒤 외출에서 돌아온 나는 쓰리쿼터 한 대가 수사과 앞에서 엄청 많은 C-레이션을 부리고는 급히 나가는 것을 보았다.

대원들에게 이것들이 모두 무엇이냐고 물었더니 어떤 상사가 0중대에서 왔다며 차에다 C-레이션을 싣고 와 과장님께 드리라고 하고는 급히 가버렸다는 것이다. 나는 아연실색을 하며

"아니 C-레이션을 반출하지 말라고 그렇게 당부를 했는데 너나 많이 먹으라고 내팽개치고 간 거 아니야?" 하고 불끈 화를 냈다.

"아닙니다. 상사님이 얼른 C-레이션을 풀고 갔는데 중대장님이 과장님께 고맙다는 인사를 전하라고 했답니다."라는 말을 했다.

나는 그야말로 금단의 뇌물 같은 느낌이 들었지만 하는 수 없이 수사계장을 불렀다.

나는 계장에게 우리 대원들이 귀국할 때 별로 가지고 갈 물건도 없는데 어차피 받은 것이니 이번 차에 귀국하는 수사과와 보안과의 대원들에게 얼마큼씩 나누어 주도록 하고 나머지는 다음 또 어떤 일이 있을지 모르니 잘 보관을 해 두라고 했다.

지금에 와 생각을 해도 그 당시의 0중대장이 무척 고맙게 여겨지는 것은 물론이지만 나는 아직도 그 건장한 체격에 미남이었던 그때 그 중대장이 누구였는지? 내심 궁금하기 짝이 없다.

집단 강간 살인은 누가 했나?

11월 초순경 주월 사령부에서 해병대 청룡 헌병대로 전통(전언 통신문)이 한 장 날아왔다.

호이안의 외곽에 위치한 프리 파이어 존(무차별 사격 지역) 내의 한 마을에 청룡 부대 대원들이 집단 강간을 한 후 여섯 명의 여자들을 모두 살해하고 달아났다는 주민들의 진정에 따라 주월 사령부 범죄 수사대에서 직접 조사를 나가게 되니 협조가 있기를 바란다는 내용이었다.

사실 우리로서는 여태껏 전연 들은 바도 없는 아닌 밤중의 홍두깨 같은 이야기가 아닐 수 없었다.

나는 지도를 펴놓고 그 지역을 살펴보았다.

제일 가까운 부대라야 3대대 소속의 1개 중대였는데 거리가 너무 먼데다 그곳은 말 그대로 프리 파이어 존으로 언제나 포사격이 가능한 지역이라 사실은 주민이 거주해서는 안 되는 곳으로 되어 있었다.

나는 다음 날 비행기와 헬리콥터로 급히 날아온 주월 사령부 예하 육군 범죄 수사대의 김 대위에게 대략적인 지형과 전황에 대한 상황을 설명하고 우리 헌병대에서는 나와 호이안 파견대장 홍 상사와 청룡 부대 본부 통역 장교인 김 소령 한 분이 수행할 것이라고 했다. 또 만일을 위해 월남 정규군 1개 소대도 호위를 하게 하였다는 것을 알려주는 한편 그곳은 적진이나 마찬가지라 우리 모두가 각오를 단단히 해야 한다는 말도 빼놓지 않았다.

그리고 출발 시간은 다음 날 오전 9시로 모든 약속이 되어 있다는 것도 전했다.

다음 날 아침 막상 출발을 해 우선 호이안 헌병 파견대에 도착했더니 별로 좋지 않은 소식이 전해졌다.

새벽 2시경 디엔반 군청이 적의 기습을 당해 나와 친했던 월남군 장교 뚜이 땀이 부상을 당해 후송을 갔다는 것이었다.

사이공 대학을 나온 영재로 마치 동생 같기도 했던 그가 부상을 당해 매우 걱정이 되기도 했지만 한편으로는 미군 고문단실에 근무하는 미스 차우의 소식도 그에 못지않게 관심이 쏠렸다.

하기야 차우는 근무가 끝나면 자기 집으로 퇴근을 하기 때문에 무슨 변고야 없었겠지마는 나는 디엔반에 나가 있던 헌병 파견대도 철수한 지 오래라 쉽게 누구로부터 더 자세한 사정을 물어볼 수도 없는 처지로 사실상 그녀에 대한 그 이상의 소식에 대해서는 알 수가 없었다.

우리 일행은 기다리고 있던 호이안 파견 대장 홍상사의 안내에 따라 월남군 1개 소대를 호이안 북쪽의 어느 논두렁이 시작되는 지점에서 만났다.

그들은 우리가 걸어가는 길 외곽에서 일렬로 늘어서 우리의 속도에 맞추어 호위를 하고는 있었으나 솔직히 나는 그들을 믿어 본 적이 없었기 때문에 매우 불안한 마음을 떨칠 수 없었다.

그리고 나는 마음속으로 제발 우리가 임무를 수행하는 중 총알이 날아오거나 우리 일행 중 아무라도 지뢰나 부비트랩을 건드리는 일이 없도록 간절히 바라고 있었다.

거의 30분을 걸어 들어가자 숲 사이로 다섯 채 정도의 초가가 보이고 그 초가 앞에는 20여 명의 월남 여인들과 몇 명의 노인들이 웅성거리고 있는 것이 보였다. 막상 우리가 그 앞으로 다가갔을 때는 10여 명의 여자들이 여섯 개의 관 앞에서 땅을 치며 통곡을 하기 시작했고 다른 10여 명 이상의 동네 사람들은 그 주위를 에워싸고 있었다.

통역을 하는 김 소령의 말에 따르면 3일 전 자정이 조금 넘어 청룡 부대의 군복을 입은 사람 여섯 명이 이곳으로 들어와 여자 여섯 명을 강간하고 그 후 그 여섯 명 모두를 총으로 사살하고 갔다는 것이다.

그리고 그 증거물로는 현장에서 수집한 열일곱 개의 M-16 탄피들이 있다면서 어떤 노인이 우리들 앞에 쭈그리고 앉아 헝겊에 싸인 탄피들을 내보였다.

나는 첫째 주민들이 주장하는 것이 사실일 수 있는 가능성과 둘째 포 사격에 희생된 시신을 모아 관에 넣고 얼마든지 구할 수 있는 M-16소총의 탄피를 모아 어떤 배상을 받자는 허위 연출의 가능성과 셋째 이것을 빙자하여 현장 검증을 나온 군인들을 유인해 몰살을 하려는 가능성이 있을 수 있다는 것을 먼저 김 대위에게 말했다.

김 대위는 내가 한 마지막 말에 그렇지 않아도 동그란 눈을 더욱 크게 뜨며 잠시 불안한 듯 나를 쳐다보았다.

그리고 나는 사고 지점으로부터 3킬로 정도 떨어져 있는 3대대 0중대 진지로부터 별도로 전진 배치된 1개 분대 진지가 있긴 하지만 그 거리가 이 지역과는 거의 1.5킬로나 떨어져 있어 말이 야밤의 이동이지 프리 파이어 존이라 밤이면 아군들의 포 사격은 물론 대대 본부에서 쏘아대는 인치 포나 중대 본부에서 쏘아대는 박격포 등의 요란 사격 속에서 어떻게 움직일 수가 있으며 또 적들이 출몰하는 지역일 뿐만 아니라 적이 설치한 지뢰와 부비트랩들이 사방에 깔려 있는데 어떻게 대원들이 용의주도하게 그러한 것들을 모두 피해 여기까지 오고 갈 수가 있었겠냐는 반문을 했다.

또 대원들이 범행을 저질렀다면 돌아갈 때 더욱 문제가 되는 것은 적들이 은거하고 있는 자신들의 지역인데 강간을 하고 주민들을 사살하는 것을 적들이 곱게 가도록 보고만 있었겠느냐는 의문도 제기했다.

그러므로 이 사건은 세 가지 중 한 가지가 분명할 것이나 이미 말했던 것과 같이 우리 청룡 부대 대원이 이런 짓을 했다는 것은 불가능하다는 결론이 나온 만큼 나머지 다른 두 가지가 유력해지는데 현재로서는 가장 가능성이 높은 것이 포격에 맞은 시신들을 모아 위장을 하고 있다는 것이고 그렇기 때문에 만약 우리가 관을 뜯고 검시를 하여 총에 맞은 것이 아니라 포에 맞은 사실을 밝혀낸다면 주민들은 의도했던 배상 문제가 허사가 되므로 다음 행동으로 무슨 짓을 할지 알 수가 없다고 설명했다.

김 대위는 묵묵히 생각을 하다 내게 물었다.
"구 중위, 그러면 어떻게 했으면 좋겠소?"
"지금 여기서는 어느 정도의 긍정적인 제스처만 쓰는 도리밖에는 없어요. 그리고 보고서는 나중에 달리 작성을 하면 되니까요. 특히 주의해야 할 것은 관을 열어 시신은 보되 사진만 찍고 이리저리 확인할 생각은 맙시다. 대충 살피고 인정을 하는 체하면서 빠져나가는 것이 상책이니까."
하고 나는 일 초라도 더 있기가 싫어 일사천리로 대답을 했다.

김 대위는 알아들었다는 듯이 고개를 끄덕이고는 여섯 개의 관이 있는 곳으로 다가가더니 잠시 뚜껑들을 열어 보고는 시신을 확인하는 척만 했다.

그리고 호이안 파견 대장인 홍 상사는 김 대위가 관을 열 때마다 따라다니며 카메라의 셔터를 누르기에 바빴다.

잠시 시간이 흐른 후 나는 호이안 파견 대장에게 먼저 확인을 했다.

"홍 상사! 사진 다 찍었소?"
"네, 다 찍었습니다."
"그럼 출발하지."

나는 이쯤하고 돌아가는 것이 가장 현명한 방법이라고 생각했고 김 대위도 아무 불평 없이 내 뒤를 따라 길을 나왔다.

나는 헌병대에 돌아와서도 그것은 우리 해병대 청룡 부대와는 무관한 사건임은 물론 오히려 어떤 효과를 노린 베트콩들의 연출로 생각하지 않을 수 없었다.
결국 시신을 직접 본 김 대위도 포탄에 맞은 것으로 판정을 했기 때문에 사건 자체는 그렇게 끝이 나고 말았지만 나의 경우 이럴 때는 아예 한판 붙어 보는 전투 소대장이 낫지 마음을 졸여 가며 자칫 베트콩들의 유인이 있을 수 있는 그런 위험천만한 현장에는 다시 가지 않았으면 하는 것이 바람이었다.

20만 불은 누가 먹었나?

11월 초순이었다.

하루는 꽤 멀리 떨어져 있는 O대대에 파견을 나가 있는 수사관이 며칠 전서부터 밤마다 적군으로 판단되는 녀석들이 O대대 본부를 향해 마이크를 걸어 놓고는 서툰 우리말로

"우리 돈 20만 불을 내놓으시오."

라고 떠들어댄다는 보고를 해왔다.

나는 그 보고에 껄껄껄 웃지 않을 수 없었고 이것은 적들의 심리전이 틀림없을 것으로 여겼다.

한 달이 더 지난 어느 날 오후. 청룡 부대(여단) 본부를 담당하는 수사관으로부터 사건 보고가 하나 들어왔다.

내용은 대원 두 명이 싸움을 격렬하게 벌였는데 술을 잔뜩 먹은 쪽 대원의 말 내용 중에는 어쩐지 석연찮은 데가 있다고 했다.

그리고 두 대원 모두 신병 훈련소의 동기들이며 한 대원은 여단 본부의 인사과에 근무를 하고 술을 잔뜩 먹은 다른 한 대원은 0대대 0중대의 전투 소대에서 근무를 하던 중 잠시 외출을 나와 싸움을 벌인 것이라고 했다.

나는 아무래도 소총 소대에서 외출을 나와 술을 잔뜩 마신 그 대원에게 동정이 쏠려 얼마나 강박관념에 시달렸으면 술을 먹고 동기생과 그토록 피가 터지게 싸움을 했을까? 하는 생각을 해 보기도 했다.

그런데 뒤이어 들어온 수사관의 보고에 의하면 소지품을 검사해 보니 피엑스에서 구매한 값진 물건도 있을뿐더러 소지한 돈이 너무 많아 헌병대로 일단 연행해 돈이 어디서 생겼는지부터 조사를 해보아야겠다고 했다.

나는 바로 승낙을 하고 잠시 이상한 느낌을 받았다.

내가 소대장을 하고 있었을 때 대원들로부터 잠시 들었던 얘기지만 과거 피난민들을 동네로부터 쓸어내다시피 했을 때 많은 월남 피아스타 돈을 습득했던 어떤 대원의 예가 있었다는 것이었다.

나는 이 대원의 경우가 바로 그러한 것은 아닌지 하는 생각도 잠시 해 보았으나 곧 달포 전 0대대 본부 앞에서 한동안 돈을 내놓으라고 적들이 방송을 했었다는 기억과 또 술을 먹고 싸운 대원이 바로 그 0대대에 예속된 중대원에다 본토불 달러까지 많이 가지고 있다는 사실에 초점을 맞추어 계속 조사를 해야겠다는 생각을 했다.

그 대원은 결국 수사관에게 순순히 자백을 했다.

자신이 싸운 것은 인사과에 있는 동기생에게 빨리 후방 배치를 해달라고 돈을 주었는데 아무리 기다려도 감감무소식이라 오늘 가까스로 외출을 나와 따지다가 그만 울화통이 터져 그렇게 된 것이라고 했다.

그러나 실은 우리가 알고자 하는 것은 적들의 방송을 일단 기정사실로 하고 혹시라도 그 20만 불이 지금 조사를 받고 있는 우리 대원의 미 본토 불과 어떤 관계가 있는 것은 아닐까? 하는 것이었다.

드디어 노련했던 담당 수사관은 모든 새로운 사실을 알아내게 되었다.

즉 몇 개월 전 0중대에서 있었던 일로 0소대의 0분대가 야간 매복을 나가 적 10여 명을 사살하고 총은 물론 소지품 다수를 노획한 사실이 있었다는 것이다.

그리고 사살된 적들 중에는 월맹 정규군 재정 장교가 섞여 있었고 그는 마침 군자금을 소지하고 이동을 하던 중이라 그로 인해 군자금이 든 가방이 고스란히 아군의 수중에 들어왔던 것이라 했다.

매복 지휘를 했던 분대장은 그 속에 무엇이 들었는지 처음에는 자신도 모른 채 그 가방을 자기 벙커로 가지고 가 팽개쳐 놓았는데 나중에 열어 보니 그 속에는 입이 다물어지지 않을 정도의 미 본토불과 월남의 피아스타가 가득 들어 있는 것을 새삼 알게 되었다는 것이다.

그러나 동물적 감각이 뛰어난 한 고참 해병이 분대장의 벙커를 찾아가 혹시나 하고 입을 열었던 것이다.

"분대장님, 가방을 챙기는 걸 보았는데요…. 구경 좀…"

하고 말을 하자 이미 탄로가 나 감당하기 어려울 것으로 판단한 분대장은

"야, 알았어. 너만 알고 있어!"

하고는 돈을 셀 여유도 없이 손에 잡히는 대로 집어서는 얼른 대원의 입을 막았던 것이다.

그러나 비밀은 없는 법이었다.

다음 고참이 그리고 또 그 다음 고참이 차례로 돈을 챙겨나가다 결국은 소대장에게도 상납을 하고 나중에는 중대장도 본의 아니게 끈이 닿아 상납의 고리가 생기고 말았던 것이다.

헌병대 수사과에서는 그 진술을 토대로 모두 돈을 회수하고 이미 구매한 물건들의 값을 미 본토불로 따져 보았으나 적들이 주장하는 20만 불은 되지 않았고 모두 합쳐 대략 13만 불 정도가 되는 돈이었다.

특이한 것은 미 본토불과 월남의 피아스타는 모두 고액권이었다.

한 장 한 장 내 자신이 직접 세어 확인된 돈은 헌병대장을 통해 여단장에게 전달되었고 그 며칠 후에는 참모장에 의해 사이공에 있는 한국군 주월 사령부로 직접 전달되었던 것으로 안다.

짧은 인연

1969년 1월 하순.

이제 귀국선을 타고 그리던 고국으로 다시 돌아갈 날도 며칠 남지 않았을 때였다.

내가 다낭 헌병 파견대 박 하사를 따라 안내되어 간 곳은 다낭 시내의 어느 조그마한 술집이었다.

어느 장소나 사람이 많이 모이는 영업집은 누가 무슨 짓을 하는지 모르기 때문에 출입구부터 환하게 불을 밝혀 놓았다.

우리가 갔던 술집은 그 내부도 별로 어둡지는 않았다.

모두 해야 테이블이 여섯 개밖에 안 되는 술집의 카운터에는 이미 덩치 큰 미 육군 병사 세 명이 반쯤을 차지하고 있었고 우리는 좁지만 오히려 테이블보다는 미군들의 옆자리가 나아 보여 잠시 미군들과 눈인사를 하고는 그 옆자리에 앉았다.

카운터 안쪽에는 머리가 희끗희끗한 월남 사람으로는 덩치가 있어 보이는 하얀 반소매 와이셔츠의 노인이 우리를 반겼다.

박 하사는 그 노인에게 마치 아래 사람에게 말을 하듯 한국말로 "야, 마담 어디 갔어?" 하고 큰 소리로 물었다.

카운터의 노인은 미소를 띠며 "와. 와" 하고는 손으로 시계를 보는 시늉을 했다.

아마 곧 올 시간이라는 제스처 같았다. 우리는 먼저 스크루드라이버 두 잔을 시키면서 내 것은 오렌지 주스를 좀 많이 타 달라고 주문을 했다.

나와 박 하사는 서로 이런저런 얘기를 해가며 술잔을 기울이고 있었는데 잠시 조용해지던 박 하사가 잔을 기울여 한 모금을 더 마시더니 내 귀국 준비에 대해 조심스런 질문을 했다.

"과장님, 귀국 준비는 잘 하셨습니까?"
"뭐 전쟁터에 온 사람들이 무사히 살아가는 것만도 감사해야지. 전투 소대장들은 넣고 갈 것이 없어 주로 C-레이션이나 넣어 가는 것이 고작인데 그래도 그 소대장들보다야 낫겠지."

박 하사는 안심이나 한 듯 잠시 미소를 지어 보였다.

사실 나도 처음엔 귀국 준비라는 것이 전투 소대장들과 별로 다를 것이 없었다. 그런데 옆에서 보고 있던 수사과 정 상사가 내가 모르는 사이 수사관 모두를 불러놓고 그동안 여러모로 애써 온 과장을 위해 각자가 분담을 하여 선물을 준비해야 한다고 선동을 하여 그래도 꽤 값진 선물들이 모였고 나는 나름대로 매우 고마운 마음으로 C형이라는 베니어로 짠 나무 박스 한 개와 조금 더 큰 B형의 베니어 박스 하나를 채워 귀국할 준비가 되어 있었다.

그리고 내가 있던 5대대 27중대로 막 새로 부임한 중대장 박 대위 선배께서 보낸 한 개의 샌드리 팩과 뜻밖에도 수송 참모께서 보낸 또 한 개의 샌드리 팩은 무척 고마운 선물들이었고 특히 5대대 27중대는 당시 중대장을 비롯해 모든 대원들에게 고마움과 미안함을 함께 느끼기도 했다.

원래 샌드리 팩은 일개 중대 대원들이 나누어 가지는 이름 그대로 잡다한 일용품이 들어 있는 정육면체 모양의 큰 박스였는데 C-레이션 100박스 당 한 개 정도가 들어 있는 매우 인기 있는 이름 그대로의 잡화품 박스였고 그 속에는 우선 담배가 10보루, 비누가 50장, 캐러멜, 편지지, 볼펜, 치약, 칫솔, 드롭프스, 초콜릿 등 매우 유용한 것들이 꽉 차 있는 요긴한 것이었다.

우리가 이런저런 얘기를 나누고 있었을 때 월남여자로서는 퍽 키가 커 보이는 미인 한 사람이 훌쩍 홀 안으로 들어오는가 싶더니 거의 동시에 우리 옆자리 미군들이 모두 손을 들어 보이며 인사를 하는 것이 눈에 들어왔다.

우리 박 하사도 얼른 고개를 움직이더니

"안녕 람" 하고는 인사를 했다.
"과장님, 저 여자가 마담인데 아마 이런 곳에서는 저 람이 최고 인물일 겁니다." 마치 자랑이나 하듯 내게 얘기를 했다.

"경쟁자가 많겠군. 자네는 어떤 사이야?" 하고 물었더니

"저는 뭐, 사실은 한국 사람들이 애를 많이 쓰는데 워낙 영어를 잘해서 그런지 미군들하고 주로 친하죠."

"그럼 미군들한테 몸을 판다는 얘기야?"

"아닙니다. 저 영감이 남편인데요 뭐. 하긴 남의 일이야 알 수가 없지요."

우리는 서로가 우문우답을 나눈 것 같아 함께 웃었다.

잠시 후 람이라는 마담이 우리 뒤를 지나쳐 카운터 안으로 들어가면서 살짝 우리를 보고 웃음을 지어 보였다.

머리카락은 검었으나 먼로의 헤어스타일과 늘씬한 키 그리고 옆이 터진 하얀 아오자이와 붉고 짙은 립스틱은 모두가 잘 어울리는 하나의 세트 같은 느낌을 주었다.

이미 카운터에 있던 나이 든 남자는 람과 무어라고 서로 말을 주고받더니 곧 홀 안 입구에 기대 놓았던 오토바이를 끌고는 나가버렸다.

미군들 세 명은 계속 경쟁을 하듯 서로 말을 건네느라 애를 쓰고 있었고 우리는 우리대로 서로의 말을 한참 잇다가 나는 스크루드라이브 한 잔을 더 달라고 마담에게 잔을 들어 보이는 제스처를 하고는 "우리 한 잔만 더 하고 이제 자리를 옮기지" 하고 박 하사를 쳐다보며 말을 건넸는데 무슨 영문인지 람이 살며시 나를 응시하며 내 앞으로 다가오는 것을 느꼈다.

"루텐언트 쿠?"

뜻밖에도 람이라는 마담이 내 이름을 불렀다.

나는 순간 내 명찰에 적힌 영어를 읽고 있구나 싶어 즉시 고개를 끄덕였는데 미스 람의 눈이 내 얼굴에 초점을 맞추고는 움직이지 않고 있다는

것을 나는 즉시 알아차릴 수가 있었다.

오! 이럴 수가? 내 뇌리 속에는 순간 람이 아닌 미스 차우가 떠오르고 있었다.

"미스 차우?"

나는 혹시나 실수를 하는 것이 아닌가 생각해 아주 작은 소리로 불러 보았다. 이미 나를 쳐다보고 있는 그의 얼굴은 반가움으로 가득 차 있었으나 눈에는 이미 눈물이 비치고 있는 듯이 느껴졌다.

나는 그때서야 그가 마담 람이 아닌 미스 차우라는 것을 확실히 알아차렸고 우리는 카운터 위에 서로 손을 얹은 채 서로가 두 손을 꼭 잡고 악수를 했다.

나는 그가 긴 말을 하지 않아도 왜 여기에 있는지를 알 것 같았다.

우리의 행동을 이상하게 여겨 잠시 조용해졌던 미군들 중 한 명이 "워쯔 고잉 온?" 하고 어떻게 돌아가는지를 우리 둘을 번갈아 쳐다보며 물었다. 나는 "리유니파이더! 디스 이즈 마이 영 시스터"라고 하며 내 동생과 헤어졌다 재회를 하는 것이라고 대답을 했더니 그는 그러냐고 하면서도 고개를 갸우뚱하고는 더 이상 끼어들지 않았다.

나는 이 순간 무엇을 어떻게 해야 할지 얼른 판단이 서지 않았다.

"과장님, 나중에 예약해 놓은 호텔에서 만나지요."

나는 언뜻 그것이 좋겠다는 생각을 했다.

내가 지금 묵고 있는 호텔은 이 술집에서 그렇게 멀지 않은 곳의 콘티넨

탈 호텔이었다.

아직도 정신을 가다듬지 못하는 빛이 역력한 차우는 내가 시킨 술을 한 잔 더 가시고 와 정중하게 미소를 띠우며 내 앞에다 내려놓았다.

나는 턱과 눈짓으로 미군들에게 서빙하라는 뜻을 슬쩍 전했다. 그는 곧 알아차리고 내 옆의 미군들과 마주 보는 가운데로 몇 걸음을 옮겨갔다.

미군들은 어떻게 된 것이냐고 미스 차우에게 다시 묻고 있었는데 그는 자기가 원래는 한국 사람이라고 농담을 하고는 깔깔 웃고 있었다.

나는 수첩을 슬그머니 한 장 뜯어 볼펜을 쥐고 영어로 쪽지를 썼다.

"내 숙소는 콘티넨탈 호텔 12호실. 방문 바람."

살짝 쪽지를 접어서는 내 호주머니에 넣었다. 마지막 잔을 얼른 비우고 나는 일어설 채비를 했다. 이미 눈치를 챈 차우는 카운터에서 나와 우리를 배웅하려는 몸짓을 보였다.

"빌 플리즈" 하고 박 하사가 이번에는 점잖게 말을 했다. 우물거리는 차우를 보고 나는 재빠르게 미군들이 눈치를 채지 못하게 눈짓으로 빌을 주라고 했다. 차우는 빌을 볼펜으로 잠시 적어오더니 왜 벌써 가느냐고 물었다.

박 하사가 돈을 계산하는 동안 나는 내가 쓴 쪽지를 슬쩍 차우에게 남이 보지 않게 건네주었다.

그는 문간까지 따라 나와 얼른 내가 준 쪽지를 읽고는 고개를 끄덕였다.

박 하사는 나를 지프차에 태우고 호텔로 직행하면서

"과장님 어떻게 된 겁니까?" 그는 여태껏 물어볼 말을 참았다는 말투로 내게 물었다.

"우리는 서로가 못 만날 줄 알았던 친구였어."
"아니 과장님은 호이안에만 계셨는데 언제 그렇게 동작이 빨랐습니까?"
"실은 내가 구정 공세 때 결사대 소대장으로 디엔반 군청에 나가 있었지. 그때 차우는 미 고문단실의 타자수였어."
"아, 그렇군요. 좋은 친구 만나셨습니다. 아주 인간성도 좋고 인기가 있어 아마 성공할 겁니다. 또 남편이 돈 많은 홀아비였는데 얼마 전에 서로가 만났대요."
"언제부터 여기서 술집을 했나?"
"제가 알기로는 아마 6개월쯤은 된 걸로 알고 있습니다."
"잘됐군. 그렇다면 그 후 디엔반 군청이 베트콩의 기습을 두 차례나 받았다는데 그럼 이미 디엔반을 떠나 있었군."

운전을 하고 온 박 하사는 차를 호텔 앞에 세우고 나를 따라 호텔 방까지 잠시 들어왔다. 그는 혹시 안전한지 어떤지를 이리저리 살피더니 내일 아침에 다시 오겠다는 말을 남기고 그냥 돌아갔다.
나는 하루 종일 흘린 땀과 술기운을 씻어 버리기 위해 먼저 샤워부터 한 후 옷을 갈아입었다. 그러나 시간에 대해서는 차우와 서로 약속을 하지 않았기 때문에 그가 올 때까지 무료하게 방 안에서만 기다릴 수가 없었다.
나는 권총을 방 안 깊숙한 곳에 감추어 놓고 호텔 로비로 나가 기다리기로 했다.
내가 1층에 있는 내 방에서 나와 로비로 향하는 코너를 돌 때 2층 계단을 내려오고 있는 약간은 통통한 젊은 여인과 눈이 마주쳤다.

그 여인은 어제 저녁 로비에서 잠시 서성거리다 내가 한국 사람이라는 것을 얼른 알아차리고 내가 먼저 말을 걸자 반갑게 맞아 주었던 바로 그 사람이었다.

우리는 서로가 미소를 띠면서 잠시 목례를 하고 지나쳤다.

가수라는 그 여인이 로비에 들어서자 미군 한 명이 그를 모시듯 인도해 호텔 바깥으로 나가는 것을 나는 물끄러미 바라볼 수 있었다. 어제 이 여인으로부터 잠시 들은 얘기지만 호텔 2층에는 자기를 합해 모두 여섯 명으로 된 연예인 팀이 묵고 있다고 했다.

아마 동남아 시장으로 계약사에 의해 송출된 연예인들 같았다.

내 추측으로는 지금 이 늦은 밤 호텔을 빠져나가는 것은 이미 쇼를 마치고 옷을 갈아입은 후 어떤 파티에 초대를 받거나 개인적으로 부르심을 받아 나가는 것 같이 보였다.

나는 어제 부두에서 본 엉터리 우리 기술자나 지금 이 연예인이나 간에 모두가 대한민국의 국군들이 피를 흘리며 닦은 토양 위에서 작으나마 그 싹을 틔우고 있다는 생각이 들어 매우 마음이 흐뭇해지고 있음을 느꼈다.

로비에 나가 채 담배 한 개비도 마저 피우기 전인데 차우가 호텔의 현관으로 들어오는 것이 보였다.

나는 왠지 내 가슴이 뛰고 있는 것을 억제하려고 애를 써야만 했다. 그리고 그의 뛰어난 미모가 주위의 모든 시선들을 끌고 있는 것도 느낄 수 있었다.

그는 나를 보자 웃음과 함께 온 얼굴에 기쁨을 활짝 담으면서 내 앞으로 다가왔다. 그는 마치 약속이나 한 것처럼 아무 머뭇거림도 없이 나를 따라 내가 안내하는 대로 내 방으로 들어왔다.

그리고 우리는 방문이 닫히기가 무섭게 서로 와락 끌어안았다.

그의 입에서 풍기는 술 냄새가 마치 향수처럼 은은하게 느껴지고 서로가 입을 통해 주고받는 사랑의 나눔 속에는 안도와 기쁨이 뒤범벅된 행복 외는 아무것도 존재할 수가 없었다.

한참 만에야 우리는 서로가 숨이 끊어질듯 가빠져 있음을 알아차리고 포개고 있던 입술을 떼면서 엉켜 있던 팔도 약간씩 풀었다.

그의 눈은 이미 눈물에 젖어 불빛에 반사되었고 나는 더욱 회상에 젖어 다시 한번 그를 꼭 껴안아 주었다.

결국 우리는 밤이 거의 샐 때까지 캄캄하고 무더웠던 벙커 속이 아니라 이제는 시원하고 깔끔한 침대 위에서 서로와 서로의 몸을 섞고 또 섞을 수가 있었다.

만감의 교차

귀국 며칠 전 나는 다낭에 나와 휴식을 취하고 있었다.

물론 귀국 신고의 행사 때는 잠시 청룡 부대 본부로 다시 들어가 함께 행동을 해야겠지만 사람들이 사는 모습을 오랫동안 잊고 있었기 때문에 더더욱 도회지가 그리웠던 것이 나를 그렇게 만들었던 것인지도 모른다.

나는 헬리콥터를 타고 다낭으로 나올 때 공중에서 내가 늘 작전을 하던 어느 지역을 보고 깜짝 놀랐다.

물론 내가 작전을 하고 있었을 때도 고엽제라는 말을 들은 적이 있었지만 그 푸른 숲들이 마치 누가 나무를 뽑아 누른 물속에 담가 흔들어서는 잎은 다 떼어 버린 채 다시 이쑤시개처럼 꽂아 놓은 듯한 모습을 하고 있었기 때문이었다.

🌑 당시 내가 들어서 알고 있었던 고엽제는 그것을 뿌리게 되면 나무는 물론 사람까지 살 수 없다는 말만 들었기 때문에 으레 식물이 없어지니 그 결과로 사람이 살 수가 없겠지 하는 추측을 했을 뿐 인체에 직접적으로나 간접적으로 그렇게 피해가 있으리라고는 상상도 하지 못했던 것이 사실이다.

다낭은 월남의 제2의 항구 도시며 미 해병대의 전투 비행단이 있는 전진 기지였다. 나는 그동안 두어 차례 출장을 와 본 적이 있었지만 마지막 귀국에 앞서 미리 휴가차 푸근한 마음으로 돌아다녀 보기는 이번이 처음이었다.

길을 잘 몰라 하루는 직접 내가 운전을 하지 않고 우리 헌병대 다낭 파견대에서 근무하는 대원에게 운전을 해 다낭 항구를 더 차분히 구경하고 싶다고 했다.

원래 내가 부산에서 자랐던 탓인지는 몰라도 큰 배들이 정박한 부두가 어쩐지 자꾸 보고 싶어 며칠 전 잠시 보고 왔는데도 다시 한번 보고 싶었던 것이다.

안내를 받아 내가 가지 않았던 부두의 어떤 한 구역에 들어서니 보급선들로부터 이미 하역을 해 군데군데 군수품들을 산더미같이 쌓아 둔 것이 보였고 지게차들은 그 짐들을 남은 빈 공간에 다시 가지런히 옮기는 작업을 하고 있었다.

나로부터 얼마 떨어지지 않은 곳에서 작업을 하고 있는 지게차 기사는 우리가 입은 유니폼을 보고 잠시 손을 흔드는 것으로 보아 틀림없는 한국인 같아 보였다.

우리는 관심을 가지고 한참을 아슬아슬하게 운전하는 그의 운전 솜씨를 구경하고 있었는데 결국은 포크로 팰릿의 짐 덩어리 하단을 찔러 그만 낭패를 보고 말았다.

나는 아마 한국에서 돈을 먹이고 기술자로 온 것 같다는 말을 하면서 동행한 대원과 함께 깔깔거렸다.

"아니 그저께도 어떤 우리 사람이 엉터리로 작업을 하는 걸 보았는데 오늘도 또 엉터리를 보구먼."
"얼마 안 있으면 또 일류가 될 텐데요 뭐." 대원이 웃으면서 대꾸를 했다.

그러나 물끄러미 쳐다보다 차를 타고 되돌아 나오는 내 마음속에는 가족도 버리고 이 뜨겁고 위험한 지역까지 온 억척의 한국인들이 무척 장하게 여겨졌다.

"제발 달러만 많이 벌어라. 광부와 간호사들은 서독으로 갔고 군인과 기술자들은 열사의 나라 월남으로 왔다. 억척같이 벌어 우리끼리 잘 살면 되지…."

나는 이런 생각을 되뇌면서 나도 모르는 사이 눈시울이 뜨거워짐을 느꼈다.
우리는 차를 몰아 다시 다낭의 시가지로 나왔다.
다낭의 진풍경은 뭐니 뭐니 해도 2, 3층짜리 건물들의 모습이었다.
한결같이 그물을 옥상 위에서부터 땅바닥까지 내려 말하자면 건물 앞면을 모두 씌워 놓은 것이 특징적이었고 왠지는 몰라도 그물의 색상 거의 모두가 초록색이라 매우 의외로운 느낌을 받았다.

그리고 색상은 그렇다치더라도 건물마다 그물을 친 이유는 베트콩들이 오토바이를 타고 지나가면서 수류탄을 창문 안으로 휙~ 던져 넣기 때문에 그것을 방지하기 위한 수단으로 건물에다 모두 그물을 씌운 것이라 했다.

역시 다낭이 큰 도시다 보니 시내 중심가에는 억척의 한국인들이 식당이며 터키탕이며 술집들의 경영에 크게 한몫을 하고 있었고 오랜만에 한국 식당을 찾아 먹게 되는 우리 음식은 무어라 말로 표현을 다할 수 없었다.

드디어 떠나는 날이 되었다.

1968년 1월 28일은 내가 전쟁을 치르기 위해 월남의 다낭 항구에 도착을 했던 날이었고 1969년 1월 28일은 내가 전쟁을 치르고 나서 같은 항구에서 내 조국의 품으로 되돌아가는 날이 되었다.

선상에서 바라보는 다낭 항구는 그지없이 아름다웠다.

그것은 여느 큰 항구처럼 불빛이 휘황해서도 아니고 우뚝 솟은 건물 때문도 아니었다.

그것은 아직도 자연에 감싸 안긴 듯한 꾸밈없고 토박한 풍경 바로 그것이 내 마음을 사로잡았기 때문이었다.

"부 웅~부 웅~" 이별을 고하는 뱃고동 소리는 언제나 슬픈 것이었다.

내 전우들의 영혼을 두고 떠나는 곳.

그러나 새로운 싹을 틔우기 위해 썩은 한 알의 밀알처럼 숲속 어느 한 구석 그리고 어느 무너져 내린 벙커의 한구석에 쓸쓸히 남겨졌을 영혼들을 생각하니 슬프기 그지없었다.

함께 와서 함께 돌아가는 사람이 가장 적다는 해병대의 파월 제23제대.

1년 전 함께 배를 탔어도 다낭에서 우리를 내리고 나트랑으로 며칠을 더 가야 했던 육군의 백마 부대 용사들은 가는 도중 구정 공세가 터졌기 때문에 적의 예봉이 지나갈 때까지 배 안에서 며칠을 대기를 해 화를 면할 수 있었다는 얘기를 나중에야 전해 들었다.

그러나 우리는 먼저 다낭항에 상륙을 했기 때문에 M-16이라는 소총을 어떻게 쏘는지 교육 훈련도 받기 전에 모두가 다급히 적의 예봉을 맞아 도착 즉시 싸워야 했기 때문에 그만큼 많은 희생을 당하지 않을 수 없었다.

실로 인명은 재천이라는 말이 맞는지도 몰랐다.

이제 목숨을 걸고 계속 싸워야 하는 사람들은 싸워야 하고 또 싸운 후 떠나야 할 사람들은 떠나야 한다.

"부~웅 부~웅" 차츰 멀어지는 항구를 뒤로하고 나는 그동안 교차했던 모든 만감을 뒤로 물린 채 선실로 찾아 들어갔다.

Chapter 3. 1966 백령도

장산곶 바라보는 백령 중대

인천에서 백령도까지 다니는 은하호는 그 당시 건조된 지 얼마 안 된 매우 신형의 여객선이었다.

그래도 소청도와 대청도를 들르다 보면 꼬박 10시간을 가야 했지만 우리는 그것을 호화 쾌속정쯤으로 여겼다.

왜냐하면 혹시라도 해군의 L.S.M이나 L.S.T함을 타게 되면 해상 경비를 하면서 가야 했기 때문에 두 시간 혹은 세 시간 이상 더 걸렸을 뿐 아니라 모두가 계급이 각각인 군인들끼리라 이에 따르는 긴장감이 지루함을 더했기 때문이었다.

그러나 공군들은 오산에서 C-45 수송기나 미군의 C-46 신형 군용기를 타게 되면 대략 1시간 정도면 백령도의 모래사장에 사뿐히 내려앉을 수 있어 매우 편리한 입장이었고 우리 해병대는 장교에 한해 그리고 백령도에서 육지로 나갈 때에 한해 주로 이용했다.

왜냐하면 백령도에서 나갈 때는 수속이 간단했지만 들어올 때는 오산 비행장까지 내려가 복잡한 탑승 장소를 찾아야 했고 또 다소 귀찮은 절차를 몇 차례 거쳐야 하는 번거로움이 따랐기 때문이었다.

그 당시 해병대 도서 부대는 백령도에 보병 중대인 백령 중대와 포병 중대인 중화기 중대가 있었고 그리고 뚝 떨어진 연평도에는 역시 보병 중대인 연평 중대가 있었다.

물론 인천과 대청도 그리고 소청도에도 파견대가 나가 있긴 했으나 그것은 각각 10명 미만의 소수 인원에 불과했다.

또 도서 부대 본부는 역시 군사적 거점인 백령도에 위치했고 해병대 이외 군 부대들은 공군과 미군의 레이더 사이트 부대 육군의 고사포 중대 그리고 국방부 통신대 외 콘크리트 건물은 있어도 사람의 그림자조차 보이지 않는 육군 H.I.D 부대가 있었다.

1966년 9월 하순 백령도의 색깔은 온통 메밀꽃으로 덮인 듯한 하얀 색깔이었다.

듣던 바로는 "겨우내 세찬 진눈깨비요 여름 내 해무(안개)"라더니 아니나 다를까 기와집 처마는 겨울철의 세찬 바람에 날아가지 못하도록 맨 끝자락의 기와 한 줄을 으레 철사로 묶었고 여름에는 해무가 많이 끼어 비행기 결항이 밥 먹듯 잦았다.

내가 처음으로 소대장으로 발령을 받은 백령 중대는 백령도의 중심지인 진촌에서 얼마 떨어져 있지 않은 높은 언덕에 위치했고 앞산을 비켜 약간 동북쪽으로 보면 장산곶이 바로 보이는 그러한 해변 가까이에 자리를 하고 있었다.

그리고 먼저 정문으로 들어서면 왼편에는 중대장실이 있고 다음은 B.O.Q(장교 숙소) 그리고 그 다음은 1, 2, 3 소대의 막사가 바로 늘어서 있었는데 그렇게 넓지도 않은 그 후미에는 화약고며 발전실이 매우 여유 없이 붙어 있어 매우 답답해 보이기까지 했다.

그러나 그 아래로 가파른 계단을 딛고 80계단쯤을 내려가서는 축구장으로도 쓰는 넉넉한 연병장이 큼지막하게 자리를 잡고 있었고 그로부터 200여 미터의 자갈길을 지나서는 바로 바다로 이어져 해안 쪽에서나 연병장에서 중대 막사를 쳐다보면 꽤나 높은 언덕 위에 자리하고 있다는 것을 알 수 있었다.

한편 우리 백령 중대의 막사를 좀 더 언급하자면 매우 쑥스러운 얘기가 되지만 6·25 사변 때 쓰던 막사 그대로를 유지하고 있었기 때문에 지금 생각하면 마치 아프리카의 난민촌을 방불케 했던 것이 사실이었다.

지붕은 녹슨 도단에다 막사 바깥은 낡고 썩은 판자였고 내무실 안은 바람이 들어오지 않게 흙을 바른 후 두터운 도배를 겹겹이 했기 때문에 대원들이 순검(점호)을 받기 위해 우선 도배한 벽에 먼지를 털기라도 하면 도배지와 흙벽 사이로 쏴르르 쏴르르 하고 흙이 흘러내리는 소리가 너무 요란해 아예 먼지를 털어 없애는 일은 말려야 할 지경이었다.

그런데 더 웃음이 나오는 것은 초여름 대원들이 내무실 안에서 부동자세로 열을 서 있으면 이름 모르는 조그만 게들이 어찌나 많이 기어다니던지 순검을 대비해 빗자루로 쓸 만큼은 쓸었는데도 아무 소용이 없다고 대원들은 항상 불평을 했다.

그러나 우리 모두는 그 게들이 배고픈 신참들의 간식거리가 되어 중대 모두가 크게 축복을 받은 것이라고 기뻐들 했다.

저녁나절이 가까우면 삼삼오오 동네 아낙들이 떼를 짓다시피 하여 백령중대 정문 앞에서 바로 보이는 길을 타고 해안가로 내려갔다.

그 해안에는 자연으로 자라는 굴이 많이 있어 저녁 찬거리를 준비하기 위해 내려가는 동네 아낙들의 모습이 매우 낭만적으로 보이기까지 했다.

늦가을이 되면 남자들이 심해에 살다 알을 바위에 붙이기 위해 모처럼 올라온다는 꺽주기(삼수기)를 갈고리로 잡아 한 포대씩을 메고 고개로 올라오는 모습이 마냥 신기해 보였고 봄이면 밭에 콩새들이 날아드는 것을 아이들이 용케도 휘파람을 불어가며 지렁이를 펜 낚시로 잡는 모습이 꽤나 신통하게 여겨졌다.

또 그럴 즈음 우리가 저녁나절 대폿집을 찾으면 으레 아이들이 잡아다 판 콩새들이 처마 밑에 지푸라기에 꿰어져 대롱대롱 매달려 있는 것 또한 진풍경 중의 하나였다.

의리의 사나이

우리는 백령도를 고기 없는 섬이라고 비하했다.

사실은 바로 코앞의 대청도는 황해를 바라보며 대청어장이 형성되어 있었기 때문에 먼 남쪽 어항에 선적을 둔 배들까지도 조업을 하기 위해 모이곤 했지만 백령도는 바로 바라다보이는 황해도의 장산곶과 대청도 사이에 끼어 있어 그런지 우리가 흔하게 아는 생선들마저 별로 찾아보기가 힘들었다.

그리고 내가 듣기로는 연평도에서 잡히는 조기는 굴비를 해도 백령도 근해에서 잡히는 조기는 이미 알을 낳아 기름이 빠진 후라 부스러지기 때문에 굴비를 할 수 없는 형편이라고 했다.

그러나 까나리가 잡히는 봄철은 한동안 많은 배들이 모여 여느 때와는 다른 진풍경을 보였다.

해안가 움막들은 까나리 삶는 냄새를 진동시켰고 배고파 지나치다 얻어먹었던 해병들은 곧잘 까나리 기름에 설사를 하기도 했다.

한편 백령 중대 소대장들은 중화기 중대 소대장들을 매우 부럽게 생각했다.

작은 낚싯배들이 주를 이루고 있었지만 항포마다 초소를 두고 배들을 통제하는 일이 모두 중화기 중대에서 하는 일이었기 때문이었다.

그래도 매일 배가 조업을 마치고 들어올 때면 인사치례로 약간의 생선은 얻어먹는다는 사실을 우리는 다 알고 있었다.

어느 날 부대 본부에서 장교들의 교육이 있어 참석을 했다가 중화기 중대 소대장들을 만났다.

나는 중화기 중대 후배 소대장들을 모아 놓고 농담 반 진담 반으로 의리 없이 자기들만 생선을 먹는다고 비아냥거렸다.

"야, 김 소위! 중화기 중대 장교들 밥상은 늘 조부래기(노래미)하며 생선으로 꽉 찼다며?"

중화기 중대 소위들이 무슨 말인지 얼른 못 알아차리고 나를 바라보았다.

"우리 집에서 편지가 왔는데 섬에 있다고 생선을 넘 많이 먹는 줄 알고 있어."
그때서야 주위에 있던 장교들이 깔깔거렸다.
이윽고 웃으면 눈이 없어지는 진해 사나이 김 소위가 그것 뭐 어려울 게

있느냐면서 내일이라도 당장 보내주겠다는 말을 해 나는 고맙기까지 했다.

다음 날 오후 못 보던 해병 두 명이 앞뒤로 긴 막대기를 어깨에 걸치고 산을 타고 우리 중대로 걸어 들어오는 것이 보였다.

신발도 벗어 버린 채 바지마저 다리 위로 둥둥 걷어 올린 모양새가 마치 시골 동네의 일꾼들 같은 모습이었다.

그런데 그 막대기에는 그렇게도 백령 중대 장교들이 그리던 생선이 벗어버린 해병들의 군화와 함께 주렁주렁 새끼로 꿰어진 채 걸쳐져 있는 것이 아닌가?

진해 사나이 김 소위는 그때부터 그야말로 의리의 사나이로 선배 장교들로부터 인정을 받게 되었던 것이다.

그러나 후일 나는 우리가 맛있게 먹었던 생선보다는 기합이 들어 있어야 할 해병들이 마치 짐꾼들처럼 바지를 걷어 올린 채 생선을 메고 산을 넘고 물을 건너 다시 찾아와야 할 일을 생각하고는 이젠 안 먹어도 좋으니 다음부터는 절대 보내지 말라고 의리의 사나이 김 소위에게 신신당부를 하지 않을 수 없었다.

고립의 고통

　그 당시 대한민국의 산하가 대부분 그랬듯이 백령도도 나무가 별로 없는 산들로 섬을 이루고 있었다.

　민간인들은 물론 우리 해병대 가족들은 식수와 땔감이 귀해 항상 어려운 살림을 하지 않을 수 없었고 그래도 식수는 해병대에서 마을마다 파준 우물이 있어 부족하나마 세탁과 함께 그럭저럭 해결이 되었지만 겨울철 뜨거운 물에 목욕을 한다는 것은 그리 쉬운 일이 아니었다.

　공군은 원래 미군들이 쓰던 시설물을 물려받았던 터에다 인원이 우리보다는 훨씬 작았기 때문에 나름대로의 가족들에 대한 별도의 운영 지침이 있었겠지마는 제일 인원수가 많은 해병대 가족들은 일주일에 한 번씩 별도의 목욕날을 정해 놓고 마치 부대 이동을 시키듯 매주 목요일 오전마다 트럭이 마을을 돌며 부대 본부의 대형 목욕탕으로 실어 나르지 않으면 안 되었다.

물론 장사병들이 부대 본부로 이동을 해 목욕을 하는 날과는 달랐지만 일주일에 한 번씩 하는 겨울철의 목욕날은 해병 가족 모두에게 매우 뜻깊은 날이 아닐 수 없었다.

그러나 목욕은 그렇다 치고 남은 한 가지의 문제는 역시 민간인들이나 우리 가족들의 땔감 문제였는데 시중에서 판매하는 구공탄은 인천에서 이미 찍어 놓은 것을 배로 실어다 공급을 했기 때문에 돈 있는 사람이나 영업을 하는 집 말고는 모두가 가을에 추수를 하고 난 메밀대를 말려 그것을 바로 아껴서 때던지 아니면 말린 메밀대에 시중에 흘러나온 군용 연료 기름을 묻혀 때고는 한겨울을 나지 않으면 안 되는 형편들이었다.

내가 있는 약 1년 반 동안 기상이 너무 나빠 모든 교통이 두절되는 통에 고립이 되다시피 했던 적은 꼭 두 번 있었다. 이럴 때 제일 먼저 떨어지는 것은 민간인일 경우는 연탄이었고 군인일 경우는 담배였다.

골초 장교들은 군수 부서에 사정을 해 얻은 비축분 화랑 담배마저 떨어지고 나면 은근히 미군 부대를 넘겨다보는 것이 마지막 희망이었다.

마침 미군 부대 대원들과 친한 선배 장교가 있어 한번은 다행히 가까운 사람끼리만 몇 갑씩의 양담배를 나누어 피운 적이 있었지만 이럴 때도 사실상의 큰 문제는 담배가 아니라 실은 민간인들의 연탄 품귀였다.

그러나 한편으로 이 와중의 고통을 겪은 후, 우리들의 입을 벌어지게 했던 것은 경리 장교가 배를 못 타 오랫동안 봉급을 받지 못하다가 나중에야 두 달치 봉급을 한꺼번에 받았을 때였다.

또 다른 감회

내가 맨 처음 백령도로 갔던 것은 1966년 가을, 은하호를 타고 보병 소대장으로 부임을 했었던 때였다.

지도상으로 육지의 휴전선을 계속 서쪽 방향으로 일직선으로 그어 가다 보면 백령도의 위치가 육지의 휴전선보다 훨씬 북쪽으로 치우쳐 있어 처음에는 약간 의아스럽기도 했다.

나중에 왕고참인 어떤 선배의 말을 들으니 휴전 직전 우리 해병대가 백령도, 대청도, 소청도, 연평도, 우도는 물론 그보다 더 육지에 가까운 초도와 석도도 사투를 벌여가며 점령을 하고 있었고 또 다른 몇 개의 섬도 마찬가지로 장악을 하고 있었기 때문에 휴전 당시 초도와 석도 그리고 나머지 몇 개 섬을 북한에 넘겨주는 조건으로 지금의 백령도와 대청도, 소청도 그리고 연평도와 우도를 지킬 수 있었다고 했다.

뿐만 아니라 6·25 때의 특수 유격대로 황해도 구월산을 주름 잡았던 켈로 부대와 당키 부대의 전초 기지들도 모두 백령도에 위치했었다는 얘기도 들려주었다.

사실 인천을 떠난 지 얼마 되지 않아 선상에서 바라보이는 북한 땅은 늘상 우리를 경계심에 젖게 했고 백령도에 근무하고 있던 중에는 기암괴석의 두무진은 물론, 심청이가 몸을 던졌다는 임당수나 나중에 타고 나왔다는 연꽃 바위를 자주 볼 수 있었다.

그리고 바로 눈앞에 있는 것처럼 보이는 장산곶의 뾰족한 끝자락과 그보다는 훨씬 더 가깝게 위치한 적진의 월래도를 보고 있을 때는 또 다른 경계심을 느끼지 않을 수 없었다.

더구나 야간에는 백령도가 항상 적들로부터 매우 심한 감시를 받고 있다는 것을 당장 알 수 있었다.

매일 밤 육지에서 백령도를 향해 감시하는 적의 서치라이트가 어떻게나 강한지 약간만 높은 산으로 올라가도 획획 지나가는 적의 불빛이 우리들의 몸을 저절로 움츠리게 했다.

백령도와 육지 사이에 끼다시피 있는 조그마한 섬 월래도는 적 1개 중대가 배치되어 있다고는 했으나 아무도 북한 병사들이 바깥에 나와 있는 광경을 본 사람은 없었고 나의 경우 딱 한 번 그것도 무엇을 태우는지 연기만 크게 피어오르는 것을 직접 눈으로 목격한 적이 있었다.

또 드물게는 멀리 지나가는 북한의 해군함을 신기한 마음으로 볼 수 있었다.

외관의 색상은 우리 군함과 비슷했으나 우리 군함보다 너무 어둡게 보여 칙칙함과 음흉스러움을 느끼게 했다.

한 가지 특이한 것은 매년 5월쯤이면 작사(조기잡이)철이 되어 북쪽의 어선들이 지도 선을 따라 연평도로 야간 이동을 했는데 단체로 4~5백 척의 배가 불을 켜고 남쪽으로 한꺼번에 야간 이동을 하는 그 불빛은 장관을 이루었다.

소대장을 하면서도 나는 여러 차례 부대 본부에 있는 장교 숙소에서 선배들과 노닥거리다 밤 12시나 되어서야 우리 중대로 돌아오곤 했던 적이 있었다. 일찌감치 차편은 없어진 데다 걸어서 30분 정도면 우리 중대까지 갈 수가 있었기 때문에 시간상으로는 별로 문제가 되니 않았으나 한밤중의 나 홀로 귀대가 썩 기분 좋은 것은 아니었다.

백령도 역시 조수간만의 차가 심한 곳이라 밀물이 되면 아예 진촌으로 향하는 사격장 쪽의 큰 도로 일부가 물에 잠기는 것은 물론, 산 아래 바위들이 깔린 곳까지 물이 바싹 들어오기 때문에 나는 권총에다 실탄을 장진한 채 손전등을 가끔씩 비춰 가며 바위 사이사이를 긴장된 마음으로 지나지 않을 수 없었다.

만약 코앞에 월래도에서 고무보트라도 타고 살그머니 적들이 상륙을 해 들어온다면 나는 꼼짝 없이 당하는 꼴이었지만 내 생각으로는 만약 그런 일이 벌어진다면 내가 먼저 일망타진을 해야지! 하는 영웅심을 앞세워 항상 눈을 크게 부릅뜨며 지나다녔다.

흘러간 물개 사건

　백령 중대에서 함께 소대장을 하던 동기생 모두가 중위로 진급을 한 뒤 차례로 보직 이동을 하기 시작했다.
　맨 먼저는 나와 부산에서 같은 초등학교와 중고등학교를 줄곧 함께 다녔고 해병학교도 동기인 김 중위가 사격장 관리대장으로 발령을 받았다.
　아직은 그대로 백령 중대에서 근무를 하던 동기생 이 중위와 나는 짬이 나면 으레 김 중위가 있는 사격장에 들러 권총 사격을 하거나 잡담이나 농담으로 깔깔거리다 돌아오곤 했는데 하루는 사격장의 선임 하사관으로부터 재미있는 일화를 듣게 되었다.

우리가 백령도에 발령을 받아 오기 얼마 전의 일로 새벽이면 물개(지금은 물범으로 판명)들이 사격장 해변에 자주 나타나 물속에서 노닥거리는 것을 보아 왔다는 것이다.

명사수인 선임 하사관은 어떻게든 그것을 잡아 보려고 애를 썼는데 하루는 쪽배를 타고 가만히 접근을 해 총을 쏘아 분명히 머리가 작은 수놈을 명중시켰는데 그만 물살이 급해 금을 캐던 폐광 방향으로 떠내려가고 말았다는 것이다.

그런 후 어느 날 어떤 아낙이 굴을 따러 해변으로 갔다가 우연히 총을 맞아 죽어 있는 물개 한 마리를 발견했다.

그 아낙은 횡재를 했다는 생각으로 돈을 받고 팔려고 마음을 먹었는데 아무래도 돈을 주고 살 사람은 진촌에서 번듯하게 영업점을 하는 사람이라야 되겠다 싶어 급히 물개를 진촌으로 싣고 가 어떤 양복점 주인에게 팔았는데 그 소문은 즉시 날개를 달아 진촌은 물론, 우리 헌병대장의 귀에까지 들어가지 않을 수 없었다.

한편 그것을 미리 예측한 양복점 주인은 아무래도 헌병대에서 누가 와도 올 것이라는 것을 알고 얼른 물개의 해구신만 잘라 육회를 해 먹었는데 불행하게도 육회를 너무 빨리 먹었던 나머지 급체를 만나게 되었고 병세가 심해지자 할 수 없이 동네 언덕에 우뚝 선 가톨릭 병원에 입원을 하지 않을 수 없었다고 했다.

그리고 그 후일의 이야기는 동네 아낙들이 그 양복점 주인의 마님더러 요즘 남편이 잘 해주느냐고 넌지시 물으면 물을 때마다 말은 하지 않고 그저 생글거리기만 하는 것이 아무래도 예전과는 달라 보인다고들 쑥덕거린다고 했다.

그리고 또 다른 매우 오래된 물개 얘기로는 한날 사격장에서 어떤 대원이 물개 수놈 한 마리를 잡아 부대장에게 바쳤다.

부대장은 그것으로 높은 사람에게 상납을 하겠다는 생각으로 해구신만을 잘라 말리기로 작정을 했다.

곰곰이 생각을 해 보던 부대장은 해구신을 가장 안전하고 확실하게 말리는 것은 뭐니 뭐니 해도 부대기를 달아 놓는 게양대가 최고라 여기고 병사들을 시켜 매일 아침 부대기의 게양대 줄에 사람의 손이 닿지 않을 정도 높이에 매달아 두고 저녁에는 달아 두었던 해구신을 다시 내려 제자리에 잘 보관해 두도록 명령을 했다.

하루는 부대 본부에서 근무하던 강 중위가 태극기를 하강할 때 차렷 자세를 하고 경례를 하고 있었는데 무심코 그 옆의 부대기 아래쪽에 무엇이 달려 있는 것을 발견했다.

그는 곧 국기 하강을 했던 대원들을 찾아가 물어보았는데 한 대원이 정력에는 왕이라는데 그것도 모르시냐고 비아냥거려 강 중위는 몹시 기분이 상했고 결국은 그것이 그로 하여금 더욱 해구신에 대해 몰두를 하게 만들었던 것이다.

"옳거니, 이 기회에 얼마나 효험이 있는 물건인지 내가 한번 시험을 해 보아야지!"

강 중위가 야심을 품은 며칠 후, 말리던 그 해구신이 감쪽같이 사라진 것은 두말할 것도 없었고 그로 인해 부대 전체가 비상이 걸리다시피 발칵 뒤집혔던 것은 또한 해병대 출신이면 누구나가 눈을 감고 있어도 비디오로 보인다.

그 일이 있은 며칠 후 결국은 강 중위가 스스로 자수를 했다는데 해병대에서의 그 뒷얘기는 각자의 상상에 맡긴다는 것이 그때까지 이어져 오던 선배들의 말이다.

백 해삼 얘기와 독나방 얘기

1967년 초여름의 어느 날, 드디어 백령 중대는 6·25 때 선배들이 악전고투의 흔적으로 남긴 난민 수용소 타입의 막사를 버리고 관창 고개를 훨씬 넘어 공군 부대 가까운 신화동에 새 막사를 지어 이동을 했다.

그곳은 지나가는 차나 민간인도 바로 내려다보이지 않는 외딴 산 중턱이었지만 시야가 멀리까지 트인 곳이라 매우 기분이 좋았다.

또 진촌 시절처럼 바닷가 게 떼들의 간식거리는 없어도 바로 언덕 넘어는 아무도 손댄 흔적이 없는 고사리의 군락지가 있어 그것을 삶아 소금을 뿌려 먹는 것도 심심찮은 간식거리였다.

화창한 어느 초여름이었다.

장교 숙소의 바깥에서 큰 소리로 떠들고 있는 어떤 여자 소리가 들려 깜짝 놀랐다.

어떤 민간인이 부대 내에까지 들어와 저러나 싶어 바로 뛰어나가 보니 민간인 출입 엄금이라는 팻말만 세워 놓고 철조망이 아직 없는 부대 서쪽으로 해삼을 팔러 올라왔던 어떤 아주머니의 분노한 목소리였다.

내용인즉슨 산삼이나 진배없는 백 해삼을 사라고 했더니 어떤 하사관이 냉큼 그것을 삼켜 놓고는 겨우 보통 해삼의 가격을 쳐서 받아가라고 떼를 쓴다고 했다.

나는 정작 떼 쓰는 사람이 해삼 장수인지 아니면 우리 하사관인지 도무지 판단하기가 힘들었다.

아주머니는 산에는 산삼이고 바다에는 해삼인데 더구나 백 해삼은 몇백 년 묵은 산삼이나 다름이 없다는 어처구니없는 그런 생떼였고 이미 백 해삼을 집어 삼킨 우리 하사관의 주장은 해삼이 돌연변이를 했던 것인데 보통 해삼과 다를 바가 무엇이냐는 것이 아주머니가 주장하는 하사관의 생떼였다.

나는 실로 난처했다.

백 해삼 편을 들자니 사기 당하는 기분이고 먹은 사람 편을 들자니 그래도 너무한 것 같고, 그래서 나는 우선 아주머니를 냉정하게 대할 필요가 있다고 판단해 평소 소리가 큰 내 목청을 더욱 높여 부대를 무단 침입했다는 것을 구실로 아주머니를 호되게 몰아붙이자는 작전을 세웠다.

나는 잠시 두 사람이 잠잠해졌을 때의 틈을 노려 내 나름대로의 재판을 큰 목소리로 하기 시작했다.

"아줌마! 아이들이라고 모두가 같은 것이 아니고 어쩌다 이상한 아이가 태어나는 수가 더러 있잖소? 백 해삼도 그런 것이오. 그라고 더 큰 문제는 백 해삼의 문제가 아니라 아줌마가 우리 부대를 허가 없이 침입을 한 것이오! 그렇지 않아도 간첩 때문에 우리가 비상이 걸린 상탠데 아무래도 아줌마는 방첩대(지금의 기무사)로 넘겨야 할 것 같소."

단호한 내 말에 아주머니는 당장 어쩔 줄을 몰라 했다.

"아줌마, 그럼 내가 시키는 대로 하시오. 이미 먹은 백 해삼은 하사관이 조금 더 얹어 주는 대로 값을 받고 대신 아주머니가 가지고 온 해삼 전부를 우리 장교들이 돈을 모아 팔아주면 되지 않겠소?"

아주머니는 금방 안색을 변하더니

"네, 그렇게 해주면 고맙지요" 하고는 미소를 띠었다.

결국 우리 장교들이 사주게 된 해삼은 큰 바케쓰에 가득 찰 정도였고 그 날 그것을 특히 많이 먹은 나는 내 평생 그렇게 심한 설사를 만나 본 적이 없었다.
그 당시 머구리배들이 남쪽으로부터 올라와 백령도에서 몇 달간씩 상주를 하며 해삼을 채취하는 수가 많았다.
해녀들과 보통 2개월간의 계약을 하여 해삼을 잡고 있었는데도 거의 대부분을 육지로 싣고 나갔기 때문에 사실은 백령도에서도 해삼이 그렇게 흔했던 해산물은 아니었다.

그리고 부대를 이동한 후의 첫 여름은 우리로 하여금 너무 끔찍한 경험을 하게 했다.

백령도에서 이런 일이 있기 몇 해 전 서울에서도 가로수에 독나방이 퍼져 야단법석을 떨었던 적이 있었는데 하필이면 우리 부대의 보초병들이 밤새 불을 보고 날아온 독나방들에 의해 맨 먼저 그 피해를 입었던 것이다.

나방의 아주 미세하고 칼날 같은 털이 얼굴에 묻게 되면 가려움증은 물론 당장 피부가 부풀어 올라 사람을 식별하지 못할 정도로 얼굴을 일그러지게 했다.

결국은 전 중대원이 눈에는 보이지 않으면서 바람에 떠다니는 독나방의 가루에 피해를 입었고 내 경우는 목과 허리 그리고 옆구리가 부어오르기 시작했다. 긁으면 긁을수록 심했으나 피가 나도 계속 긁지 않으면 참을 수가 없을 뿐 아니라 괜스레 서 있다가도 목이 따끔하는가 싶으면 이미 가루가 바람을 타고 내 피부에 붙었다는 신호가 되었다.

이것을 없애기 위해 즉시 물로 닦아 낸다고 해도 이미 칼날 같은 가루가 피부에 꽂힌 뒤라 당장 벌겋게 부어오르기 시작했는데 처음에는 그야말로 속수무책이었다.

물론 의무대에서 보내주는 연고가 있었지마는 그것으로는 단시일에 거의 효과를 보기가 어려웠고 즉시 효과를 보는 묘수는 어떤 해병이 알아낸 것처럼 수건에 물을 적신 후 굵은 소금을 찍어 피가 나도록 환부에다 대고 문지르는 방법이었다.

물론 나중에는 피딱지가 앉지만 결국 그것이 떨어지고 나면 일단은 나은 것이 되었다.

소대장들은 옷을 벗고 전령들로 하여금 물로 축인 수건에 소금을 묻히게 하여 상처마다 마찰을 시켰는데 그 시원한 기분은 이루 말할 수 없었고 우리끼리의 말로는 너무 시원한 나머지 황홀한 기분까지도 느낀다는 표현을 했다.

공돌과 야구 시합 그리고 관창 소주

요즈음 백령도의 자랑거리 중 하나가 콩 돌로 되어 있다.

그러나 내 기억으로는 연하리의 콩 돌이 아니라 공돌(구석)이 더 기억에 남는다. 지금은 없어졌는지 몰라도 공돌은 마치 누가 기계로 만들어 놓은 듯 그야말로 공처럼 거의 완벽하게 둥근 모양을 한 차돌이었는데 그 크기가 야구공보다는 약간 크고 소프트볼의 크기보다는 약간 작은 것이었다.

처음부터 진해의 충무공 동상 아래 장식으로 깔아 놓았던 돌이 우리가 이름 지어 붙였던 바로 그 공돌이었는데 사람들이 가끔씩 슬쩍슬쩍 주워 가는 통에 그것을 보충하려면 몇 년에 한 번 정도는 대원들이 다시 작업을 해 수송선 편으로 보내주지 않으면 안 되는 실정이었다.

그런데 그것들을 막상 해변으로부터 모아 놓고 보면 그 무게가 얼마나 무거웠던지 가마니에 삼분의 일 정도만 담아 옮겨야지 그렇지 않으면 우선은 가마니 아랫부분이 터져나가 매우 작업이 난처했다.

한때는 부대 본부 연병장에서 야구 시합이 축구 시합보다는 더 많이 열린 적이 있었다.

특히 미군들과의 시합은 매우 인상적이었는데 우리 팀에는 한때 전국을 휩쓴 동대문 상고의 쌍둥이 피처 중 한 명이 와 있어 매우 든든했고 나도 삼루수나 유격수를 보면서 시합에 일조를 했다.

미군 선수들 중 매우 인상적이었던 선수는 일루수를 보는 덩치 큰 흑인이었는데 어디서 그렇게 큰 한국제 흰 고무신을 구했는지 시합 때면 항상 그 흰 고무신을 신고 나타났고 하도 힘이 좋아 공이 슬쩍 방망이에 맞았는가 싶으면 흔히 홈런이거나 삼루타였다.

그리고 미군들이 던지는 공의 속도는 우리가 던지는 속도와는 매우 큰 차이가 있었는데 말하자면 슬쩍 던지는 것 같아도 실제로는 과장된 표현으로 총알처럼 그 속도가 빨랐다.

하기야 요즈음 우리 선수들이 미국에 야구 선수로 팔려 가면 맨 먼저 공의 속도가 몸에 익지 않아 공 받는 연습부터 한다고 하여 나는 실감이 나는 얘기로 받아들이고 있다.

아무튼 미군들은 우리가 이기면 먹다 남은 맥주나 도구들을 냉큼 챙겨 달아나고 만약 자기들이 이기면 남은 맥주를 몽땅 주고 가는 버릇이 있어 야속한 녀석들이라고 우리가 깔깔대기도 했다.

또 다른 얘기로는 "배를 타는 해군일 경우 소위 때 백령도에서 먹은 술값을 함장이 되어서 갚는다."라는 말이 있었다.

그만큼 예전에는 특히 해군 장교들을 믿고 인심도 후했다는 말이 전해 내려오고 있었다.

이곳에서 만드는 관창 소주는 우선 달달해 매우 삼키기는 좋았지만 그렇다고 육지의 소주 마시듯 했다가는 큰 낭패를 보는 수가 많았다.

원래 관창 고개 부근에서 만드는 소주는 뱃사람들이 많이 마시는 소주로 알고 있었는데 나는 그 소주보다는 그 양조장이 궁금했다.

내가 백령도에 있으면서 제일 궁금했던 건물 두 개 중 하나가 바로 관창 고개를 넘기 전 멀리 바라보이던 바로 그 양조장이었다.

물론 다른 하나의 건물은 진촌에서 부두로 막 나가는 길 왼편 안쪽에 있었던 콘크리트 건물이었으나 결국 그것은 대북 작전을 하는 기밀 부대라는 것을 알아냈지만 왜 관창 소주를 만든다는 그 건물은 한국에서 보기 힘든 형태의 독특한 초가로 되어 있었을까? 하는 것이었다.

만약 내가 그 양조장에 갈 기회라도 있었더라면 내용을 알 수가 있었겠지만 자주 멀리서 바라보고만 다녔기 때문에 지금까지도 기억으로 남는 것이 아닌가 하는 생각이 든다. 말하자면 보통의 초가라면 벽이 보여야 할 텐데도 여러 채로 모여 있는 그 양조장의 형태는 아예 지붕 끝에서부터 땅바닥까지 모두 짚으로 씌워 놓은 데다 다른 집들도 없고 사람도 전연 보이지 않는 먼 외딴 곳에 있어 그 위치마저도 어떤 신기함을 자아내게 했던 것이다.

그리고 내가 눈이 많이 오던 어느 날, 내무반에서 분대장들과 관창 소주를 마시다 쓰러졌던 일이 있었다.

소변이 마려워 바깥으로 나와 소변을 보았던 것인데 그만 도중에 정신을 잃고 쓰러졌던 모양이었다.

같이 소주를 마시던 분대장들은 내가 숙소로 갔거니 생각을 했고 나는 그대로 눈을 맞고 누웠다 그만 눈 속에 파묻힌 채 잠이 들고 말았던 것이다.

눈이 쌓이고 또 쌓여 불룩한 눈더미가 되었을 때 순찰을 돌던 분대장들이 이상히 여기고 발길로 차 보다 결국 그 속에 파묻혀 자고 있던 나를 발견했던 일이 있었다.

물론 그 후로 나는 관창 소주라면 항상 노 땡큐로 일관했지만 내가 다행스럽게 생각한 것은 눈보라가 치는 추운 겨울밤이면 순찰 돌기가 힘들어져 보통은 땅바닥까지 관심을 보일 여유가 없는데도 이날은 어떻게 된 일인지 순찰을 하던 분대장들의 눈에 띄게 되었다니 이때 벌써 내 목숨도 쉽게 죽을 목숨은 아니라는 것을 보여주었던 것 같다.

특명

나는 부대장에게 이미 한 번 찍힌 몸이 되었다.

백령 중대가 마악 진촌에서 공군 부대 옆으로 이동을 한 후였는데 내 소대의 한 대원이 외출을 나갔다가 오후 늦게 귀대를 하기 위해 진촌에서 공군 스리쿼터를 얻어 타려다 그만 공군 하사관과 사소한 시비가 벌어졌다.

마치 아이 싸움이 어른 싸움이 되듯 주위에 있던 군인들이 간여를 하던 끝에 결국은 해병대 헌병 하사관이 그만 공군 준위의 다리를 권총으로 쏜 사건이 발생하고 말았다.

그 당시에도 만약 이것이 육지에서 일어난 사건이라고 했다면 엄청난 사회적 파장을 몰고 올 수 있는 뉴스였으나 다행히 조그마한 섬에다 통제가 용이해서인지 무사히 양군간의 합의로 덮어 버릴 수가 있었다.

나는 어디까지나 우리 소대원이 먼저 사고의 원인을 제공했다는 죄로 그 일이 있은 후로부터는 절대로 부대장의 눈에 띄지 않도록 하기 위해 매우 애를 쓰고 있었는데 가을이 매우 깊어가던 어느 날, 뜻밖에도 나는 부대장의 부르심을 받고 말았다.

나는 떨리는 가슴으로 먼저 인사 장교에게 왜 부르시는지부터 알아보아야겠다는 생각으로 전화를 했더니 인사 장교는 부드러운 말투로 그저 특명이 있을 것이라는 말만 하고 그 내용은 자기도 모른다고 시치미를 뗐다.

부대장실로 찾아간 나는 뜻밖에도 월남전에 투입될 대원 185명을 인솔해 포항까지 가 무사히 인계를 하고 오라는 명령이었다.

부대장실을 나온 나는 사실상 자신 반 걱정 반의 입장에 서 있었다.

당시 도서 부대 대원들 중에는 매우 거칠거나 기합이 빠진 대원들이 많았다. 특히 위험한 전쟁터로 예기치 않게 자신이 차출된다고 가정을 해 본다면 그 반응이 예사롭지가 않을 것으로 추측되었기 때문이었다.

물론 내가 소속된 백령 중대 대원들이라면 모두가 내 자신이 가끔씩 예측 불가능한 성격을 가진다는 것을 알고 있기 때문에 별로 어려울 것이 없겠지만 항포에 뿔뿔이 흩어져 있던 중화기 중대 대원들이나 특히 멀리 떨어진 연평도 대원들이야말로, 내가 어떤 사람인지를 모르기 때문에 어떤 반응을 일으킬지가 특히 의문이었다.

중대에 함께 소대장을 하고 있던 동기생들은

"이봐, 또 혹시 포항에 가서 총원 185명 현재원 무! 하고 보고하는 거 아니야?"라는 말을 해 놓고는 모두가 깔깔대고 웃는가 하면 "야, 부대장이 도서 부대에서 최고 악질 소대장이 누구냐고 인사 장교한테 물었대." 하고는 또 깔깔대곤 했다.

　백령도를 떠나는 당일 부대장에게 보고를 마친 후 우리는 해군에서 준비한 LSM 수송선을 타기 위해 부두로 이동을 했다.
　먼저 조그마한 BU를 타고 나가 LSM에 오르게 되었는데 항해를 하면서 먹을 김밥과 계속 이동을 하면서 먹을 식량 가마니들을 BU에 옮겨야 했는데도 아무도 도와주는 사람이 없었을 뿐 아니라 어떤 녀석은 김밥을 넣은 상자를 발로 걷어차 버리고 지나가기도 했다.
　밤새 어떤 환송 파티를 했는지 대원들 거의는 심한 술 냄새를 풍기고 있었고 나는 화가 나 내심 김밥이나 식량을 싣지 않으면 모두 굶길 참이었다.
　싣고 가야 할 짐은 마침 중대 본부에서 나온 대원들이 대신 옮겨다 주는 덕분으로 간신히 LSM에 실을 수가 있었으나 나는 출발부터가 이러니 앞으로의 일이 더욱 난감하게 여겨지지 않을 수 없었다.
　그러나 내가 운이 좋아서 그런지 마침 LSM에는 정보 장교인 유 중위가 포항으로 출장을 가는 중이었고 과거 백령도에서 근무를 했던 조 준위도 백령도에 잠시 들렀다 다시 포항으로 되돌아가는 길이라 185명 중에 낀 고참 하사관 한 명과 더불어 네 사람이 모두 힘을 합칠 수 있었다.
　일단 배에 오르면 인원에 문제가 생길 수는 없는 것이었으나 밤중에 인천에 내려 하룻밤을 파견대에서 자면서부터가 제일 문제였다.
　그리고 다음으로는 파견대에서 동인천역까지의 트럭 이동 다음은 동인천역에서 용산역까지의 열차 이동 다음은 용산역에서 30분간 지체를 한 후 포항역까지의 열차 이동 그리고 마지막으로는 포항역에서부터 제1상륙 사단까지의 트럭 이동이 끝나야 비로소 내 임무가 모두 끝이 나 구간

구간이 모두 살얼음같이 느껴졌다.

나는 배에 오른 후로는 대원들에 대해 아무 간섭이나 심지어는 인원 점검도 하지 않았다.

다만 연평도에 도착해서는 하선망 그물을 내려 대원들을 태웠고 또 일단은 대원들의 수가 보고받은 인원수와 맞는지를 확인해야 했기 때문에 잠시 인원 파악을 했을 뿐이었다.

연평 중대 대원들은 같은 도서 부대 소속이지만 백령도에 있는 백령 중대나 중화기 중대 대원들에게 촌놈 소리를 듣지 않기 위해서라도 먼저 기선을 잡아야겠다는 생각으로 배에 오르자마자 부산하게 목소리를 높여가며 이곳저곳으로 배 안을 돌아다녔다.

그러나 그동안 간밤에 먹었던 술로 쓰린 속을 안고 몇 시간 동안이나 배를 타고 온 데다 먹을 것이라고는 굳어 있는 김밥밖에는 없어 우선은 그저 추운 한기를 없애느라 배 안의 더운 열기가 조금이라도 있는 파이프가 있는 곳이면 몸을 웅크리고 처박혀 있다시피 한 백령도 대원들의 모습을 본 연평도 대원들은 얼마 후에는 그만 제풀에 꺾여 조용해지고 말았다.

우리는 무려 열네 시간 만에 인천항이 보이는 곳까지 다가 갈 수가 있었고 나는 지금부터가 문제라고 생각을 하고 모두 집합을 시켰다.

그러나 집합은 그렇게 용이하지 않았다. 아까 말한 것처럼 배 안의 모든 구석이라고 생각되는 곳에는 마치 구겨 놓은 박스처럼 모두가 몸을 처박히다시피 하고는 눈을 감고 자거나 꼼짝을 않고 쉬고 있었기 때문이었다.

나는 해군 장교로부터 곤봉을 하나 빌려 집합이라고 큰 소리를 내면서 눈에 보이는 대원마다 정신없이 쑤셔대며 배 안을 샅샅이 뒤지고 다녔다.

배의 갑판을 가로지르며 걸쳐져 있는 브리지는 매우 높은 편이었다. 나는 아래를 내려다보며 우선은 가슴을 펴고 바로 서서 열을 바로 맞출 수 있도록 계속 일어섰다 앉았다 헤쳤다 모여라를 반복시키면서 육체적으로 열기를 느끼게 하는 한편 정신을 바로 차리도록 했다. 그리고 나서는 그러잖아도 큰 목소리에 나는 목청을 돋우어 가며 매우 엄한 모습을 보이면서 어떤 일이 있더라도 끝까지 모두 해병대 정신을 발휘해야 한다는 일장 훈시를 했다.

일단 무사히 인천 파견대의 막사까지 도착을 시킨 나는 잠시 헤어져 내일 아침 용산역에서 다시 만나기로 한 유 중위와 조 준위, 그리고 외출을 했다 역시 용산역으로 가겠다는 고참 하사관을 잃고는 매우 쓸쓸함을 느끼며 하사관 한 명을 뺀 184명과의 대결에 들어서지 않을 수 없었다.

저녁 식사를 마치게 한 후 나는 대원들을 모두 집합시켜 양팔 간격으로 벌리게 했다. 조금이라도 더 가까이에 대원들이 운집을 하면 단결할 때는 효과가 있을지 몰라도 지금 형편으로는 거리를 많이 두게 하여 오히려 각자의 책임을 느끼게 하는 것이 더 낫겠다고 생각을 했기 때문이었다.

나는 기합이 번쩍 들어 있는 해병대 소대장답게 악을 쓰는 목소리로 먼저 외출 금지와 음주 금지의 선포를 한 후 만약 명령을 어길 시에는 추호의 용서가 없을 것이라는 말을 매우 크게 강조를 했다.

밤이 깊어질수록 각 내무반에서 새어 나오는 소리는 매우 거칠었다. 많은 대원들이 담을 넘어 바깥으로 나갔다 들어오는 것도 알 수 있었고 이미 술이 거나하게 된 대원도 있다는 사실도 알았다.

나는 10시가 가까워지자 너무 시끄럽게 난장판이 된 듯한 내무실을 골라 불시에 문을 열었다.

한 대원이 이미 눈치를 알아차렸는지 얼굴은 나를 향하지 않고 뒤돌아 선 채 한쪽 손에는 소주병을 들고 한쪽 손은 주먹을 쥔 채 한가운데 서서 마치 내가 들으라는 듯

"야, 내가 이래도 부산 초량에서 놀았다면 놀았던 놈인데 어떤 놈이 나를 건드려. 응?"

하고는 들고 있던 소주병을 어디에다 집어 던지려는 동작을 막 하려다 아무 말 없이 자기 뒤로 다가가 가만히 응시하고 있던 내가 아무래도 궁금했는지 아니면 그래 놓고도 내가 반응이 없자 멋쩍었는지 힐끗 나를 뒤돌아다보았다.

조용히 있던 나는 그를 무시한 채 인상을 잔뜩 찌푸리고 고함을 쳤다.
"집합! 모두 3분 내 연병장에 집합!" 하고는 호루라기를 계속 불어대며 모두가 움직이도록 하는 한편 계속해 여러 내무실의 문을 열어젖혀 가며 돌아다녔다.

대원들은 내가 이미 배가 인천항에 바로 입항하기 전 선상에서부터 기선을 제압했던 터라 동작이 매우 빨라져 있었다.

"양팔 간격으로 좌우로 나란히!"
"줄이 왜 틀려? 바로! 다시 좌우로 나란히! 바로! 번호!"

개중에는 지금 막 담을 뛰어넘어 급히 들어오는 대원들도 있었다.
인원 점검을 해 보니 그래도 다섯 명이나 비었다.
말하자면 때려 부수거나 대원끼리 서로 싸움을 하는 것은 상관이 없지만 술을 마시고 지휘자에게 엉기거나 명령에 따르지 않고 도망을 가는 경우가 생기면 문제가 크게 되는 것이었다.
실은 1년 전에도 월남전에 참전할 지원 병력이 모자라 도서 부대로부터 적은 인원이었지만 차출을 해 갔는데 그 당시 백령 중대에서는 어떤 대원이 술을 마시고 실탄을 장전해 소대장에게 왜 내가 가야 하느냐고 대들었던 일이 있었다는 얘기를 한 대원으로부터 잠시 들었던 적이 있어 나는 언제 어느 때 무슨 일이 벌어질지를 몰라 결코 마음을 놓을 수 없었다.

그래도 나는 담을 넘어간 대원들이 열두 시 이전에는 돌아오리라 기대를 하며 우선은 군기를 잡아야 앞으로도 통솔하기 쉽고 미귀자도 막을 수 있을 것이라는 판단을 했다.

"미리 얘기한다. 술을 먹은 사람은 자진해서 나와! 만약 나중에 발각되는 사람이 있을 때는 그냥 두지 않겠다!"

스무 명 정도의 자진 신고자가 나왔다.
나는 그들로 하여금 쪼그려 뛰기를 30회씩 하도록 한 후 모두 제자리로 들어가게 한 다음 다시

"기회를 한 번만 더 준다. 이것이 마지막이다. 술을 먹은 사람은 자진해서 앞으로 나와!"

안 되겠다 싶었는지 또다시 다섯 명의 대원들이 나와 그들은 쪼그려 뛰기를 50회씩이나 하고 들어갔다.

"이제부터는 직접 검사를 한다."

나는 대원들이 부동자세로 서 있는 곳에 정면으로 다가가 한 명 한 명씩

입김을 불도록 했다. 그것은 요령만 있으면 피할 수 있다는 생각을 버리게 하기 위함이었다.

무슨 생각을 했던지 술 냄새가 풍기는데도 숨기고 있던 다섯 명의 대원들이 적발되었다. 그들은 쪼그려 뛰기를 60회를 시켰고 하다 넘어지기를 각자가 여러 번 한 후에야 겨우 마쳤다.

해병대에서의 기합은 으레 있는 범칙의 대가다.

장교들도 간부 후보생 시절은 늘 쪼그려 뛰기에 빠따를 맞아 엉덩이에는 피멍을 달고 살았다.

못해도 때리고 잘해도 전우를 두고 자기만 챙긴다고 때린다. 물론 듣고 보면 모두가 그럴듯한 이유지만 맞는 사람은 그 이유보다는 잠시 동안의 극기 훈련쯤으로 여기고 지나가는 것이 해병대였다.

나는 밤공기도 어슬한데다 밤이 깊어지고 있어 대원들이 피곤할수록 앞으로의 이동에도 차질이 더 생기지 않을 것으로 믿고 밤 10시쯤 시작했던 특별 훈련을 새벽 1시 반쯤에야 끝을 냈다.

그러나 아직도 세 명의 대원은 돌아오지를 않았고 새벽이 되어서도 그리고 우리가 동인천역에서 열차를 타는 순간에도 보이지 않아 매우 애가 탔다.

용산역에 도착한 우리는 열차가 출발하기 전 30분이라는 여유를 가졌다.

그리고 어제 저녁 헤어졌던 유 중위도 조 준위도 고참 하사도 제시간에 나와 줘 다시 나와 함께 모이게 되었고 혹시나 했던 어젯밤 무단 이탈자들도 세 명 중 두 명이 돌아와 매우 기뻤다.

이제는 나머지 한 명만 더 돌아오면 만사가 일단은 끝이 나게 되므로 한결 마음에 여유가 생기는 한편 돌아오지 않은 나머지 한 대원에 대해서는 신상을 수소문했다.

 자기 부모는 서울 외곽에서 고아원을 하고 있고 그 대원은 평소 매우 착실한 편이라는 것을 알고는 설마 부모들이 도망병으로 만들지는 않겠지라는 작은 기대를 끝까지 버리지 않았다.

 기차가 출발하기 5분 전쯤 이제는 포기를 해야 하나 하고 자포자기를 하고 있었을 때 그 마지막의 한 대원이 헐레벌떡 열차를 타러 서둘러 오고 있는 것이 보였다.

 나는 안도의 숨을 몰아쉬면서 그 대원을 반겼다.

 "그래 와야지" 안경을 끼고 키가 작아 보이는 그 대원은 겁을 먹은 듯 아무 말도 하지 않았고 나는 반가운 마음에 고맙기까지 했다.

 185명 전원을 무사히 포항에 도착시킨 나는 통신대에 들어가 전화를 빌렸다. 당시 백령도는 케이블이 아니고 무선으로 한 구간을 통해 유선과 다시 접속을 해야 했기 때문에 평소에도 말이 잘 안 들리는 수가 많았지만 더구나 기상이 나쁘면 영 들리지 않는 수도 있었다.

 "부대장님, 무사히 185명 전원 사단에 인계했습니다."

 처음에는 전화가 윙윙거려 잘못 알아듣고 있었으나 반복해 내가 하는 얘기를 나중에서야 알아들은 부대장께서는 매우 기뻐하셨다.

 "응, 수고 많이 했어! 15일간 휴가를 줄 테니까 잘 쉬다 와."

 나는 생각지도 못했던 특별 휴가를 받았던 터라 뛸 듯이 기뻤다.
 그리고 내가 더욱 기뻤던 것은 우리가 가지고 갔던 식량인 쌀과 보리쌀

이 많이 남아 사단 근무 대대(보급 대대)에 인계를 하게 되었는데 백전노장인 조 준위가 친절하게도 그곳까지 나를 안내를 하고 근무 대대 상사들에게도 남은 식량을 돈으로 쳐서 수고를 많이 한 나에게 주라고 압력을 넣어 나는 기대도 안 했던 휴가비까지 챙겼던 것이다.

그러나 후일 나는 185명에 대한 생사를 확인할 수 있는 입장은 아니었으나 듣기로는 가슴 아프게도 그때 도서 부대 대원들 중에는 월남전에서 꽤 많은 사상자가 생겼다는 얘기를 들었다.

특히 내가 소대원으로 데리고 있던 나주가 고향인 나 해병이 한쪽 다리를 잃었다는 소식을 전해 듣고 나는 아직도 그것이 잘못된 소식이었으면 하는 생각은 물론 글을 쓰고 있는 지금도 눈시울이 뜨거워짐을 느낀다.

추억 속의 사람들

그 당시 도서 부대장을 하시던 황 대령께서는 나중에 장군이 되셨고 제대 후는 사업에 관여하시다 일찍 돌아가셨다는 소식을 들었다.

그리고 다른 한 분인 김 대령께서는 중앙정보부로 가셔서 근무를 하셨고 그 후 일찍 미국으로 이민을 떠나셨다고 들었다.

백령도에서 고참 수송 장교로 있던 최 대위 선배께서는 월남에서 내가 헌병대 수사과장으로 근무를 하고 있었을 때 포병 대대 수송관을 하고 있었는데 자기 대원들이 쓰레기장에서 부주의로 트럭 두 대를 몽땅 태워버린 일이 있어 헌병대에 그만 입건이 된 적이 있었다.

나는 조사관들에게 과실로 인한 행정 손실이 아니라 베트콩의 지뢰에 의한 전투 손실로 처리하라는 지시를 해 어려운 일을 모면할 수 있도록 선처를 해 드렸다.

내가 백령 중대 3소대장을 했을 때 선임 하사관을 했던 거제도 출신의 김 하사는 월남의 구정 공세에 밀려 모두 정신이 없었을 때 우연히 작전 중 서로 지나치다 만나 서로가 반가워했는데 그 뒤 소문으로는 교전 중 총을 맞아 한쪽 팔을 못 쓰게 되었다는 소식을 들었고 또 다른 분대장을 했던 경남 고성의 김 하사는 하반신을 모두 잃었다는 비보를 전해 들었다.

그러나 나는 지금까지도 그 소식들이 제발 오보이기를 바라는 마음 간절하기 그지없다.

중화기 중대의 박 중위는 월남에서 숙명적인 자신의 마지막 작전을 나가기 바로 직전 우연히 나와 만나 서로 얼싸안고 반가워했었는데 그는 그 길로 소대장의 소임을 다하고 전사를 하고 말았다.

나는 여태껏 해병대에서 근무를 하면서 그렇게 모범적인 위관 장교를 본 적이 별로 없을 정도로 그는 반듯하고 훌륭한 장교였다.

서울대 법대를 나온 젠틀맨 유 대위 선배께서도 훌륭한 장교로 우리들에게 많은 영향을 준 사람으로 기억되며 사회생활에서도 매우 중후한 멋을 계속 발휘하고 있다는 소식을 듣고 있다.

내 동기생인 사격 교육 대장 김 중위는 제대 후 행정 고시에 합격하여 인천, 부산 등지의 항만청장을 지냈고 연평도에 떨어져 있었던 동기생 김 중위 또한 얼마 전 경찰 서장을 끝으로 정년퇴임을 했다는 소식을 들었다.

웃으면 눈이 없다시피 했던 진해가 고향인 의리의 사나이 김 소위 그리고 그가 대령 때 전화를 한번 주었던 상남이 고향인 임 소위는 물론 서천의 명사인 김 소위 등 그 외 많은 특출한 개성의 선후배들과 깡패라는 별명을 가졌던 군 신부님까지도 생각이 나며 특히 민간인으로서는 내가 부식 검수관을 잠시 했을 때 만났던 온화하신 양조장 사장님과 부식 납품을 하시던 조 사장님 그리고 6·25 때 특수 부대인 켈로 부대에 있었다는 또 다른 부식업체의 노 사장님도 지금까지 기억에 남는다.

 물론 지금쯤 모두 할머니들이 되었겠지만 처음 동기생들이 백령도에 도착해 함께 저녁을 먹었던 포구 마을 초가집 식당의 거인 언니와 양조장집의 따님 그리고 우체국에 근무했던 그의 친구도 어렴풋이나마 기억되고 있다.

Chapter 4. 뒤돌아보며

그날은 너무 슬펐다

주간에 함께 작전을 나갔던 3소대가 오늘은 야간에도 매복을 나가야 하는 차례였기 때문에 1소대를 지휘하는 나로서는 무척 다행이라는 생각을 했다.

그리고 나는 2소대를 지휘하는 김 중위도 모르긴 해도 역시 나처럼 다행이라는 생각을 하고 있으리라 짐작을 했다.

더욱이 오늘의 주간 작전은 여느 때와는 달리 본의 아니게 민간인들의 피해가 있는 것을 직접 우리 눈으로 보았기 때문에 몸보다는 마음이 지쳐 더 그런 생각을 하고 있는지도 몰랐다.

나는 샤워를 마친 후 나와 내 전령이 함께 쓰는 벙커 안에 누구의 것인지는 몰라도 반쯤 마시다 남은 양주병이 내가 1소대를 맡고부터 계속 뒹굴고 있던 것이 생각났다.

나는 모래주머니를 포개 쌓아 놓은 벙커의 벽에 몸을 기대고 전령에게 그 양주를 찾아오게 한 후 바로 병에다 입을 대고는 꼴깍꼴깍 모두 나팔을 불어 버리고 말았다.

샤워로 겨우 땀과 열기를 가라앉혔던 몸이 순식간에 다시 달아올랐다.

나는 한낮 땡볕 속에서 작전을 했던 그리 멀지 않은 곳을 내가 있는 고지로부터 내려다보면서 멍한 기분에 사로잡혔다.

어쩌면 그 착잡했던 일들을 생각하기 싫어 그저 그렇게 아무런 생각 없이 그저 눈만 껌벅이고 있었는지도 몰랐다.

잠시 후에는 저녁을 챙긴 전령이 내 앞에 오더니 석고처럼 서 있는 나를 잠시 쳐다보고는 평소 맥주도 마다하던 사람이 술까지 마시고 왜 저럴까 싶어서인지 의아스러운 표정을 지으며 조심스레 목소리를 낮추어 말을 했다.

"소대장님, 식사 준비됐습니다."

나는 그제야 정신을 가다듬고 "응" 하고는 벙커의 출입구로 몸을 돌렸다.

저녁을 챙긴 전령이 평소와는 다른 내 행동을 보고 이해할 수 없다는 듯 긴장을 하는 것도 사실은 무리가 아니었다.

그것도 그럴 것이 두 명의 전령 중 함께 작전을 나갔던 전령이 저녁을 챙겨 온 것이 아니라 진지를 지키고 있던 전령이 저녁을 챙겨 왔기 때문에 그는 아직은 작전 중에 일어났던 더 소상한 일들을 알 수 없었기 때문이었다.

 전령이 챙겨 온 작고 네모난 트레이 밥상을 보니 안남미로 지은 쌀밥에다 K-레이션의 멸치 볶음과 파래 무침 그리고 장교 부인회에서 담가 깡통으로 보냈다는 양배추 김치에다 C-레이션에서 꺼낸 치즈가 보였고 탄약통에다 물을 붓고 C-레이션의 스테이크와 역시 K-레이션의 멸치 볶음과 파래 무침을 같이 넣고 끓인 찌개는 따로였다.

 상이래야 사과 상자 같은 박스를 두어 개를 포개고는 그 위에 헌 담요를 씌워 놓은 것이었다.

 나는 먼저 마신 술이 있어 밥을 안주 삼아 먹기 시작했고 깡통에 든 양배추 김치가 내 입으로 들어올 때마다 나는 너무 시어 얼굴을 찡그렸다.

 잠시 후 나는 밥상은 물렸지만 술을 먹었는지 밥을 먹었는지를 모를 정도로 취기가 돌아 연신 땀을 흘리면서 2소대 쪽으로 갔다.

 우리 중대는 겨우 해발 5미터밖에 안 되는 조그만 사구로 된 산 정상에 자리를 잡았지만 그 주위가 모두 평지라 느끼기에는 매우 덩그런 곳에 자리를 잡고 있는 것처럼 여겨졌다.

 또 정문은 매우 가파른 편이었고 바로 2소대 일부가 그쪽을 맡고 있어 반대편인 북서쪽에 있는 나로서는 슬리퍼를 끌고 발가락 사이에 낀 끈이 떨어지지 않게 모래 위를 걸어간다는 것도 약간은 신경이 쓰였다.

 그리고 언젠가부터 정문과 2소대 사이의 가파른 길목에는 쓰러져 말라 있는 큰 고목 한 그루가 있었다.

 나는 그 고목을 계속 치우지 않고 마냥 두고 있는 것은 아마 정문과 2소대 사이가 너무 휑하니 직선으로 뚫려 있어 일부러 장애물로 두고 있는 것으로 알고 있었다.

 내가 고목에 도착해 손을 짚고 점프를 해 엉덩이를 받치고 두 다리를 달랑거리며 앉으니 벌써 2소대장이 나를 보고는 역시 고목을 향해 걸어오고 있는 것이 보였다.

우리 중대는 3개 전투 소대장은 물론 1년의 근무 기간을 거의 마치고 곧 귀국을 할 포 소대장까지 모두 네 명의 장교들이 해병 학교의 동기생들이었다.

2소대장인 김 중위는 키가 작아 내 손을 잡고 방금 고목 위로 올라와 내 옆에 역시 두 다리를 달랑거리며 앉았다.

그는 원래 신학 대학을 졸업한 장교로 임관 후 군목으로 바로 가야 하는데도 굳이 전투병과를 지원해 여기까지 온 동기생 중에서도 엘리트에 속하는 장교였다.

얼굴이 빨개져 있는 데다 술 냄새를 풍기는 내 얼굴을 빤히 쳐다본 그는 나에게 한마디를 던졌다.

"구 중위, 한잔했구먼."
"그래 너무 마음이 안 좋아."
"나도 그래."
"참, 김 중위, 네가 신학 대학을 나왔지… 내가 하나 물어 보자."
"자네 갑자기 왜 그러나?"
"아니 내가 술이 취해서 그러는 것이 아니고 진짜로 신이 있는 거야 없는 거야?"

김 중위는 대답을 하기 전 잠시 내 눈치를 살피다 이윽고 조심스럽게 대답을 했다.

"신은 있어."

"응, 신이 이미 죽은 것은 아니고?"

김 중위는 그 말에는 아무 대꾸도 하지 않았다.

"이봐! 신이 있다면 어떻게 인간이 인간에게 이렇게 서로 살육하는 이런 전쟁을 하도록 그냥 놔둔단 말이고?"
"이게 바로 하느님이 우리를 시험하는 거야."

이번에는 김 중위가 바로 대답을 했다.

"뭐, 시험? 니 시험이라 켔나?"

말을 하고보니 내 음성이 약간 높아지는 것이 느껴졌다.

"응, 그래. 하느님이 우리 인간을 시험하는 거지."
"이 봐라. 그라모 하느님은 너무 잔인한 거 아이가? 우째 어린아이들까지 그렇게 잔인하게 시험을 하노? 지난번에 우리가 작전을 나갔을 때 여섯 살쯤 먹은 여자아이가, 세 살쯤 먹은 자기 남동생에게 C-레이션 하나 주라고 졸라대던 그 아이들이 오늘 죽었다 말이다."

김 중위는 아무 대꾸가 없었다.

"혹시 하느님이라 카는 거는 우리 연약한 인간의 마음속 깊이 기생하는 기생충은 같은 존재는 아이가?"

"하느님의 존재는 결코 그런 것이 아니야."

김 중위의 단호한 얘기가 마악 끝이 나자 바로 "쾅~~" 하는 폭발음이 중대 내 어디선가 들렸다. 우리 두 사람은 얼른 고목에서 뛰어내려 각자의 위치로 슬리퍼도 벗은 채 마구 달렸다.

벌써 어둠은 깔려 있었고 "각자 정위치! 정위치!" 하는 소리가 사방에서 들려왔다.

나는 신발을 챙길 사이도 없이 통신병이 쥐여주는 무전기를 귀에다 갖다 댔다. 화기 소대장의 다급한 목소리였다.

"3소대 앞 숲에서 로켓포가 날아왔어. 3소대만 응사. 나머지 소대는 아직 응사하지 마라. 오버."

"잘 알았음. 오버."

"빌어먹을 3소대 병력은 대부분 야간 매복을 나갔는데 하필이면 그쪽 소대 앞에서 지랄이야. 이 개새끼들."

나는 짜증스럽다는 듯, 한마디를 뱉은 후 그때서야 신발을 챙겨 신고 무장을 했다.

3소대는 야간 매복의 병력은 빠졌어도 다른 소대처럼 고정 배치된 화기 소대의 경기관총 2문이 버티고 있고 또 다른 소대에서 차출된 소총수들이 이미 보충되어 있기 때문에 크게 염려스러운 것은 아니었으나 우선 소대장과 분대장들이 매복을 나가고 없다는 것이 좀 신경이 쓰이는 부분이었다.

길지는 않았으나 예광탄의 꼬리를 달고 난사되는 경기관총의 소리와

M16의 소총 소리는 잠시 요란을 떨었다.

그러나 마음을 놓지 못하는 것은 적들이 저러다 마는 것처럼 보이다가는 불시에 대병력을 투입하는 경우가 있었다는 것을 들었기 때문에 우리는 더욱 긴장하지 않을 수 없었고 특히 내가 지휘하는 1소대는 적들이 은거하는 지역과 낮은 절벽을 경계로 서로 마주하고 있었기 때문에 항시 마음을 놓을 수 없었다.

나는 곧 분대장들을 불러 늘 이러다 양동 작전을 하는 수가 있으니 이런 상황이 벌어지면 곧 우리 정면에 적들이 닥칠 것이라는 예상을 하고 더욱 철저한 경계를 하지 않으면 안 된다는 말을 했다.

이윽고 상황은 끝이 난 것 같았고 나는 내심 오늘 밤도 가끔씩 집적여 보고 달아나는 적들의 쇼가 싱겁게 막을 내린 것으로 여기고 싶었다.

그러나 밤이 좀 더 깊어지자 마이크로 서툰 한국말이 퍼져 나왔다.

이번에는 우리 1소대 전방에다 마이크를 걸어 놓은 것 같았다. 심심하면 가끔씩 하는 수작에다 너무 서툰 한국말이라 정신을 집중시키지 않으면 어느 나라 말인지조차 알기가 힘든 지경이었다.

이럴 때면 으레 포 소대의 60밀리 박격포가 책임을 진다.

한동안 박격포가 날아가고 나면 마치 수순이라도 되는 것처럼 일단은 모든 상황이 끝이 나고 오로지 멀리서 들려오는 스쿠퍼 기의 공중에서 아래를 향해 쏘는 기관총 소리와 조명탄이 뜨는 불빛 외는 신경을 곤두세우게 하는 것은 거의 없었다.

그러나 심리전이나 게릴라전이라는 것은 이렇게 우리들로 하여금 쉽게 생각을 하도록 길을 들여 놓고는 일시에 대병력으로 공격하는 것이기 때문에 항상 마음을 놓을 수가 없는 것이 부담스러웠다.

약자가 강자에게 이기는 길은 오로지 심리전과 기습을 하는 것이기 때문에 더구나 전선 없는 전쟁의 어려움이 어쩌면 더 큰 것인지도 몰랐다.

나는 잠자리에 들어서도 낮에 있었던 일이 다시 머리에 떠올랐다.

우리가 정녕 카인의 후예들인가?

때 묻지 않은 아이들의 순진한 눈망울을 보면서도 신은 왜 외면을 하는 것일까?

신이여, 정녕 당신이 존재한다면 이제 다시는 아이들을 시험에 들지는 않게 하옵소서.

아련히 들리는 공중에서 아래를 향해 야간 사격을 해대는 스푸키의 기관총 소리를 자장가로 삼으면서 나는 내 육신의 피로에 젖어 오늘도 고된 하루를 마감했다.

관측 장교 이 소위

 비교적 큰 키에 날씬한 몸매를 가진 포병 관측 장교 이 소위는 나처럼 부산에서 학교를 다니며 오래 그곳에서 살았던 장교였다.
 물론 우리가 월남에서 같은 중대에 배치됨으로써 비로소 서로 알게 된 사이였지만 그는 흔히 젊은 사람들의 말을 빌려 표현을 하자면 수가 만수인 사람이었다.
 우리 중대 소대장 모두가 계급이 중위였고 자기보다는 선배 장교들이기도 했지만 소대장들이 입맛이 없어졌다고 하면 어디서 구해 오는지 미제 파스타와 닭 육수를 만드는 재료까지 구해와 먹어 보라고 소대장들의 병커를 찾아다니며 일일이 권유를 하는가 하면 오렌지가 먹고 싶다고 하면 아예 200개나 들어 있는 미제 박스를 통째로 갖다 풀어 놓을 정도로 재주가 많은 사람이었다.

그런데다 우리가 더욱 믿음을 가지고 있었던 것은 적과의 전투 상황이 벌어지면 포를 유도하는 그 솜씨가 또한 얼마나 뛰어났던지 포 지원만큼은 아예 걱정을 할 필요가 없을 정도였다.

뿐만 아니라 우리 해병대 L-19 정찰기가 우리 중대의 작전 지역에 떠 있으면 어느새 정찰기의 주파수를 알아내고는 항공 장교와의 교제도 곧잘 하는 재주를 가지고 있었다.

적의 구정 공세 직후 한번은 우리가 수색을 해야 할 곳이 월맹 정규군 1개 대대가 버티고 있는 지역이었는데 얼마 전에도 우리가 그곳으로 접근을 하던 중 적이 불시에 공격을 하는 통에 중대 전체가 쫓겨 도망을 치다시피 후퇴하기가 바빴던 일이 있었다.

그 당시 나는 솔직히 도망을 치다 넘어져 한순간이나마 하늘을 쳐다보며 내 스스로의 목숨을 포기했었던 적이 있었기 때문에 그 후 나에게는 그 지역이 매우 껄끄럽게 여겨지지 않을 수 없는 처지였다.

그리고 며칠 전에도 0대대 0중대가 우리처럼 수색을 나왔다가 전사자만 3명이 생기고 말았던 일을 이미 알고 있었기 때문에 그야말로 무리한 명령을 내리는 청룡 부대 본부와 대대 본부를 우리는 크게 못마땅해하고 있었다.

월맹 정규군의 대대 본부가 있다는 곳에는 사람 키를 훨씬 넘는 철조망에다 그 앞에는 해자를 파 놓았을 뿐만 아니라 우리 1개 중대로 완강한 진지를 구축하고 있는 적 1개 대대를 수색이나 공격을 한다는 그 자체가 말이 될 수 없었기 때문에 더 더욱 실망스럽고 난처해하고 있었던 것이다.

더구나 월맹 정규군들은 우리가 가진 M-16보다 더 편리한 AK-47 소총으로 무장했고 또 우리가 가진 일회용 플라스틱 66밀리 개인용 로켓보다 훨씬 강한 소련제 로켓을 가졌기 때문에 쉽게 볼 상대가 결코 아니었다.

나는 직접 중대장에게 지금 우리가 위치한 지점에서 더 이상 적진 쪽으로 기동을 하면 지난번처럼 매우 난처해지고 나중에는 빠져 나가기도 힘들 것이라는 말을 했다.

실로 지난번 우리가 도망을 치다 병력을 다시 수습해 적을 물리친 다음 뒤로 물러나올 때도 키가 크고 말라 있는 사탕수수밭을 지나다 중대원 모두가 그 속에서 길을 잃고 한참을 헤맨 적이 있었다. 그때 나는 영화에서 보았던 장면이지만 2차 대전 때 미 해병대가 마른 사탕수수밭에서 바람을 이용해 그 속을 지나던 일본군들을 모두 태워 죽이는 장면이 문득 머리에 떠올라 더욱 난감했었다.

사실 게릴라전은 최일선 단위 부대의 지휘관이 그때그때의 상황을 판단해 융통성을 발휘하지 않으면 많은 부하들의 희생이 따른다.

특히 여단 본부나 대대 본부에서는 지도를 펴놓고 알량한 정보에다 도상으로만 판단을 하기 때문에 시시각각으로 준동하는 게릴라들의 상황에 대처하기에는 너무 미흡한 구석이 많았던 것도 흠이라면 큰 흠이었다.

더구나 우리 중대장은 너무 내성적이라 그런지 내가 볼 때도 어떤 상황을 대대장에게 정확히 적극적으로 전달을 하고 이해를 구하는 편은 아니었고 또 신참인 나 이외의 우리 중대 소대장들 얘기로도 이미 호이안 지역에 오기 전 바탄강 시절부터 대대장에게 찍힌 몸이라 아예 건의도 잘 하지도 않을 뿐 아니라 설사 했다손 치더라도 묵살을 당하는 경우가 많다고 곧잘 수군거렸다.

내 말을 듣고 한참을 생각을 하던 중대장은 만약 청룡 부대 본부나 대대 본부에서 우리 정찰기에다 확인을 하는 경우가 생기면 문제가 되지 않겠느냐는 걱정을 했다.

내가 생각을 해도 중대장으로서는 충분히 걱정을 해야 될 부분이었다.

나는 그러면 다른 방법이 있는지 한번 알아보겠다는 대답을 하고는 즉시 관측 장교 이 소위를 불렀다.

이 소위는 내가 하는 말을 듣자 바로 자기 바지 주머니에 있던 쪽지를 꺼내 보고는 무전기 주파수를 곧 상공에 떠 있는 L-19의 항공 장교와 맞추고 교신을 하기 시작했다.

내가 옆에서 듣고 있자니 이 소위와 항공 장교는 서로 간접적으로만 아는 사이 같았는데도 그 어눌하면서도 설득력 있는 말솜씨가 평소와는 너무 달랐다.

결국 우리는 수가 만수인 이 소위의 덕분으로 L-19 정찰기의 양해를 얻어 사지로 들어가는 무모한 짓을 피할 수 있었고 중대원들 모두 무사할 수 있었다.

우리는 그 후로도 어떤 불편한 문제만 생기면 곧잘 이 소위를 해결사로 앞세웠던 것은 두말할 필요가 없었다.

미 해병대 전우들

 한국군이 월남전에 참전했을 당시 육군과 해병대는 다른 데가 있었다.
 물론 편제상으로는 육군이나 해병대나 모두 주월 한국군 사령부에 예속이 된 것은 말할 필요가 없으나 다만 전술 지역에 있어서의 작전은 많이 달랐다.
 즉 육군은 전술 지역의 방어가 주 임무였고 해병대는 미 해병대 야전군 사령부의 지휘에 따라 전술 지역 내의 적을 추적 섬멸하는 데 그 임무가 부여되어 있었기 때문이다.
 그래서인지 월남 호이안 지역의 전투 시절 우리는 미 해병대 아메리칼 사단과는 항상 밀접한 관계를 유지했다.

  우선 각 청룡 부대 전투 중대에는 항공 함포를 유도하고 부상자를 후송하는 메드백 헬리콥터 담당의 미 해병대 통신병(앵그리코맨) 2명이 항상 상주하여 중대급 이상의 작전에는 반드시 참가했고 또 LVT(수륙 양용 차) 두 대가 중대 내에 거의 상주하다시피 하여 중대가 출동을 하면 항상 앞장을 서 부비트랩이나 지뢰의 염려를 줄여주는 한편 나무가 많은 곳에서는 먼저 장애물을 제거해 길을 터주는 그러한 역할을 했다. 그리고 섬에 상륙 작전을 나갈 때는 더 많은 수륙 양용 차를 동원해 대원들을 싣고 물살을 가르며 그 위용을 자랑하기도 했다.

  각 대대 본부에는 앵그리코맨들의 책임자인 미 해병대 항공 대위 1명과 사병 2명이 나와 있었다. 대위는 또한 전투기 조종사여서 한 달에 일주일 정도는 다낭의 전투 비행장으로 가 팬텀기를 타고 그들의 자체 작전에 임한 후 다시 각 대대로 되돌아오곤 했고 미 해병대의 수륙 양용 차 지휘 본부는 청룡 부대(여단) 본부의 해변 한쪽에 위치해 항상 출전 대기를 하고 있었다.

  또 우리의 대대 작전 시에는 미 해병대의 탱크까지 가끔 지원되는 경우가 있었는가 하면 미 해군 해안 공병대는 청룡 부대 시설물의 건설이나 도로 보수 그리고 사계 청소와 적의 땅굴 파괴 작전에 대형 불도저를 동원해 협조를 하고 있었다.

  특히 그들과 함께 작전을 하면서 그들이 임무를 수행하는 것을 잠시 눈여겨보면 정말 잘 훈련되고 자신의 임무 수행을 철저히 하는 것을 알 수 있었다.

  한번은 적을 포위하고 있었을 때였는데 한밤중 적의 마다리 포가 불시에 우리 방향으로 날아오고 총알이 난무하고 있었을 때였는데 LVT(수륙 양용 차)의 기관총 사수는 즉각 노출된 LVT의 상갑판 위로 기어올라 자기 위치를 확보한 후 응사를 하기 시작했다.

상황이 모두 끝난 후 내가 미 해병대 사수에게 왜 잠시 피했다가 상황 판단을 하고 상갑판 위에 올라가지 않았느냐고 물었더니 그는 다른 설명 없이 자신의 기관총을 손바닥으로 탁 치며 "This is my job!"이라고만 했다.

또 다른 한번은 LVT가 침수된 논바닥의 진흙탕에 가라앉아 꼼짝을 못한 가운데 적의 총알이 심심찮게 날라 오고 있었다.

물론 우리는 방향을 잡아 응사를 하곤 했으나 맨땅으로부터 거리가 약간 있는 데다 깊이 가라앉은 한 대를 끌어내기 위해서는 결국 5대의 다른 LVT가 서로 연결고리를 걸어 끌어내지 않으면 안 되게 되었다.

키도 작고 나이가 무척 어려 보이는 미 해병 대원 한 명이 마지막 가라앉은 LVT에 걸고리를 걸려고 했는데 걸고리의 쇠 무게도 움직이기가 만만치 않은 데다 우선 사람이 진흙탕 속으로 빠져 들어가 너무나 어려운 작업이 진행되고 있었다.

총알이 가끔씩 날아와 작업에 안간힘을 쓰고 있는 미 해병대원 자신도 애가 탔겠지만 그를 보호하기 위해 응사를 해가며 무사히 일을 마치고 나오기를 기다리는 우리가 더욱 애가 타고 있었는지도 모를 일이었다.

결국 무사히 작업을 마치고 아무 일 없었다는 듯 나오는 어린 미 해병에게 내가 나이가 몇이냐고 물어 보았다.

그는 열여덟 살이라고 했다. 앳되어 보이는 얼굴과 아직도 자라고 있었을 어린 나이였지만 총알이 날아오고 있는 그 와중에서도 목숨을 걸고 임무를 수행하던 그의 모습은 너무나 인상적이었다.

마치 지상으로 처박듯 바짝 내려와 우리 작전 지역을 난타해 주던 미 해병대 팬텀 폭격기들 그리고 추락하던 팬텀기에서 탈출한 조종사를 구하려 뛰어가던 우리 중대 대원들….

미 해군 함포의 지원을 받다 바운싱이 생겨 예상 포격 지점을 넘어가는 통에 너무 위험스러운 나머지 지원을 중단시켰던 일….

마치 맹수가 먹이를 찾아 소리 없이 다가가듯 산개하여 숲속 이동을 하던 미 해병대 보병들의 철두철미한 교범적 전투….

이 모두가 세계를 지배하는 최강의 군대와 함께 경험을 했거나 싸우면서 엿본 단편적인 기억들이다.

6·25 전쟁 때 참전을 했고 한때 같은 부대에서 내가 모셨던 어느 선배 장교의 말이 생각난다.

말하자면 6·25 전쟁 당시에도 우리 해병대 작전 지역에는 주로 미 해병대 전투기들이 지원을 했는데 그들의 모험적이고 철두철미한 공중 지원이 어느 부분 우리 한국 해병대의 백전백승에 많은 도움을 주었다는 얘기였다.

털보 정 중위

정 중위는 나보다 나이나 학번으로는 아래였지만 임관은 나보다 1기가 빠른 선임 장교였다.

내가 그를 처음 만났던 것은 백령도에서였는데 내가 소대장을 막 시작했을 때 그는 정훈 장교로 뽑혀 해병대 전체 부대별 군가 경연 대회를 준비하느라 매우 분주하게 설치고 있었다.

특히 그 당시 부대장이었던 W 대령은 자기는 겨우 초등학교에 다니는 아들을 두었을 뿐인데 정 중위의 아버지는 자기와 같은 나이면서도 정 중위와 같은 씩씩한 아들을 두었다면서 정 중위를 더욱 귀여워하곤 했다.

정 중위는 내가 알기로 호남 지방의 어느 시골에서 자라 J대학을 나온 판단이 무척 빠르고 말을 매우 빨리하는 장교였는데 외모는 작은 키에 약간 말라 보이는 얼굴이었으나 그는 면도를 하루만 걸러도 시꺼멓게 구레나룻 자국에 털이 보이는 털보였다.

내가 부대 본부에 볼일이 있어 들를 때면 자주 서로 대화를 나누었고 차츰 서로가 친숙한 사이가 되어 단편적이나마 개인의 신상에 대한 얘기까지도 서로 나누는 그러한 사이가 되었다.

자기가 대학을 다닐 때 혼자 자취를 하며 조기 찌개를 끓여 먹던 얘기며 애인이 내가 자란 부산 충무동의 처녀라는 얘기며 온갖 일들을 서로가 해가며 더욱 친숙해졌다.

그러던 중 나는 잠시 부대 인사 장교를 하다 당시 경북 영천에 있던 육군헌병학교로 위탁 교육의 명을 받아 그만 백령도를 떠나게 되었고 그도 역시 나보다 한발 빠르게 다른 부대로 전출이 되어 우리는 서로 만나지 못하게 되었다.

1968년 1월 28일 내가 처음 월남에 도착했을 때는 우리 청룡 부대가 추라이 지역에서 호이안 지역으로 막 이동을 끝내던 참이었고 1월 31일은 당시 구정이었다.

월남에서도 구정은 큰 명절이었고 피아간은 3일간의 휴전 기간을 두었다.

그러나 공산주의자들은 전통적인 그네들의 수법 그대로 이때를 이용해 전 월남 지역의 아군에 대한 대대적인 기습을 벌였던 것이다.

소위 이것을 구정 공세라고 하며 미군들은 월남어로 구정이라는 말 그대로 Tet를 붙여 Tet Attack이라고 했다.

나와 함께 배를 탔던 다른 전우들도 그랬겠지만 나는 근무(보급) 중대에서 대기 중 1월 31일 오후 불시에 보직 명령을 받았다.

당일 작전에 투입되었다가 적의 공격에 피해가 컸던 5대대 27중대 1소대의 후임 소대장이었다. 나는 야밤인데도 미 해병대의 수륙 양용 차 두 대를 지휘하여 호이안 외곽에 임시 방어선을 치고 있는 27중대를 겁 없이 찾아 들어갔던 것이다.

무작정 적들이 있는 숲을 통과해 지도에 나와 있는 한 점을 향해 우르릉거리며 야간 이동을 했던 마음과 수륙 양용 차의 헤드라이트에 해병대 위장복이 나타나는 순간의 감격은 너무나 대조적이었다.

수륙 양용 차가 방어선 가까이에 들어서자 장교로 보이는 사람이 먼저 나에게 다가왔다. 자세히 보니 그가 바로 털보 정 중위였다.

그는 면도를 얼마 동안이나 못 했는지 마치 산적 같은 얼굴을 하고 있었고 27중대에서의 직책은 화기 소대장(가장 선임 소대장으로 자기 소대의 기관총 6문은 모두 각 소대에 배치시키고 중대장을 보좌하여 중대의 작전 지휘를 하는 직책임)을 하고 있었다.

내가 보직을 받은 후 그와 나의 관계는 서로 명령을 하달하고 명령을 받는 입장이 되었다. 그러나 그는 알게 모르게 다른 소대장들보다 나를 봐 주는 경우가 많았다.

예를 들어 소대장들을 불러 놓고 껄끄러운 정찰 임무나 특수 임무를 수행할 소대를 정할 때는 다른 소대장들보다 먼저 나를 지목하고는 열심히 알아듣기 힘들 정도의 빠른 말로 설명을 하기 시작했다.

그럴 때면 나는 열심히 자기 말을 들어가며 상황을 상상하느라 눈의 초점을 다른 곳으로 돌리고 있으면 그는 더 급한 말투로 "이봐, 구 중위! 아니 남의 말을 듣지도 않고 그렇게 멍청히 있으면 어떻게 해? 이거 영 불안해서 1소대는 못 보내겠네."하고는 다른 소대장을 총알 같이 다시 지목을 하곤 했다.

말하자면 새로 온 소대장에다 멍청하기까지 하다는 결론으로 나를 빼주는 재간꾼이었다.

내 기억으로는 아마 두서너 차례 정도 이런 이유로 해서 나를 봐준 것으로 추측이 되지만 다른 소대장 모두가 내 동기생들인지라 내심으로는 아마 "X벌 놈들 자기들끼리 서로 친하다고 잘 놀고들 있구먼." 하고 분명 돌아서서 불평을 하고 있었으리라 생각된다.

나중에 모두가 어려운 임무를 끝내고 내가 귀국을 했을 때는 소상히는 기억이 나지 않지만 좌우지간 자기의 반려자가 될 여자의 집에 내가 어떤 심부름을 했고 그 후로 정 중위로부터 고맙다는 편지도 한 통 받았던 것으로 기억된다.

우리는 그런 뒤 여태껏 서로 소식이 끊겼고 나는 털보 정 중위가 부산 여인과 결혼을 해 지금쯤 처가인 부산에서 살고 있지나 않은가 하는 생각도 해 보고 있지만 추측일 뿐 내가 부산에서 서울로 집을 옮긴 지도 벌써 40년이 더 지난 지금 그 당시의 정 중위가 지금 어디서 무엇을 하고 있는지는 실로 가늠하기 힘들다.

그리고 이제야 그리운 얼굴들이 하나둘씩 떠오르기 시작하는 것은 나도 그만큼 흘러간 세월에 집착을 하는 노인의 대열에 이미 끼었다는 그 징표가 아닐까?

전쟁 공포증

　내가 간부 후보생 시절 훈련을 받다 발목을 다쳐 5일 정도 진해 기지 교육 훈련단의 의무실에 입원을 했던 적이 있었다.
　당시 그 의무실의 책임 하사관은 가끔씩 눈을 잘 깜짝이는 해군 중사였는데 그는 특히 나에게 많은 친절을 베풀었고 그로인해 나는 그에게 매우 고마운 생각을 가졌었다.
　서울이 고향인 그는 많아 봐야 나보다 두어 살쯤 더 나이를 먹은 것 같아 보였는데 자그마하고 마른 편인 체구를 가진 그의 성깔은 근무 사병들이나 환자들 간에 이름이 나 있을 정도로 날카롭고 엄했다.

세월이 흐르고 내가 월남에서 말단 전투 소대장을 하던 시절이었다.

하루는 우리 중대가 작전을 마치고 모두 귀대를 하고 있던 중 거의 10여 톤이나 된다는 수륙 양용 차가 그만 적이 매설한 대전차 지뢰를 지나는 통에 엄청난 굉음과 함께 상판에 앉아 있던 우리 모두를 날려 버렸던 것이다.

미 해병대 앵그리코맨은 한쪽 눈을 잃었고 나를 포함한 나머지 대원들은 모두 골병이 들었다.

그러면서도 소대장이었던 내 입장으로서는 40명이 넘는 우리 소대원들을 나 대신 앞으로 누가 지휘를 할 것인가에 대해 매우 걱정했다.

나와 내 전령인 윤 해병은 다른 것은 두고서라도 우선 고막부터 치료를 하지 않으면 안 되었다. (윤 해병은 당시의 고막 파열로 평생을 한쪽 고막을 잃은 채 생활을 하고 있다.)

결국 나는 치료와 안정을 취해야 한다는 군의관의 지시에 따라 청룡 부대 의무실에 잠시 입원을 하게 되었고 나는 우연히도 바로 그곳에서 다시 진해 의무실에서 만났던 그 해군 중사를 만나게 되었던 것이다.

그러나 불행히도 이때의 그 해군 중사는 의무실의 근무자로 와 있었던 것이 아니고 자기나 나 마찬가지로 환자로 와 있었다는 것이 나에게 놀라움을 주었다.

잠시 살펴보니 그 해군 중사는 나를 알아보지 못하는 것은 물론, 직접 사람들의 얼굴을 향해 쳐다보는 일이 거의 없었다.

그의 일과는 힘없는 동작으로 거의 하루 종일 창가에 서서 물끄러미 먼 곳을 쳐다보는 것이었다.

나중에 다른 사람을 통해 들은 얘기로는 그 해군 중사는 전투 중대로 배속된 후 치열한 전투가 벌어졌던 어느 와중에서 그만 정신이 돌아버렸다는 것이다.

그 칼날 같았던 성격과 용감무쌍할 것 같았던 열정의 소유자가 그만 돌아버리다니?
나는 인간의 심성이나 정신 분석에 대해 아는 바가 없어 그런지는 몰라도 언뜻 이해하기가 힘들었다.

그리고 내가 고참이 되어 작전을 나가지 않고 진지를 지키는 부중대장을 잠시 하고 있을 때였다.
한번은 중대가 작전을 나간 지 얼마 되지도 않은 시간이었는데 병사들 셋이 멀리서 중대 진지를 향해 되돌아오고 있는 것이 보였다.
쌍안경으로 보니 작전에 처음 투입된 신병 한 명이 두 고참 대원 사이에서 부축을 받으며 진지로 안내되어 오고 있는 중이었다.
결국 중대 진지로 들어온 그들을 보았을 때는 부축을 받고 들어온 덩치 큰 신병의 눈이 예사롭지 않았다.
눈은 너무나 빨갛게 충혈이 되어 있었고 두 눈동자는 고정이 되지 못한 채 계속 여기저기를 떠돌고 있는 것이 보였다.
그 신병은 당일의 전투가 처음이었으나 운 없게도 바로 그 신병 가까이에서 적의 로켓포가 폭발하는 통에 그만 정신이 돌아버렸던 것이다.
그리고 장교 중에도 피해망상증이 걸려 의무실 내 옆자리의 야전 침대를 차지하고 있는 장교가 있었는가 하면 또 내 동기생 중에도 이미 정신 이상으로 조기 귀국을 한 장교가 있었다고 들었다.

내가 초등학교를 다닐 때였다.

6·25 전쟁 당시 부모 형제를 모두 잃고 부산까지 홀로 피난을 온 열 살이 갓 넘은 어린아이가 전쟁의 어떤 충격으로 "아! 아!" 소리를 질러가며 매일 시장거리를 헤매고 돌아다니던 것을 본 적이 있다.

물론 시장 사람들이 먹을 것을 챙겨주고 목욕도 시켜 주고 옷도 갈아 입혔지만 그는 한동안 그렇게 살아가야 하는 아이를 벗어날 수는 없었다.

전쟁이 필요악이라면 그런 역사의 뒤안길에서 살아가야 하는 우리는 과연 어떤 각오로 어떤 모습으로 살아야 할지 실로 가늠하기가 어렵게 느껴진다.

자만과 개죽음

게릴라전 즉 소단위 부대의 전투에서는 적보다 더 무서운 것이 하나 있다. 그것은 바로 자신의 마음속에 있는 자만이라는 존재다.

게릴라전은 용감무쌍한 힘으로만 승패를 짓는 것이 아니라 항상 그때그때의 지혜로 대처해 나가야 하며 대단위 전투보다 소단위 부대의 접전은 불시에 심리전과 더불어 일어나는 수가 많기 때문에 특히 중대장을 중심으로 소대장이나 분대장들의 역할이 그만큼 더 존중되어야 하는 것이다.

중국의 모택동도 월남의 호지명도 모두 대군의 약점을 노려 게릴라전으로 일관하여 성공을 거둔 사람들이다.

"민중은 물이며 게릴라들은 물고기다. 민중을 떠나면 물고기가 살 수 없다"는 논리와 "약자가 강자를 이기는 길은 오직 기습 밖에는 없다는 그들의 논리는 항상 지휘관이나 지휘자들이 기억해 두어야 할 유비무환의 길이기도 했다.

아무리 사기 충전하던 대군의 병사들이라 하더라도 적의 심리전이나 기습에 마치 가랑비에 옷이 젖듯이 조금씩 아군의 피해가 늘어나게 되면 병사들의 사기 저하는 물론 자신감이 결여되기 때문에 직접 전투에 임하지 못하는 대대급 정보 부서나 작전 부서에서는 항상 최일선의 소대장들이나 지휘관인 중대장의 건의에 귀를 기울이고 결심을 하는 데 있어 많은 비중을 두어야 한다.

1967년 월남에서의 짜빈동 전투는 한국군의 전사에 영원히 빛날 대승의 전투였다. 그러나 이것은 방어 전투에서의 뛰어난 우리 해병대의 능력을 과시한 일이며 게릴라전에서의 능력 과시와는 구분되는 경우라 할 수 있다.

1968년 구정 공세 때와 그 직후 나는 두 번씩이나 아군들끼리 접전을 했던 그 와중에 있었던 전투 소대장이었다.

물론 잠시 동안 일어나 곧 끝이 났던 아군끼리의 응사나 포격이었지만 이것은 중대장들 개개인의 자질도 자질이지만 그만큼 대대 본부에서 중대 지휘관이나 지휘자들에 대해 세심한 배려보다는 대충 명령하는 데만 길들여져 있었던 약점이 바로 노출된 것이라 할 수밖에 없었던 일이다.

처음의 접전은 강을 하나 사이에 두고 5대대 27중대와 26중대가 각각의 작전을 하고 있었던 때였다.

먼저 강 건너 있었던 26중대가 마주보는 강 너머의 우거진 숲 사이에 있는 우리 27중대를 발견하고 적으로 착각하여 포병 대대에 포사격을 요청했던 것이다.

갑자기 연막탄이 우리 부근에 터지는가 싶더니 곧 고폭탄이 쏟아지기 시작했는데 우리는 당황하지 않을 수 없었다.

재빨리 우리 중대 관측 장교가 포병대대에 무전으로 포탄이 우리 머리를 향하고 있다고 아우성을 쳐 간신히 모면은 했으나 벌써 한 대원이 파편을 맞고 고꾸라졌는데 그래도 큰 부상이 아니어서 천만다행이었던 적이 있었다.

그리고 몇 주 지나지 않아 이번에는 숲속에서 작전 중 또 서로 적인 줄로 착각을 해 27중대와 26중대와의 교전이 벌어졌는데 내가 지휘하는 1소대가 마침 맨 앞의 첨병 소대였기 때문에 나는 소리소리 질러 가며 우리를 향해 공격을 하고 있는 적을 향해 각 분대별로 진격을 시키고 있던 중 내 옆을 따르던 미 해병대 앵그리코맨(항공, 함포 유도 통신병)이 상대가 아군 같다는 보고를 해 재빨리 신호탄으로 확인을 하게 한 후 모두 무사했던 적이 있었다.

아무튼 대대에서는 각각의 중대가 작전을 하는데 지도상으로만 그냥 먼 거리에서 서로 교차할 것으로 알았던 모양이었으나 수색을 하다 보면 때에 따라 장애물을 피해 우회를 해야 할 때도 있고 그로 인해 가끔은 아군들끼리 예기치 않게 매우 가까운 거리에서 지나치는 경우가 발생할 수 있다는 것을 현장 경험이 없는 대대 본부의 장교들이 간과하고 있었던 모양이었다.

그러므로 대대 본부에서는 사전 해당 중대장들에게 미리 당부를 했어야 했고 또 적어도 강을 넘어 아군이 작전을 하고 있다는 사실 정도는 중대장들뿐 아니라 소대장과 분대장들까지도 모두가 숙지를 했어야 함에도 불구하고 대대 본부의 작전 장교들이 함량 미달이었는지 아니면 중대장들이 함량 미달이었는지는 몰라도 결국 아는 사람이 없는 가운데 아군끼리의 전투가 벌어졌던 것이다.

두 번씩이나 자칫 개죽음을 당할 뻔했던 일로 중대원들과 분대장 그리고 소대장들의 중대장과 대대 본부에 대한 원성이 얼마나 컸었겠는가?
그러나 이러한 사례들은 모두 우리의 값진 자산이며 결코 수치스러운 일로 감추어 둘 일이 아니다.
일사불란한 명령과 복종은 군의 생명과 같다. 그러나 융통성이 결여된 채 명령을 하는 것에만 사로잡혀 있는 군대나 무조건 복종에만 길들여진 군대는 때에 따라 많은 약점이 노출될 수 있다는 것이 내 경험에서의 판단이다.
특히 게릴라전에서는 싸워 보지 않은 상급 부대의 명령만으로는 큰 전과를 기대할 수 없다는 것을 우리 모두가 깊이 인식하는 한편 때에 따라서는 계급을 떠나 서로가 머리를 맞대고 지혜로써 전략을 짜는 그러한 군대가 됨으로써 명실공히 어떤 경우에서라도 세계 제일의 우리 해병대가 된다는 사실을 깊이 새겨 두어야 할 것으로 안다.

부식과 위장복 사건

해방이 된 후 새 정부의 군대를 조직할 때 넥타이를 매고 오는 사람이 있으면 "니 장교해라" 하고 추천을 했다는 우스갯소리를 들은 적이 있다. 그 말은 그만큼 그 당시로는 반듯한 사람을 식별하기가 어려웠고 또 사회가 정상적인 궤도에 있지 않았었다는 것을 풍자해서 하는 말로 여겨진다.

하기야 과도기라 그런지는 몰라도 6·25 사변 당시 높은 양반들이 군량미를 모두 팔아먹어 굶어 죽은 젊은이들이 즐비했던 소위 방위군 사건이라는 것이 있었고 그즈음 군납된 간장은 마산 앞바다의 바닷물에다 염료를 타서 납품을 했었다는 군대의 부정과 부패를 비아냥거리는 소리도 있었다.

1960년대 초 군대에 입대한 후 첫 휴가를 나오는 내 또래 친구들은 저마다 살이 쪄서 나왔다.

부모들은 시간 생활을 하는 군대라 오히려 제때 밥을 먹고 훈련을 하니 살이 찌고 건강하게 되었다는 나름대로의 해석들을 했었는데 얼마 후 군대에 납품된 된장에 비소를 넣었다는 것이 문제가 되어 사회를 온통 발칵 뒤집어 놓은 소위 비소 사건이 터졌다.

그때서야 우리는 그러면 그렇지! 살이 쪄서 나올 정도로 잘 먹이고 편한 군대는 아닐 텐데 하고는 토를 달았다.

물론 비소를 인체에 해가 있을 정도로 넣었는지? 또 군대의 먹거리에 정말 어떤 문제가 있어서 대부분이 살이 쪘는지는 잘 알 수 없었으나 일반인들의 시각으로는 군대는 문제가 많은 특수 집단같이 여겨졌던 것이 사실이었다.

그 후 세월이 흘러 내가 해병대에 입대를 해서는 개인 단량 즉 한 끼의 식사를 1인당 나오는 그대로 다 먹이면 못 먹을 정도로 그 양이 많다는 말을 곧잘 장사병들로부터 들었다. 그런데도 훈련병들은 물론 장교나 하사관 후보생들까지 모두 배가 너무 고팠던 것은 아이러니한 얘기가 아닐 수 없었다.

그래도 후보생들이야 모두 임관을 하게 된 후부터는 그 배고픔을 면할 수 있었지만 그야말로 사병들은 지금과는 달리 무척 배고픈 가운데 군대 생활을 계속하지 않으면 안 되었던 것은 천하가 다 아는 사실이었다.

내가 먹거리에 크게 놀랐던 일은 딱 두 번 있었는데 한 번은 백령도에서 인사 장교로 근무를 할 때 새로 부임한 부대장을 모시고 모 중대를 방문했을 때였다. 마침 주계에서 사병이 콩나물을 다듬고 있는 것이 그만 문이 열리는 통에 부대장의 눈에 띄어 발길을 그곳으로 돌려 들어갔는데 부대장은 "이게 콩나물이야? 콩 나무지! 누가 이런 걸 납품했어?" 하고는 호통을 쳤다. 그 후 난리가 났던 것은 물론이지만 내 생전 그렇게 큰 콩나물은 여태까지도 본 적이 없으며 앞으로도 보게 될 일은 없을 것 같았다.

다음으로는 내가 월남전에 참전을 했을 때 내 전령과 한국에서 납품되어 온 나무 상자 속의 고추장을 놓고 나는 "된장이다."라고 우기고 전령은 "고추장"이라고 우기던 일이다.

물론 신참인 내가 지고 말았던 것은 당연했는데 고추장만 놓고 보면 그 색깔이 바로 영락없는 된장 같았고 된장과 함께 놓고 보면 대조적으로 약간은 발그스레한 고춧가루가 뿌려진 것 같이 보이는 것이 즉 고추장이었던 것이다.

"누가 한국에서 늘 먹던 고추장 그대로를 주면 먹고 뒈지나?"

나처럼 죽을 목숨이 이렇게 멀쩡히 살아 있는 통에 그 실상이 공개되는 것이지만 비단 이 문제뿐만이 아니라 우리 해병대에도 보급에 문제가 있었던 것이 사실이었다.

그리고 그보다는 월남에서 1968년에 지급되었던 위장복이다.

물론 사건까지는 가지 않았지만 사실은 사건이 되고도 남을 일이라 나는 누구에게나 사건이라는 말을 반드시 붙여서 쓴다.

그래 웬 놈의 얼룩덜룩한 위장복이 한 번만 빨고 나면 염색이 모두 지워져 허옇게 바래는 것이 아닌가?

3일에 한 번씩 적이 출몰하는 지역으로 들어가 야간 매복을 해야 하는 우리 소대장들과 대원들은 아예 그것을 허옇게 잘 드러난다고 하여 노출복이라는 이름으로 불렀고 아마 모르긴 해도 야밤에 그 노출복 때문에 적의 눈에 쉽게 띄어 총을 맞아 죽은 해병대도 있지 않았을까? 하는 생각도 해 본 적이 있다.

우리 소대장들은 그것을 소포로 국회 국방위원회에 보내려다 보안 문제로 그만 참기로 하고 우리가 사회에 나가서는 이런 일이 절대로 없도록 하자는 눈물겨운 말들을 했다. 물론 청룡 부대 본부에서 해병대 사령부에 항의를 하여 다음부터의 위장복 보급 때는 그렇게 염색이 많이 빠지는 일이 없어지긴 했으나 그래도 애당초의 초록색 풀잎 색상의 위장복과는 차이가 많았다. 그것은 원래의 초록색 풀잎 색상의 위장복이 마치 누른빛 낙엽의 색상처럼 바뀌어져 보급이 되었기 때문이었다.

그래 목숨을 걸고 싸우는 부하들을 담보로 어느 누가 얼마나 많은 돈을 미국으로부터 뜯어 치부를 했는지는 몰라도 이런 자들을 위해 목숨을 바칠 것을 곰곰 생각하니 억울하기 짝이 없었다.

또 작업화인지 아니면 정글화인지는 몰라도 국내에서 보급되는 신발은 거의 아무도 신지를 않았다. 아래는 고무로 그리고 위에는 천으로 된 검정 신발이었는데 아무리 무식하다고 해도 그렇지 신발 끈을 매끈거리는 나일론 끈으로 만들어 몇 발짝만 움직이면 당장 매듭이 풀어져 버리는 이런 놈의 신발이 이 세상 어느 군대에 또 보급이 되고 있는지 도무지 이해할 수 없었다.

지금이야 개인이 먹을 식량을 잘라 먹고 엉터리 부식을 납품하고 전투 장비를 부실하게 만들었다가는 살아남기조차 힘든 군대가 되었겠지만 그때 그 시절 전설 속에서나 있을 것 같은 잘 이해가 가지 않는 얘기는 너무나 많다. 그러나 그러한 가운데서도 조국을 위해 그리고 해병대를 위해 고군분투를 하며 숨져갔던 내 선후배, 내 전우들을 생각하면 그야말로 숙연해지지 않을 수 없다.

소총 소대

보통 우리들끼리 말을 할 때는 보병 전투 소대를 말단 소총 소대라는 말로 스스로를 비하해 표현을 할 때가 많았다.

그것은 그만큼 고되고 임무 자체가 상대적으로 위험스럽다는 의미에서 자학적이거나 아니면 비아냥거림에서 나오게 되는 말로 여기면 될 것 같다.

그리고 "보병은 3보 이상 구보. 포병은 3보 이상 승차"라는 말은 실제의 임무가 달라 그렇기도 하지만 한편으로는 우선 눈에 보이는 상대적 박탈감 때문에 그러한 말을 자주 쓰는 것이 아닌가 생각되기도 한다.

그러나 사실은 소총 소대장의 마음속 깊은 곳으로부터는 소대원 43명의 생명은 물론, 우리 보병이 다른 모든 병과의 생명까지도 책임을 지고 있다는 은연중의 자부심과 최후의 승리는 역시 보병이 한다는 긍지를 결코 잃지 않고 있다는 것을 말하고 싶다.

물론 포병도 기갑도 항공도 모두 전투 병과임에는 매한가지일 뿐 아니라 막상 전쟁이 나면 조금 후방에 있거나 전투 병과가 아니라고 해서 덜 위험한 것도 아니다.

그런데 내가 월남전에서 막상 말단 소총 소대장을 하다 보니 포병 대대에서 중대로 파견된 포병 관측 장교가 그렇게도 부러울 수가 없었다.

중대 전체가 작전에 임할 때만 관측 장교는 중대장을 따라 비로소 함께 기동을 하고 우리처럼 소대급 수색이나 정찰은 물론, 3일에 한 번씩 나가야 하는 야간 매복은 아예 해당이 되지 않았으니 말단 소총소대장들의 부러움을 사는 것도 당연한 일이 아닐 수 없었다.

솔직히 전투지에서의 타 병과들을 언급하자면 포병의 지원 사격이야 말할 것도 없지만 막상 치열한 전투가 벌어졌을 때의 통신은 실로 생명과 같은 것이었다.

숲이 가려 서로의 위치나 피아간의 위치를 파악하는 일이야말로 작전을 용이하게 하는 매우 중요한 수단이 아닐 수 없었다.

별로 많지 않은 통신 수단으로 각 소대에서부터 대대까지 그 운용을 원활히 하는 역할은 역시 통신 병과의 몫이라 그런 어려움 속에서도 전투를 지휘하는 사람들의 눈과 귀가 되어 준다는 것이 얼마나 중요한지를 막상 전투를 해보지 않으면 상상하기가 힘들다.

또 총알이 충분해야 하는 것도, 허기진 배를 채워야 하는 것도 그리고 먼 거리의 부대 이동을 시켜 주어야 하는 것도 그리고 적을 교란 분쇄시키기 위해 포탄을 퍼부어 적들을 제압하는 것도 지뢰나 부비트랩을 제거하는 것도 그리고 부상병을 처리해야 하는 것도 모든 각각의 병과들이 도움을 주지 않으면 보병들이 제대로 전투를 하기가 힘들다는 것을 나는 비로소 경험을 해 보고서야 절실히 느낄 수 있었다는 얘기다.

우리는 지금도 동기생끼리 서로가 만나 술잔을 기울일 때면 으레 동기생 모두가 참전을 했던 월남전의 얘기가 항상 주제가 된다.

또 혹시라도 보병이 아닌 타병과가 당시의 전투에 대한 얘기를 앞서서 말을 잇게 되면

"야, 너 말단 소총 소대장을 안 해 봤으면 듣기만 해!"

하고는 곧잘 무안을 주기도 한다.

그럴 때면 보병이 아닌 동기생들은 사선을 넘나들었던 말단 소총 소대장들이 불쌍하다는 듯 그저 미소만 지우고 그래도 재미가 있다는 듯 귀를 기울여 준다.

그러나 실은 이 세상에 독불장군이 없듯이 군대에서도 모든 병과가 한 몸이 되어 각각 제 몫을 해야만 승리도 있고 영광이 있는 법이다.

내가 자랑스러워하는 말단 소총 소대장으로서의 경험도 결코 그 뒤안길에서 애써준 타병과의 지원이 있었기에 가능했던 것이 아니었겠는가?

선배들의 먹거리

내 나이에 가까운 사람들은 어려서부터 6·25 전쟁 당시 군인들이나 전투 경찰들의 먹거리에 대해 많은 얘기들을 듣고 자랐다.

내 고등학교 때의 어느 담임 선생은 자신이 사범학교를 막 졸업했을 무렵 우연히 어떤 길을 가다 불심 검문을 당한 후 무조건 트럭에 태워진 채 어느 육군의 병영으로 끌려가 바로 입대를 하게 되었다고 했다.

처음으로 맞는 식사 시간이 되자 지휘자처럼 보이는 한 사람이 긴 막대기를 들고 연병장에 열을 서게 했는데 밥을 먹는 규칙은 차례로 주먹밥 한 덩어리를 왼손으로 받게 한 다음 오른손으로는 검지를 펴서 밥통 다음에 놓인 나무통 안의 된장을 한 번씩 찍어 지나가게 했다는 것이다.

주먹밥과 검지에 된장을 묻힌 사람들은 밥과 된장의 양을 보아가며 적당히 먹고는 그 배고픔을 한동안 달래지 않으면 안 되었다는데 우리는 그 코미디 같은 얘기를 듣고는 매우 크게 깔깔거렸던 적이 있었다.

그러나 그 당시 경북 예천에서 징집에 응해 같은 형제가 제주도의 육군 신병 훈련소에 동시에 입소했던 지금 80줄의 어떤 선배의 말을 들으면 웃음보다는 오히려 애환을 느끼게 했다.

갑작스럽게 제주도에 신병 훈련소가 생기는 통에 지금으로 치면 시설이라는 말을 하기조차 힘든 거의 맨바닥의 수준에서 잠을 자고 훈련을 받아야 했다고 한다.

그러나 그건 그렇다 치더라도 물이 귀했던 제주도라 우선 목이 너무 말라 무척이나 고생을 했던 것은 말로 다 형언할 수가 없었다고 한다.

뿐만 아니라 매 끼니 주는 식사의 양이 너무 작아 국가를 위해 최일선에 나가 목숨을 바칠 사람들에게 이런 홀대를 하는 군대가 이 세상 또 어디에 있는가? 라는 무언의 항변을 수없이 했었다고 한다.

주식인 잡곡밥은 개인별로 항고의 뚜껑에 한 번 담아주는 것이 고작이었고 국은 항고에 가득 담아 두 사람이 함께 먹도록 했는데 감자는 으레 굼벵이가 파먹은 것이었고 무는 얼었다 녹은 조각을 썰어 넣었지만 그나마 한 조각이라도 항고 통에 들어오면 그날은 재수가 좋은 날로 여겼다고 한다.

뿐만 아니라 일주일에 한 갑씩 배당되는 화랑 담배는 훈련 기간 중 내내 한 번도 받아 본 적이 없었고 총기 검사를 하는 날이면 아하~ 오늘은 화랑 담배가 나오는 날이구나 싶은 생각부터 들었다고 한다.

말하자면 기간 책임자가 총기 청소의 검열을 적당히 마쳐 주는 대가로 담배를 향도가 배급이 되기도 전에 모두 바쳤기 때문에 담배는커녕 담배가 나오는 날만 늘 눈치로 알 수 있었다고 한다.

　몇 개월의 훈련이 끝난 다음 선배의 아우는 전방으로 배치(포천 전투에서 이듬해 전사)가 되는 한편 자신은 운이 좋게도 거제도의 포로수용소에 배치가 되었는데 그 당시에도 포로수용소에서 포로들이 먹었던 개인 단량이 실질적으로는 우리 국군들이 먹는 개인 단량보다 더 나았다는 얘기를 들려주었다.

　또 한편으로는 포로수용소를 관장했던 미군들과 협조를 해야 했기 때문에 아침마다 스리쿼터로 날라다 주는 커피는 한도 없을 정도였지만 입에도 대지 않았던 자기로서는 무슨 소용이 있었겠느냐는 씁쓸한 얘기를 했다.

　그러나 더욱 참담한 얘기는 이러한 국군의 얘기가 아니고 같은 때에 바로 지리산 토벌 전투에 참가했던 우리 전투 경찰들의 어려움이었다.

　지금도 가끔 만나고 있는 6·25 당시의 전투 경찰 출신 선배의 말을 들으면 나중에 공비 토벌차 지리산에 집결했던 군인들을 보자 당시 자기들로서는 그렇게도 부러울 수가 없었다고 한다.

　깔끔해 보이는 신발과 군복에 일정한 식사는 물론 화랑 담배에다 건빵까지 배급을 받을 수 있는 것을 알고는 전투 경찰의 입장으로서는 그것이 마치 그림의 떡처럼 느껴졌었다는 것이다.

　전투 경찰들의 경우 추운 겨울날 민가에서 날라다 주는 주먹밥은 이미 얼음이 된 지 오래고 그것을 살그머니 불을 피워 녹이면 밥이 줄어 겨우 손바닥 안에 들어오는 양밖에는 되지 않았다고 한다.

　그리고 신발은 해질 대로 해진 것은 물론 벌어진 앞창은 으레 새끼줄이나 나무 넝쿨로 묶어서 다녀야 했고 면도는 할 새가 없어 마치 빨치산이나 진배없이 산을 타며 전투를 했어야 했기 때문에 그 어려움은 이루 말할 수가 없었다고 했다.

나는 어려서부터 전쟁 얘기를 많이 들어서인지 월남에서도 6·25 사변 때의 선배들을 종종 떠올려 본 적이 있었다.

물론 목숨을 걸고 적과 싸우는 것은 매한가지겠지만 우리는 선배들처럼 얼어서 고생을 하거나 굶어서 고생을 하지 않는 현실에 대해 매우 다행스러운 전쟁을 하고 있다고 느낀 적이 있었다.

그런데 월남전에서의 예상치 못했던 먹거리와 관계된 한 가지 얘기는 보통 신참들이 도착하여 부대 진지에서 한식을 먹는 경우보다 작전에 나가 C-레이션만 먹는 경우가 더 많아지면 한 달쯤 뒤에는 잇몸이 간질거리는 것을 느낄 수 있었다.

혀를 갖다 대고 간지러움을 없애려고 빨면 그때서야 잇몸으로부터 피가 흘러내려 처음에는 그 피 맛이 큰일이라도 난 것처럼 여겨지기도 했지만 그저 그러려니 하고 지내면 또 자연히 멈추는 것이 처음엔 이상스러웠다.

알고 보니 작전을 하느라 C-레이션만 먹게 되어 비타민 C가 부족하므로 해서 나타나는 현상이었다.

하기야 영양을 철저히 다루는 미군들이야 비타민 C를 보충하느라 토마토 주스를 넣은 음식을 넣었지만 그 맛이 한국 사람들의 입맛에는 별로여서 잘 먹지를 않았던 것이 또한 문제였던 것이다.

그래서일까? 미군의 C-레이션 박스에는 개인의 단량은 다 먹어야 한다는 글귀가 쓰여 있다고 했다.

물론 우리가 당일 작전만 계속 나갈 때는 K-레이션에 들어 있는 파래와 멸치 조림 그리고 김치를 먹게 되기 때문에 별로 문제가 되지 않았지만 그렇지 않고 진지를 떠나 장기 작전을 할 때는 C-레이션만 먹기 때문에 바로 그러한 문제가 생겼던 것이다.

또 다른 얘기로는 월남에서도 모두 피난을 떠난 마을에서 주인을 잃은 닭이나 돼지를 몰래 잡아먹는 수가 있었지만 6·25 때 참전을 했던 어떤 선배의 말을 들으면 하도 배가 고파 낙오되었던 병사 일곱 명이 소를 한 마리 잡았는데 모두가 몇 점씩만을 먹고는 더 이상 먹지 못하고 서로 물끄러미 잡아 놓은 소를 쳐다보고만 있었다는 얘기가 있었다.

말하자면 소금이 없어 그렇게 배가 고파도 더는 목구멍에 넘어가지를 않더라는 것이었다.

흔한 소금이라고 해서 쉽게 여기면 안 된다는 뜻이며 월남에서도 대대 본부 식당에서는 일사병을 예방하기 위해 항상 식사 후에는 정으로 된 소금을 먹도록 했고 C-레이션에도 반드시 소금이 들어 있었다.

나는 월남전에서 소대장을 하고 있었을 때 후임 소대장들에게 고추 밭이나 상추 또는 쑥갓 밭을 지날 때는 아예 경계병들을 세우고 그대로 채소를 어느 정도는 수집하게 해야 된다고 늘상 강조를 했다. 한번은 작전을 하느라 무려 3일간을 C-레이션만 먹은 후 소대가 고추 밭을 지나게 되었는데 그때의 상황이란 마치 마라푼타 개미가 고추 밭을 휩쓰는 광경 같아 보였고 대원들은 적들이 어디에 있는지 경계도 하지 않는 눈치였다.

아연해진 내가 고추를 따지 않는 소수의 대원들과 함께 혹시나 적들이 이 기회를 노리지 않을까 걱정스러워 외곽 경계를 서서 한동안 그대로 고추를 따도록 묵인했던 적이 있었다.

나는 조금의 방심이라도 불행을 불러오는 전쟁터라 간부들은 특히 대원들의 먹거리에 대한 심리를 잘 파악하고 수시로 살펴보아야 한다는 사실도 직접 체험을 하고서야 더욱 깨닫게 되었다.

육군 제11 군수 지원 대대와 538번 도로

다낭 항구에서 월남의 젖줄인 1번 국도를 따라 20킬로미터쯤 남쪽으로 가다 디엔반 군청 앞에서 좌회전을 하면 538번 도로가 나온다.

호이안 시로 가거나 청룡 부대 본부와 여러 지원 부대로 가려면 누구든이 538번 도로를 지나지 않을 수 없었다.

그리고 538번 도로의 구간을 거의 지나 호이안 시로 바로 직진하지 않고 좌회전을 하여 청룡 부대 0대대 본부의 정문으로 들어서 잠시 지나고 나면 오른편으로는 포병대대가 있고 그리고 더 가서는 청룡 도로를 타게 된다.

육군 십자성 부대 제100 군수 사령부 예하의 제11 군수 지원 대대는 이 청룡도로가 시작되는 첫 지점에서 불과 몇백 미터 안 되는 곳의 왼쪽 약간 물러난 곳에 주둔을 하고 있었다.

당시 538번 도로는 특히 육군 제11 군수 지원 대대에게는 아주 끔직스러운 마의 도로가 아닐 수 없었다.

다낭 항구로부터 청룡 부대에 지원할 물자를 싣고 시간이 늦어 오후 늦게 이동을 하다가는 곧잘 기습을 받는 말하자면 죽음의 도로나 마찬가지였는데 육군은 물론 다낭에 볼일을 보고 그 트럭을 이용하던 우리 해병대 장사병들까지도 죽거나 부상을 당하는 수가 가끔 있었기 때문이었다.

우리는 이 소문을 들을 때마다 "해병대라는 것이 지원 나온 육군 하나 못 지켜주고 그 꼴이 뭐냐"는 말로 곧잘 비분강개를 하기도 했다.

한때는 우리 27중대가 작전을 마치고 그 부근을 지나다니기도 했었는데 어느 날 보았더니 0대대 정문으로부터 약 350미터쯤 떨어진 538번 도로상에 분대 초소를 구축해 놓고 5~6명의 대원들이 나와 있는 것이 보였다.

멀리서도 그 모습이 보여 보는 사람으로 하여금 매우 마음이 놓이기도 하고 든든한 느낌마저 들었는데 사실은 0대대 본부가 처음 들어섰을 때부터 B교량이라는 암호로 그 초소가 운영이 되고 있었는데 지난 2월 초순적의 기습으로 인해 그만 일곱 명의 인원 중 다수의 해병들이 피해를 입어 한동안 폐쇄를 하고 있었다고 했다.

그러나 그 초소가 다시 생긴 후로는 한 번도 제11 군수 지원 대대의 트럭이 기습을 받지 않았고 이제부터는 안심을 할 수 있다고 모두가 말해 흐뭇해하기도 했지만 그러나 문제는 제11 군수 지원 대대의 차량이 문제가 아니고 이제부터는 바로 그 벙커의 위치와 그곳을 지키고 있는 대원들의 야간 근무가 문제되었던 것이다.

그 초소는 조그마한 내를 하나 끼고 북쪽으로는 연결된 숲을 두고 있었는데 그 깊숙한 곳에 월맹군 1개 공병 중대가 있다는 공공연한 사실을 O대대도 이미 알고는 있었던 것 같았다.

구정 직후 우리 5대대 27중대가 이미 그곳의 정찰을 마쳤고 그때 내가 첨병 소대를 지휘했었는데 자그마한 개활지를 건너다 불시에 공격도 당했을 뿐 아니라 나중에는 앞세웠던 미 해병대의 수륙 양용 차가 지뢰에 체인이 끊어지기도 했다.

그리고 충격적이었던 것은 여태 본 적이 없는 마치 칼로 두부를 잘라 놓은 듯 매우 반듯한 적의 교통호를 본 일이며 더욱 어두워졌을 때는 부근 숲속에서 징을 울려 사람의 마음을 흔들던 그러한 일이었다.

나중에 들은 얘기지만 그 후 결국 O대대에서 운영하는 538번 도로상의 초소는 야간에도 5~6명의 인원이 고정 배치되었고 가끔씩은 적들이 야밤에 기습의 전초전을 벌였지만 초소 근무자들은 그럴 때마다 적을 그리 어렵지 않게 물리칠 수 있었다는데 이것이 바로 적들이 초소 병력을 일단 길들이는 게릴라전의 묘수였던 것을 미리 알아차렸던 사람은 아무도 없었던 것이다.

말하자면 적들은 아군들로 하여금 까불면 녀석들을 혼내 준다는 자만의 심리에 빠지도록 유도한 다음 나중에는 어둡지도 않은 초저녁을 틈타 모두가 마음을 놓고 있는 사이 일시에 많은 병력과 화력으로 집중 공격을 해 순식간에 초소를 곤궁에 빠뜨렸던 것이다.

그런 후로 O대대에서는 즉시 그 초소를 다시 없애 버렸으나 우리는 538번 도로 북쪽의 월맹 정규군 공병 중대에 대한 정보를 어느 정도로 내가 속한 5대대에서 O대대로 전달을 해 주었는지도 의문이며 적의 대 부대가 있는 코앞에서 고정된 초소를 왜 일정하게 고정적으로 운영을 했으며 아군들로 하여금 자만에 빠지도록 한 적의 심리전에 대해 왜 미처 알아차리지 못했는지도 의문이다.

물론 나중에 용궁 작전을 통해 그 일대를 우리 청룡 부대가 모두 장악하고 내가 소속된 5대대 27중대가 그곳으로 진지를 다시 잡은 후로는 538번 도로가 아무 말썽이 없는 도로가 되었지만 그동안 청룡 부대와 육군 제11 군수 지원 대대 병력들의 희생과 위험은 너무나 컸었던 것이 사실이었다.

전쟁 그리고 여자

전투지에서는 어린아이와 여자들이 가장 불쌍해진다.

노약자들도 물론이지만 아무 방어 능력도 없는 어린아이나 갓난아이의 생명을 보호하고 부지하려는 모성애의 그 몸부림은 차마 눈 뜨고 못 볼 지경에 이르기도 한다.

내가 초등학교를 다닐 때 교생 실습을 나온 사범학교 교생 선생님 한 분이 계셨는데 이북에서 피난을 나온 분으로 가끔씩 6·25 사변을 만나 이북에서 피난을 나올 때의 얘기를 들려주곤 했다.

그중에서도 아직까지 지워지지 않고 있는 얘기는 피난민이 워낙 많은 탓에 객차는 물론 화물칸마저 탈 수가 없어 많은 사람들이 객차나 화차의 지붕 위에까지 몸을 서로 의지하며 콩나물처럼 옹기종기 붙어 앉아 밤새도록 남쪽을 향해 달리지 않을 수 없었는데 어떤 가족들인지는 알 도리가 없었지만 희망이 전연 보이지 않는 병든 아이나 숨을 거둔 아이가 있으면 캄캄한 터널을 지날 때를 기다려 부모 되는 사람이 눈을 질근 감고는 열차 아래로 던져 버리는 경우가 있었다는 얘기였다.

이것은 필경 전쟁이 불러온 처절한 모성애의 어떤 한계를 뜻하는 것이라고 해야 할 것이며 이러한 김일성에 의해 저질러졌던 6·25의 동족상잔이 얼마나 우리 국민들을 가혹하게 만들었는지를 얘기해 주는 극히 단면 중의 하나라고 하셨다.

6·25 사변 당시 내 집안의 어른 한 분이 HID의 요원으로 활약을 하셨다.

임무 수행을 위해 적진에 낙하를 했는데 운이 없게도 그만 적에게 잡히는 신세가 됨과 동시에 개머리판으로 머리를 맞아 80이 넘은 지금도 그 상처가 영광의 상처처럼 남아 있다.

북괴군에게 끌려가 요원 두 명이 이제 막 사살되려는 찰나, 하늘이 도우셨는지 때마침 미군의 제트기가 공중에서 기총 소사를 하는 통에 그 틈을 노려 줄행랑을 쳐 살아오신 것이다.

그 후 집안의 어른께서는 통역 장교가 되셨고 군대 생활을 하는 중 자주 우리 집에서 나와 함께 기거를 하는 세월이 많았었는데 내가 월남전에 파월이 되기 전 어릴 때부터 들어 내 뇌리에서 지워지지 않았던 얘기는 "전쟁터에서 여자를 너무 밝히거나 강간을 하는 군인은 반드시 죽거나 불행한 일이 결국은 닥치더라."는 말씀이셨다.

흔히 전투지에서의 여자들은 원하든 원치 않든 군인들의 노리개가 쉽게 될 수 있다.

월남에서도 잠시 불미스러운 대원들의 실수가 있어 억울하게도 중대장이 책임을 지고 조기 귀국을 당하는 일이 있었는가 하면 우리 해병대 지역에서 집단 강간 살인 사건이라는 엄청난 피해 민간인들의 진정 사건이 있어 결국 주월 사령부의 범죄 수사대에서 진상 조사를 나온 적도 있었다.

물론 우리 해병대와는 무관하다는 결론이 나왔지만 그 사건을 해결하기 위해 당시 헌병대 수사 과장이었던 내가 사건 진상 처리의 주역 중 한 사람이 되어 적지에 들어가 모든 일을 조급히 처리하지 않으면 안 되었던 일을 생각하면 지금도 차라리 소총 소대장을 하는 것이 그 당시로서는 덜 위험했을 것을… 하고 돌이켜 생각해 볼 정도로 주민들과의 감정이 매우 험악했던 적이 있었다.

또 내가 소총 소대장을 했을 때는 흔히 여자들이 무엇을 질경질경 씹고 있는 것을 다반사로 보았는데 으레 입가에는 붉은 물이 들어 있는 것은 물론 그 붉은 침을 일부러 약간씩 흘리거나 뱉는 것을 보았다.

흡사 드라큘라 같은 그 형상은 실로 끔찍해 보이지 않을 수 없었는데 월남인들은 예로부터 전쟁이 나면 강간을 당하지 않기 위해 모두가 어떤 열매를 씹어 그런 추악한 혐오감을 상대 군인들에게 내보임으로써 위험을 피했다고 했다.

그런데 한번은 작전 지역의 민간인 중에서 꽤 반듯하게 보이며 입에도 씹는 것을 넣지 않은 처녀로 보이는 서너 명의 여자를 수개월 만에 보게 되었다. 그야말로 여자 같은 여자를 보는구나 싶은 감정에다 내 눈의 초점이 그들을 떨어지려 하지 않았는데 나는 그때 이미 내 바짓가랑이가 너무 팽팽해져 있음을 느끼고 혹시라도 사병들이 보지나 않을까 하고 부끄러운 마음이 들고 있었는데 하긴 나보다 더 한창인 대원들이야 그 반응이 오죽했겠는가?

또 한 번은 호이안의 모 여자 고등학교와 우리 청룡 부대와의 자매결연식에서 고등학교 여학생 대표들이 모두 흰 아오자이를 입고 나왔는데 더구나 이들 대부분이 불란서 계통의 혼혈들이라 어떻게나 예쁘고 스타일이 돋보이던지 과장해서 표현을 하자면 모두가 며칠간씩은 잠을 이루지 못할 정도였다.

이토록 젊은 혈기의 군인들이란 장사병을 막론하고 기회가 주어졌을 때는 그 본능의 테두리에서 벗어나기가 그렇게 쉽지 않을 것이라는 것이 나의 추측이며 말을 바꾸어 하자면 그만큼 여자란 전쟁이 났을 때 더욱 여러모로 희생물이 되기가 십상이라는 말이다.

처절한 모성애로 아이들과 자신의 육신을 지키기 위한 자기 방어는 물론 살아남기 위한 투쟁은 여자이기 때문에 더욱 남자 못지않은 어려움에 직면하는 수가 있다는 뜻이다.

요즘처럼 아군과 적군이 누군지, 전쟁이 무엇인지, 아무것도 모르고 떠들어대는 위정자들이나 젊은이들을 생각하면 어떻게 우리가 여기까지 오게 되었는지를 도무지 이해하기가 힘들다.

월남 아가씨 '국이'

1968년 내가 마악 전투 부대를 떠나 청룡 헌병대에 근무했을 때의 얘기다.

호이안 시내를 가려면 1대대 정문을 나와 좌회전을 해 지방 도로를 타고 한동안을 가야 했다.

1대대 바운더리에는 가스 스테이션이 있었고 그곳에는 미 해병대원 한 명이 관리를 하는데 누구든지 기름을 마음대로 셀프로 넣고는 미 해병대원이 가지고 있는 서류에 싸인만 하면 오케이가 되었다.

길을 나와 좌회전을 해 호이안 방향으로 가다 보면 1대대 정문으로부터는 약 500미터 정도의 길가 오른편에 서너 채의 집이 있었는데 그곳의 한쪽 큰 집이 바로 국이가 장사를 하고 있었던 식당 겸 가게였다.

듣기로는 닭백숙도 잘하고 국이라는 처녀가 한국말을 꽤 잘해 한번 가 볼 만한 집이라고 누가 추천을 해 내가 호이안으로 순찰을 가던 도중 대원 한 명과 함께 점심을 먹으러 잠시 들렀다.

이미 어느 대대 대원들인지 서너 명의 대원들이 술을 마시고 가게 앞, 트인 마당에 서서 무엇이 불만인지 우리말로 욕을 섞어가며 국이와 나이든 다른 일하는 월남 남자에게 고함을 치고 있었다.

나는 왜 저러나 싶은 마음이 들기도 했으나 못 본 체하고 내가 긴 나무 의자에 자리를 잡고 앉자 그 대원들은 잠시 조용해지는가 싶더니 곧 사라지고 없었다.

나는 국이라는 처녀에게 닭백숙을 시킨 다음 가게를 찬찬히 훑어보았다.

거의 대부분이 6·25 사변 때 임시 수도였던 부산 시내의 구멍가게들처럼 온통 미제 물건들 판이었다.

나는 역시 미군들이 치르는 전쟁터의 풍물은 어디를 가나 매한가지라는 생각을 하며 국이가 내 옆에 다가와 긴 의자 위에 앉는 것을 알아차렸다.

국이라는 이름은 누가 어떻게 부르기 시작한 이름인지는 몰라도 그것은 분명 우리 식 이름이지 월남 사람의 이름은 아닌 것 같이 느껴졌으나 모두가 국이로 통하고 있으니 나도 따라서 국이라고 부르지 않을 수 없었.

"오, 국이 만나서 반가워요"라고 한국말을 건네니 국이라는 처자도 "저도 반가워요" 하고는 별로 어색함이 없는 한국말로 인사를 했다.

눈여겨 외모를 보니 말이 처녀지 나이는 꽤 들어 보였고 반반한 인물에 덩치도 월남인이라기보다는 중국인의 외모가 더 강해 보였다. 그런 후 내가 무슨 말을 하려 했을 때 갑자기 그가 나에게 하소연을 하듯 먼저 말을 했다.

"군인들이 왔습니다. 먹었습니다. 그리고 갔습니다." 하고는 샐쭉하는 표정을 지었다.

나는 처음에는 무슨 말인지 연결이 안 되어 의아해했으나 곧 나와 함께 갔던 대원은 그 말을 알아듣고는 "응, 누가 음식을 먹고 돈도 안 내고 그냥 가 버렸다는 말이지?" 하고는 되물었다.

국이는 고개를 끄덕이며 다시 한번 슬픈 표정을 지어 보였다.

그러나 나는 자기네들끼리 무슨 사연이 있었는지도 모르는 데다 당장 그 일을 어떻게 처리해 줄 방법이 없었던 터라 알았다는 말만 하고는 닭백숙이 나오기만을 기다리지 않을 수 없었다.

닭백숙은 그야말로 냉동 닭만 먹었던 우리의 입맛에는 "바로 이 맛이야!"였다. 뿐만 아니라 우리 식으로 마늘을 푸짐하게 넣고 그렇게 맵지 않은 붉은 고추도 약간 썰어 넣어 색깔마저 입맛을 더욱 돋우어 주었다.

음식을 모두 먹고 난 뒤 나는 함께 간 대원의 의견에 따라 C-레이션 박스를 얌전히 잘라 글을 써서 붙이는 작업을 했다.

말하자면 혹시라도 음식 값이나 물건 값을 치르지 않는 그러한 민폐를 끼치는 경우가 없도록 주의를 환기시키는 경고판이었다.

"무전취식 금지"
- 청룡 헌병대

국이에게 잘 먹었다는 인사와 함께 가게 기둥에다 그 팻말을 붙여주고 나온 나는 한결 가벼운 걸음을 할 수 있었다.

방어 본능과 사형 집행

　일단은 누구나 죽이지 않으면 죽는다는 절체절명적인 환경에 처하게 되면 선과 악을 가늠할 겨를이 없어지는 것은 물론, 자기를 지키려는 반사적 행동만을 본능적으로 하게 된다.
　그러므로 군대는 이러한 인간의 본능적 심리를 이용해 적보다 더 빨리 즉각적인 행동을 거침없이 할 수 있도록 모든 수단과 방법을 동원해 반복 연습을 시키는 것이며 이것이 바로 훈련인 것이다.
　적이 나를 죽이려 난사를 하는데도 그 적의 주위에 있는 선량한 사람들이 내 총에 맞아 다치거나 억울한 죽음을 하게 되면 어떻게 할까? 라는 생각을 먼저 앞세우는 군인은 있어서도 안 되며 있을 수도 없는 일이다.

말하자면 전쟁은 인간 본연의 심성이나 양심에 역행하는 경우를 얼마든지 불러올 수 있다는 것을 누구나 간과해서는 안 된다는 뜻이다.

그러나 한편으로는 군인들 역시 평소에는 누구 못지않은 뜨거운 사랑과 열정과 인간애가 넘치는 사람들임에 틀림이 없다.

어떤 경우 군인들은 가혹한 훈련을 받기 때문에 인간의 심성마저 달라진 것이 아닌가 하고 의심하는 사람들도 있을 수 있지만 그것은 결코 올바른 판단이 아니다.

군인들 역시 집에는 부모 형제들이 있고 또 가정을 이룬 사람들은 여느 사람들과 꼭 같이 처자식들을 거느리고 있는 가장이기도 하기 때문이다.

1970년 해병대 서울 교도소에는 김포 쪽으로 잠입을 해 오다 우리 해병대에 체포되어 수감되었던 인민군 중위가 한 명 있었다.

벌써 일 년이 넘게 수감 생활을 하던 터라 가끔씩 우리 헌병들에게 말을 걸기도 했다는데 한번은 크리스마스 때 교회에서 위문 온 여자들을 보고 남반부 여성 동무들은 인물들이 왜 그렇게들 없느냐는 질문을 했다고 한다. 그 말을 들은 우리 헌병은 바깥에는 미인들이 얼마든지 많은데 어쩌다 인물이 빠지는 사람들이 온 것이라는 대꾸로 대답을 대신했다는데 이 말을 전해 들었던 나는 남남북녀라더니 이북에는 미인들만 들어찬 세상인가? 하고는 껄껄 웃었던 적이 있다.

결국 그는 그해 늦은 가을 김포 여단의 사격장 한 모퉁이에서 사형을 집행당하게 되었다.

당시 나는 내 아내가 곧 첫 아기를 출산하게 되는데 왜 하필이면 이때 사형 집행을 해야 하는 관할 헌병대의 보안 과장이 되어 있는가? 하고 매우 한탄스럽게 생각을 하기도 했다.

그러나 한솥밥을 오래 먹어서일까? 이것을 눈치챈 헌병대장은 보좌관과 무려 10여 명 이상이 출동하는 임무 수행인데도 아예 나를 구경조차도 못하게 빼 주었다.

"구 대위. 헌병대나 잘 지켜!"라는 그 정답게 들리는 말 한마디는 그야말로 고맙기 그지없었다.

결국 사형을 집행하던 날 새벽. 묵묵히 떠났던 대원들 모두가 밤늦도록 돌아오지를 않았다.

나는 내심 걱정이 되었을 뿐 아니라 상관인 헌병대장이나 보좌관이 돌아와야 퇴근을 할 수 있는데…. 하고는 더욱 초조하게 생각을 하고 있던 중 꽤나 어두워져서야 겨우 절반 정도의 대원들만 돌아왔다.

모두가 얼굴들이 말이 아니었고 입에서는 술 냄새가 진동을 하고 있었는데 선임 중사는 다른 사람들은 아마 오늘 돌아오지 못할 것이라는 말만 짤막하게 나에게 보고를 하고는 그도 너무 술과 피곤에 지쳤는지 집에 갈 생각은 아예 않고 바로 병들의 내무실로 직행했다.

며칠이 지나 자세히 들을 수 있었던 내용은 월남전에서 직접 전투에 참전했던 7명의 사수를 뽑아 당일 오전 미리 사격장의 사선에 오르게 한 후 충분한 사격 연습을 시켰는데도 막상 사형 집행을 위한 조준 명령이 떨어지자 사수들의 총구가 너무 심하게 흔들리기 시작하여 보는 사람들로 하여금 매우 불안하게 만들었다는 것이다.

전투에서의 자기 방어를 위한 본능적 행동과 사형수를 죽이기 위해 쏘는 사수들의 심리적 차이가 이토록 크다는 사실을 우리로 하여금 잘 알려주는 대목이었다.

결국 발사 명령이 떨어지고 7발의 총성이 산울림으로 메아리를 쳤는데 가슴에 붙인 표적에는 오로지 한 발만 명중을 했다고 한다.

물론 뒤처리는 선임 집행자의 권총으로 관자놀이를 향해 쏘는 것으로 끝이 나는 것이지만 집행 책임자인 헌병대장은 의식적으로 자신의 노기를 드러내 전쟁을 했다는 녀석들이 어찌 이 모양이냐고 7명의 사수들을 매우 나무랐다.

  그리고 총알을 잔뜩 주어 사격장의 사선으로 다시 올라가게 하고는 인간의 본성에 좋지 않았던 기억이 앙금으로 남아 있지 않게 하기 위해 사격을 다시 하도록 하는 한편 더욱 기합을 주었다고 한다.

  특별 훈련을 마친 후 헌병대장은 사수들은 물론 그 일에 동원된 모든 대원들을 예약된 술집으로 인솔해 헌병대로 돌아갈 운전병 한 사람만 빼고 모두가 거의 뻗을 때까지 술을 잔뜩 먹였던 것이다.

  인간이 인간을 죽이는 것에는 여러 경우가 있을 것이다.

  내가 말하고 싶은 것은 적이란 개념을 두고 죽이지 않으면 내가 죽는다는 절체절명의 경우에는 오로지 동물적 킬러의 본능이 존재할 뿐 휴머니즘도 박애도 사랑도 아무것도 존재하기가 힘들다는 사실과 역으로 아무리 그러한 킬러의 본능에 잘 조련된 군인들이라 할지라도 그 상황을 벗어난 경우에는 누구 못지않게 인간으로서의 양심을 고이 간직한 선량한 사람들로 되돌아올 수밖에 없다는 사실이다.

해병대의 눈물

1968년 1월은 유난히도 추웠다.

포항에 위치한 파월 장병 특수 교육대에서의 한 달이 채 못 되는 교육 훈련에도 우리는 그 엄동설한이 힘들어 얼른 교육이 끝나고 더욱 열사의 땅으로 파병이 되기를 원했다.

그러나 막상 1968년 1월 28일 구정 직전에 월남 땅을 밟은 우리들에게는 여러 가지로 예상했던 기대와는 다른 큰 전황의 분위기가 닥쳤다.

그중에서도 맨 먼저 난처했던 것은 청룡 부대가 아직도 추라이에서 호이안으로 부대 이동을 하고 있는 중이라 우선 현지에서 받아야 할 사격 훈련(당시 해병대는 M-1 소총이 소지 무기라 현지의 M-16 교육이 필수였음) 등의 적응 교육을 받을 여유가 없었던 것이었고 다음으로는 구정인 1월 31일을 가운데 두고 3일간의 피아간 휴전을 맺어 놓고도 벌써 구정 2일 전에 적의 불법적인 대공세가 시작되었던 것이 큰 문제였다.

월남 정부군, 미군, 한국군은 물론 모든 아군들이 표적이 되었던 것은 말할 것도 없었고 1번 국도의 점거와 모든 군청들까지 적의 수중에 함락되거나 공격을 받았던 것이 현실이었다.

이러한 와중에서 새로 도착한 신병들은 확고한 진지도 없이 이동하는 자기 중대를 사정을 보아 가며 재빨리 찾아서 합류를 해야만 했고 그나마 이동 중 예상치 않은 적들과 흔하게 조우를 해야 했기 때문에 신병들의 그 적응력이 오죽했겠는가?

그로부터 6개월여의 적들과의 쉴 새 없는 싸움은 피아간에 많은 사상자를 내게 했던 것도 사실이지만 특히 청룡 부대의 용궁 작전은 게릴라전이 아닌 전면전에서의 통쾌한 승리였으며 작전의 개념을 달리했던 이때부터의 전투는 많은 전과를 거두기 시작했던 것도 사실이다.

1969년 1월 28일은 1년 전 한국에서 출발했던 제23제대가 임무를 마치고 한국으로 되돌아오는 날이었다.

연병장에서의 환송식에서는 참모장의 환송사가 있었고 그 내용 중에는 "이번에 귀국하는 23제대(23번째 부대의 의미)는 여태 그 어느 제대보다도 함께 와서 함께 돌아가는 전우가 적은 제대"라는 눈물겨운 환송사를 했고 그 말을 듣고 있던 우리는 모두가 흐느끼며 숙연한 마음으로 전우들의 명복을 빌었다.

그때 그 시절을 회상하며 나는 글을 쓰는 지금도 하염없는 눈물을 흘리고 있다.

C-레이션의 추억

해방 후 미군들이 한국에 진주했을 때 나는 아주 어린 나이였지만 아버지께서 잘 아는 미군이 있어 덕분으로 C-레이션이 무엇인지도 모르고 거저 맛있는 과자쯤으로 알고 몇 번 얻어먹은 적이 있었다.

그리고 내가 초등학교 4학년 때는 6·25 사변이 터져 미군들을 포함한 많은 UN군들이 부산에 와 있어 부대에서 흘러나온 C-레이션을 낱개로 파는 가게가 무척 많아 가끔은 사서 먹을 때가 있었다.

또 내가 중학교를 다닐 때는 웬만큼 여유 있는 아이들의 소풍 준비에는 으레 C-레이션에 들어 있는 깡통 한 개쯤이 들어 있었던 것도 흔한 일이었다.

　세월이 지나 내가 월남전을 위해 그곳 땅을 밟은 후 제일 먼저 식사로 제공받았던 것도 바로 C-레이션이었다.

　일인 일식 분으로 포장이 되어 있긴 했지만 B-1, B-2 등으로 분류되는 그 각각의 메뉴는 공통으로 들어 있는 설탕, 소금, 담배, 성냥, 커피, 커피 믹스, 휴지를 제외하고는 많이 달랐다.

　일반적으로 누구나 좋아하는 메뉴만 짚어 보자면 과일, 코코넛 초콜릿, 햄 앤드 에그, 스파게티, 터키 로프 정도가 단연 인기 품목이었으나 이런 메뉴가 한 끼의 레이션 박스 안에 두 가지 이상이 들어 있는 경우는 없었던 것으로 안다.

　우리는 작전을 수행할 때는 C-레이션으로 식사를 하고 작전을 마치고 진지에 돌아와서는 월남 정부에서 주는 쌀로 밥을 짓고 반찬은 한국에서 보내오는 K-레이션과 미군들이 보급하는 C-레이션에 있는 고기를 조금 넣어 주로 찌개를 끓여 먹었다.

　한 번은 소대장들끼리 그래도 이런 전쟁은 잘 먹고 얼지도 않은 가운데 전투를 하는데 못 먹고 추운 겨울에 얼어 가며 전투를 했던 선배들은 얼마나 어려웠겠느냐는 말들을 주고받았던 적이 있다.

　물론 목숨을 걸고 언제 어떻게 될지 모르는 상황이야 모두가 같겠지만 "잘 먹고 죽은 귀신은 때깔도 좋다"는 말처럼 죽어도 약간은 덜 억울하겠다는 생각이 들기도 했던 것이 사실이다.

　구정 공세를 당했을 때는 보급이 끊겨 먹을 것은 물론 물조차 마실 수 없었던 중대들도 있었지만 그래도 우리 중대는 다행히 굶은 경우는 없었고 다만 여섯 끼니를 C-레이션으로만 때워야 했던 적은 있었다.

　사람에 따라 차이는 있겠지만 맨 먼저 드러나는 부작용은 비타민 C가 부족해 잇몸으로부터 피가 흘러내리는 것이었고 다음으로는 음식이 물리는 것이었다.

나의 경우 네 끼째를 먹었을 때는 너무 질려 깡통에 든 과일마저 목에서 넘어 가지 않아 마치 닭이 물을 삼키듯 목을 빼고 하늘을 쳐다보며 내가 이것을 넘기지 않으면 죽는다는 생각을 스스로 해 가며 겨우 삼키곤 했던 적이 있었다.

물론 C-레이션에는 비타민 C를 보충하느라 토마토 주스를 첨가한 음식도 있긴 했었으나 사실은 별로 맛이 없어 모두가 잘 먹지를 않았다.

나중에 알게 된 사실이지만 분명히 C-레이션의 박스에는 1인 1 포장의 개인 단량을 다 먹어야 한다는 글귀가 쓰여 있다고 했다.

말하자면 영양의 밸런스를 고려해 전투 식량을 만든 것이니 맛이 없는 종류의 메뉴가 섞여 있더라도 건강과 체력 유지를 위해서는 모두 먹어야 한다는 뜻이었다.

한번은 우리 소대가 적의 바운더리에서 수색을 하다가 고추 밭을 만나게 되었다.

나는 노출되기가 쉬운 고추 밭을 피해 아예 숲으로 방향을 돌리려고 생각을 했으나 이미 대원들 절반쯤은 빠른 동작으로 폭탄처럼 매운 고추를 따서 호주머니에 넣기가 바빴다.

나는 얼른 생각을 바꾸고 분대장들에게 따는 사람은 그냥 두고 나머지 사람들은 사주 경계를 철저히 해 주어야 한다고 고함을 질렀다.

그리고 내가 깨달은 것은 물론 민폐가 되긴 하지만 이럴 경우는 아예 처음부터 사주 경계를 먼저 시키고 어느 정도의 고추를 수집을 하게 하는 것이 훨씬 안전하다는 것이었다.

얼마 전 누가 요즈음 미군 부대에서 흘러 나왔다는 C-레이션을 몇 개

갖다 주었다.

예전과는 달리 깡통 안에 든 것이 아니라 모두 부드러운 팩에 들어 있어 무게나 운반이 편리해진 것 같았다. 그러나 내가 생각하기에는 어찌나 메뉴가 여러 면에서 옛것만 못하던지 매우 실망을 했던 적이 있었다.

월남에서 전투를 나갈 때의 배낭에는 그 부피와 무게를 줄이기 위해 포장 박스를 벗기고 깡통들만 넣고 다녔다.

신참들이 요령이 부족해 그 모서리가 등을 찌른다고 불평을 하면 으레 고참들이 등을 찌르지 않게 깡통을 넣는 방법을 가르쳐 주곤 하는 것을 엿볼 수 있었다.

역시 맛이 그럴듯하게 느껴지는 그날 C-레이션이 우리 입맛에 마냥 추억으로 남는 것은 그 맛도 맛이지만 사실은 우리의 젊음을 함께했던 그 인연이 아직도 마음속 깊이 남아 있어 그런 것은 아닐지 모르겠다.

맥아더 장군은 선배들의 친구입니다

　대한민국의 정체성은 자본주의 경제를 기조로 한 자유 민주주의입니다. 소위 20세기 초반 러시아의 볼셰비키 혁명을 신호로 그 세력을 굳히기 시작했던 공산주의는 한때 자유 민주주의와 대치했던 막강한 세력이었지만 어디까지나 사상과 이론에만 점철되고 인간의 본능적 심성과 욕구를 무시했던 결과 80여 년이라는 짧은 생애를 마치고 인류 역사의 무대에서 점차 사라지게 된 것입니다.

　사실상 역사를 크게 보면 세계 제2차 대전 후 우리는 비록 일본의 군국주의 식민지로부터 벗어는 났지만 자유 민주주의와 공산주의와의 와중에서 양자택일을 하여 살아남지 않으면 안 되는 약소국가가 되었고 자의건 타의건 간에 우리 한반도는 두 양대 진영의 정치, 경제, 사상, 제도 등의 선택을 하지 않으면 안 되게 되었으며 결국은 우리가 살아가는 남쪽의 대한민국은 국민의 다수에 의해 그 정체성을 자유 민주주의 국가로서 우리 스스로가 지켜나가지 않으면 안 되게 되었던 것입니다.

그러나 그 힘겨운 속에서 1950년 김일성은 구 소련과 중공을 등에 업고 6·25 남침을 일으켜 우리의 삶을 파괴했으며 그러한 가운데서도 국제 연합군과 우리 국군 특히 해병대는 희생을 마다 않고 공산주의자들을 물리치고 대한민국을 지켜 왔던 것입니다.

그리고 참전 16개국의 유엔군 중 미국은 5만여 명이라는 젊은이들의 희생을 치러 가면서도 만리타국에서 군사적, 경제적 도움으로 우리를 지켜주었던 것이며 작금의 친북파들이 주장하는 소위 "소련군은 해방군이었고 미군은 침략군이었다." 또는 "미국은 자신들의 이익을 위해 우리를 지켜준 것이다"라는 도식적이고도 모순적인 왜곡의 논리는 매우 경계를 해야 할 주장들인 것입니다.

여기서 긴 얘기를 할 수가 없는 것이 안타깝기도 하지만 특히 "남한이 자유 진영으로 되든 공산 진영으로 되든 간에 6·25 때 북한에 우리가 대항하지 않고 또 국제 연합군이 개입하지 않았더라면 통일은 되었을 것이 아니냐?"라는 빨갱이들의 선동은 우리 대한민국을 부정한 극악무도하고도 몰지각한 무지의 주장인 것입니다.

인간의 삶의 목적은 행복을 추구하는 것입니다.

이미 공산주의나 사회주의는 이러한 인간의 행복을 추구할 수 있는 이념이 될 수 없다는 것이 드러나 증명까지 되었는데도 불구하고 계속 어떤 야욕을 품은 주장을 거듭한다면 그것은 응당 우리 사회에서 제거되어야 할 존재들이라는 것을 깊이 명심해야 할 것입니다.

우리의 속담으로 "친구 따라 천 리를 간다."는 말이 있습니다.

우리가 추구하는 자유 민주주의를 지키기 위해 생명을 같이했던 친구의 의리를 지키지 못한다면 6·25 때 국제 연합군으로 참전했었던 16개국과 원조를 해준 30여 개국들의 나라들이 우리를 어떻게 보겠습니까?

그리고 백전백승의 해병대라는 우리의 존재는 어디서부터 비롯되었던가요?

우리는 이럴 때일수록 더욱 아군과 적군을 분명히 해야 하며 목숨을 바쳐 지켜온 우리의 지난 역사를 빨갱이들에게 조금도 매도당하는 일은 없어야 할 것입니다.

맥아더 장군은 우리 선배들과 함께 공산 침략자들을 물리친 훌륭한 우리의 선봉장이었습니다.

그리고 6·25를 치르고 나라를 지킨 역전의 우리 선배들은 세계의 전사에 한 페이지를 남긴 맥아더 장군의 친구들입니다.

미국의 주구라는 말도 전연 적절치 않으며 "6·25 때 준 원조 식량은 자기들이 먹고 남은 잉여 농산물을 바닷물에 처박는 대신 주었던 것이다"라는 말은 그야말로 거지의 근성을 드러내는 치욕적인 말이 되기 쉽습니다.

6·25 때 우리에게 먹거리를 준 나라는 비단 미국뿐만 아니라 무려 30여 개국이나 됩니다.

그리고 만약 미국의 잉여 농산물을 우리들에게 주지 않았더라면 우리는 어떻게 되었을까요?

내가 추측하기로는 지금의 먹지 못한 아프리카 난민의 처지가 된 것은 물론, 춥고 얼어서 죽은 사람들이 부지기수였을 것입니다.

거듭 강조하는 말이지만 "국군이 대항하지 않았더라면 통일은 되었을 것이 아니냐?" 라는 말은 그야말로 대한민국의 정체성은 물론 모든 것을 부정하고 우리 사회를 전복시켜 북한 사회에 종속시키려는 가장 악질적인 의도의 뜻이 담겨 있음을 우리는 깊이 깨달아야 할 것입니다.

그리고 우리 모두가 비록 맥아더 장군의 동상 앞에 서서 지키지는 못할지라도 항상 자유를 지키려는 행사에 직접 몸을 던지고 있는 우리들의 팔각모 전우들에게 찬사와 박수를 보내야 옳을 것입니다.

 이 글은 2005년 해병대 전우회 중앙회 사이트의 게시판에 맥아더 장군 동상 수호에 앞장선 우리 전우들을 비판하는 글에 대한 반박문으로 올렸던 글입니다.

영천 따까리 시절

첫 번째 이야기

1967년 당시 경북 영천에 있었던 육군 헌병 학교 위탁 교육 시절. 육군 장교들은 모두 BOQ에서 생활을 했으나 우리는 해병대라고 우겨 장교 네 명 모두 시내에서 하숙을 했다.

처음에는 시내에 있는 한 여관에서 하숙을 했었는데 막상 그곳에서 하숙을 하고 보니 너무 시끄러워 공부는 고사하고 놀다가 볼일을 다 볼 정도라 성적이 걱정될 정도였다.

나는 해간(해병대 간부 후보생) 5기 선임인 C 대위 선배와 방을 함께 썼고 같은 해간 동기생이며 나보다 모두 9기나 선임인 J 대위와 L 대위 두 선배들은 자기들끼리 한 방을 썼다.

우리는 은근히 C 대위가 S대 법대 출신이라 1등을 할 것으로 기대를 하고 있었는데 하루는 고참 선배인 J 대위께서 나를 잠시 부르더니 "야. 구 중위, 일등은 네가 해야 해!" 하고는 압력을 넣었다.

내 판단으로는 아마 J 대위 선배께서 우리 두 사람을 서로 경쟁을 시켜야 되겠구나 싶었던 모양이었다.

나는 대답은 "네"라고 했지만 법학이 전공도 아닌 내가 대부분이 법대 출신인 사람들을 어떻게 당할 것이며 특히 군형법이나 형법이나 행정법은 처음 듣는 강의가 되어 재미는 있었으나 남보다 성적이 앞선다는 것은 애시당초 내 사전에는 없는 것이었다.

비록 시골이었지만 여관은 밤만 되면 시끄러웠다.

베니어 한 장으로 도배를 해 막은 방들이라 한밤중에는 옆방의 숨소리까지 다 들을 수가 있었다.

그러다 보니 한참 남녀가 어울리기 시작할 때부터 클라이맥스에 이르는 모든 소리를 다 오디오로 감상할 수 있었고 방 뒤편으로 유리나 창호지의 가림도 없이 뚫어 놓은 처마 밑의 조그만 환기통 구멍은 우리가 들여다볼 수 있는 유일한 비디오의 스크린이 되었던 것이다.

사실 더욱 예민했던 것은 나보다는 모두가 기혼자들인 선배들이었다. 물론 나도 호기심이 발동해 한옥집 뒤쪽으로 좁게 나 있는 담벼락과의 사이에 살그머니 들어가 작업을 할라 치면 우리가 임관 후 기초반 교육을 받았을 때 교관을 했던 L 대위 선배께서 한발 먼저 와 있을 때가 많았다.

"야. 구 중위, 여기 좀 엎드려."

"형은 왜 나왔소? 형수 보고 온 지 며칠이나 됐다고…. 내가 먼저 엎드리면 저번처럼 나중에 토끼려고? 한 번 속지 두 번은 안 속아요."
"그래 그래 알았어. 네가 먼저야."

원체 뼈다귀 스타일의 임 대위 선배보다는 내가 훨씬 무거웠기 때문에 사람의 머리가 보일까 말까 할 때 더 참지 못하고 임 대위 선배는 나를 내리려 한다.
소리를 낮추어 "아직… 아직…"
"야, 이 시끼야 나 죽겠어…."
결국 차례를 바꾸고 나면 내 등을 밟고 올라간 선배는 내려올 줄을 모른다.
"안 내려올 거요? 나 일어설 거요 그럼…." 그러고는 약간씩 흔들어댄다.
"야, 조금만 더…." 으레 L 대위 선배는 시간이 길어지기 일쑤였고 반면 정 대위 선배나 조 대위 선배는 잠깐잠깐씩만 관심을 보이는 스타일들이었다.
너무 일찍 세상을 떠나신 J 선배님 그리고 70년대 초에 미국으로 이민을 가신 C 선배님 그리고 친구처럼 항상 같이 낄낄거리시던 L 선배님이 새삼 그리워진다.

두 번째 이야기

형제 같았던 우리 네 사람(J 대위/ L 대위/ C 대위/ 본인)은 제일 선임이셨던 J 대위 선배의 불평으로 여관에서 개인의 하숙집으로 숙소를 옮기기로 했다.
예전에는 꽤 잘 살았을 것 같은 낡은 한옥집이 고색을 담고 있을 정도였는데 대문을 들어서자 덩그렇게 있는 입구 방에는 이미 헌병 학교의 교수부에 있는 육군 나 중위가 세를 들어 잠만 자는 하숙을 하고 있었다.

우리는 다음 주일 그 방을 비울 것이라는 말에 그 깨끗하고 큰 방을 탐을 내기는 했어도 벌써 인원이 네 명이라 방 두 개를 쓰는 것이 오히려 나을 것이라 생각하고 그만 아래채에 있는 방 두 개를 쓰기로 했다.

주인마님은 50대 초반이나 되어 보이는 홀몸이었고 자식들은 모두 객지로 나가 그 큰 집을 일하는 사람과 둘이서 관리하며 살고 있는 입장이라 하는 수 없이 하숙을 치게 된 그런 가정이었다.

날씨는 깊은 가을이 찾아와 새벽녘이나 저녁나절이면 약간은 으스스한 기분이 들곤 했다. 학교를 파하고 돌아와 솔로 구두를 문지르고 있는 나를 보고 L 대위 선배가 "야, 이제 졸업도 얼마 남지 않았는데 졸업 후 우리가 서로 또 헤어져야 할 것 아니야?" 하고 말을 붙였다.

"뭐 그거야 할 수 없지만 우선 사령부에 얘기를 잘해서 가고 싶은 곳으로 보내 달라고 해야겠네요."

"야, 너 사령부에 누구 빽 있어?"

"아니 빽 없이 헌병 학교에 교육 오는 사람도 있소?"

"그래 넌 누구야?"

"사령관님 있잖소."

"햐~ 이 시끼 봐라. 그래 사령관하고는 어떻게 되는데?"

L 대위 선배는 방문을 약간씩 열어 놓고 우리 대화를 듣고 있던 나머지 두 선배들을 번갈아보며 놀란 표정을 지어 보였다.

순간 모두가 내 대답을 듣고 싶어 약간은 긴장들을 하는 것 같이 느껴져 나는 더욱 장난기가 발동을 했다.

"우리 집안 아니오!"

하고는 힘을 주어 말했더니 이번에는 L 대위 선배가 표정을 달리하는 것 같았다.

"그래 어떻게 돼?"
나는 내뺄 채비를 하고는 말했다.

"모두 단군의 자손이니까 한집안이지 뭐….”
"저놈 시끼 너 일루 안 와!"
"내 잡아 보~시오". 대문간까지 달아난 나에게 내 구두 한 짝이 날아왔다.
"너 이 시끼 오늘 저녁은 다 먹었다."

가끔은 나로부터 엉뚱한 짓을 당하거나 이불을 깔아 놓은 방 안에서 내 아래에 깔려 신음을 해야 했던 나보다 다섯 살이나 연상인 L 대위 선배는 마치 터울이 지지 않는 친형제처럼 서로가 장난이 심한 사이였다.
이 광경을 늘 지켜보는 J 대위 선배와 C 대위 선배는 우리가 장난을 하는 것을 보고 "그래 친구끼리 잘 놀아 봐라"는 말을 하고는 모두가 우스워 죽겠다고 나뒹굴 때가 많았다.
저녁에는 반찬에 메뚜기볶음이 나왔다.
나는 어릴 때 생각이 나 좋아라고 입에 집어넣기가 바쁜데 J 대위 선배는 위장이 별로 안 좋은 데다 입맛이 까다로워 불평을 하기 시작했다.
젓가락으로 메뚜기 몇 마리를 그릇 바깥으로 한 번 탁 튕기고는 "아니 이것도 반찬으로 내놓냐?" 하고는 불평을 했다.

저녁을 먹은 후에는 J 대위 선배가 자기 방으로 모두 집합을 시켰다.

사실 나도 졸업 후에는 어떻게 배치가 될지 의문이 많았고 그보다는 말이 위탁 교육이지 장교일 경우 해병대에서 예산을 들여가며 교육을 시켰는데 그 성적이 3분의 1 이내에 들지 못하면 낙제로 평가해서 그 병과에서는 탈락이 되게 되어 있었던 것이 우리 모두의 걱정거리였던 것이다.

또 당시는 우리 해병대의 헌병 장교들 거의 대부분이 헌병학교의 교육을 거치지 않고 아무나 직책을 맡았던 것이 문제가 있다는 결론으로 우리 네 사람을 범죄 수사 과정의 교육을 받게 했으므로 해병대로서는 크게 비중을 두지 않을 수 없는 분위기였다.

만약 이 일만 제대로 해결이 된다면 대위일 경우는 작은 지역의 헌병대장이나 큰 부대의 과장의 직책을 맡을 수 있게 되고 나처럼 중위일 경우는 작은 부대의 과장이 되게 되어 있었다.

이윽고 J 대위 선배가 말문을 열었다.

"아무래도 C 대위는 몰라도 모두가 3분의 1 이내에 든다는 보장은 없어. 그러니까 성적을 이제 와서 구체적으로 어떻게 할 수는 없는 것이고 헌병 학교의 교무 행정의 실무 책임자가 상사라는데 헌병 학교에서 해병대로 보내는 공문에만 성적 순위를 3분의 1 이내로 조정해 보내 달라고 하면 될 것 같으니까 그렇게 알고 있어."

"그래 너하고 나하고 둘이서 그 친구를 만나 보지 뭐."

동기인 L 대위 선배가 말을 거들었다.

"그럼 혹시 비용이 들면 우리가 각자 내야지요."

나는 따까리에 지나지 않았지만 군대 생활을 많이 한 선배들이 역시 요령이 있는 사람들이구나 싶은 생각에 내가 할 수 있는 일이라고는 비용을 내는 일밖에는 없다고 여겨 나온 말이었다.

"야, 그런 거는 들 때 들더라도 아직은 생각할 필요가 없어."

단호하게 말을 했던 J 대위 선배는 결국 다음 날 동기생인 L 대위 선배를 하숙집에 그대로 둔 채 혼자 실무 책임자를 만나 담판을 하고 왔는데 내용인즉슨 차 한 잔만 하고 양해를 구하고는 그냥 돌아왔다는 것이었다.

우리는 너무 쉽게 결론을 얻고 와 은근히 걱정이 되기도 했지만 평소 헌병 학교에 있던 육군들은 우리 해병대에게 매우 친절했기 때문에 한편으로는 마음이 놓이기도 했다.

아무튼 우리는 사령부에서나 헌병감실에서 판단을 할 때 매우 우수한 성적으로 졸업한 장교들이 되었고 교육을 마치고 헌병감실의 차감께 신고를 했을 때는 여러 명이 위탁 교육을 갔는데도 모두가 전에 없는 우수한 성적들을 거두었다는 칭찬까지 받았다.

나는 그런 일이 있은 후로 "역시 군대는 짬밥이야!"라는 우리 해병들이 흔히 쓰는 말의 뜻을 비로소 알게 되었다.

두 해병

 "쿵 쿵 쿵~" 연방 쏘아대는 포성이 점심을 먹고 잠시 낮잠을 자던 나를 깨웠다.
 내가 지키고 있는 해병 청룡 부대 본부의 외곽으로부터 3킬로미터쯤 떨어져 있는 포병 대대 지원 사격이 또 시작된 것이다.
 오늘따라 해병대가 가진 105밀리 포는 물론 맹호 부대에서 지원 나온 155밀리 포까지 동원되는 것으로 보아 어느 대대인지는 몰라도 무척 치열한 전투를 펼치고 있는 것 같았다.
 1968년 1월 31일 구정을 전후해 피아간에 서로 3일간의 휴전을 합의

해 놓고도 월맹 정규군과 베트콩들은 민간인처럼 가장을 하여 한국 해병대와 미 해병대의 지역에 무려 2천여 명이 잠입해 들어왔던 것이며 사실 이러한 공세는 비단 우리 지역만이 아니고 월남의 전 지역을 통해 동시에 일어났던 총공세였던 것이다.

이것이 소위 '구정 공세'라는 것이며 호이안을 중심으로 한 우리 지역에서는 그로부터 약 2개월간에 걸쳐 치열한 전투가 거의 매일처럼 밤낮을 가리지 않고 계속되었던 것이다.

나는 잠에서 깬 후 세수를 하고는 유선 전화로 각 초소마다 점검을 했다. 되도록이면 낮에는 쓸데없이 움직이지 말고 낮잠을 자 두도록 하는 것이 야음을 노리는 적에 대한 대비책 중의 하나라고 생각했기 때문이었다.

초소 점검을 마친 후 나는 다시 내 벙커로부터 50여 미터 떨어져 있는 관망대 위로 사다리를 타고 올라갔다.

얼마나 더웠던지 고작 잠에서 깨어 점검을 마친 후 겨우 관망대 위로 올라왔는데도 벌써 러닝셔츠에는 땀이 젖기 시작했다.

나는 옆에서 대원이 건네주는 쌍안경으로 전방을 주시했다.

덩그런 관망대로부터 한눈에 훤히 들어오는 것은 동서로 뻗은 큰 늪이었다. 우기 철에는 큰 강물이 되어 용트림을 하듯 지나갈 것을 생각하니 늪 건너 우거진 숲과는 잘 어울릴 경관 같이 느껴지기도 했다.

이러던 중 관망대 아래쪽에서 전령이 나를 부르고 있는 소리가 어렴풋이 들려왔다. 내 눈길이 뛰어오는 전령과 마주치자 전령은 "소대장님. 여단본부(청룡 부대 본부)에서 전화가 왔습니다" 하고 관망대 위를 쳐다보며 외치듯 말을 했다.

"누구야?"

"동기생이라고만 합니다."

나는 누구든 간에 동기생이라는 말에 반가움이 앞서 땀이 나든 말든 빠른 걸음으로 내 벙커로 찾아들었다.

"나 구 중위야!"

수화기를 들자마자 외치듯 큰 소리로 말했다.

"응, 나 김광수야." 말끝이 웃음을 띠우고 있었다.

"야. 너 언제 도착했어? 그리고 동기생은 누구누구가 왔어?"

상대방이 미처 대답도 하기 전에 너무 반가운 나머지 내 말만 잇고 있었다.

"응 어제 도착했는데 황○○ 중위와 강○○ 중위와 같이 왔어."
"니 그라모 지금 당장 그 친구들 데리고 일루 와. 통신 대대를 지나 무조건 숲이 우거져 있는 여단 북동쪽 끝 외곽으로만 오면 우리 소대원들을 만날 수 있을 끼다."
"비무장인데…."
"야! 니 죽으모 내가 책임진다. 명색이 내가 지키는 해병 청룡 부대 본부 울안인데 적이 어데 있노?"
"하여튼 큰소리는 여전하구먼…."
"야, 풍 없는 영웅이 어데 있노? 내가 백령도에서 그렇게 가르쳤는데도…." 우리는 서로가 깔깔대고 웃었다.

김광수 중위와 나는 전생에 무슨 인연이 있어도 있는 것처럼 여겨졌다.

부산에서 같은 초등학교를 다녔던 것을 시작으로 같은 중학교와 고등학교 그리고 대학은 다르지만 해병 학교의 기수도 같았고 임관 후 초임지도 같은 백령도에다 같은 중대에서 근무를 했다.

이제 그것도 모자라 청룡 부대까지 와서 만나게 되었으니 아주 늦어 노인 대학에서만 서로 만나게 되면 대학이 각각인 것도 커버가 되지 않을까 싶었다.

해병 중위 김광수. 그는 서글서글한 눈을 가졌고 오똑 솟은 콧날 그리고 항상 웃음을 머금은 입이 누구에게나 친근감을 주었다. 더구나 몸매마저 날렵해 초등학교 때는 나와 함께 기계 체조 선수 후보로 뽑혔다가 나는 시원치 않아 탈락이 되고 그는 우리 학교의 선수로 뽑혀 시합에 나갔던 적도 있었다.

서로 통화를 한 지도 30여 분이나 지났다.

관망대 아래 그늘에서 빨리 오기만을 기다리며 서성거리고 있는 나를 향해 "손들어!" 하는 소리가 들렸다.

나는 직감적으로 그들이 온 것을 알아차리고는 팔을 벌리면서

"야, 보급품들이 왔구나."

하고는 김 중위, 황 중위 그리고 강 중위를 차례로 얼싸안고 반가움을 나누었다.

우리는 그때 마악 도착하는 소대장 요원들을 보급품이라 불렀다.

그 당시 한동안은 사령부의 방침으로 소위는 경험이 부족할 것이라는

염려로 대부분의 소대장들을 중위로 채웠는데 원래 중위의 수가 많이 부족한 데다 사상자들이 곧잘 생겨 소대장 한 사람이 비게 되면 소대장을 끝낼 시기가 와도 한국에서 보충 병력이 오기까지는 계속 오늘 어떻게 될지 내일 어떻게 될지를 모르는 소대장 직책을 한 달이나 더 해야만 했던 판국이라 새로 부임하는 소대장 요원들이 오면 더욱 반갑지 않을 수 없었고 이것은 마치 기다리던 보급품과도 같다는 뜻으로 누가 지어 낸 비어였다.

"야, 너거는 전쟁 다 끝났는데 인제 사 뭐 할라꼬 왔노? 말도 말아라. 나는 구정 공세 사흘 전에 도착해서 피 묻은 전임 소대장 장구를 그것도 한밤중에 챙겨 입고 그날부터 두 달 동안을 하루도 안 빼고 전투를 안 했나."

나는 마치 장 보러 온 촌놈들 어르듯 쉬지 않고 그간에 있었던 일들을 개그를 섞어가며 열심히 얘기를 했다. 그러자 가만히 듣고만 있던 황 중위가 말했다.

"내가 보니까 자넨 여기서 C-레이션만 까먹고 있었던 것 같은데…."

우리는 모두가 깔깔거렸다.

"이봐라, 여기 여단 외곽 지키는 건 그동안 수고했다고 주는 뽀나스 아이가. 내가 2개 분대를 데리고 여기 온 지 5일째 되는데 우리도 5일쯤 후에는 도로 중대로 돌아가 또 작전에 투입될 거 아이가."

잠자코 웃기만 하던 김 중위가 또 한마디를 거들었다.

"야~ 여태까지 쭉 듣고 보이 월남전은 구 중위 혼자서 다 친 거 같네."

이번에는 모두가 눈물이 나올 정도로 허리를 잡고 한참을 웃었다.
잠시 후 나는 다시 정색을 하고

"내 너거들 겁을 너무 준 거 같은데 실제 어려운 때는 다 지나갔다. 인자는 걱정 안 해도 될 끼다."

나는 마치 전쟁을 마무리하는 말처럼 위로삼아 얘기를 했지만 마음속으로는 김 중위는 물론 지금 내 앞에 있는 동기생들이 너무 험한 지역으로 배치가 되면 어쩌나 하는 걱정이 떠나지 않았다.
우리는 깡통 맥주를 기울여 가며 이런저런 얘기에 시간 가는 줄 모르고 계속 떠들었지만 결국은 아쉬움을 남긴 채 서로 헤어지지 않을 수 없었다.
나는 돌아가는 동기생들의 뒷모습을 물끄러미 바라보면서 내 마음 한구석에 아직도 살아 있는 내 전쟁의 경험을 되새겨 보았다.
적에게 쫓겨 사방이 보이지 않는 사탕수수밭 속에서 길을 잃고 헤매던 일, 지뢰밭 한가운데 서서 전율을 느끼며 석고처럼 운신을 할 수 없었던 일, 저격수가 나를 향해 쏜 총알이 내 왼팔 옆으로 비켜 지나갔던 일, 그리고 수륙 양용 차를 타고 가다 대전차 지뢰가 폭발해 야전 병원에서 치료를 받았던 일 등, 적어도 이러한 일들이 총총히 돌아가고 있는 내 동기생들에게는 귀국하는 날까지 닥치지 않았으면 하는 소망을 해 보았다.
그 후 나는 5개월이나 더 전투 중대에서 소대장을 해야만 했고 그 기간 동안 청룡 부대가 하는 모든 작전에 투입되어 더욱 어려운 전투를 해야만 했다.

한편 김광수 중위 역시 운 없게도 가장 험난한 지역에 배치가 되어 소대장을 하는 동안 내내 악전고투를 면할 수 없었다.

그러나 지금 나와 김광수 중위는 이미 죽었어야 했던 목숨들이 다시 태어나 두 번을 살고 있다는 데 그 뜻을 두고 있으며 지난 일들은 영광의 젊은 시절로 되새기기로 마음먹은 지 오래다.

1971년 2월 같은 날 나와 김광수 군은 정들었던 해병대를 떠나게 되었고 그 후 나는 내가 바라던 외국 기업의 전문 경영인으로 그리고 김광수 군은 늦게나마 행정 고시에 합격해 한때는 인천과 부산의 항만청장을 역임하면서 한국의 해운 행정의 발전에 크게 이바지했다.

월남전의 단상

1965년 '월남의 달밤'이라는 유행가는 공전의 대 히트를 쳤다.

그런데 이 노래의 원래 가사는 월남이 "먼 남쪽 섬의 나라"로 묘사되어 얼마 후에는 수정을 했어야만 했던 해프닝이 있었다.

이러한 일은 한국군의 월남전 파병이 세계인들의 이목을 집중시키고 온 국민들의 기우와 열망을 함께했을 때의 일인데도 월남이 섬인지 아닌지 조차 모르고 있었던 많은 대한민국 국민들의 바깥 세상에 대한 무관심을 대변해 주었다고나할까?

내가 대학을 다녔을 때 대학교수며 여행 가셨던 김찬삼 씨가 한국인으로서는 처음 세계 무전여행을 마치고 돌아왔다.

그런 후 그분은 여러 대학의 강단에서 체험담을 소개했는데 그중 지금까지 내 기억에 지워지지 않고 있는 얘기는 일단 한국만 벗어나면 세계여행은 거의 절반을 한 것이나 다름이 없다는 것과 에스키모가 여름에는 투피크 그리고 겨울에는 이글루에서 생활을 하고 있었던 것은 이미 반세기가 더 지난 먼 옛날의 얘기라는 것이었다.

그 말은 당시로서는 외화의 부족과 여러 가지 사정으로 외국을 갈 수 있는 길을 정부에서 많이 제한을 두고 있었다는 뜻이며 또 그러다 보니 한국은 자연히 외국의 사정에 너무 어두워져 교육적 문화적 측면까지도 전근대적 지식에 머물고 있을 수밖에는 없었다는 뜻이었다.

1968년 1월 그해따라 한국의 겨울은 너무나 추웠다.

포항의 해병대 제1 상륙 사단에 위치한 파월 특수 교육대에서의 훈련은 현지 전쟁터의 무더운 예비 경험이 아니고 정반대가 되는 엄동설한에서의 훈련이었다.

마침내 한 달가량의 교육 훈련을 마친 우리는 수송선이 차츰 적도를 향해 순항을 하자 그때서야 비로소 우리가 뜨거운 전쟁터로 향하고 있는 것임을 차츰 실감할 수 있었다.

그러나 도착하자마자 들이닥친 적들의 구정 공세는 그 어느 때보다 많은 아군의 희생을 가져왔고 내 역시 생명을 하늘에 맡길 수밖에 없었던 지경에 이르렀다.

나에게 이러한 환경 속에서의 월남이라는 존재는 산하도 사람도 집들도 모두가 혐오스러운 존재일 수밖에 없었고 특히 여자들이 질겅질겅 칡을 씹듯 풀잎을 씹어 입가에 붉은 물을 드리우고 침을 뱉어댈 때는 그 모습이 바로 혐오였다.

물론 과거 불란서 군인들로부터의 강간을 피하기 위해 많이 애용했었다는 그 방법은 내가 보기에도 실로 강간을 모면하기에 충분해 보이기도 했다.

내가 20명의 대원들을 이끌고 디엠반이라는 군청을 방어하기 위한 결사대로 파견을 나가 있었을 때부터 나는 차츰 월남 사람들과의 접촉이 잦아지기 시작했다.

물론 월남 정규군 장교들과도 그랬지만 장터가 군청의 정문으로부터 멀지 않았기 때문에 장날이 되어 물건을 팔고 사기 위해 모이는 사람들로부터도 차츰 보고 느끼는 점이 많았다.

우리 시장에서 흔히 파는 마른 국수 타래의 묶음들은 월남에서도 그 모습 그대로였고 쌀밥도 간장도 젓국도 고추를 먹는 것도 그리고 상추와 쑥갓을 먹는 것도 매한가지였다.

사실 어떤 경우는 향이 너무 진해 근처에 가기가 꺼려지는 음식도 있긴 했지만 대부분은 역시 동양 사람들이 함께할 수 있는 일상의 음식과 같아 보였다.

그리고 나는 처음의 그 혐오스러웠던 충격 때문에 한동안은 아예 월남인들의 먹거리를 상대하지 않았으나 시간이 지나자 차츰 이해를 하려는 마음을 갖게 되었다.

또 더욱 관심의 대상이 되었던 것은 피난민들을 만나면 곧잘 눈에 띄는 바나나 잎으로 싼 밥과 어깨에 줄을 달아 메고 다니는 느억맘이라는 젓국 병이었다.

내가 약 7개월의 보병 생활을 마치고 헌병대로 원대 복귀해 처음으로 호이안시의 도심으로 순찰을 나갔을 때였다.

나는 이때 처음으로 그곳 헌병대 파견대장의 안내로 제대로 갖춘 월남의 민간인 식당에서 음식을 먹게 되었는데 이때 맨 먼저 눈에 들어온 것이 바로 테이블마다 미리 얹어 놓은 간장과 약간 누른빛을 띠고 있는 느억맘이라는 젓국이었다.

먼저 간장을 먹어 보니 전에도 그랬듯이 일본 간장처럼 단맛이 있는데다 오히려 일본의 기꼬망보다 더 입맛이 당겼다.

그러나 젓국은 어떻게 만들었는지를 몰라 차마 맛을 볼 용기가 없었는데 파견 대장과 함께 안내를 했던 어떤 대원이 직접 만드는 곳을 가 보았는데 우리가 먹는 젓갈보다 더 깨끗하게 만들더라는 말을 해 그제야 나는 젓국을 조금 숟가락에 부어 맛을 보게 되었고 나는 결국 이때부터 느억맘의 맛에 끌리게 되었다.

또 세월이 많이 지나서는 모든 국가의 젓갈 원조가 바로 월남의 느억맘이라는 사실도 알게 되었다.

작전 지역에서 흔하게 만나는 월남 사람들은 주로 나이 든 여자들과 아이들이었다.

물론 농촌지역이라 생업이 농업인 것은 말할 것도 없지만 담배 농사를 많이 짓는 지역에서는 동네 안의 그 찌든 잎담배 냄새가 너무 역겹게 여겨졌고 채 여섯 살이나 됐을까 싶은 아이가 잎담배를 물고 피우는 광경도 또한 진한 인상을 남겼다.

그리고 대부분의 농촌 사람들은 여자들이라 할지라도 일상적으로 맨발로 다녔다. 그러다 보니 자연히 엄지발가락에 무게를 너무 실어 그런지 길게 옆으로 삐져나와 있었다.

또 여자들이 장날 시장으로 메고 나가는 농산물을 보면 거의 모두가 상추와 쑥갓이라 이 사람들은 상추와 쑥갓만 먹고 사나 싶을 정도였다.

아늑한 해변 그리고 어디를 가나 해변을 감싸듯 줄지어 있는 수목들은 차츰 천혜의 낙원처럼 여겨졌다.

그리고 아무리 더워도 그늘진 곳에만 몸을 숨기면 얼굴을 간지럽히는 미풍이 지친 몸을 쉬게 했다.

그러나 "쿵~ 쿵~" "따다다다…." "쒸익~ 쾅" "털 털 털 털…." "부르릉 붕 붕…." 포 소리, 총소리, 폭격기 소리, 헬리콥터 소리 그리고 탱크와 수륙 양용 차의 소리는 너무나 대조적인 존재들이었다.

인간이 인간을 도륙하는 아비규환의 현장.
이 지구상의 어떤 존재보다 약육강식의 원칙을 더 철저히 지켜 가며 살아가는 우리 인간들.

사자 떼가 어린 코끼리 새끼를 어미로부터 떨어지게 하고 엄마를 찾는 어린 코끼리를 먹이로 삼는 생태계의 비정함은 오히려 솔직한 삶의 논리가 있지만 인간이 인간을 굴복시켜야 하는 형태는 실로 상상하기도 힘들고 가늠하기도 힘든 구석이 많다는 것을 나는 경험했다.

'필요악'이라는 전쟁.
우리가 인간 세계에서 후손들을 위해서라도 먹이가 되지 않고 사슬의 윗부분을 차지하기 위해서라면 남의 얘기보다는 오히려 침략에 신음했던 우리의 역사를 철저히 되새겨보는 국민이 되어야 하는 것은 아닐까?

38년 만의 만남

 2005년이 되어서야 비로소 해병대 전우회 중앙회의 인터넷 사이트를 통해 월남전에서 함께 전투를 했던 해병 180기의 전령 두 사람을 찾아 나서기 시작했다.
 한 대원은 상진부 출신인 공 해병이었고 다른 한 대원은 삼척 출신인 윤 해병이었다.
 사실은 그동안 두 해병을 전연 찾지 않았던 것은 아니고 과거 PC가 없었던 시절, 내가 강릉에서 직장일로 잠시 머물고 있었을 때는 삼척을 갈 때마다 혹시나 윤 해병을 길거리에서라도 보지 않을까 하고 고개를 빼고 다닌 적이 여러 번이었고 상진부에서는 공 해병을 만나기 위해 엉뚱한 동명이인을 만나 실망을 하기까지 했던 적이 있었다.

  2005년. 처음에는 해병대 전우회의 사이트를 통해 수소문을 했는데도 잘 찾아지지 않아 거의 포기를 하다시피 했다.

  얼마나 긴 날이 지났을까? 마침 평창의 해병대 전우회에서 많은 애를 쓴 끝에 먼저 공 해병의 소식을 전해 들었고 다음에는 바로 공 해병을 통해 윤 해병과도 연락이 닿았다.

  나중에 알았던 일이지만 두 사람 모두 그렇게 연락이 닿기 어려웠던 것은 제대를 하자 윤 해병은 바로 삼척에서 서울로 그리고 공 해병은 상진부에서 대구로 각각 이동을 해 직장을 얻은 후 줄곧 살았기 때문이었다.

  6월도 저물어 가는 어느 날 나는 먼저 서울에 사는 윤 해병을 우리 집 부근의 대로가 어느 인도에서 만났다.

  우리는 만나자마자 서로 부둥켜안고 행인들의 시선도 아랑곳없이 실컷 울었다.

  어느덧 세월이 38년이나 지나 서로의 머리에는 서리가 내려 있었고 윤 해병은 벌써 두 며느리까지 본 할아버지가 되어 있었다.

  그리고 그는 공직으로부터 정년퇴직을 한 뒤라 우선은 나빠진 건강부터 추스르고 있는 중이라 했다.

  우리는 총알이 난무하는 가운데서도 무사했다는 지난 얘기와 1968년 6월 용궁 작전 때는 윤 해병이 결국 배를 맞아 고꾸라지면서 큰일이 벌어진 것으로 알았는데 다행히 총알이 방탄조끼와 웃옷의 사이를 치고 나가 그나마 살았다는 얘기며 함께 수륙 양용 차를 타고 가다 대전차 지뢰가 터지는 통에 몸은 두고라도 그만 고막을 다쳐 함께 병원으로 직행했었다는 전투담들을 서로가 한마디씩 하기가 바빴다.

그러나 가슴 아픈 것은 당시 대전차 지뢰의 폭발로 윤 해병은 평생 한쪽 귀의 고막을 잃은 채 살고 있다는 얘기였다.

그는 나와 함께 야전 병원에서 며칠간을 보냈고 나는 적들의 기습이 여전히 만만치 않을 것을 염두에 두고 있었기 때문에 되도록 크게 신체적 불편이 없으면 소대원들을 빨리 만나 다시 지휘를 해야겠다는 그 일념에만 사로잡혀 미처 윤 해병을 다 챙기지도 못한 채 다시 전투에 참가하게 했던 것이 미안스러웠다.

그리고 8월 어느 날은 제대와 동시에 타향인 대구에서 줄곧 살았었다는 공 해병을 지인 자제의 결혼식 참석차 서울에 올라온 것을 기회로 잠시 만났다. 그도 역시 올해가 환갑인지라 윤 해병이나 마찬가지로 이미 백발이 성성했다.

우리는 다른 사람의 결혼식 문전에서 만났기 때문에 자리를 옮길 수도 없었을 뿐 아니라 또 공 해병도 교회의 장로인데다 모두가 잔치의 분위기에 휩싸여 있어 따로 시간을 가질 수 없는 가운데 서로가 섭섭하게 헤어지지 않을 수 없었다.

이제는 모두가 늙어 버린 노 해병들이지만 내가 윤 해병이나 공 해병을 만나 느낄 수 있었던 것은 비록 주름이 얼굴을 덮고 백발이 머리를 덮었을지라도 반짝이는 그 눈빛만은 예나 지금이나 별로 다를 바가 없어 우리 모두를 그 옛날 20대 때의 시간으로 되돌려 놓은 듯한 느낌을 받을 수 있었다는 사실이다. 아마 그것은 말보다는 서로 눈빛을 주고받으며 생사고락을 같이해서 그런 것이 아닌지도 모르겠다.

"한 번 해병은 영원한 해병"이라는 말이 있어서인지 지금도 나는 해병대를 보거나 해병대의 군가를 들으면 청춘을 불태운 전쟁터에서의 내 전우들과 내 모습을 보는 것 같아 하염없는 눈물로 감회에 젖으며 울먹일 때가 있다.

해병대여. 영원하라!

Chapter 5. 호이안 전투 60가지 교훈
(소단위 게릴라 전투의 지략)

호이안 전투 60가지 교훈(소단위 게릴라 전투의 지략)

　월남전의 호이안 지역 전투는 소단위 부대의 전투로서는 매우 특징적인 면이 있었다.
　지리적으로 월남과 월맹을 남북으로 갈라놓은 17도선이 당시 우리 해병대 청룡 부대가 주둔했던 호이안과는 그렇게 멀지 않아 그런지 우리가 위치한 전술 작전 지역에는 월맹의 1개 전투 연대와 1개 공병 연대가 와 있었고 그들은 항상 지방 베트콩과 가세해 아군들을 위협하고 다녔을 뿐 아니라 지상보다는 대대적인 지하 땅굴을 이용해 은거를 하고 있었기 때문에 매우 소탕하기가 힘들었던 것이 사실이다.

특히 월맹 정규군들은 AK-47 소총을 소지했고 중국제 박격포와 소련제 로켓으로 무장을 했기 때문에 그렇게 만만하게 볼 상대는 결코 아니었다.

또 민간인들이 날이 갈수록 자의든 타의든 간에 아군보다는 적들에게 많은 동조를 하여 대민 사업으로 민간인들의 마음을 돌리기에는 시간이 갈수록 거의 효과가 없었던 것 또한 매우 어려운 대목이 아닐 수 없었다.

본인은 구정 공세가 있었던 1968년 1월 31일, 아군이 매우 불리한 수세에 있었던 당시부터 6개월간에 걸쳐 전투 소대장을 했고 그로 인해 많은 소단위 부대의 전투 내용을 실전과 더불어 심각하게 되새겨 보게 되었다.

물론 60가지 내용 중에는 내가 직접 경험을 했던 사실이 많지마는 당시 다른 전우들로부터 직접 전해 듣거나 간접적으로 소문으로 전해 들었던 얘기들도 많다.

나는 아무쪼록 이 실전의 소단위 부대 전투 얘기가 단순한 얘기보다는 하나의 실전 경험으로써 국토 방위에 전념하는 후배들에게 도움이 되면 더 좋을 것으로 판단해 이에 소개를 하고자 하는 것이다.

1. 전술 책임 지역의 적정은 물론 기후 지형 등 자연에 대한 특징을 잘 살펴야 하고 직접 협력 관계가 있는 아군 외의 동맹군에 대해서도 관계를 소홀히 해서는 안 된다.

– 호이안은 사질토의 지질에 많은 나무와 농토와 물이 혼재한 평지로 이루어져 있었다. 즉 사질토는 보병 부대의 이동 시간과도 관계가 있을 뿐 아니라 강과 호수는 작전의 개념을 다양화해야 할 경우가 있다.(탱크, 수륙 양용 차, 보트 등의 이용도 고려)

- 호이안 지역은 12, 1, 2, 3월까지가 건기였고 4월에 잠시 단비가 온 뒤 다시 5, 6, 7, 8월 건기로 접어들었다. 그러나 9, 10, 11월의 우기 철은 너무 비가 많이 쏟아져 도로가 모두 침수되는 장마가 이어졌다. 또 이러한 기후의 특성은 지도를 보는 데 혼란스러움을 가져 왔다. 특히 지도상에는 강의 표시가 있었으나 실제로 현장을 가서 보면 물이라고는 전연 발견할 수가 없는 경우가 잦았다. 그것은 건기에 만든 지도를 사용하고 있었기 때문이었다.

- 군청에 주둔하는 월남군과 미 고문단실의 미국 군인들, 그리고 다소 인접한 외국군들은 모두 아군과 함께 적을 섬멸하는 군인들이다. 특히 지휘관들은 짬이 나거나 기회가 있을 때는 서로 돈독한 관계를 유지하는 것이 좋다.

2. 9월~11월 사이의 우기 철에는 도로의 잠수와 차량의 통행이 제한됨으로 이에 대처해야 한다.

- 물로 들어찬 도로를 이용하는 차량은 일단 비후다에 물이 들어가면 시동이 꺼져 물이 찬 도로 위에서 오도 가도 못하게 된다. 물론 미군들이 지원한 소수의 케네디 지프차는 완전 방수가 되어 연통만 길게 차량 위로 높이면 별문제가 없었지마는 특히 보급품을 실은 우리 트럭들의 이동은 매우 제한을 받아 어려움을 겪었다.

- 사전의 충분한 인식으로 우기 철의 군수품 이동 그리고 각 단위 부대에서의 장약 관리 등 우기 철에 야기될 수 있는 모든 잠재적 문제를 미리 분석, 이후 각 단위 부대까지 전달되어야 한다.

- 우기 철이 지난 다음 야간 박격포의 요란 사격 시 흔히 낙오 탄에 의한 아군의 피해는 우기 철 장약 관리의 소홀로 인한 경우가 많았다.

3. 대나무 숲이 많아 건기 철 마른 대 가시가 기동에 방해되는 수가 있는 것은 물론 특히 통신 장비에 문제를 일으키는 수가 있으므로 미리 이에 대처해야 한다.

- 건기 철의 바짝 마른 긴 대나무 가시는 매우 예리하다. 전투복이 찢어지기도 하고 팔에 상처를 입히기도 해 기동이나 적진의 접근을 방해하는 수가 다반사다. 물론 정글 칼이 있긴 하나 힘이 들 뿐 아니라 그 소음으로 아군의 접근이 적들에게 노출되므로 거의 사용이 불가능하다.

- 또 당시의 통신 장비는 한국에서 가지고 간 ANPRC-10이었고 대나무가 통신 장애를 일으킬 수 있다는 사실은 직접 경험하고서야 알 수 있었다. 그러나 이 경험이 청룡 부대 전체에 전달되지 못했기 때문에 후일 다른 중대가 전투를 하면서 비극을 맞는 데 일조를 했다.

실제로 5대대 OO중대는 1968년 5월 초 미 해병대 아메리칼 사단의 작전에 블로킹을 나갔다가 대나무가 많은 지역에서 퇴각하는 적들과 조우. 중대장이 직접 무전기를 잡고 지휘를 했으나 서로 교신이 되지 않아 그만 통한의 패배를 맞지 않을 수 없었다. 물론 그 이후 미 해병대로부터 ANPRC-25를 받아 무전기에 관한 한 어떤 어려움도 없었다.

4. 사질토의 먼지는 총기의 약실에 끼어 사격을 방해하는 수가 있다.

- 평소 아군들은 처음 지급된 M-16 약실이 그렇게 예민한 줄을 미처 몰랐고 약실 뚜껑을 닫는 것을 소홀히 해 후일 위에서 말한 1968년 5월초 5대대 OO중대가 크게 낭패를 보는 데 결정적인 원인이 되었다.

물론 통신 두절도 문제였지만 적과 마주 보고 총알이 나가지 않아 비통한 참패를 맛보지 않을 수 없었다.

- 상급 부대에서 미리 그러한 기능적 문제점들을 인식하고 각 대대급 예하 부대에 그 사실을 전달하는 시스템이 당연히 있어야 했으나 당시 청룡 부대 본부의 참모진들이 이에 대한 사전 문제점들을 몰랐던 것인지 아니면 예하 부대에 전달을 했는데도 일선 지휘관들이 소홀히 생각을 하고 교육을 시키지 않았던 것인지는 알 수 없으나 결국 피해를 본 후에야 (사격을 하지 않을 때는 항상 약실 뚜껑을 철저히 닫고) 약실의 청결에 대한 주의가 강조되었다.

5. 월남의 젖줄인 1번 도로 이외 이미 폐쇄된 국도가 존재하는 것은 그 지역이 아군의 열세 지역임을 의미함으로 이를 숙지해야 했었고 여단 본부에서는 중대 수색 목표 지점으로 정할 때는 여러 정보 사항을 더욱 조심스럽게 고려했어야 했다.

- 다낭 남쪽과 디엔반 북쪽 사이의 1번 도로에서 서쪽으로 이어지는 3번 국도는 이미 폐쇄된 상태였고 정보로는 약간 깊숙한 곳에 월맹 정규군 1개 대대 병력이 은거하여 영향력을 행사한다고 했다.

그리고 5대대 27중대가 확인했던 바로는 대대 본부쯤으로 보이는 부근에는 깊은 해자와 철조망으로 방어망을 구축해 놓은 것이 확인되었다.

- 그럼에도 불구하고 여단 본부에서는 여러 중대의 수색 목표를 그곳으로 자주 정했고 그 부근 깊숙이 접근을 했던 중대는 으레 접전에 의해 사상자가 발생했던 것이다.

　6. 지형이 우기 철과 건기 철에 따라 바뀜으로 특히 강, 호수, 개천이 지도와 맞지 않게 보이는 수가 허다함으로 이를 참고해야 한다. 후일 미군들이 배포한 항공 지도는 다소 참고가 되었으나 두 가지 지도 모두 다소 전문적인 교육이 필요했음에도 불구하고 전투 중대의 간부들에게 교육을 시킨 적은 없다.

　- 지도와 현장의 차이를 사전 신임 소대장과 신병들에게 숙지시켜야 한다. 그럼에도 중대 자대의 신임 장교나 병들에 대한 체계적인 인계나 교육이 미흡했다.

　- 심지어는 중대장끼리도 교대 시 이러한 상황에 대한 조언이 없어 신임 중대장이 잘못된 작전 지시를 해 소대장들의 빈축을 사는 경우가 있었다.

　7. 특히 건기 철 버려진 농토의 잡초 또는 사탕수수밭의 사탕수수가 매우 키가 크게 자라므로 병력이 이 지역의 중앙으로 통과하는 일은 없어야 하며 특히 바람이 많을 때는 화공을 당하기 쉽고 또 길도 잃기 십상일 뿐 아니라 지휘도 불가능하게 된다.

　- 적의 지배 지역에 들어갔다 급히 철수하던 5대대 00중대 병력 모두가 사람 키보다 훨씬 높이 자란 사탕수수 밭 속에서 길을 잃어 매우 당황했던 일이

있다. 만약 이럴 경우 사격을 당하거나 바람이 쏠릴 경우 불을 질러 화공을 당하게 되면 아군으로써는 속수무책이 된다.

8. 호이안의 전술 지역은 대부분이 평지이기 때문에 함포를 이용할 경우, 바운싱(튕겨져 나감)이 생겨 자칫 예기치 못한 곳으로 날아가는 수가 있어 지원 요청을 중단시켰던 적이 있다.

- 5대대 OO중대 작전에 실제 미 해군의 함포 지원을 받았던 적이 있었다. 그러나 접전 지역을 벗어난 민가와 아군 지역으로의 바운싱이 매우 위험했음으로 중도에 중단을 시켰던 것이다.

9. 도로에 인접한 숲들은 항시 적들의 은폐물이 되며 휘어진 도로는 주로 기습에 이용되므로 특히 사계 청소 등의 어떤 특단의 조치가 이루어져야 하는 것이 정석이다.

- O대대 본부에서 1번 도로 방향으로 전방을 보면 곧게 가다 휘어진 데다 숲이 우거져 시야가 차단된 곳이 있어 항상 위험이 도사리고 있었다.(아래 10번에 이어짐)

10. 일정한 차량 또는 병력이 일정한 시간에 일정한 길로 매일 또는 매번 통과하는 것은 적의 계획된 공격을 초래한다.

- 1968년 3월경. 1개 소대가 매번 거의 같은 오전 시간에 같은 도로를 같은 인원으로 정찰을 나가다 그만 O대대 본부 전방의 휘어진 곳에서 적의 기습을

받았던 적이 있다.

11. 마을 사람들이 쓰지 않는 우물을 대책 없이 사용하는 것을 금하라. 독극물 또는 지뢰가 매설될 수 있으며 때로는 소병력의 급습이 우려된다.

- 1968년 1월 마악 추라이에서 호이안으로 이동했던 5대대 00중대가 동네 사람들이 피난을 가고 쓰지 않는 동네 어귀의 우물에 평소처럼 물을 길러 갔다가 세 명의 대원 중 한 대원이 한밤중 베트콩들이 매설해 놓은 발목 지뢰에 희생을 당했다.

12. 적들이 불리한데도 반복하는 설익은 공격을 의심하라. 안심하도록 길들인 후 크게 휩쓸어 버리는 경우가 있다.

- 0대대 본부에서 멀지 않은 538번 도로 상의 0중대 2개조의 병력이 주둔하는 초소에서 평소 적의 설익은 야간 공격을 잘 방어하다 어느 날 적들이 많은 병력으로 그것도 안심하고 있는 초저녁에 본격적으로 기습을 하여 쓸어 버렸던 것이다.

13. 민간인들을 항상 경계하고 표면으로는 드러내지 말라. 특히 마음을 열고 다수를 초대하거나 다수가 초대받을 경우를 조심하라.

- 추라이에서 평소 자매부락처럼 파견 소대와 마을 사람들이 친근감을 가졌는데 월남인들의 어느 명절 날, 부락민들이 악기를 두드리며 열을 지어 진지로 들어오는 것을 예사로 보았는데 모두 총을 끄집어내 불시에 난사를 했던 일이

있었다.

14. 게릴라가 물고기이고 민중이 물이라면 게릴라가 존재하는 한 물의 역할을 하는 민중들이 있다는 것을 명심하라.

- 민간인들이 비록 정부의 통치하에 있는 지역에 산다고 하더라도 적이 활동하는 곳의 민간인들은 우리가 모르는 사이 적의 보이지 않는 손에 의해 통제되거나 통치되고 있다는 사실을 인식해야 한다. 야간에 민간인들을 문초하고 위협하고 제거하여 자신들의 터전으로 변화시켜 가기 때문에 민간인들은 본의가 아니더라도 아군을 유도하고 배신해야 하는 경우가 있음으로 항상 그러한 것을 염두에 두어야 한다.

15. 감정에 따라 행동하지 말라. 반드시 숨은 것이 있다. 특히 쉽게 달아나는 적을 쫓지 말라.

- 1968년 5월. 0대대 00 중대가 블로킹을 나갔다가 먼저 적을 발견하고 소대장이 대원들과 급히 추격을 했는데 잠복해 있던 많은 수의 적들이 반격을 해 소대가 거의 전멸을 한 사례가 있다.

16. 이동 시 개인 거리를 10보 이상 확보하라. 지뢰 또는 포탄에 큰 희생을 줄인다.

- 비공식적인 말로는 월남전에서의 희생은 거의 80%가 지뢰나 부비트랩에 의한 것이라는 말이 있었다. 폭발 시 피해를 줄이는 방법 중 하나가 바로 개인

거리를 가능한 많이 확보하는 것이다.

17. 인접한 아군들과의 정보 교환 또는 교신을 밀접하게 하라. 아군끼리의 교전도 피할 수 있고 상호 협조도 용이하게 된다.

- 나 자신 아군 중대와의 교전을 두 번이나 했던 적이 있다. 물론 잠시였지만 한 번은 상대가 우리 중대에 포격을 가했던 적이 있고 다른 한 번은 서로 총격전으로 싸웠던 적이 있다.

도상으로는 두 중대 간의 간격이 멀게 보이나 기동을 하다 보면 장애물을 피해야 하기 때문에 본의 아니게 쉽게 두 중대가 매우 좁은 간격에 있을 경우가 있으며 이때 서로가 적으로 간주하게 되는 것이다. 또 적들이 가운데 끼어 양방향으로 사격을 하여 아군끼리의 전투를 유도하기도 한다.

18. 우기 철에는 포탄과 장약 관리를 절대로 소홀히 해서는 안 된다. 낙오 탄에 의해 아군이 희생되는 수가 있다.

- 월남의 우기 철은 약 3개월간에 걸쳐 마치 물을 쏟는 것처럼 오기 때문에 도로의 아스팔트가 떠내려가는가 하면 교통수단이 배가 되기도 한다. 이런 와중의 장약 관리는 매우 필수적이며 만약 사격 시 습기 찬 장약을 박격포에 넣어 발사하면 낙오 탄이 생겨 가끔은 아군에게 피해를 주기도 한다.

19. 항상 의심되는 지역을 지날 때는 대원들로 하여금 철저한 엄호 사격을 할 수 있는 준비를 시켜야 한다.

- 특히 숲을 전방에 두고 개활지를 이동해야 하는 경우에는 반드시 적이 노리고 있다는 사실을 상기해야 하며 후미의 병력은 숲을 두고 횡대로 서서 미리 엄호 사격의 준비를 철저히 해야 한다.

더욱 대책을 세워야 하는 것은 길 양쪽의 개천에 지뢰를 미리 매설하고 불시에 정면에서 공격을 해 아군들이 본능적으로 지뢰를 매설한 개천에 뛰어들게 하는 계책이다. 지휘자는 항상 그러한 지형지세를 잘 살펴야 한다.

20. 철수를 할 때는 항상 후미를 따르는 적에 대비해야 한다.

- 특히 매복을 한 뒤 철수를 할 경우는 방심을 하는 수가 많다. 적은 그것을 노려 병력의 후미에 접근하여 사격을 가한다. 지휘관이나 지휘자는 이에 대한 대책으로 후미에 잠복조를 두고 역공격을 할 수 있도록 한 다음 철수를 해야 한다.

21. 적진에 잠입할 때는 숨소리는 물론 어떤 장비도 소리가 나서는 안 되며 수통도 야전삽도 통신기도 어떤 소리를 만들어서는 안 된다.

- 특히 야간 매복 진입 시 수통의 물은 가득 채워야 출렁이는 소리가 나지 않으며 야전삽은 꽉 조여야 부딪치는 소리가 나지 않는다. 뿐만 아니라 교신은 진입 완료 시까지 중대 본부에서도 소대의 이상 유무를 확인하는 어떤 신호도 보내지 말아야 한다.

22. 아군 쪽이든 적군 쪽이든 민간인 쪽이든 간에 평소와는 다른 움직임은 절대로 놓치지 않아야 하며 이에 대한 원인을 추적해 봐야 한다.

- 설마가 사람 잡는다는 말처럼 통상적이지 않은 어떤 일을 예사로 지나치면 큰 화를 면하지 못할 때가 있다. 대원들끼리의 다툼. 민가나 개활지의 낯선 사람들의 이동. 한밤중 돌이 떨어지는 소리. 철조망의 미세한 흔들림 등.

23. 적들이 있을지도 모르는 장소에서 지휘자들이 함께 모이는 것은 절대로 금해야 한다.

- 0대대 00중대의 일이다. 1968년 1월 30일 호이안 시내가 적의 수중에 들어가 00중대가 호이안시로 급히 출동을 하다 외곽의 건물이 바라보이는 곳에서 잠시 정열을 다듬으려는 참이었다. 소대장이 선임 하사관과 각 분대장들을 모아 놓고 지도를 가운데 두고 빙 둘러앉았었는데 그만 박격포탄 세 발이 날아와 모두가 죽거나 다치는 일이 있었다.

24. 정찰 중 나뭇가지가 꺾여 있다든지 돌을 모아 놓았다든지 깡통이 있다든지 또는 밀짚모자가 땅바닥이나 가지에 걸려 있다든지 등의 이상한 흔적은 반드시 문제가 있는 것으로 보아야 한다.

- 0대대 00 중대에서 있었던 일이다. 위생병이 숨을 죽이고 허리를 굽히면서 계속 잠입해 들어가는 것이 지겨웠던지 마을 어귀에 나뭇가지가 꺾여 있는 것을 보고 마치 높이뛰기를 하는 선수처럼 훌쩍 넘었는데 그만 부비트랩에 걸려 다리를 잃고 말았던 것이다.

그 나뭇가지는 마을 사람들끼리 부비트랩이 있다는 표시였던 것이다. 그리고 사관 학교 시절 축구 선수였던 0대대 0중대 중대장인 모 대위는 구정 공세 시 수색을 나갔다가 앞에 놓인 깡통을 마치 공을 차듯 집어 찼는데 그만 그것이 부비트랩이었던 것이다. 메드백 헬리콥터로 후송 중 출혈이 너무 심해 그만 숨을 거두고 말았다.

25. 동정은 금물이다. 적들의 계략으로 처량한 신세의 아이 또는 여자를 아군으로 하여금 동정하게 하여 부대 내부를 파악한 후 공격을 하는 수가 있다.

- 0대대 0중대에서 파견된 538번 도로상에 있는 마이너스 분대 병력의 초소 근무자들 얘기다. 한밤중 여자의 울음소리가 하도 처량해 초소로 데리고 들어온 근무자들은 손짓 발짓으로 그 여자가 매우 불쌍한 처지에 있다는 것을 알았다. 위로를 한 다음 돌려보냈는데 실은 그 여자는 아군의 사정을 파악하기 위해 왔던 것이며 그 며칠 후 초소의 근무자들은 적의 공격을 받아 한 사람도 살아남지를 못했다.

26. 싸워 본 적도 없고 지형도 가 본 적이 없는 장교를 작전 장교 또는 작전 참모로 쓰는 일은 없어야 한다. 장님에게 핸들을 맡기는 것이나 다를 바가 없기 때문이다.

- 상급부서 작전 장교들의 도상 판단에만 의존한 결심은 매우 위험하다. 즉 그들로 하여금 지형 정찰과 전투 경험을 반드시 하도록 해야 한다.

27. 전술 지역의 입체 모형도를 빨리 만들어 전투에 도움이 되게 해야 한다. 이것이야말로 한정된 지역 내에서의 장기간 전투를 더욱 효율성 있게 만드는 길이다.

- 계속 전술 지역을 맴돌아야 하는 고참 소대장이나 분대장 그리고 대원들은 어디에 장애물이 있고 어디에 가옥이 있는지 등의 상세한 정보를 가지고 있다.

　대대 급이나 여단 본부에서는 반드시 이를 기초로 한 입체 모형도를 만들어 신병들과 신임 소대장 그리고 신임 중대장들의 적응이 빠르게 먼저 교육을 시켜야 한다.

28. 명령에만 길들여지고 명령에 따르는 일에만 길들여진 군대는 게릴라전에 매우 불리하다. 상하 관계없이 서로의 지혜를 모으는 시스템을 가져야 한다.

- 해병대의 강점인 명령에 길들여진 군대는 특히 게릴라전에 취약점을 가지고 있다. 즉 게릴라전은 교묘한 심리전이나 기습 또는 속임수의 전투이기 때문에 모두 지혜를 모으지 않으면 가랑비에 옷 젖듯 결국은 피해를 더해 갈 뿐이다.

29. 약자가 강자를 이기는 길은 기습밖에 없다는 사실을 항상 기억해야 한다.

- 저녁마다 몇 안 되는 적들이 총을 쏘고 달아나고 하는 경우를 의례적인 일로 생각하면 안 된다. 그것은 심리적으로 아군을 길들이는 것이다. 모두가 대수롭게 생각을 하지 않고 마음을 놓을 때쯤에는 반드시 대 병력으로 결정적인 기습을 한다.

30. 기쁨에 취했을 때, 여유로움이 생겼을 때, 마음이 여려졌을 때, 편안함을 선택했을 때가 가장 위험한 때이다.

- 병력들이 작전을 마치고 마음을 놓고 귀대하고 있을 때 아니면 매복을 무사히 마치고 적진을 빠져 나올 때 또는 마을 사람들과 친분이 어느 정도 두터워졌다고 믿음을 가지고 있을 때 등등.

31. 소대장이 아니더라도 중대장을 비롯한 중대의 모든 장교들은 소대 단위의 매복 경험을 잠시라도 해 보게 해야 한다.

- 중대장은 물론 바로 부중대장을 했거나 화기 소대장을 한 장교 또는 지원 병과에서 나온 장교 모두는 소대 매복의 경험을 최소한 한 번 이상은 해 보아야 전투의 효율성을 높일 수 있다. 말하자면 백문이 불여일견이라는 말을 따르는 것이 좋다.

32. 적들은 다수의 병력 이동이 예상되는 지점을 골라 반드시 지뢰 또는 부비트랩의 설치 장소를 정하며 매복이 용이한 지형지물을 찾아 아군을 노린다.

- 수색 정찰 시 소대장은 지뢰나 부비트랩의 설치가 용이한 의심되는 곳에 대해서는 첨병으로 하여금 반드시 먼저 확인토록 해야 한다.

33. 수색 정찰 시 아군은 즉시 적의 매복 가능한 지형지물을 간파해야 하며 무사하더라도 차후를 위해 정보를 상부와 공유해야 한다. 그리고 이러한 체계는 사전에 이루어져 있어야 한다.
- 수색 정찰 시 소대장은 적의 매복 가능한 지점과 은폐 용이한 지점을 반드시 첨병으로 하여금 확인하게 하고 상부에 보고함으로써 차후 다른 소대나 중

대가 이러한 정보를 이용할 수 있도록 해야 같은 지형에서의 효율성을 높일 수 있다.

34. 대대 본부에서는 각 중대로부터 세밀한 정보를 수집하고 이를 분석 평가하여 다시 각 중대로 전달하여 소위 정보의 공유에 의한 효율성을 높여야 한다.

- 대대 본부에서는 매뉴얼을 만들어 정보의 수집, 분석, 공유가 용이할 수 있는 시스템을 갖추어야 한다.

35. 작전 시에는 반드시 잠재 문제를 분석해야 한다. 특히 이동 중 예상치 못한 적의 매복과 기습으로 아군의 희생은 물론, 본래의 작전이 무산 또는 실패하는 수가 있다.

- 유사시 어떻게 대처할 것인가에 대한 한발 앞선 예상 시나리오를 미리 만들어 숙지하여야 한다. 해병대의 전설 짜빈동 전투도 적들이 본격적인 공세를 취하기 몇 시간 전 이미 아군 포병의 예상 화점에서 많은 적의 희생이 있었기 때문에 적들의 사기와 전력을 미리 약화시킬 수 있었다고 한다. 이것은 그 사실이 후일 밝혀진 바가 있으며 즉 이것은 사전 아군 포병의 잠재 문제 분석이 탁월했었다는 얘기가 된다.

36. 잠재 문제를 분석할 때는 반드시 적이 아군의 정보를 미리 알고 있다는 것을 염두에 두고 이에 대처하는 가상의 시나리오를 만들어야 한다.

- 적들이 우리의 정보를 알고 있었을 때 대한 대처와 모르고 있는 가운데 조우 등이 일어나 대처를 해야 하는 잠재 문제를 제각각 분석해야 한다.

37. 작전 시 제한적인 무기는 과감히 멀리하라. 즉 평지의 함포지원 또는 106밀리 직사포를 LVT(수륙 양용 차) 상판에 설치하는 것 등.

- 수색 정찰을 할 때는 특히 기동성이 있어야 하고 중대 작전이라 하더라도 기동에 장애를 주는 무기나 장비는 되도록 보유하지 않는 것이 좋다. 만약 화력에 의존하기 위해 위험 부담이 큰 화력 지원을 요청하거나 이동시키는 것은 오히려 전투력을 저하시키는 경우가 생긴다.

38. 유사시 예기치 않게 동맹군의 지원이 긴급히 필요한 경우가 있다. 이럴 때를 대비해 동맹군의 부대 위치, 통신 주파수 등 필요한 사항을 미리 메모해 두라.

- 추라이에서 모 대대가 비가 쏟아지는 가운데 산악 지대에서 철수를 하다 적들의 공격을 받고 매우 고전을 했다. 아군의 포대는 산을 넘어오는 아군의 병력을 마주 보고 있었기 때문에 지원 사격도 불가능했다.
평소 조금 떨어진 미 육군 포병 대대의 주파수를 알고 있던 어떤 중대 관측 장교가 유창한 영어로 지원 요청을 해 이후 모두 무사히 철수를 할 수 있었던 사례가 있다.

39. 기동을 하는 보병 지휘관과 정찰을 하는 아군의 L-19와의 교신이 가능해야 한다. 즉 유사시 적을 교란시켜 작전에 도움을 줄 수 있도록 해

야 한다.

- 당시 해병대 정찰기에는 포병 장교가 탑승, 미 해병대의 전투 폭격기를 유도하여 공격의 효력을 넓혔다. 그러나 구체적으로, 기동하는 중대 지휘관과의 협조는 매우 미흡했다.

40. 부대와 격리된 쓰레기 소각장을 방치하지 말라. 적들은 운반 차량을 겨냥한 지뢰나 부비트랩 설치를 잘 노린다.

- 보통 부대와 인접해 있는 외곽 쓰레기장에 대해서는 누구도 관심을 가지지 않는 수가 많다. 그리고 운반 차량들이 가끔 들락거리기 때문에 적들이 생각하기에는 지뢰 매설이 매우 용이한 장소로 본다.

41. 일정한 장소의 냇가에서 계속 세차를 하게 되면 적의 지뢰나 부비트랩의 매설 장소로 지정된다.

- 트럭의 세차는 냇가가 안성맞춤이다. 그러나 한 장소에서 자주 트럭들이 세차를 하게 되면 적들이 지뢰 매설의 이상적인 장소로 판단하게 된다.

42. 안전사고를 예방하라. 폭발물과 총기 등은 물론 탄약통까지 때에 따라 사고의 주범이 될 수 있다.

- 부대 내 널려 있다시피 한 것이 폭발물들이며 위험 요소를 지닌 것들이다. 특히 밥을 짓기 위해 탄약통을 쓸 때는 방수용 고무 패킹을 빼고 사용을 해야

한다. 지휘자들은 항상 이러한 안전사고에 대해 대원들로 하여금 주의를 환기시켜야 한다.

43. 전염성 질병 또는 성병에 걸린 대원을 수시 파악하고 환자가 있을 경우에는 즉시 치료할 수 있도록 대책을 마련해야 한다.

- 모두가 거의 미혼의 대원들이다. 일신상으로 보나 대원들의 사기로 보나 대원들의 성병에 관한 한 지휘관이나 지휘자들은 매우 민감하게 대처해야 한다.

44. 대검을 함부로 하지 말라. 급할 시 착검이 안 되는 수가 있다.

- 여러 사람이 장난으로 대검 꽂기를 하면 대검끼리 부딪쳐 자루가 망가지거나 총신에 꽂는 부분이 휘어져 착검을 할 수 없게 된다.

45. 소총의 약실에는 항상 이물질이 들어가지 않도록 조심해야 한다.

- 초기 지급된 M-16의 약실이 너무 예민해 크게 낭패를 본 예가 있다. 0대대 00중대가 블로킹을 나갔다가 사질토 위에서 불시에 적들과 조우를 하는 통에 포복을 했다가 그만 평소 열어놓고 다니던 약실 뚜껑 속으로 모래 먼지가 끼어 사격도 하지 못한 채 어려움을 겪었던 것이다. 물론 이후 신형으로 교체를 했지만 약실은 어떤 총이든 항상 이물질이 끼지 않도록 해야 한다.

46. 가늘고 마른 대나무가 울창한 곳에서의 사계 청소는 크레모어를 터뜨려 제거하는 것이 매우 효과적이다.

- 빽빽이 들어선 대나무는 한 그루씩 자르기가 매우 귀찮고 시간과 노력이 많이 든다. 크레모어를 잘 설치하고 터뜨리면 가루가 나면서 쉽게 처리가 된다.

47. 고지 공격 시 8부 능선쯤에는 반드시 지뢰나 부비트랩이 산재해 있다는 것을 명심하라.

- 원래 8부 능선은 정상 고지를 지키는 최후의 외곽 방어선이 된다. 적들이나 아군이나 모두 장애물이나 지뢰 등으로 적의 근접을 차단시키려 하는 것은 같은 생각이다.

48. 기동 시 병목 현상이 생기는 곳에는 반드시 지뢰나 부비트랩이 매설되어 있다고 보아야 한다. 그렇기 때문에 횡대로 펼쳐 진입할 때는 대가시가 찌르거나 장애물이 있다고 해서 길이 나 있는 소로로 잠시 병력이 몰려들어 가면 크게 화를 당하는 수가 있다.

- 횡대로 펼쳐 목표물로 접근을 할 시, 마른 대나무 가시는 마치 칼끝처럼 날카롭고 길이 없는 곳으로 장애물을 헤쳐 나가는 것은 매우 귀찮게 느껴진다. 가끔은 좁은 소로를 발견하면 우선 병력들이 그곳으로 몰려 지나가려고 하는 수가 있다. 이럴 때 지뢰 또는 부비트랩이 폭발하면 많은 인명 피해가 생기는 것이다.

49. 적들이 야간에 급히 아군의 병력이 부대 밖으로 기동하도록 상황을 만들었을 때는 부대 앞에 미리 지뢰나 부비트랩을 매설해 놓고 아군을 바깥으로 나오도록 유인하고 있는 것은 아닌지 먼저 파악해야 한다.

- 야밤에 0대대 0중대의 부대 앞에 지뢰를 잔뜩 매설해 놓고 적들이 인접한 다른 중대를 기습하는 체 쇼를 벌였다. 기습을 당하게 되었다고 여긴 인접 중대는 급히 0대대 0중대에게 구원을 요청했고 0대대 0중대는 바로 출동을 하다 그만 이미 매설해 놓은 지뢰에 자기 중대 바로 바깥에서 피해를 당하지 않을 수 없었다. 이것은 0대대 본부가 만약 0 중대가 바로 중대 밖에서 적을 차단만 시켜도 적들이 독 안에 든 쥐가 되리라 믿고 있었기 때문이었다. 그러나 결론은 머리싸움에서 우리가 적에게 당한 꼴이 되었다.

50. 적들이 중대 본부를 먼저 공격하여 지원을 나갈 수 없도록 차단한 가운데 야간 매복을 나간 소대를 주공격 대상으로 삼는 양동작전의 경우가 있다. 이것은 마치 사자가 어미 코끼리로부터 새끼를 떼어 놓고 먹이로 삼는 전법이다.

- 적들은 매일 밤 중대에서 1개 소대 병력이 야간 매복을 위해 중대를 빠져나간다는 것을 잘 안다. 만약 적들이 매복 소대와 바로 전투가 벌어지면 자칫 중대에 있는 다른 지원 소대가 올 수 있기 때문에 매복 소대를 우선 고립시키기 위해 마치 중대를 기습하는 것처럼 쇼를 하여 묶어 놓고는 많은 인원으로 매복 소대를 공격하는 것이다.

51. 야간 매복 시 참가 대원 중 기침이 심한 대원, 설사가 심한 대원 그리고 야맹증 환자가 있을 때는 반드시 열외를 시켜야 한다.

- 야간 매복을 위해 진입할 때의 가장 중요한 일은 일사불란하게 소리 없이 잠입하는 것이다. 야맹증으로 앞사람을 보지 못하고 대열을 이탈하거나 기침

소리로 적에게 미리 발각되는 일은 바로 모두의 죽음이 될 수 있다.

52. C-레이션은 되도록 단량을 모두 먹어야 한다. 골라서 먹으면 비타민 C가 부족해 괴혈병 증세로 잇몸에서 피가 흐르는 수가 많다.

- 장기간의 작전으로 며칠간을 C-레이션으로만 버텨야 하는 경우가 있다. 자기가 좋아하는 것만 골라 먹다 보면 영양의 밸런스가 깨어지기 때문에 지급된 단량이 싫더라도 모두를 먹어야 한다.

53. 굵고 큰 나무가 많은 지역에서는 가끔 적들이 나무 위에서 공격을 하는 수가 있으므로 이에 대처해야 한다.

- 병력이 높은 수목이 많은 지역을 통과해야 하는 한편, 개활지도 건너야 하는 이중적인 위치에 들어섰을 경우 흔히 개활지를 어떻게 건너야 할는지에 대한 생각만 몰두하게 된다. 그러나 이런 경우 적들은 흔히 높은 나무에 올라가 공격을 하는 수가 있다. 지휘관이나 지휘자들은 반드시 미리 숙지를 해야 할 사항이다.

54. 중대장은 되도록 통신병들을 산개시켜야 한다. 중대장의 통신병 안테나와 두 미 해병대 앵그리코맨(항공 함포 지원 통신병)의 통신 안테나가 모이면 적의 저격병으로부터 저격을 당하게 되는 수가 있다.

- 적의 저격병들은 매우 잘 훈련된 자들이다. 항상 지휘관을 먼저 노리기 때문에 통신병들의 운집으로 지휘관을 쉽게 노출시키는 일은 없도록 미리 예방을

해야 한다.

55. 지뢰는 밟는 즉시 폭발한다. 그러나 지연 폭발을 하도록 장치를 한 지뢰도 있다. 이런 지연 폭발을 하는 지뢰를 밟았을 경우 밟은 사람이 인식을 하는 수가 종종 있다. 이럴 경우는 밟은 사람으로 하여금 움직이지 못하게 위로를 한 후 바로 옆에 구덩이를 파고 밟은 사람으로 하여금 자세를 낮춘 후 순간적으로 옆으로 굴러 떨어지게 함으로써 폭발을 피할 수 있게 해야 한다.

- 지연 폭발을 하는 지뢰를 밟은 후 이상한 느낌으로 옆에 구덩이를 파게 한 후 뒹굴어 목숨을 구한 어느 소대장의 사례가 있다.

56. 중대장은 중대에 파견된 공병 대원과 위생 하사관도 수시로 챙겨야 한다. 그것은 중대장으로서 공병 중대 또는 의무대에 협조 지원을 해야 하는 경우가 가끔 생길 수 있기 때문이다.

- 특과의 대원들은 으레 알아서 잘 하겠거니 하는 생각으로 중대장이나 중대의 작전을 책임지는 화기 소대장의 관심 밖이 되어서는 안 된다. 출동 준비 시 반드시 준비에 만전을 기하고 있는지도 관심을 두어야 하며 평소 파견 부서의 애로가 있을 시는 본대의 책임자에게 협조 요청을 해 어려움이 없도록 도와주어야 한다.

57. 알코올이 든 음료수 또는 술은 철저히 배격하고 통제해야 한다.

- 이성을 흐리게 하거나 긴장감을 없애게 하는 것은 어떤 이유에서든 배제시켜야 하며 자칫 지휘에 큰 차질을 가져오게 할 수도 있다.

　58. 수색에 투입되기 전 민가의 재산은 물론 특히 가축과 가금 그리고 채소를 탐하는 일이 없도록 철저히 주의를 환기시켜야 한다.

　- 이를 철저히 지키지 않으면 일사불란하게 지휘도 되지 않을 뿐더러 민간인들의 감정을 사게 되어 결국 적을 더 만드는 결과가 된다.

　59. 처음 전투에 투입되는 중대장, 소대장, 분대장 그리고 대원들을 위해 중대 본부에서는 전투에 직접 필요한 교범적 메모를 반드시 보완 유지하고 있어야 한다.

　- 전투의 축적된 경험과 요령은 그 군대의 재산이며 신참들에게는 매우 중요한 지침서가 되므로 작전을 수행하는 데 큰 도움을 준다.

　60. 중대나 소대 또는 분대별 임무 수행을 시킬 때는 항상 편견 없이 공평을 기해야 한다.

　- 생사의 문제가 결부되어 있는 작전 명령을 편견에 의해 하게 되면 불리한 입장의 소대 또는 분대에서는 불만이 쌓일 뿐더러 그만큼 사기가 저하되기 십상이다. 또 전우들 간에도 두고두고 다툼이 생길 수 있다.

후기

나는 이 진솔한 이야기들을 44년이나 지나 결국 한 권의 책으로 엮었다.

물론 그 당시 내가 메모를 해 두었거나 그때그때 일기를 써 놓은 것이 아니어서 날짜에 대해서는 다소 부담이 있었지만 사실적 내용만큼은 내 젊은 날의 초상화처럼 항상 마음 깊숙한 곳에 자리를 하고 있었기 때문에 글을 쓰는 데 별로 어려움이 없었다.

사실 나는 논리가 심오한 철학자도 아니며 많은 사람들에게 영향을 주는 사상가나 문학가도 아니다.

다만 국방의 의무를 다한 대한민국의 국민으로서 내 조국과 후손을 위해 쓸쓸한 소수의 대열에 끼어 한 알의 썩은 밀알이 되고자 목숨을 뒤로 한 채 전쟁터를 누볐던 사람이다.

그러나 내가 전쟁을 치르면서도 항상 추위와 굶주림을 벗어나지 못한 채 조국을 지켰던 선배 국군과 전투 경찰 그리고 군번 없이 싸우다 희생된 많은 선배들을 머리에 떠올렸던 것은 선배들과는 달리 잘 입고 잘 먹고 추워서 얼지도 않았던 것으로 나 스스로의 어떤 상대적 박탈감을 달래기 위해서였던 것 같다.

말하자면 그만큼 우리 선배들은 더 많은 악전고투를 했다는 사실로 나의 고난을 스스로 위로하고 나 자신의 소외된 감정을 억제하려고 애를 썼다는 뜻이다.

내가 아직도 피 끓는 젊은 해병대로 살아가고 있듯이 한때 꽃다운 청춘을 조국을 위해 바쳤던 선배들도 필경 목숨을 걸고 조국을 지켰다는 그 꿋꿋한 자존심으로 지금 살아가고 있을 것임이 분명하다.

나라 없는 백성과 배고픔의 서러움은 죽음보다 더 괴로울 수가 있다.

아비 없는 자식이 없듯이 이 땅에도 어려움을 이겨 길을 닦은 선배들이 있었기에 어제보다 더 나은 오늘의 이 땅에서 우리가 살아가고 있는 것이 아니겠는가?

끝으로 나는 나라를 위해 목숨을 바친 모든 호국 영령들과 청춘을 바치고 이미 노구가 된 선배들의 노고에 다시 한번 감사를 드리며 가벼운 이 한 권의 책으로 보답하고자 한다.